LOCUS

LOCUS

LOCUS

LOCUS

RECREATION

R43

焚誓（夜之屋7）

Burned (the house of night, book 7)

作者：菲莉絲・卡司特＋克麗絲婷・卡司特（P. C. Cast & Kristin Cast）

譯者：郭寶蓮

責任編輯：廖立文 美術編輯：蔡怡欣

校對：詹宜蓁

法律顧問：全理法律事務所董安丹律師

出版者：大塊文化出版股份有限公司

台北市10550南京東路四段25號11樓

www.locuspublishing.com

讀者服務專線：0800-006689

TEL：(02) 87123898 FAX：(02) 87123897

郵撥帳號：18955675 戶名：大塊文化出版股份有限公司

總經銷：大和書報圖書股份有限公司 地址：新北市新莊區五工五路2號

TEL：(02) 89902588 FAX：(02) 22901658

排版：辰皓國際出版製作有限公司 製版：瑞豐實業股份有限公司

初版一刷：2011年12月

初版二刷：2015年10月

定價：新台幣 280元

Printed in Taiwan

焚誓

Burned

THE HOUSE OF NIGHT, BOOK 7

P. C. CAST + KRISTIN CAST
菲莉絲・卡司特＋克麗絲婷・卡司特 著　郭寶蓮 譯

1 卡羅納

卡羅納舉起手，毫不遲疑。對於自己必須做的事，他沒有一絲猶豫。他不容許任何事或任何人阻撓他，而這個人類男孩卻出現在這裡。他不是非殺這小子不可，但也不特別想要他活著。這只是必要的舉動。他不覺得懊惱或遺憾。事實上，在他墮落以來的這幾個世紀裡，他很少有**感覺**。於是，長翅膀的不死生物就這麼漠然地扭斷男孩的脖子，結束他的性命。

「不！」

痛苦淒厲的一聲「不」凍結了卡羅納的心。他放下男孩失去生命的身軀，猛然轉身，見到柔依飛奔而來。兩人四目交會，她的眼神充滿絕望和忿恨，而他自知事實不容否認。他想說些什麼，求她了解，請她原諒。但無論說什麼，都無法改變她目睹的一切。況且，就算他想得出什麼話，也沒時間說。

柔依已使勁將靈元素的全部力道擲向他。

以無形的力量，元素擊中不死生物。靈是他的本質、他的核心。因爲靈，他得以存活幾世紀，得以自在地遊戲人間，威力無窮。但現在柔依的元素灼傷他，舉起他，將他拋出分隔吸血鬼島嶼和威尼斯海灣的石牆。冰冷海水吞噬他，窒息他。霎時，卡羅納痛到無力抵抗。或許，這一次他應該讓求生的痛苦掙扎和生命的桎梏結束。或許，他應該再次讓自己被她擊垮。但就在這念頭冒出的一瞬間，他**感覺**到了。他感覺到柔依的靈魂已經碎裂，她的靈離開了這個世界，正如他的墮落把他從一個國度帶到另一個國度。

伴隨這個感覺而來的，是莫大的痛苦，遠比受柔依一擊痛。

不，柔依不能死！他從未想過要傷害她。即便奈菲瑞特使盡陰謀，即便她這個特西思基利詭計多端，他的堅持自始不曾動搖：無論如何，他會竭盡他的不朽力量確保柔依平安。因爲，在這個國度裡，柔依最像女神妮克絲——而這個國度如今是他僅有的國度。

卡羅納奮力掙扎，振翅掙脫波浪。他明白了，由於他，柔依的靈已離去，而這代表她會死。一呼吸到第一口空氣，他絕望地放聲叫喊：「不！」聲音淒厲，回應她最後的吶喊。

墮落之後，他竟相信自己不再擁有感覺。他太傻了，錯得離譜。他搖搖晃晃地在水面上飛翔，情緒如浪，一波波襲擊他，斲傷他業已受傷的靈，流失他的魂。就著模糊的視力，他望向潟湖彼端，覷見點點燈火，知道那兒就是陸地。但他絕對到達不了。他只能返回宮殿，別無選擇。鼓起最後一絲力氣，他振翅撲打寒冷的空氣，飛過石牆，癱倒在冰冷的地上。

夜色疲憊，情緒席捲他戰慄的靈魂，卡羅納不知道自己在冰冷的黑暗中躺了多久。他只模模糊糊地意識到，舊事重演，他再次墮落了，只不過，這一次墮落的是靈魂，而非肉體。但是，他確實也不再能指使自己的身體。

然後，她還沒開口，他已察覺到她。打從一開始，他和她之間就有這種感應。不管他是否喜歡，他們就是能感應到彼此的存在。

「你竟讓史塔克目睹你殺死那個男孩！」奈菲瑞特的語氣冷過冬天的海水。

卡羅納不希望只盯著她的細高跟鞋尖，勉力轉頭，眨眼想看清楚她。「那是意外。」終於又能發出聲音後，他沙啞地低聲說：「柔依不該出現在那裡。」

「我不容許意外，而且我根本不在乎**她**出現在那裡。事實上，這反倒好，省得麻煩。」

「妳知道她的靈魂碎裂了？」卡羅納眞恨自己居然聲音虛弱，身體虛脫，一如他痛恨自己受到奈菲瑞特的冰冷美貌影響。

「我想，這島上大多數吸血鬼都知道了。果然是柔依，她的靈離去時，也不肯安靜些。不過，我不知道有多少吸血鬼察覺這小妞在離去之前重創你。」奈菲瑞特用細長尖銳的手指甲點著下巴，若有所思。

卡羅納默不作聲，努力集中精神，收拾自己耗弱的靈。只是，身軀底下的泥土太眞實，而他沒有力氣騰起，從懸浮在上空的另一個世界汲取纖細的能量餵養自己的靈魂。

「不，我不認爲他們有人察覺。」奈菲瑞特以她最冰冷的聲音繼續說出她最工於心計的思考：「他們沒人像我一樣能感應黑暗，感應**你**。可不是嗎，我的愛人？」

「我們之間的連結獨一無二。」卡羅納擠出這句話，卻忽然希望事實並非如此。

「的確……」她說，依舊沉浸在自己的思緒中。接著，彷彿頓悟了什麼，她睜大眼睛。「我早就納悶，**你**這麼一個威猛的不死生物，那個埃雅怎麼傷得了。現在，我相信，你一直瞞著我的答案，小柔依剛剛揭曉。其實，要傷你的肉體是辦得到的，但必須先傷你的靈。這可眞神奇啊，是不是？」

「我會痊癒的。」他盡量讓聲音聽起來鏗鏘有力。「送我回卡布里島的城堡，帶我到屋頂，盡可能接近天空，我會恢復力氣的。」

「我相信，所以我原本也打算這麼做。不過，我的愛人，現在我改變主意了。」奈菲瑞特舉起雙臂，伸到他的頭上方，邊說話，邊以修長的手指在空中比劃，像蜘蛛結網，畫出複雜的圖案。「我絕不會再讓柔依干擾我們。」

「靈魂碎裂如同判了死刑，柔依不再能威脅我們。」卡羅納說，望著奈菲瑞特，心中了然。她牽引的黏稠黑暗，他太熟悉了。在擁抱它的冷酷力量之前，他曾和它搏鬥無數歲月。

現在，它在她的手指底下熱絡而焦躁地搏動。**照理說，她應該無法把黑暗當作具體的事物操控的**。這念頭像喪鐘的聲音迴盪在他疲憊的心中。**女祭司長應該沒有這種能耐**。

然而，奈菲瑞特不再只是一個女祭司長。她超越這個角色的侷限已有一段時間，可以毫無困難地控制她所召引的黑暗。

她就要變成不死生物了，卡羅納頓時驚覺。妮克絲的墮落戰士原已翻騰著悔恨、絕望與憤怒的心中，生出恐懼。

「人們以爲那是死刑，」奈菲瑞特平靜地說，同時引出更多墨黑的絲線，「可是，柔依有一種惱人的壞習慣：她老是有辦法死裡逃生。這次，我要她必死無疑。」

「柔依的靈魂也老是會轉世再生。」他說，故意激怒她，好分散她的注意力。

「那我就一次又一次地摧毀她！」被激怒的奈菲瑞特反而更專注。她編織的黑暗愈來愈強韌，帶著膨脹的力量在她四周的空氣裡纏扭翻滾。

「奈菲瑞特，」他喚她的名字，試圖吸引她的注意力，「妳明白妳在召喚什麼嗎？」

她的目光迎視他。這時，卡羅納第一次注意到她雙眸裡的闃黑夾雜著猩紅的色斑。「我當然明白。那些低等生物說，這是邪惡。」

「我不低等，但我也稱它爲邪惡。」

「喔，你已經好幾個世紀沒這樣稱呼它了。」她的笑聲好惡毒。「不過，最近你似乎深受過去的陰霾所影響，無法盡情享受當下美好的黑暗力量。我知道這事該怪誰。」卡羅納費力地撐著坐起來。

「不，我不要你移動。」奈菲瑞特喝道，揚起一根指頭對他彈出，一條黑暗絲線立刻纏繞他的脖子，勒緊，將他往下拽，又把他壓制在地上。

「妳想怎樣？」他厲聲問道。

「我要你跟隨柔依的靈到另一個世界，確保她那些**朋友**——」她不屑地說出這兩個字——「沒人能慫恿她重返她的身軀。」

不死生物萬分震驚。「我早被妮克絲逐出另一個世界，無法跟隨柔依去那裡。」

「噢，你錯了，我的愛人。你知道嗎，你的腦筋太死板了？幾世紀以來你始終以爲，妮克絲驅逐了你，你墮落了，無法回去。嗯，沒錯，**你**是回不去。」他茫然地望著她，她則誇張地嘆一口氣。「然而，被放逐的其實是你這副俊美的身軀，如此而已。妮克絲可曾說過你的不死靈魂會怎樣嗎？」

「她不需要說什麼。如果靈魂離開肉體太久，肉體就會死亡。」

「可是你的肉體不朽。換言之，不管你的靈魂離開多久，你的肉體依然活著。」她說。

卡羅納努力不面露驚惶。「的確，我不會死，但這不表示我不會因靈魂離開過久而受到傷害。」**我可能變老，發瘋，變成一副永遠不死的行屍走肉……**這些可能性盤旋在他的腦海裡。

奈菲瑞特聳聳肩。「那你就得盡快完成任務，盡速回到你迷人的肉體，免得它受到無法挽回的傷害。」她對他露出挑逗的笑容，繼續說：「如果你的肉體出了什麼差錯，我可是會很不高興喲，我的愛人。」

「奈菲瑞特，別這麼做。這麼做要付出代價，妳不會想要承受那種後果的。」

「**不要**威脅我！我把你從地底釋放出來，愛你，卻眼睜睜看著你討好那個只會癡笑的少女。我要她從我的生命裡消失！至於後果？我接受任何後果！難道你不明白嗎，我已經不再是軟弱沒用的女祭司長，只知服從墨守成規的女神？如果你沒被那個丫頭迷得神魂顛倒，我不說你也肯定會注意到。我是不死生物，跟你一樣，卡羅納！」她的聲音強勁，令人毛骨悚然。「我們倆是絕配，你之前對此也深信不疑。等柔依．紅鳥消失，你會回心轉意的。」

卡羅納望著她，明白奈菲瑞特真的瘋了，但也納悶爲何瘋狂反而增益她的法力和美貌。

「所以，我決定這麼做——」她有條不紊地往下說：「在你的靈魂前往另一個世界，確保柔依不會重返的這段時間，我會把你性感、不朽的肉體保藏在地底。」

「妮克絲絕不允許這種事！」他來不及制止自己，這話已衝口而出。

「妮克絲永遠允許她的兒女擁有自由意志。曾經身為她的女祭司長，我確定，只要你要，她會讓你的靈前往另一個世界。」奈菲瑞特露出獰笑。「記住，卡羅納，我的眞愛，一旦你讓柔依徹底死去，便除去了我倆並肩統治世界的最後障礙，而在這個現代科技世界裡，你我的法力將會高強到超乎想像。想想看，我們將征服人類，恢復吸血鬼統治的盛世，再造一個絕美、熱情、法力無邊的境界。人間將歸我們所有，而我們將重現往昔的光榮！」

卡羅納知道奈菲瑞特在利用他的弱點。他暗自咒罵自己，竟容許她得知他內心深處的欲望。奈菲瑞特知道，由於他不是冥神俄瑞波斯，絕無可能在另一個世界和妮克絲並肩統治，所以渴望在這個現代世界再造他失落的天地。

「瞧，我的愛人，只要你理性地想一想，你就會發現，你唯一該做的，就是跟著柔依去那裡，切斷她的靈魂和肉體之間的聯繫。這樣做，不過是為了達成你的終極欲望啊。」奈菲瑞特滿不在乎地說，彷彿兩人只是在討論她的新禮服材質。

「但我怎麼找得到柔依的靈魂呢？」他勉強也以滿不在乎的口吻說：「另一個世界浩瀚無邊，只有眾神才能悠遊其中。」

奈菲瑞特原本故作輕鬆的神色一變，冷酷的美貌可怕到令人不敢逼視。「別假裝你感應不到她的靈魂！」不死的特西思基利深吸一口氣，才以平和的口氣繼續說：「承認吧，我的愛人，就算沒人知道柔依的行蹤，你也找得到。卡羅納，你怎麼決定？與我並肩統治人間，或繼續當過往的奴隸？」

「我決定當統治者，我永遠只當統治者。」他毫不猶豫地說。

奈菲瑞特眼神再次驟變，眼睛裡的碧綠被猩紅色淹沒。她把發亮的眼珠子轉向他——盯住他，吞噬他，誘惑他。「那麼，卡羅納，妮克絲的墮落戰士，聽好了，我誓言保你的肉體安全無虞。我發誓，只要妮克絲的雛鬼女祭司長柔依·紅鳥徹底消失，我隨即解除黑暗枷鎖，讓你的靈返回。到時候，我會把你帶到卡布里島的城堡屋頂，讓天空灌注你生命和力量。此後，你將統治這個國度，當我的伴侶、我的守護者，**我的俄瑞波斯**。」卡羅納無力阻止，只能看著她伸出一根尖銳的手指甲，劃破她的右手掌心。「以血，我掌此權柄。以血，我立誓。」這時，她四周的黑暗騷動起來，降臨她的手掌，蠕動顫抖，吸吮她的血。卡羅納可以感覺到黑暗的誘惑，聽到它以挑逗、強勁的聲音對他的靈魂低語。

「**好**！」卡羅納臣服於貪婪的黑暗，喉底深處衝出這聲應允。

奈菲瑞特的聲音更加洪亮有力，繼續說道：「是你自己同意我以血跟黑暗締約，倘若你辜負我，違背誓言——」

「我不會辜負妳。」

她的笑容美得詭異，雙眸沸騰著血液。「如果你，卡羅納，妮克絲的墮落戰士，違背誓言，沒能除掉柔依．紅鳥，那麼，你一日不死，我將一日掌管你的靈。」

畢竟，幾世紀以來，他已選擇黑暗，背棄光亮。於是，在黑暗力量的誘引下，他不由自主地應聲道：「如果我失敗，只要我一日不死，妳就一日掌管我的靈。」

「誠如所誓。」奈菲瑞特再次割破手掌，劃出一個血淋淋的X字。當她再次朝向黑暗舉起手，血腥的銅味如火堆上的煙，一陣陣吹向他。「誓言已立！」黑暗再次吸吮奈菲瑞特的血，她的面容痛苦扭曲，但沒半點畏縮，依舊一動也不動，直到四周的空氣因著她的血液和誓言而膨脹、震顫。

這時，她才放下手，吐舌舔舐猩紅傷痕，止住血。接著，她走向他，俯身，雙手輕輕地捧住他的臉。在擰斷那個人類男孩的脖子之前，卡羅納也曾這樣捧著那男孩的臉。他感覺到黑暗在她的四周和體內低吼，宛如一頭亟欲破欄而出的狂牛，焦急地等待主人下令。

她把臉湊近，染血的唇幾乎碰到他的嘴。「我以在我血液裡奔流的力量，以及那些我所取過的所有性命，命令你，我美麗的黑暗絲線，將這不死生物的靈牽出，急速送往另一個世界。遵我所囑，我誓取你無法玷污的一個純潔人命，獻祭予你。爲我所用，如我所願！」

奈菲瑞特深吸一口氣，卡羅納看見她召喚的黑暗絲線在她豐滿的紅唇間滑移。她將黑暗吸入，身體因此膨脹，接著將嘴巴貼住他的口，透過沾血的黑色之吻，將黑暗吹入他的體內。當黑暗以強勁的力道將卡羅納受傷的靈魂從他的肉體撕離，他的靈魂痛苦地無聲哀號，硬生生地被迫往上升騰，升騰，竄入之前女神將他逐出的國度，留下被邪惡誓約捆綁、失去生命的肉體，任憑奈菲瑞特宰割。

2 利乏音

深沉的鼓聲如同不死生物的心跳，永不停息，震天價響，勢不可當。鼓聲迴盪在利乏音的靈魂中，與他血液的澎湃節奏互相應和。接著，伴隨著咚咚鼓聲，古老的話語開始浮現。歌聲籠罩著他的肉體，即使睡著，他的脈搏仍和諧地呼應著永恆的旋律。在他的夢中，女人的聲音唱道：

古者沉眠，等待甦醒
當大地的力量鮮紅漫溢
正中目標，特西思基利之后策畫經營
他在墓床上得受滌洗

歌聲迷人，宛如迷宮的路徑，曲折繚繞。

透過死者之手他自由重獲
震懾之美，駭人之象
所有女人將再受統治籠絡
她們屈膝臣服於他的黑暗力量

音樂成了呢喃的引誘，成了一種承諾，一種祝福，一種詛咒。它所訴說的回憶讓睡夢中的利乏音輾轉反側，驚惶抽搐，像個被遺棄的孩子，喃喃問道：「是父親嗎？」

歌聲以利乏音數百年前所記得的那兩行詩句作結：

卡羅納之歌悠揚甜美
我們以冰冷熾熱殺戮喋血

「……以冰冷熾熱殺戮喋血。」在睡夢中，利乏音仍感受得到歌詞的召喚。他沒醒，但心跳加速，雙手握拳，身體緊繃。在半睡半醒的狀態下，他聽見鼓聲戛然而止，女人輕柔的歌聲被熟悉不過的低沉聲音給取代。「**叛徒……懦夫……逆子……騙子！**」一個男人不停地譴責他。憤怒的連番抨擊侵入利乏音的夢境，他驚醒，回到真實世界。

「父親！」利乏音猛然坐起身，甩開圍在身上的舊報紙和破紙板。「父親，是你嗎？」他的眼角瞥見一抹光影晃動，立刻探身向前，忍著斷翅一陣刺痛，從杉木板鋪牆的陰暗壁櫥裡往外覷。「父親？」

在朦朧光暈逐漸凝聚，露出一個孩童的身形之前，他已心知那不是卡羅納。

「你是什麼東西？」

利乏音將焦灼的目光集中在那小女孩身上。「走開，幽靈。」

但小女孩沒消失，反而瞇眼打量他，彷彿對他很感興趣。**「你不是鳥，但有翅膀。你不是男生，但有手腳。而且你的眼睛也像男生，只差你的眼睛是紅的。你到底是什麼？」**

利乏音忽然怒火中燒，身形一閃，忍住全身劇痛，躍出壁櫥，在那鬼魂幾步之外站定，怒氣沖沖，惡狠狠地盯著她。「我是駭人的惡夢。小鬼，滾開，別煩我，否則妳就得面對比死亡可怕的恐懼。」

小女孩的鬼魂被他突如其來的舉動嚇一跳，往後退一小步，肩背輕輕抵到低矮的玻璃窗。然而，她站定後，仍以好奇、慧黠的目光凝視著他。**「你睡覺時呼喊你的父親，我聽到**

了。你騙不了我。我很聰明，記得事情。況且，你嚇唬不了我，因為你傷得很重，而且孤伶伶一人。」小女孩交叉雙臂，抱在胸前，一臉不屑，把金色長髮往後一甩，倏地消失，留下利乏音，孤伶伶，身受重傷，如她所言。

他握緊的拳頭鬆開，心跳趨緩，蹣跚地折回他臨時的窩，坐下，頭靠在壁櫥的牆板。

「可悲呀，」他出聲自言自語：「古代不死生物的愛子淪落至此，藏身垃圾堆，跟人類小孩的鬼魂說話。」他想放聲取笑自己，卻笑不出來。在他四周的空氣中，仍迴響著來自夢境與往昔歲月的歌聲，以及那個聲音——他發誓，那是他父親的聲音。利乏音再也坐不住，無視於手臂和翅膀的痛楚，站了起來。他痛恨自己如此虛弱。自負傷從舊火車站逃來這裡，他筋疲力竭地蜷縮在壁櫥裡到底多久了？他記不得。過了一天嗎？或者已經兩天了？

她在哪裡？她說她會在夜裡來找他。但是，現在已是夜晚，他人在這裡，在史蒂薇·蕾要他來的地方，她卻還沒出現。

他自怨地哀嘆一聲，走出壁櫥，僵直地經過方纔小女孩現身的玻璃窗前，來到通往屋頂露台的一道門。先前剛抵達這裡時，天才亮，他在本能的驅使下爬上這幢廢棄宅邸的二樓。那時，原本精力無窮的他已經虛脫，只想躲起來睡一覺。但是，現在，他太清醒了。

他凝視著空蕩蕩的博物館中庭。下了幾天的冰雪業已停歇，吉爾克瑞思博物館和廢棄宅邸座落的這片綿延起伏的山丘，大樹環繞，枝椏低垂摧折。利乏音的夜視能力良好，這會兒卻見不到外頭有任何動靜。從陶沙市區到博物館之間的這片土地上，屋舍依舊漆黑，一如先前來時路上所見到的景致。放眼望去，沒有預期中現代都市的燈火通明，只有零星燈光閃爍著。這些搖曳的微弱燭光，自然無法和現代電力所展現的壯觀景象比擬。

當然，眼前的境況並無神祕之處，只因將電力傳送到各個家戶的電線，跟樹木枝椏一樣，也受到風雪摧殘。利乏音知道，這情況對他有利。雖然到處可見殘枝斷樹和各種廢棄物，道路卻已經通行無阻。倘若不是電力中斷，此時外頭肯定人聲鼎沸，恢復往日的尋常生活。

「停電讓人類留在屋裡，」他喃喃自語：「**她**沒有出現，卻是爲了什麼？」

利乏音沮喪地嘆一口氣，打開破舊的門扇，本能地仰望天空，平撫自己的情緒。空氣沁涼，溼氣深重，地面冬草上籠罩著一層層浮動的濃霧，彷彿大地想將自己遮掩起來，不讓他看見。他再次抬頭，顫抖著長長吸入一口氣，吸入天空。跟漆黑一片的城市相比，此時天空彷彿明亮得有些詭異。星星在召喚他，下弦月也在招手。他體內的每個細胞都嚮往著天空。他渴望展翅翱翔天際，讓天空像他從不認識的母親那樣，慰撫他覆羽的黑黝身軀。

他展開沒有受傷的左翅，長約一個成人身高，但右翅只能簌簌顫抖。他吸入體內的夜晚空氣從他的嘴巴迸出，發出一聲痛苦的呻吟。

斷了！這個念頭如烙鐵劃過他的心頭。

「不，未必。」利乏音大聲說。他搖頭，試圖甩掉不尋常的疲憊感。是疲憊讓他覺得自己愈來愈無力，愈來愈憔悴。「專心！」他提醒自己。「現在該找父親了。」他的身體尚未痊癒，但他的心思已經澄澈，應該可以感受到父親的蹤跡。不管兩人的時空距離有多遙遠，由於血緣和靈，更由於與生俱來的不死天賦，他和父親始終連結在一起。

利乏音抬頭望向天空，心裡想著他習於乘馭的氣流，深吸一口氣，舉起沒有受傷的左手臂，伸展手掌，試圖碰觸難以捉摸的氣流，以及另一個世界遺留在空中的些許黑暗魔法。

「讓我感應到他吧！」他急切地對黑夜懇求。

有那麼片刻，他相信自己感受到了一絲絲回應，來自東邊遙遠的地方，但隨即只感覺到疲憊。「爲什麼我感覺不到你，父親？」由於不尋常的疲憊，他沮喪地放下手。

不尋常的疲憊……

「天哪！」利乏音驀然明白，讓他力氣盡失，只剩殘破軀殼的原因爲何，讓他無法感應父親蹤跡的原因爲何。「是她害的。」他忿忿地說，眼睛發出紅光。

沒錯，他是受了重傷，但身爲不死生物之子，他的身體早該開始復原。自從被那個戰士從空中射下，他睡過兩次覺，心智已清醒。睡眠應會幫助他復原，即使一隻翅膀可能永遠傷殘，身體其他部位理應有顯著的進步，法力也已恢復。

但血紅者吸了他的血，**跟他烙印**，從而干擾了他體內不死力量的平衡。

怒火升起，和沮喪交會。

她利用了他，然後遺棄他。

跟父親一樣。

「不！」他旋即糾正自己。父親是被那個雛鬼女祭司長逐走的。如果可以，父親一定會回來找他，到時候他又能回到父親的身邊。利用他，然後將他遺棄的人，是血紅者。

可是，爲什麼這個念頭讓他感到一種奇怪的痛苦？他不理會這種感覺，抬頭望向熟悉的天空。他並不想和她烙印。他救她，是因爲他欠她一條命。他太清楚了，無論此生或來世，未償還的生命之債最是危險。

是的，她是救了他——先是找到他，藏匿他，接著釋放他。可是，在舊火車站的屋頂上他幫助她逃過死劫，已經還了債。他是不死生物之子，不是軟弱的人類男子。他相信自己一定可以解除烙印，破除救她一命而出現的可笑副作用。他要用僅剩的力氣擺脫它，然後眞正開始復原。

他再次吸入黑夜的氣息，無視於身體的虛弱，集中意志力。「我召喚古代不死生物的靈力，那是我生來即能駕馭的力量，請解除——」話沒說完，絕望感席捲而來，他步履踉蹌，倚著露台欄杆。強大的哀傷籠罩他，逼得他癱軟跪地，在痛苦和震驚之中喘氣。

我到底怎麼了？

接著，奇怪、陌生的恐懼感充塞他的心。利乏音頓時醒悟。「這些感覺不是我的。」他告訴自己，同時努力在痛苦的情緒漩渦中找回自己的重心。「這些都是**她**的感覺。」

繼恐懼之後，無助感襲來，利乏音急促地喘氣。他強自振作，掙扎著站起來，對抗史蒂薇．蕾排山倒海般的洶湧情緒，以及緊追不捨的疲憊感，勉力集中精神，觸探多數人類封閉、休眠的能量源頭。他的血液就是觸探這源頭的鎖鑰。

利乏音重新開始祈求。但這次他施了截然不同的咒法。

日後，他會告訴自己，他這麼做，完全是出於本能反應，是受到烙印的影響。只不過，烙印的威力遠超出他的預期，居然讓他相信，要終止由血紅者傳來的一波波可怕情緒，最穩當、迅速的方法就是將她召來身邊，從而助她逃離痛苦。

當然，他這麼做絕對不是因為他關心她。那是絕無可能的事。

「我召喚古代不死生物的靈力，那是我生來即能駕馭的力量。」利乏音急促地說。他無視於自己身軀的痛楚，從夜晚最深黝的暗影汲取能量，貫注全身，並以不朽天賦催動。四周的空氣染上深紅色光澤，閃閃發亮。「我血、我靈的能量源自我父卡羅納，藉由他的不死威能，我命令你去找我的——」他的話戛然打住。他的什麼？她可不是**他的**。她是……她是……「她是血紅者，迷失雛鬼的吸血鬼女祭司長！」他終於衝口而出。「透過血的烙印和生命之債，她跟我連結在一起。去，去找她，給她力量，引她來我身邊。以我生命中不死的成分，我於此下令。」

他四周的紅色濛霧瞬間散開，飛向南方，朝著他一路走來的方向，回去找她。利乏音凝神注視遠去的靈力，靜靜等待。

3 史蒂薇·蕾

史蒂薇·蕾醒來，感覺很糟，彷彿自己是一大坨陳年的屎，甚至是一大坨焦慮的屎。首先，她居然跟利乏音烙印了。其次，她差點燒死在屋頂上。

霎時，她想起第二季《噬血眞愛》影集中，高卓在虛構的屋頂上燒掉他的自我。史蒂薇·蕾不屑地哼了一聲。「在電視上看起來可眞輕鬆。」

「什麼眞輕鬆？」

「要死，達拉斯！你嚇死我了。」她抓緊蓋在身上的白被單。「你在這裡幹麼？」

達拉斯皺起眉頭，說：「拜託，冷靜點。天一暗我就來看妳了。蕾諾比亞說我可以在這裡坐一會兒，或許可以等到妳醒來。妳太神經質了。」

「我差點**死掉**欸，有權利稍微神經質一下吧。」

達拉斯馬上露出抱歉的表情，將椅子挪近病床，抓起她的手，說：「對不起，妳說得對。對不起。艾瑞克把事情告訴大家時，我眞是嚇壞了。」

「他怎麼說？」

達拉斯原本溫暖的褐色眼眸瞬間變得嚴肅。「他說，妳在屋頂上差點燒起來。」

「對，這事有夠蠢，我竟然絆倒，撞到頭，昏過去。」史蒂薇．蕾撇開視線，不敢注視他。「我醒來時，發現自己差點燒焦。」

「對，眞會鬼扯。」

「什麼？」

「這種鬼話留給艾瑞克、蕾諾比亞和其他人聽吧。那些混蛋想殺妳，對不對？」

「達拉斯，我不知道你在說什麼。」她試圖抽開被他握住的手，但他抓得更緊。

「嘿，」他的聲音變輕柔，撫摸她的臉，將她的目光轉回他身上。「是我欸。妳可以告訴我實話，我保證保密到底。」

史蒂薇．蕾吁出長長一口氣。「我不想讓蕾諾比亞或其他人知道，尤其藍雛鬼。」

達拉斯凝視著她，大半晌後才說：「我不會對任何人吐露半個字的，不過妳應該要知道，我認爲妳犯了大錯。妳不能一直維護那些紅雛鬼。」

「我沒維護他們！」她反駁。這次，換她緊緊抓住達拉斯溫暖、可靠的手，希望透過碰觸，他能體諒她無法告訴他的事。「我只是想用自己的方式處理這件事。如果大家知道他們把我困在上面，情況就無法由我掌控了。」**萬一蕾諾比亞抓到妮可和她那夥人，而他們告訴她利乏音的事，那該怎麼辦**？這個念頭像愧疚的低語，在史蒂薇·蕾的心頭閃過。

「妳打算怎麼處理？他們做出這種事，妳可不能輕易放過他們。」

「我不會這樣的。但他們是我的責任，我要親自處置他們。」

達拉斯咧著嘴笑。「妳會叫他們吃不完兜著走，對吧？」

「大概吧。」她說，其實她一點主意也沒有。她趕緊改變話題。「幾點了？我好餓。」

達拉斯起身，微笑變成大笑。「這才像我的小姐嘛！」他親吻她的前額，指著房間另一頭金屬層板上的迷你冰箱。「蕾諾比亞告訴我，這裡冰了幾袋血。她說，妳睡得這麼熟，復原這麼迅速，醒來時應該會很餓。」

他去拿血袋時，史蒂薇·蕾坐起身，小心翼翼地轉頭，瞄一眼背部的傷勢。她察覺自己動作僵硬，不覺皺了一下眉頭。她猜想，情況恐怕很糟。畢竟，當蕾諾比亞和艾瑞克將她從地洞拉上來，從利乏音身邊帶走時，她的背部像是烤焦的漢堡肉。

現在別想他，專注——「喔天哪！」她看見背部一角時，不禁低聲驚呼。一點也不像烤焦的漢堡肉，卻彷彿只是輕微曬傷，光滑粉嫩，活像嬰孩的肌膚。

「太神奇了，」達拉斯也低聲驚歎：「真是神蹟。」

史蒂薇．蕾抬頭看他，兩人的眼神交會、扣緊。

「妳把我嚇死了，小姐。」他說：「別再這樣，好嗎？」

「我盡量啦。」她輕聲說。

達拉斯身體往前傾，小心地以指尖碰觸她肩頭後面的粉嫩肌膚。「還會痛嗎？」

「不算痛，只是有點繃。」

「太神奇了。」他再次驚歎。「沒錯，蕾諾比亞說妳睡覺時已在復原。但妳傷得那麼重，我壓根兒沒想到會——」

「我睡了多久？」她打斷他，料想達拉斯會告訴她，她已昏迷好幾天。**她遲遲沒有出現，利乏音會怎麼想？更糟的是——他會做出什麼事？**

「只睡了一天。」

頓時她鬆了一大口氣。「一天？真的嗎？」

「對。呃，幾個鐘頭前太陽下山，所以嚴格說來，已經超過一天。他們是昨天日出之後帶妳回來的。那時艾瑞克很誇張，開著悍馬車衝過中庭，撞倒一面圍牆，直接駛進蕾諾比亞的馬廄。然後我們大家像瘋了一樣，七手八腳地把妳抬過校園，送到醫護室這裡來。」

「我記得回來途中我在車上還跟柔講電話。那時我覺得自己沒事，但接著，好像有人把我關掉似的，我想，我是暈了過去。唉，真丟臉。」史蒂薇·蕾容許自己綻開笑容。「不過，我倒想看看那種誇張場面。」

「我就知道——」他含笑看著她——「一發現不需擔心妳會死，我也想到妳會想看。」

「我不會死的。」她說，語氣堅定。

「嘿，那很好。」達拉斯俯身，托起她的下巴，輕輕柔柔地吻她的唇。

出於一種奇怪的本能反應，史蒂薇·蕾轉頭閃開。「血袋呢？」她趕緊說。

「噢，對。」達拉斯聳聳肩，假裝不在意被拒絕，但把血袋遞給她時，臉頰已經羞紅。「對不起，我太冒失。我知道妳受傷了，不會想要，呃，妳知道我的意思……」他支支吾吾，超級不自在。

史蒂薇·蕾知道自己該說些什麼話，畢竟她和達拉斯確實**來電**。他溫柔聰明，而這會兒站在那裡，一臉歉疚，像個可愛的小男生低著頭，更加證明他了解她。況且他很帥——英挺結實，一頭淺黃色的濃密頭髮。其實，她還蠻喜歡跟他接吻的。起碼曾經喜歡。

難道現在不再喜歡了？

她莫名地彆扭起來，想不出話語來安慰他。於是，她決定不說話，接過血袋，撕開一角，倒入嘴裡。血液汩汩流入喉底，彷彿超級劑量的紅牛提神飲料，從胃部開始滋潤全身。

她不想這樣，但在內心深處，仍忍不住想到，利乏音的血帶給她的感覺，是多麼不同於這凡人的正常血液──那種能量爆發，宛如天雷地火。

她抹嘴巴時，手微微顫抖，終於抬頭看著達拉斯。「好多了嗎？」他問道，彷彿對兩人之間彆扭的互動不以爲意，他仍是原來那個熟悉、窩心的他。

「我可以再喝一袋嗎？」

他笑笑，隨即遞上另一袋。「早就爲妳準備好了，小姐。」

「謝謝。」她灌下第二袋血之前頓了一下，說：「我今天不太對勁，你知道吧？」

達拉斯點點頭。「我知道。」

「那，我們沒事吧？」

「沒事。」他說：「如果妳沒事──我們就沒事。」

「嗯，那我就放心了。」史蒂薇．蕾將血倒入嘴裡。這時，蕾諾比亞走入房裡。

「嗨，蕾諾比亞──瞧，睡美人終於醒了。」達拉斯說。

史蒂薇．蕾喝下最後一口，頭轉向門口。但是，一見到這位馬術大師，她原已堆在臉上的笑容瞬間凍結。蕾諾比亞在哭，哭得很傷心。

「喔天哪，怎麼了？」史蒂薇．蕾見到平常堅強的老師竟哭成淚人兒，驚愕之餘的第一個反應，是拍拍身邊的床鋪，要蕾諾比亞過來坐在她旁邊。以前她傷了自己，哭著找媽治療時，媽總是這樣做。蕾諾比亞木然地往前跨了幾步，但沒坐在她的床上，而是站在床尾，深吸一口氣，彷彿準備做出什麼可怕的事情。

「要我離開嗎？」達拉斯遲疑地問道。

「不，你留下，她或許會需要你。」蕾諾比亞語帶哽咽，迎視史蒂薇·蕾的目光，說：「是柔依，她出事了。」

恐懼劃過史蒂薇·蕾的心頭，她克制不住，一口氣說：「她沒事！我才跟她說過話，記得吧？就在我們離開火車站，我昏厥之前。那不過是昨天的事。」

「厄絲，就是我那個擔任最高委員會助理的朋友，她已經好幾個小時試圖跟我聯絡，但我把手機忘在悍馬車裡，直到剛剛才跟她通上電話。卡羅納殺了西斯。」

「什麼！」達拉斯倒抽一口氣。

史蒂薇·蕾不理他，緊盯著蕾諾比亞。**利乏音的父親殺了西斯**！她的恐懼一秒比一秒加劇。「柔依沒死。若她死了，我一定會知道。」

「柔依是沒死，但她目睹卡羅納殺死西斯，想阻止卻來不及，整個人因此碎裂了。」淚水從蕾諾比亞白瓷般的臉頰滑落。

「整個人碎裂?什麼意思?」

「她的身體仍在呼吸,但靈魂離開了。女祭司長的靈魂一旦碎裂,身軀遲早也會離開這個世界。」

「離開?我聽不懂妳的話。妳是說她會消失?」

「不是,」蕾諾比亞激動地說:「我是說她會死。」

史蒂薇.蕾的頭開始前後晃動,不停地晃。「不,不,不!我們只要把她帶回來這裡,她就會沒事的。」

「就算她的身體回到這裡,柔依也回不來了。史蒂薇.蕾,妳得有心理準備。」

「不要!」史蒂薇.蕾大叫:「我不要!達拉斯,幫我拿牛仔褲和衣服,我要離開這裡,我得想辦法救柔。她沒放棄我,我也不會放棄她。」

「妳無能為力的。」龍.藍克福特說。他站在醫護室敞開的門口,仍因為驟失人生伴侶而憔悴哀戚,但語氣平靜堅定。「重點在於柔依面對她無法承受的哀慟。那種痛苦我可以了解。一旦靈魂因哀傷而粉碎,返回肉體的路就被切斷。沒有了靈,身軀就會死去。」

「不,不能這樣,這樣不對,不能發生這種事。」史蒂薇.蕾對他說。

「妳是有史以來第一個紅吸血鬼女祭司長,妳必須找到力量接受這個事實。妳的子民需要妳。」龍老師說。

「卡羅納逃去哪裡，奈菲瑞特在這件事扮演什麼角色，我們都不知道。」蕾諾比亞說。

「但我們清楚知道，柔依的死正是他們對我們發動攻擊的最佳時機。」龍老師補充。

柔依的死……這句話在史蒂薇．蕾的心頭迴響，留下震驚、恐懼和絕望。

「妳法力高強。妳復原如此迅速，已足以證明。」蕾諾比亞說：「而我們需要所有可以運用的力量，迎戰勢將來襲的黑暗。」

「控制妳的哀慟，」龍老師說：「承擔起柔依的責任。」

「沒人當得起柔依！」史蒂薇．蕾喊道。

「我們不是要妳當她，我們只是要妳幫助大家填補她留下的缺憾。」蕾諾比亞說。

「我得——我得想一想。」史蒂薇．蕾說：「你們可以讓我獨處一下嗎？我想換上衣服，好好想一想。」

「當然。」蕾諾比亞說：「我們會在會議室，妳準備好就來找我們。」她和龍老師默默地離開醫護室，神情哀戚，但意志堅決。

「嘿，妳還好嗎？」達拉斯走向她，握住她的手。

她任他握了一會兒後，捏了捏他的手，然後抽開手。「我要我的衣服。」

「在那個櫥櫃裡。」達拉斯朝房間另一側的櫃子揚了揚下巴。

「好，謝謝。」史蒂薇・蕾趕緊說：「你得離開，我才能換衣服。」

「妳還沒回答我的問題。」他說，仔細端詳她。

「不好，我不好。只要他們一直說柔依會死，我就不好。」

「史蒂薇・蕾，連我都知道靈魂離開肉體的後果——人會死。」他努力想把刺耳的話說得婉轉些。

「這次不會。」史蒂薇・蕾說：「出去吧，讓我換衣服。」

達拉斯嘆一口氣。「我在外頭等著。」

「好，我不會太久的。」

「慢慢來，」達拉斯輕聲說：「我等妳。」

門關上後，史蒂薇・蕾沒有馬上起身著衣，而是忙著回想從《雛鬼手冊》讀來的訊息，想起書裡一則超級感傷的故事，古代一位女祭司長靈魂碎裂的故事。史蒂薇・蕾記不得這位祭司靈魂碎裂的原因，其實故事情節她也不記得——她只記得，那位女祭司長最後死了，無論別人怎麼想辦法救她，她還是死了。

「女祭司長死了。」史蒂薇・蕾喃喃自語。柔依甚至還不是真正的女祭司長呢。嚴格說來，她仍是雛鬼。一個成鬼女祭司長無法逃脫的命運，柔依怎麼可能有辦法脫逃呢？

不公平！她們經歷了那麼多磨難，而柔依現在得死？史蒂薇・蕾不願意相信。她想反抗，吶喊，拯救她最要好的朋友。但她該怎麼做？柔在義大利，她在陶沙市。而且，要命，史蒂薇・蕾連一群可惡的紅雛鬼都治不了，憑什麼以爲自己有能耐對付靈魂碎裂、脫離肉體的可怕難題？她甚至不能告訴任何人，她和造成柔靈魂碎裂的罪魁禍首的兒子烙印了。

史蒂薇・蕾被哀傷吞沒，整個人瑟縮起來，把枕頭抱在胸口，一根手指習慣性地不停捲繞一縷鬈髮，然後悲不可抑地哭了起來。她把臉埋入枕頭，壓住哭聲，任自己淹沒在震驚、恐懼和徹底的絕望裡。

就在她傷心欲絕時，四周空氣騷動起來，彷彿有人把這小房間的窗戶打開了一道縫。一開始她不予理會，哭得無暇理睬一道可惡的冷風。但風持續吹拂，以冰涼的觸感撫挲她裸露的粉嫩背部，帶給她一種出奇的愉悅感覺。霎時，她放鬆下來，盡情接受這撫觸帶給她的慰藉。撫觸？她叫他在外面等啊！她抬頭，咧嘴齜牙，準備斥責達拉斯。

但房間裡沒有別人。她獨自一個人在房裡。她把臉埋入掌心。難道她震驚過度而發瘋了？她可沒時間發瘋啊。她得起身著衣，邁出步伐，離開這裡，去面對柔依的事，去面對她那群紅雛鬼，面對卡羅納，以及利乏音。

利乏音……他的名字迴盪在空氣裡，冷風再度撫觸她的肌膚，環抱著她。不僅撫挲她的肩背，還掠過她的手臂，盤旋在她的腰際和大腿。涼意每觸及她的肌膚，她的哀傷就彷彿被沖刷掉一點。當她抬頭環顧，已比較能控制自己的反應。她抹去淚水，低頭看自己的身體。籠罩她的濛霧，滿是閃閃發亮的微細水滴，而那顏色，正是他眼珠子的色澤。

「利乏音。」她不由自主地低聲叫他的名字。

他在呼喚妳……「搞什麼鬼？」史蒂薇．蕾嘟囔著，怒氣從絕望中升起。

去找他……「要我去找他？」她火氣愈來愈大。「這一切都是他父親造成的。」

去找他……沁涼的撫觸和紅色的怒火替她做成決定，她一把抓起衣服，準備去找利乏音，只因為他或許知道些什麼，能幫她解救柔依。他是不死生物的兒子，顯然擁有什麼她不知道的能力。飄浮在她身邊的紅霧，肯定由某種靈體構成，來自他。

「好，」她出聲告訴紅霧：「我會去找他。」話一出口，紅霧消散，只留下她肌膚上的涼意流連不去，以及一種不同尋常的平靜。

我會去找他，而如果他幫不了我，那麼，管他有沒有烙印，我想我得殺了他。

4 愛芙羅黛蒂

「說眞的，厄絲，我不會再說第二遍。我不鳥你們可笑的規定。柔依在裡面，」愛芙羅黛蒂伸出做過指甲美容的一根手指，指著緊閉的石門，「這表示**我也要在裡面**。」

「愛芙羅黛蒂，妳是人類，甚至不是哪個吸血鬼的伴侶。妳身爲凡人，不能這樣幼稚莽撞、歇斯底里地闖入最高委員會的會議廳，尤其在這種危機時刻。」女吸血鬼冷冷地盯著一頭亂髮、滿面淚痕、眼睛紅腫的愛芙羅黛蒂。「委員會可能會邀請妳進入，但在那之前，妳必須在外面等候。」

「我沒歇斯底里。」愛芙羅黛蒂強自鎭定，緩慢、清晰地說，力圖彌補自己的失措。剛才，當史塔克抱著柔依毫無生氣的軀體，在達瑞司、戴米恩、孿生的，以及傑克的陪同下，走進會議廳，唯獨她一把鼻涕一把眼淚，成爲厄絲口中歇斯底里的凡人，沒跟上步伐。等她恢復鎭定，門正好當著她的面關上，而厄絲威嚴地守在門口。

但是，如果厄絲以爲愛芙羅黛蒂不懂得如何應付對她頤指氣使的大人，那就大錯特錯了。畢竟扶養她長大的那個女人更可怕。相較之下，厄絲簡直像是老電影《歡樂滿人間》裡那個善良的保姆瑪麗·波平絲。「所以，妳認爲我只是個人類小鬼，對吧？」愛芙羅黛蒂硬往前移步，逼得厄絲本能地後退。「想清楚點，我是妮克絲的女先知欸。還記得她吧？妮克絲——**妳的女神，妳的頂頭上司**。我不需成爲某人的血庫，就有權利站在最高委員會面前。這是妮克絲親自賦予我的權利。所以，現在，別擋我的路！」

「這小妮子說話是欠缺禮貌，但她說得對。厄絲，讓她進去吧。如果委員會不同意，責任由我承擔。」奈菲瑞特柔滑的話語從背後傳來，愛芙羅黛蒂頓時覺得手臂上寒毛直豎。

「這不符合常規。」厄絲說，但顯然已有意讓步。

「雛鬼的靈魂碎裂，也不尋常。」奈菲瑞特說。

「這點我同意，女祭司。」厄絲讓到一旁，打開厚重的石門。「現在，這個人類在會議廳裡的行徑由妳負責。」

「謝謝，厄絲，妳人眞好。對了，待會兒有幾位委員會的戰士會送東西到這裡，請務必讓他們進入，可以嗎？」

當厄絲喃喃說道：「當然，女祭司。」愛芙羅黛蒂頭也不回，逕自走入古老的建築。

「很怪吧，孩子，我們又站在同一邊了？」奈菲瑞特的聲音緊跟在她的身後。

「我們絕不會站在同一邊。另外，我也不是孩子。」愛芙羅黛蒂說，沒看她，也沒放慢腳步。門廳過去便是偌大的石砌環形劇場，環繞著一階又一階的座位。愛芙羅黛蒂的目光旋即被眼前的彩繪玻璃所吸引。上面畫的是妮克絲，在燦爛的五芒星陪伴下優雅地高舉雙手，捧著一彎弦月。

「很美，對吧？」奈菲瑞特說，像是在閒聊。「世上的藝術傑作都出自吸血鬼之手。」

愛芙羅黛蒂仍拒絕看她，只聳聳肩，說：「吸血鬼有錢，錢能買美麗的東西，不管那是人類或非人類創造的。妳無法確定那扇窗是吸血鬼製作的。我的意思是，妳雖然老，卻沒那麼老。」愛芙羅黛蒂不理會奈菲瑞特故作輕柔的笑聲，目光移到會議廳中央。一開始她沒意識到自己看到的是什麼。等明白過來，她痛苦得像有人朝她肚子狠狠打了一拳。

一面巨大平台構成會議廳的內圈地板，上面擺了七張大理石寶座，坐著七位吸血鬼。但吸引愛芙羅黛蒂目光的不是她們，而是寶座前躺在一塊高台上的柔依。她像具橫陳在棺材板上的屍體。史塔克跪在柔依身旁，角度恰可讓愛芙羅黛蒂瞥見他的局部側臉。他沒發出半點聲音，淚水一直撲簌簌地從臉頰滑落，沾溼衣服。達瑞司站在他身邊，對著第一張寶座上一頭濃密棕色頭髮摻雜著幾綹灰絲的女人說些什麼，但愛芙羅黛蒂聽不見。戴米恩、傑克和孿生的挨擠在鄰近一排石凳上，像幾隻緊張的綿羊，也在哭泣。他們的嚎啕大哭，相較於史塔克的沉默哀慟，宛如喧鬧的海洋之於潺潺小溪。

愛芙羅黛蒂本能地開始往前走，但奈菲瑞特抓住她的手腕，終於逼使她轉頭看她昔日的導師。「放開我。」愛芙羅黛蒂輕聲說。

奈菲瑞特挑起一邊眉毛，說：「妳終於學會對抗可以當妳母親的人了？」

愛芙羅黛蒂讓怒火靜靜地在心裡悶燒。「妳沒資格當任何人的母親。不過，我很久以前就學會對抗可惡的潑婦了。」

奈菲瑞特皺眉，放開她的手腕。「我一直不喜歡妳粗魯的言語。」

「我不是**粗魯**，是**說話實在**，兩者不一樣。而妳以爲我會鳥妳喜不喜歡啊？」奈菲瑞特深吸一口氣，準備回應，但被愛芙羅黛蒂打斷。「妳到底來這裡做什麼？」

奈菲瑞特故作驚訝地眨了眨眼睛。「我來是因爲這裡有個受傷的雛鬼。」

「噢，眞是鬼話！妳來這裡，純粹是因爲妳想取得妳想要的東西。妳打的就是這種算盤，奈菲瑞特，不管她們知不知道。」愛芙羅黛蒂朝最高委員會的成員揚了揚下巴。

「說話客氣點，愛芙羅黛蒂，妳說不定很快就會需要我幫忙。」

愛芙羅黛蒂迎視奈菲瑞特的目光，震驚地發現，那雙眼睛變暗了，不再是明亮的翠綠色。**在她眼眸深處灼灼發亮的紅色是怎麼回事**？愛芙羅黛蒂心裡剛冒出這個疑問，奈菲瑞特便又眨了眨眼，雙眼再次變得澄澈，恢復寶石的顏色。愛芙羅黛蒂顫抖著吸一口氣，手臂上的寒毛再次豎起，但她說話的語氣依然平穩，帶著嘲諷。「沒關係，我就不靠妳的『幫忙』，自己碰碰運氣吧。」說到「幫忙」時，她用手指在空中比劃出引號。

「奈菲瑞特，委員會請妳上前。」

奈菲瑞特轉身面對委員會，但在步下階梯，走向她們之前，她頓住，做了個優雅的手勢，說：「我請求委員會准許這位人類在場。她是愛芙羅黛蒂，自稱妮克絲的女先知。」

愛芙羅黛蒂繞到奈菲瑞特前面，視線逐一掃過委員會的成員。「我不是**自稱**，我本來就是，因爲女神要我當她的女先知。事實上，如果有得選擇，我可不想要這份差事。」有幾位委員面露驚訝，但她繼續說：「噢，先跟妳們講一聲：我說的每件事，妮克絲都知道。」

「雖然愛芙羅黛蒂不怎麼有自信，但女神對她有信心。」達瑞司說。

愛芙羅黛蒂對他微笑。對她來說，他不只是她英挺帥氣，高山般雄偉的戰士。她知道自己可以仰賴他，因爲他永遠見到她最好的一面。

「達瑞司，你爲什麼要替這個人類說話？」棕髮女祭司問道。

「杜安夏，我是在替**女先知**說話。」他清晰地說出這個頭銜。「因爲我已立誓當她的誓約戰士。」

「她的誓約戰士？」奈菲瑞特掩不住語氣裡的震驚。「可是，這代表……」

「這代表我不完全是人類，因爲吸血鬼戰士不可能向人類立誓。」愛芙羅黛蒂替她把話說完。

「妳可以留下來，愛芙羅黛蒂，妮克絲的女先知。委員會請妳上前。」杜安夏宣布。

愛芙羅黛蒂迅速走下階梯，拋下跟在她身後的奈菲瑞特。她很想直接走向柔依，但直覺地先在名爲杜安夏的棕髮女子面前止步，恭謹地握拳在胸，鞠躬。「感謝妳讓我在場。」

「特殊的時候我們必須有特殊的做法。」這次說話的人是一名高瘦的吸血鬼，她的眼眸跟夜晚一樣漆黑。

愛芙羅黛蒂不確定該跟這位吸血鬼說什麼，所以只是點點頭，便走向柔依。她伸手牽住達瑞司的手，握緊，希望能汲取戰士的驚人力量。然後，她低頭看她的朋友。

這不是想像，柔依的刺青真的不見了！現在唯一留下的記印，是她額頭正中央那個普通的藍色弦月輪廓。而且她好蒼白！**柔依看起來就像死了**。愛芙羅黛蒂趕緊打住這念頭。柔依沒死，她仍在呼吸，她的心臟也仍在跳動。柔依．沒．死。

「女先知，妳看著她時，女神可向妳揭示了什麼嗎？」那個高瘦女吸血鬼問道。

愛芙羅黛蒂放開達瑞司的手，慢慢地在柔依身邊跪下，然後看著跪在柔依另一側的史塔克。但他一動也不動，連眼睛都沒眨，只是默默哭泣，凝視著柔依。**如果我發生不測，達瑞司也會這樣嗎**？愛芙羅黛蒂甩開這可怖的念頭，重新將注意力放在柔依身上。她慢慢地伸出手，搭在她的肩頭。她的肌膚好冰冷，彷彿她眞的死了。愛芙羅黛蒂等著看會不會發生什麼事，但沒有靈視出現的跡象，她什麼都沒感覺到。

她沮喪地嘆一口氣，搖搖頭，說：「沒有，什麼都沒有。我不能控制靈視，是靈視自己找上門，不管我想不想要。事實上，多數時候我根本不想要，但靈視不請自來。」

「女先知，妳沒有善用妮克絲賜給妳的全部天賦。」

愛芙羅黛蒂驚訝地抬起頭，看見那位黑眸子的吸血鬼已經起身，正優雅地走向她。

「妳眞的是妮克絲的女先知，對吧？」這位吸血鬼問道。

「對，我是。」愛芙羅黛蒂毫不遲疑地回答，但心中困惑與自信參半。

這位女吸血鬼穿著夜空顏色的絲質禮服，裙襬飄動，在愛芙羅黛蒂身邊跪下。「我是桑納托絲。妳知道我的名字代表什麼意思嗎？」

愛芙羅黛蒂搖頭，只希望戴米恩離得近一點，她可以使個眼色向他討救兵。

「這個名字指的就是死神。我不是委員會的領導人，那是杜安夏的榮耀。但我別有殊榮，跟女神特別親近，因爲許久之前她賜我能力，讓我幫助辭世的靈魂前往另一個世界。」

「妳可以跟鬼魂說話？」

桑納托絲的笑容讓原本嚴峻的面容頓時變美。「從某方面說，是的，我可以。由於這個天賦，我對靈視略有所知。」

「眞的？靈視完全不同於跟鬼魂說話喔。」

「是嗎？妳的靈視來自什麼地方？不，或許該這麼問：當靈視來臨，妳置身何處？」

愛芙羅黛蒂想起她有許多關於死亡的靈視，甚至從**死者**的角度看事情發生。她猛吸一口氣，驀然了悟，說：「我的靈視來自另一個世界！」

桑納托絲點點頭。「比起我，妳更常跟另一個世界及靈的國度溝通。我所做的事，不過是引領死者過去，而透過他們，我得以瞥見另一個世界。」

愛芙羅黛蒂焦急地低頭看柔依。「她**沒**死。」

「是還沒，但在沒有靈魂的狀態下，她的肉體撐不過七天。換言之，她離死亡很近，近到另一個世界已牢牢地抓住她，牢固的程度更甚於它對新亡者的影響。女先知，再摸摸她。這次，集中念力，善用天賦。」

「可是我——」

桑納托絲打斷她的話。「女先知，妳必須做妮克絲要妳做的事。」

「我不知道她要我做什麼呀！」

桑納托絲嚴峻的表情放鬆，再次露出笑容。「噢，孩子，妳只須求她幫妳。」

愛芙羅黛蒂眨眨眼。「就這樣？」

「對，女先知，就這樣。」

愛芙羅黛蒂緩緩地再次將手搭在柔依冰冷的肩膀。這次，她閉上眼睛，三度深呼吸，就像柔依設立守護圈時那樣。然後，她急切地在心中默默向妮克絲禱告：**如果不是事關緊要，我不會開口求妳。不過，這點妳早就知道，因為妳很清楚我一向不喜歡求人。另外，我真的不擅長這種祈求的把戲，這點妳也早知道。**愛芙羅黛蒂在心裡嘆一口氣，繼續祈求。**妮克絲，但現在我真的需要妳幫我。桑納托絲好像認為我跟另一個世界有什麼連結，如果真是這樣，可以求妳讓我知道柔依發生了什麼事嗎？**她打住，再次嘆息，向妮克絲坦白。**女神，拜託。我這樣祈求不只是因為柔依跟我情同姊妹（我媽太自私，才沒幫我生一個妹妹），更因為許多人仰賴柔依。我不得不承認，這比我的私人感情重要多了。**

愛芙羅黛蒂感覺到掌心開始溫熱，接著，她彷彿脫離自己的身軀，滑入柔依裡面。她在那裡只待了一剎那，頂多一次心跳的時間，但她所看見、所感受到，以及所**明白**的事情讓她萬分震驚。瞬間，她發現自己已返回自己的軀體。她將剛剛搭在柔依肩膀的那隻手抱在胸口，驚駭地喘氣。接著，她呻吟一聲，在暈眩中彎下腰，不停乾嘔，滿臉涕泗縱橫。

「怎麼了，女先知？妳看見了什麼？」桑納托絲冷靜地問，邊擦拭愛芙羅黛蒂的臉龐，邊以一隻手攬住她的腰，穩住她。

「她走了！」愛芙羅黛蒂忍住啜泣，鎮定下來。「我感受到她發生的事。在一瞬之間，柔依將她靈的全部力量擲向卡羅納，盡其所有，想阻止他，但失敗了。西斯死在她眼前，這害她的靈立即碎裂。」她淚眼朦朧，在怪異的暈眩中，無助地望著桑納托絲。「妳也知道她在哪裡，對不對？」

「我想，我是知道。不過，得靠妳確認。」

「她碎裂的靈在另一個世界，和死者在一起。」愛芙羅黛蒂說，用力眨眼，忍住淚水刺痛。「柔依真的走了。已發生的事，她沒辦法承受——她現在依然無法承受。」

「妳還看到其他事情嗎？可能有助於拯救柔依的事情？」

愛芙羅黛蒂硬生生嚥下冒出的膽汁，顫抖著抬起手。「沒有，我再試試——」

達瑞司抓住她的肩膀，阻止她。「不行，妳跟史蒂薇．蕾的烙印剛打破，還太虛弱。」

「沒關係。柔依快死了！」

「有關係。難道妳想讓自己的靈魂變得跟柔依一樣？」桑納托絲靜靜地說。

愛芙羅黛蒂心中升起另一種恐懼。「不想。」她喃喃地說，伸手抓住達瑞司的手。

「正是因爲這樣，當慈愛的女神將了不起的天賦賜給年輕人，經常會導致不幸的後果。他們不夠成熟，不懂得明智地運用天賦。」奈菲瑞特說。

當奈菲瑞特冰冷、虛矯的聲音傳來，愛芙羅黛蒂發現史塔克的身體猛然抖一下，他的視線終於從柔依身上移開，抬起眼來，咬牙切齒地說：「這個**禽獸**不該留在這裡！都是她搞的鬼！她害死西斯的命，粉碎柔依的靈。」

奈菲瑞特冷冷地看著他，說：「我明白你不能自已，但是，戰士，你不能這樣對女祭司長說話。」

史塔克倏地站起來。迅如疾雷，達瑞司已伸手拉住他。愛芙羅黛蒂聽見他低聲告誡史塔克：「三思而後行！」

「戰士，」杜安夏對史塔克說：「人類男孩被殺，柔依的靈魂粉碎時，你在現場，而你已對我們作證，這是長翅膀的不死生物所爲。你從沒提到這跟奈菲瑞特有關。」

「問問柔依的朋友，打電話給陶沙市夜之屋的蕾諾比亞和龍老師吧，他們都會告訴妳，奈菲瑞特不必在場就能致人於死。」史塔克掙脫達瑞司的手，氣沖沖地抹臉，彷彿此刻才發覺自己在哭。

「她—她即使人不在，也能做出可怕的事。」在會議廳另一側的戴米恩吞吞吐吐地說。

孿生的和傑克雖然淚眼婆娑，也用力點頭附和。

「沒有證據證明奈菲瑞特跟這件事有關。」杜安夏輕聲對眾人說。

「妳沒辦法知道西斯發生什麼事嗎？妳不能跟他的鬼魂說話，找出眞相嗎？」愛芙羅黛蒂問桑納托絲——她已在奈菲瑞特說話時回座。

「那人類的靈沒在這個國度逗留，離開前也沒來找我。」桑納托絲說。

「卡羅納人呢？」史塔克無視旁人，對奈菲瑞特咆哮。「妳把妳的愛人藏在哪裡？」

「如果你指的是我那生命不朽的伴侶，冥神俄瑞波斯，這正是我來找委員會的原因。」奈菲瑞特背向史塔克，只對七位委員會成員說話。「我也感受到柔依的靈魂碎裂。當時我在迷宮裡散步，心裡思忖著，打算離開聖克利門蒂島一陣子。」

史塔克不屑地哼了一聲，打斷她的話，說：「妳和卡羅納計畫以卡布里島爲根據地，統治全世界。所以，的確，妳短期內可能不會回來這裡，除非妳想炸掉這地方。」

達瑞司再次碰觸史塔克的肩膀，試圖提醒他謹愼，但史塔克將他甩開。

「我不否認俄瑞波斯和我希望能恢復古代盛世，吸血鬼從卡布里島行統治，受世人禮敬，獲得應有的尊崇。」奈菲瑞特這次直接對史塔克說話。「但我不會摧毀這個島或這個委員會。事實上，我還希望獲得它的支持呢。」

「妳的意思是獲得它的**權力**吧。現在沒有柔依擋路，妳的機會來了。」史塔克說。

「是嗎？難道我誤解了你的柔依和我的俄瑞波斯稍早在這個會議廳裡的談話？她承認他是不死生物，還說他在找尋他要效忠的女神。」

「她從未稱呼他俄瑞波斯！」史塔克吼道。

「而我不朽的俄瑞波斯夠寬厚，只說她會犯錯，沒說她是騙子。」奈菲瑞特說。

「奈菲瑞特，妳到底做了什麼事？強迫卡羅納殺死西斯，粉碎柔依的靈魂，因爲妳忌妒他們之間的連結？」史塔克說。

愛芙羅黛蒂看得出來，要他承認柔依和卡羅納之間確有曖昧是多麼痛苦的一件事。

「當然不是！戰士，用你的腦袋想，別用你傷心欲絕的心！柔依能強迫你爲她去殺害無辜的人嗎？她當然不能。你是她的戰士，但你仍有自由意志，而且你依然忠於妮克絲，所以最終你必須行女神的意志。」不容史塔克回話，奈菲瑞特轉向委員會。「如我所言，我感受到柔依的靈魂碎裂，正要返回宮殿時，遇到俄瑞波斯。他身受重傷，幾乎不省人事，只來得及說一句『我要保護我的女神』，便走了。」

「卡羅納死了？」愛芙羅黛蒂忍不住衝口而出。

奈菲瑞特沒回答，而是轉身望向會議廳的入口。那兒站著四位委員會的戰士，他們抬著一個擔架，裡頭的人壓得擔架凹陷，一隻黑色翅膀垂到擔架外，拖在地板上。

「將他帶過來！」奈菲瑞特下令。

他們緩緩地步下階梯，將擔架放在高台前方的地板上。史塔克和達瑞司本能地同時移步向前，擋在柔依的軀體和卡羅納之間。

「他當然沒死。他是俄瑞波斯，不朽的生物。」奈菲瑞特的語氣依然高傲，但隨即改以哽咽的聲音說：「他沒死，但如你們所見，他走了！」

愛芙羅黛蒂彷彿克制不了自己，起身走向卡羅納。達瑞司立刻走到她身邊。

「不，別碰他。」他提醒她。

「不管是否稱呼他俄瑞波斯，他顯然是古代的不死生物。由於他血裡的能量，即使靈已不在，女先知無法進入他的身體。戰士，不像柔依，他對女先知沒有危險。」桑納托絲說。

「我不會有事的。讓我試試，看能不能發現什麼。」愛芙羅黛蒂告訴達瑞司。

「我就在妳旁邊，絕對不會放手。」他說，握緊她的手，陪她走向卡羅納。

愛芙羅黛蒂感覺到戰士的身體緊繃，但她深呼吸三次，將注意力集中在卡羅納身上。她只躊躇了一下，便伸手搭在卡羅納的肩膀上。他身體好冰冷，她得忍住才沒將手抽回。她閉上眼睛。**妮克絲，再一次，請幫我，讓我知道……任何對我們有幫助的事**。愛芙羅黛蒂最後的一句默禱，確立了她跟女神的連結，讓她眞正成爲女先知。**請將我當作工具，用以對抗黑暗，行妳的道路**。

愛芙羅黛蒂的掌心開始溫熱，但她不需進入卡羅納裡面，就知道他已離開了。是黑暗告訴她的——她震驚地發現，黑暗本身是具體的存在，一個法力高強、活生生的龐大實體。它無所不在，包覆著卡羅納整個身體。愛芙羅黛蒂清楚地看到墨黑色的網，彷彿有一隻肥大的隱形蜘蛛編織了這麼一個網，黏稠的黑絲纏繞他全身——抓緊他，安撫他，將他緊緊捆綁，像是把他保管起來。不死生物的身體顯然已被囚禁，而他的軀殼裡面也顯然已經空洞。

愛芙羅黛蒂倒抽一口氣，迅速把手抽回，在自己的褲子上擦拭，彷彿那黑網玷污了她的手。接著，她雙膝一軟，癱靠在達瑞司身上。當戰士抱起她，她說：「就像柔依的體內，他也已經不在了。」她故意不透露卡羅納的身體遭羈縻的實情。

5 柔依

「小柔，妳得醒醒。拜託！醒來跟我說話。」

男孩的聲音好悅耳，我還沒睜眼就知道他很帥。然後，我睜眼，對他微笑，因爲我料想得沒錯。用好友凱拉的話來說，他是「淋滿美味醬汁的熱辣甜點」，眞的秀色可餐！儘管腦袋昏沉，我仍覺得溫暖和快樂，臉上的微笑變成開懷大笑。「我醒了。你是誰？」

「柔依，別胡鬧了，這不好玩。」他蹙眉看著我。

我忽然發現自己躺在他的大腿上，被他抱在懷裡。我趕忙坐起來，從他身上退開。我的意思是，對，他超級帥，但我可不習慣躺在陌生人的大腿上。「呃，我可沒有要跟你玩。」

他俊俏的臉龐瞬間凍住，一臉驚愕。「小柔，妳是說，妳眞的不知道我是誰？」

「聽著，你知道我不知道你是誰，雖然我知道這聽起來很像你知道我是誰。」我頓住，被這一連串的「知道」給搞迷糊了。

「柔依，那妳知道妳是誰嗎？」

我眨巴著眼睛。「這問題太蠢了吧，我當然知道我是誰啊。我是柔依。」幸好這傢伙長得帥，因爲他顯然腦筋不太靈光。

「那妳知道妳在**哪裡**嗎？」他的口氣好溫柔，顯得有點遲疑。

我環顧四周。我們坐在很舒服的草地上，旁邊有個船塢，延伸到湖裡。在燦爛的晨曦映照下，湖面如鏡。

晨曦？

不對啊。

事情不對勁。

我用力嚥了嚥口水，看著那男孩溫柔的褐色眸子。「告訴我，你叫什麼名字。」

「西斯。小柔，我是西斯，妳認識我，妳一直都認識我。」

我確實認識他。

他的影像在我的腦海裡一幕幕疾閃而過，像快轉的DVD影片：小學三年級時，西斯告訴我，我剪得超級短的頭髮很可愛——六年級時，一隻蜘蛛掉到我身上，他當著所有六年級生的面跳出來救我——八年級時，足球比賽後他第一次吻我——後來西斯開始酗酒，把我氣死了——我跟西斯烙印……然後又烙印一次。最後，我眼睜睜看著西斯——

「喔，天哪！」回憶的片段匯聚，我想起來了。**我記得**。

「小柔——」他把我拉回他的懷裡——「沒事，一切都沒事。」

「怎麼可能沒事？」我嗚咽地說：「你死了！」

「小柔，寶貝，事情就是這樣。我不害怕，也不覺得特別痛苦。」他以平靜、熟悉的聲音說道，同時輕輕地搖晃我，撫拍我的背。

「可是，我想起來了！」我克制不住，不在乎形象地哭得一把鼻涕一把眼淚。「卡羅納殺了你，我看見了。喔，西斯，我想阻止他，我眞的、眞的想。」

「噓，寶貝，噓，我知道妳想，但妳無能爲力。我呼喚妳，妳眞的來找我了。妳做得很棒，小柔，妳眞的做得很棒。現在妳必須回去，挺身對抗他和奈菲瑞特。是奈菲瑞特殺的，你們學校那兩個吸血鬼，妳的戲劇課老師和那個男的。」

「羅倫·布雷克？」我震驚得止住淚水，伸手抹臉。一如往常，西斯從牛仔褲口袋裡掏出一疊面紙。我楞楞地望著面紙，隨即噗嗤笑了出來，把我們兩人都嚇了一跳。「不會吧，你帶著用過的面紙上天堂？」我咯咯笑著說。

他一臉不悅。「小柔，這些面紙沒用過，嗯，至少沒用到很爛。」

我對他搖搖頭，有點怕怕地接過那疊面紙，擦了擦臉。

「鼻涕也擤一擤吧。妳每次哭總有許多鼻涕，所以我總是隨身攜帶面紙。」

「喂，閉嘴，我又沒那麼愛哭。」我說，霎時忘記他死了。

「對，可是每次哭都會跑出一堆鼻涕，所以我總得事先準備好。」

我看著他，驀然跌回現實。「那麼，如果你無法再遞面紙給我擤鼻涕，我該怎麼辦？」我開始哽咽。「還有──如果你沒在我身邊提醒我家的感覺，提醒我什麼是愛，什麼是人類，我該怎麼辦？」我再度號啕大哭，眞的大哭。

「噢，小柔，妳會自己想出辦法的。妳的時間還很多，妳是了不起的吸血鬼女祭司長，記得嗎？」

「我不想當女祭司長，我只想當柔依，跟你一起在這裡。」我說的是肺腑之言。

「那只是妳的一部分，或許這部分的妳有必要長大了。」忽然間他的聲音聽起來成熟、睿智，不像我的西斯。

「不要。」我說，同時察覺有個墨黑的影子從我眼角閃過。我的胃揪緊，覺得好像瞥見類似獸角的尖銳東西。

「小柔，妳不能改變過去。」

「不要。」我又說一次，視線從西斯身上移開，望向圍繞著美麗湖泊的青翠草原。這次，在原本只有陽光和蝴蝶的地方，我真的看見一些暗影和身形。暗影裡的闃黑令我害怕，但其中的身形吸引了我，猶如明亮的東西吸引嬰孩。黑暗愈來愈濃密，裡頭有幾雙眼睛閃爍著。我仔細端詳了其中一雙，突然覺得熟悉，想起什麼人……「我知道那裡有人。」

西斯伸手托起我的下巴，強迫我將視線轉向他。「小柔，妳在這裡最好不要四處張望。現在妳只須下定決心，想著要回家，然後像《綠野仙蹤》裡的桃樂絲那樣碰碰腳跟，讓願望成真，或者拿出女祭司長的本領，施展魔法，回到妳所屬的真實世界。」

「沒有你在身邊？」

「沒有我在身邊。我已經死了。」他輕聲說，撫摸我的臉龐。他的手指感覺起來好真實。「我得留在這裡。不過，其實，我覺得這只是我死去之後的第一步，接下來我還會去我該去的地方。可是，小柔，妳還活著，妳不屬於這裡。」

我把臉別開，退後，站起來，猛搖頭，像個瘋婆子那樣讓頭髮飛散。「不！我不會拋下你獨自回去！」

不知何時，四周已籠罩著蠕動的暗霧。這會兒，另一個影子引起我注意。我確定我看見了尖銳獸角閃著微光。接著，濛霧再次翻湧，一個影子愈來愈像人形，從黑暗中覷著我。那雙眼睛像極了我，只是顯得比較蒼老、傷心——非常傷心。「我認識妳。」我低聲說。

然後，影子變幻成另一個身形。新的眼睛也看著我，只是這雙藍色眼睛並不憂傷，反而流露出奚落的眼神，但照樣好熟悉。「妳……」我喃喃地說，試圖掙脫西斯。

「小柔，別看，冷靜下來，妳得回去。」西斯的雙手從背後緊緊摟著我。

但我無法不看。我克制不了。又一張臉出現，那雙眼睛我太熟悉了。這次，我認出來了，於是掙脫西斯，指著黑暗中我要他看的方向。「天哪，西斯！看那裡，那是我！」

那真的是我。當我們盯著彼此，那個「我」楞住。她差不多九歲，驚訝地對著我眨眼，不發一語。

「柔依，看著我。」西斯用力抓住我的肩膀，猛然將我轉身。我知道，他這下子肯定會在我的肩膀留下瘀青。「妳得離開這裡。」

「可是，那是小時候的我。」

「我想，她們全都是妳——妳的片段。妳的靈魂出差錯了，柔依，妳得離開這裡，好讓它復原。」

突然間，我覺得暈眩，癱在他的臂膀裡。我不知道我是怎麼知道的，但我就是知道。我接下來說的話，真實、明確一如他的死。「我無法離開，西斯，除非所有那些我的片段又變成**我**。而我不知道該怎麼讓她們變成我——我就是不知道！」

西斯用他的額頭抵著我的額頭。「小柔，或許妳應該像斥責我喝酒那樣，命令她們，呃，我不曉得，也許命令她們別再胡鬧，立刻回到妳裡面，回到她們原來所屬的地方。」

他學我的語氣學得眞像，惹得我差一點發笑。差一點。「可是，如果我恢復成完整的我，我就得離開這裡。西斯，我可以感覺到這一點。」我低聲告訴他。

「如果妳不恢復成完整的妳，妳就離開不了這裡，因爲妳會死。小柔，我可以感覺到這一點。」

我凝視著他那雙熟悉、溫暖的眼睛。「留在這裡不好嗎？我的意思是，這地方看起來比那個等我回去的混亂世界好多了。」

「不，柔依。」西斯似乎惱怒了。「這裡不好，對妳來說很不好。」

「嗯，或許那是因爲我沒死。我是說還沒死。」我嚥了嚥口水，心中暗自承認，把這話說出口確實很嚇人。

「我想，不止這樣。」

這會兒，西斯沒有看我，而是盯著我的背後，兩眼睜得又大又圓。我轉身，看見那些殘缺、怪異的「我」不安地纏扭著，在黑霧裡茫然地走動、飄浮，喋喋不休，顯得超級神經質。接著，一道光閃現，幻化成一對駭人、尖銳的獸角，同時黑霧中傳來可怖的撲翅聲，有什麼東西降落在草原另一頭，嚇得那些靈、那些鬼魂、那些殘缺的我開始尖叫，不斷尖叫，並向四處逃逸，消失在那東西面前。

我們開始在草原上後退。我問西斯：「現在是怎麼回事？」我掩藏不住聲音裡的恐懼。

西斯抓住我的手，握緊。「我不知道，但我會陪著妳度過這一切。現在——」他壓低聲音，焦急地說：「別回頭看，跟著我，**跑！**」

這一生，難得有一次像這樣，我沒質疑他，沒跟他爭辯，完全依照他的話做。我緊緊地抓著西斯的手，拼命跑。

6 史蒂薇・蕾

「史蒂薇・蕾，這主意很不好。」達拉斯說，急忙跟上她的步伐。

「我不會去太久的，我保證。」她在停車場停下腳步，尋找柔依那輛藍色小車。「哈，在那裡！她總是把鑰匙留在車上，反正車門也鎖不了。」史蒂薇・蕾跑向金龜車，打開咯吱響的車門，果然見到鑰匙掛在點火孔上，興奮地發出歡呼聲。

「小姐，說真的，就算妳不告訴我也沒關係，但我希望妳跟我去會議室，告訴那些成鬼妳想做什麼，聽聽他們的意見。」

史蒂薇・蕾轉身面對達拉斯。「這就是問題所在，我自己都不知道我要做什麼。還有，達拉斯，我能告訴成鬼的事一定會先跟你講。這，你是知道的。」

達拉斯伸手抹臉。「我本來是知道的，但一時之間發生那麼多事，妳變得怪怪的。」

她將手搭在他的肩膀上。「我只是覺得我可以做什麼事來救柔依，但跟幾個緊張的成鬼坐在房間裡，我可想不出辦法。我得離開**這裡**。」她張開雙臂，環顧四周的地面。「我得利用我的元素來思考。我總覺得我漏了什麼，但搞不懂那是什麼。我得利用土元素來釐清。」

「不能在這裡進行嗎？學校到處都有很棒的土。」

史蒂薇．蕾對他擠出笑容。她不喜歡對達拉斯說謊，不過話說回來，這也不算撒謊。她是真的要去想法子救柔，而在夜之屋她辦不到。「這裡有太多事情讓我分心了。」

「好吧，聽著，我知道我無法阻止妳離開，但我要妳答應我一件事，否則我不惜做傻事也要試著阻止妳。」

史蒂薇．蕾睜大眼睛。這次，她不自禁地笑了，不必勉強。「你要踹我啊，達拉斯？」

「唉，妳、我都知道我只能**試試**，絕無可能踹得成。所以我才說這是『做傻事』。」

她仍咧著嘴對他笑。「你要我答應什麼？」

「妳要答應我現在不會回火車站去。那些紅雛鬼差點殺了妳。現在妳看起來是完全康復了，但**他們確實差點殺了妳**。那不過是昨天的事。我要妳答應我，今晚妳不會去找他們。」

「我答應你。」她鄭重地說：「我不會去那裡。我說了，我只是希望能想出法子救柔。跟那些紅小鬼打架可救不了她。」

「發誓？」

「我發誓。」

他寬心地嘆一口氣。「很好。現在，我該怎麼告訴那些成鬼，說妳跑去哪裡了？」

「就像我告訴你的——我得獨自一人，被土圍繞；我是去想辦法，但在這裡做不到。」

「好吧，我就這麼告訴他們，不過他們一定會很火大。」

「是啊。好了，我很快就回來。」她說著坐進柔依的車裡。「別擔心，我會很小心。」

引擎一發動，達拉斯就拍打玻璃窗。史蒂薇．蕾忍住不耐的嘆息，搖下窗子。

「差點忘了告訴妳——剛剛在等妳時，我聽到幾個學生談話，說網路上盛傳，在威尼斯，靈魂碎裂的不只柔。」

「這是什麼意思，達拉斯？」

「據說，奈菲瑞特把卡羅納丟在最高委員會面前——真的把他丟在那裡給她們看。那是他的肉體，但靈魂走了。」

「謝謝你告訴我，達拉斯，我得走了！」沒等他回應，史蒂薇．蕾立刻打檔，駛出停車場，離開校區。她在尤帝卡街急速右轉，開向陶沙市區，朝東北方前進，目標鎖定市郊那片綿延起伏的山丘，以及座落在那裡的吉爾克瑞思博物館。

卡羅納的靈魂也不見了。

史蒂薇．蕾一點也不相信這個不死生物會哀傷到靈魂碎裂。

「不可能。」車子穿行在陶沙市黑暗闃寂的街道上，她喃喃自語：「他一定是去追她。」這話才說出口，史蒂薇．蕾立刻知道自己說得沒錯。

那麼，她能做什麼？

她毫無頭緒。畢竟她對不死生物、碎裂的靈魂和靈的世界一無所悉。沒錯，她死過，但她復活了。而且她不記得自己的靈魂去過什麼地方。**被困住……漆黑、冰冷、無聲，我想尖叫，不斷尖叫……**史蒂薇．蕾打了個寒噤，壓下這些思緒。那段死去後的可怕日子，她記得不多——她不想記得。但她知道有人很懂不死生物和靈的世界，尤其了解卡羅納。柔的阿嬤說過，在奈菲瑞特釋放卡羅納之前，利乏音不過是一個靈體。

「利乏音一定知道些什麼。他知道的事，我也要知道。」她下定決心，手扣緊方向盤。

如果必要，史蒂薇．蕾會利用他們之間的烙印、土元素，以及自己的一切力量，從利乏音取得資訊。想到可能得對抗利乏音，她不禁覺得反胃、難受，而且**愧疚**。她甩開這種感覺，踩下金龜車的油門，駛上吉爾克瑞思大道。

史蒂薇．蕾不必擔心不知道去哪裡找他。她就是知道。大宅邸的大門已經被撬開，她悄悄走入陰暗、冰冷的屋子，循著他無形的蹤跡往上爬。她不必看到露台的門開著，就知道他在外面。她就是知道。**我將永遠知道他人在哪裡**，她喪氣地想著。

他沒立刻轉身，她很高興他沒這麼做。她需要時間來適應再次看到他的感覺。

「妳來了。」他說，仍背對著她。

那聲音──人類的聲音，再次讓她震驚，一如那晚第一次聽到時的感覺。

「你找我。」她努力保持聲音冷靜──憑藉著對他父親的憤怒。

他轉身面向她，兩人的眼眸交會。

他看起來好疲憊，這是她的第一個思緒，**他的手臂又流血了**。

她仍然很痛苦，這是他的第一個思緒，**而且充滿憤怒**。

他們默默地相互凝視，都不願意說出內心的思緒。

「發生什麼事了？」他終於開口問道。

「你怎麼知道發生事情了？」她頂了回去。

他遲疑了一下，才開口回答，顯然在注意遣詞用字。「我從妳這裡知道的。」

「你在胡說什麼，利乏音？」她說出他名字的聲音在周遭的空氣中迴盪，黑夜似乎染上了剛才他遣去找她的閃亮紅霧。

「我也覺得像是在胡說。」他說，聲音低沉、溫柔、猶豫。「我對烙印一無所知，妳得教我。」

史蒂薇・蕾覺得自己的臉頰紅燙起來。她發現，**他說的是實話。我們的烙印讓他知道我的事！他怎麼可能懂得這是怎麼回事？我自己都不太懂。**

她清了清喉嚨。「那麼，你是說，你是從我這裡察覺有事情發生？」

「不是察覺，而是感覺。」他糾正她。「我感覺到妳的痛苦。跟上次妳剛吸吮我的血之後的痛苦不一樣。那時痛苦的是妳的身體，但今晚受折磨的是妳的情緒，而非肉體。」

她情不自禁地盯著他，驚訝的神色清楚寫在臉上。「沒錯，我現在依然心裡很痛苦。」

「告訴我發生了什麼事。」

她沒立刻回答，反而問他：「你爲什麼叫我來這裡？」

「妳心裡痛苦，我也因此覺得痛苦。」他頓了一下，顯然因自己的話而覺得困窘。接著他才說：「我不想要有這種感覺，所以我傳送力量給妳，要妳來找我。」

「你是怎麼辦到的？那紅霧是什麼？」

「先回答我的問題，我再告訴妳。」

「好。你老爸殺死西斯，柔依的人類伴侶。柔依看見了，無力阻止，靈魂就粉碎了。」

利乏音繼續凝視她，看得史蒂薇・蕾覺得他彷彿看穿了她的肉體，直視她的靈魂，但她無法別開頭。兩人互相凝視得愈久，她就愈難繼續憤怒下去。他那雙眼睛是如此地人性，只差顏色異於常人。但對史蒂薇．蕾來說，那雙眼睛裡的猩紅色可一點也不異樣。老實說，其實熟悉得令人心驚。她也有過那樣一雙眼睛。

「對於這件事，你沒有話要說嗎？」她終於衝口而出，別開臉，望向空無一物的黑夜。

「不止這樣。妳還有什麼事沒告訴我？」

史蒂薇．蕾重新聚集怒氣，迎視他的目光。「據說你老爸的靈魂也碎裂了。」

利乏音眨了眨眼，血紅色的眼睛清楚流露震驚。「我不相信。」

「我也不相信，但奈菲瑞特把他失去靈魂的身軀丟在最高委員會面前，而她們顯然相信她的說法。知道我怎麼想嗎？」她沒等他回答，繼續往下說，聲音因沮喪、憤怒和恐懼而提高。「我認爲，卡羅納追柔依到另一個世界去了，因爲他對她著迷。」史蒂薇．蕾擦了擦臉頰，抹去她原本以爲已停止滑落的淚水。

「不可能。」利乏音聽起來跟她一樣沮喪。「我父親不可能回另一個世界，那國度已永遠禁止他進入。」

「那麼，看來他找到避開這道禁令的方法了。」

「避開被黑夜女神永遠驅逐的命運？怎麼可能？」

「妮克絲把他從另一個世界趕出來？」史蒂薇・蕾問。

「那是我父親自己選擇的。他曾是妮克絲的戰士。他墮落時，他們之間的誓約連結就打破了。」

「喔天哪，卡羅納曾經守在妮克絲身邊？」史蒂薇・蕾不自覺地走近利乏音。

「對，他保護她，對抗黑暗。」利乏音說，望向外頭的黑夜。

「發生了什麼事？他爲什麼墮落？」

「父親從不談這件事。但我知道他因此滿腔怒火，延燒了好幾個世紀。」

「你就是這樣誕生的，憤怒的產物？」

他再次看著她。「對。」

「那你也滿腔怒火嗎？憤怒和黑暗？」她忍不住繼續追問。

「妳不知道嗎？像我感受到妳的痛苦那樣？烙印不是會讓我們彼此知道嗎？」

「喔，烙印很複雜。聽著，由於我是吸血鬼，你可說是被迫成了我的伴侶。伴侶要感受他的吸血鬼很容易，但吸血鬼沒那麼容易感受她的伴侶。我從你這裡得到的是——」

「我的力量。」他插嘴說。她不覺得他在生氣，但察覺他疲累，甚至絕望。「妳得到我不死的力量。」

「天哪！難怪我恢復得這麼快。」

「對，所以我很難康復。」

史蒂薇・蕾驚愕地眨巴著眼睛。「喔，該死。你一定覺得很糟——你看起來是很慘。」

他發出一個聲音，既像笑又像嘲諷。「而妳看起來很健康，完好如初。」

「我是變健康了，但除非找到法子救柔依，否則我不可能完好。利乏音，她是我最要好的朋友，她不能死。」

「而他是我的父親，他也不能死。」

他們相互凝視，努力弄懂他們之間的關係——儘管傷痛和憤怒圍繞著他們打轉，界定並分隔了他們各自的世界，有一種力量卻把他們聚在一起。

「這樣吧，我們幫你找點東西吃，我再幫你處理一下受傷的翅膀——你知道，對你、我來說，這一點都不好玩。然後，我們設法弄明白柔依和你老爸究竟發生了什麼事。你應該知道點什麼的。我不能像你感受我那樣去感受你的情緒，但如果你對我說謊，我絕對會知道。而且我很確定，不管你跑到哪裡，我都找得到你。所以，如果你騙我，陷害柔依，我跟你保證，我一定會竭盡我的元素及你的血的全部力量，來對付你。」

「我不會對妳撒謊。」他說。

「很好。那我們進博物館去，到廚房找吃的吧。」

於是，史蒂薇．蕾離開屋頂露台，仿人鴉跟隨在後，彷彿有一條無形但牢不可破的鎖鏈把他和這位女祭司長繫在一起。

「擁有這種法力，妳可以得到世上任何妳想要的東西。」利乏音邊嚼著特大號三明治，邊說。這塊三明治，是史蒂薇．蕾用博物館餐廳冰箱裡一些沒壞的食材做的。

「不，不是這樣。我是說，沒錯，我可以讓過勞、疲倦的夜間警衛放我們進博物館，然後忘了我們來過。但有些事情，比方**統治世界**之類的荒唐勾當，我做不到。」

「但那是一種很棒的法力。」

「不，那是一種責任，不是我求來的，我也不想要。聽著，我不希望自己有能耐這樣擺布人類，因爲這麼做不對——只要我站在妮克絲這邊，就不該這麼做。」

「因爲妳的女神不認爲可以讓她的子民實現他們的欲望？」

史蒂薇．蕾半晌盯著他，一根手指不停捲著一縷鬈髮，心想他或許是故意逗弄她。但他那雙看著她的紅眼睛是那麼認眞。於是，她深吸一口氣，跟他解釋：「不對，是因爲妮克絲認爲她該讓每個子民擁有自由意志。當我迷惑人類的心智，植入他無法控制的東西，我就是在剝奪他的自由選擇權，這就不對。」

「妳眞的相信世上每個人都應該可以自由選擇？」

「對。我今天能在這裡，跟你說話，是柔依當初讓我重新擁有這種自由。現在換我給你同樣的禮物，當作回報她。」

「所以，妳讓我活下來，是因爲妳希望我選擇自己的道路，而不是我父親的道路。」

史蒂薇．蕾很驚訝他說得這麼坦白，但她沒有質疑他如此誠實的原因，反而順著他的話說下去。「對。當我封閉你身後的坑道，放你走，而沒把你交給我那些朋友，我就這樣告訴過你。現在，你的生命你自己負責，不需受你老爸或任何人羈絆。」她頓一下，接著一口氣把話說完：「上次在屋頂上救我，你就已經開始走上不同的道路了。」

「生命的債沒償還是很危險的。我只是在償還我欠妳的債。」

「好，我知道了。可是，今晚呢？」

「今晚？」

「你傳送你的能量給我，要我來找你。既然你有這種本事，爲什麼不乾脆打破我們之間的烙印？這樣一來也能讓你不再痛苦。」

他停止進食，猩紅色的目光盯著她。「別試圖改變我。我在黑暗中度過了好幾個世紀，與邪惡爲伍，不曾背離我父親，而他滿腔的怒火足以燒毀這個世界。等他回來，我註定回到他身邊。史蒂薇・蕾，認清我的本來面目，別當我是別的樣子。我是噩夢裡的生物，因憤怒和強暴而擁有生命。我在活人當中行走，但我不一樣，永遠不同。我不是不死生物，不是人，也不是獸。」

史蒂薇・蕾咀嚼著他的話，知道他對她百分之百誠實。但，他絕不只是憤怒和邪惡的機器。她清楚知道，因爲她已親眼看到。

「利乏音，這樣吧，你不妨認爲自己有**可能**像你說的那樣。」

她從他那雙血紅的眼睛看得出來，他明白她的意思。「換句話說，我也**可能**不像我說的那樣。」

她聳聳肩。「我只是隨口說說。」

他不發一語，搖搖頭，繼續吃。她微笑著，開始給自己做火雞肉三明治。「那麼，」她邊把芥末抹在白土司上，邊說：「你認爲你老爸的靈魂爲什麼會忽然失蹤？」

他的目光直直盯著她，說出的話讓她的血液瞬間變冷。

「奈菲瑞特。」

7 史蒂薇·蕾

「達拉斯告訴我，奈菲瑞特把卡羅納失去靈魂的身軀帶到最高委員會面前。」

「達拉斯是誰？」利乏音問。

「只是一個我認識的男生。看來，儘管他們照說應該在一起，奈菲瑞特卻把卡羅納交了出去。」

「奈菲瑞特引誘我父親，假裝是他的配偶，但其實她只在乎她自己。若說他滿腔憤怒，那她就是滿腦子仇恨。仇恨比憤怒危險得多。」

「所以，你相信奈菲瑞特會爲了自己而背叛卡羅納？」史蒂薇·蕾問。

「我確定奈菲瑞特會爲了自己而背叛任何人。」

「她把卡羅納交出來有什麼好處？尤其他已經沒了靈魂。」

「把他交給最高委員會，她就能擺脫嫌疑。」他說。

「對，有道理。我知道她要柔依死，也完全不在乎西斯的死活。卡羅納要殺西斯時，柔依將靈元素的力量擲向卡羅納，卻無法阻止他，導致靈魂碎裂，這種結局奈菲瑞特一定非常滿意。因爲這樣一來，柔依距離死亡只差半步。」

利乏音臉色一凜，直直盯著她。「柔依以靈元素攻擊我父親？」

「對，蕾諾比亞和龍老師是這麼告訴我的。」

「那麼，他一定身受重傷。」利乏音別過頭，沒再說什麼。

「嘿，你必須把你知道的都告訴我。」史蒂薇．蕾急切地說。見他依舊不語，她嘆一口氣，繼續說：「好，我跟你說實話。其實我今晚來，是打算逼迫你把你父親、另一個世界和其他有關的事情告訴我。但現在，我人在這裡，眞的跟你說上話，卻不想逼你。」她遲疑地伸出手，摸他的手臂。一被碰到，他的身體搐動，但沒有退開。「我們不能一起來面對這件事嗎？你眞的想見到柔依死掉？」

他再次盯著她。「我沒有理由希望你的朋友死掉，但你確實希望我父親受到傷害。」

史蒂薇．蕾沮喪地嘆一口氣。「這樣吧，我讓步一下。如果我說，我只希望卡羅納能離我們遠遠的，不要來打擾我們，你覺得如何？」

「我不知道是否可能如此。」利乏音說。

「但我可以這麼希望。現在，柔依和卡羅納都失去了靈魂，我知道你父親是不死生物，但肉體只剩空殼也不是一件好事。」

「不好，的確不是好事。」

「既然這樣，我們就同心協力，看能否把他們兩人救回來，接下來再看著辦。」

「這一點我可以同意。」他說。

「很好！」她捏捏他的手臂，才把手拿開。「你說卡羅納受了傷，這是什麼意思？」

「他的肉體殺不死，但如果他的靈受傷，肉體就會變虛弱。埃雅就是這樣囚禁了他。對她的迷戀干擾了他的靈，讓他迷惘虛弱，肉體也因此變得脆弱。」

「奈菲瑞特能把他帶到最高委員會面前，就是因爲柔依傷了他的靈，他的肉體變脆弱，對吧？」史蒂薇．蕾說。

「一定不止這樣。除非他被困住，像之前被埃雅困在地下那樣，不然父親幾乎可以馬上開始復原。只要他的人自由，他就能療癒他的靈。」

「那麼，顯然奈菲瑞特在他開始療癒之前抓住了他。她太邪惡，說不定用她那可怕的黑暗力量狠狠地揍了他，然後——」

「這就對了！」他激動地站起來，隨即因翅膀劇痛而皺起臉。他搓著受傷的手臂，坐下來，以另一隻手抱住那隻手臂。「她在他受傷之後繼續折磨他的靈。奈菲瑞特是特西思基利，透過靈國度的黑暗力量獲得法力。」

「她殺害雪姬娜時，連碰都沒碰她。」史蒂薇．蕾想起往事。

「奈菲瑞特是碰觸了那位女祭司長，但不是用她的手。由於她製造的死亡、她獻上的犧牲，以及她遵守的黑暗承諾，她可以操控黑暗絲線。她用這種法力殺了雪姬娜，也用這種法力折磨我父親已削弱的靈。」

「可是她折磨他的目的是什麼？」

「困住他的肉體，利用他的靈來遂行她的目的。」

「這樣一來，她在最高委員會面前看起來就像個好人。我打賭，她一定會當著她們的面說，『噢，可憐的柔依』，『我眞不知道卡羅納在想些什麼』。」

「特西思基利法力高強，何必在你們的委員會面前裝模作樣？」

「奈菲瑞特企圖統治世界，不想讓她們知道她有多邪惡。她可能還沒準備好對吸血鬼最高委員會和人類世界發動攻勢。」

「父親不希望柔依死，他只想占有她。」利乏音告訴史蒂薇．蕾。

她狠狠地瞪他一眼。「我們有些人認爲，在不情願的狀況下被占有，比死還痛苦。」

他哼了一聲。「妳是指，譬如說，無意中被烙印？」

史蒂薇．蕾蹙眉看著他。「不，我不是指那個。」

他又哼了一聲，繼續搓著手臂。

史蒂薇．蕾蹙著眉繼續說：「你的意思是，卡羅納殺害西斯，並不是爲了讓柔依的靈魂碎裂？」

「對，因爲這很可能造成她死亡。」

「很可能？你是說，柔不是必死無疑？那些成鬼說她一定會死。」她抓住一線希望。

「不死生物想的和吸血鬼不一樣。死亡不像凡人所以爲的那麼確定。如果柔依的靈沒返回肉體，她的確會死，但她的靈並非不可能恢復原貌。沒錯，這很難，她在另一個世界裡必須有人指引和保護，可是——」他頓住，史蒂薇．蕾看見他眼睛露出驚愕的神色。

「怎麼了？」

「奈菲瑞特利用我父親來確保柔依的靈無法返回。她趁他受傷時困住他的身體，指使他的靈魂到另一個世界執行她的命令。」

「可是，你說卡羅納被妮克絲逐出了那個國度，他怎麼回得去？」

利乏音的眼睛睜得老大。「他的**身體**被驅逐。」

「而他的身體仍在人間！回去那裡的是他的靈。」史蒂薇．蕾替他把話說完。

「對！奈菲瑞特強逼他回去。我了解我父親，他絕不會偷偷摸摸溜回妮克絲的另一個世界。他太驕傲，唯有女神親自開口要他回去，他才會回那個國度。」

「你怎能確定？或許他終於明白，柔依絕不會跟他在一起，於是他像個令人毛骨悚然的變態，尾隨而去，寧願她死，也不願看到她跟別人在一起。說不定他徹底抓狂了，儘管驕傲，仍不惜鬼鬼祟祟溜回去。」

利乏音搖搖頭。「父親絕不認爲柔依最終不會選擇他，畢竟埃雅選擇了他，而這個少女仍有一部分活在柔依的靈魂裡。」他停頓一下，在史蒂薇．蕾開口問下一個問題之前緊接著說：「但我知道要如何確定。如果眞是奈菲瑞特利用父親，她會用黑暗來束縛他的身體。」

「黑暗？你是說光亮的對立面？」

「可以這麼說。黑暗很難辨認，因爲純粹邪惡的形態始終在改變、演化。我所說的黑暗是有知覺的。一個人如果能感知來自靈國度的東西，應該就能看見特西思基利用來捆綁我父親的鎖鏈，如果我猜得沒錯的話。」

「那你可以感知靈的世界嗎？」

「可以。」他直直地迎視她的目光。「妳要我把自己交給你們的最高委員會嗎？」

史蒂薇．蕾咬著下唇。她想這麼做嗎？這麼做等於拿利乏音的命去換柔依的命，或許連她自己的命也要一併賠上，因爲她必須跟他一起去，而最高委員會那些法力高強的吸血鬼一定會發現他們兩人烙印了。她願意爲柔依犧牲性命——當然她願意。但如果不必這樣，肯定更好。況且，柔依一定不願意她死掉。不過，柔依也不會願意她救仿人鴉，並跟他烙印。要命，沒人願意這樣啊。女神曉得，她也不想啊。唉，多半時候不想啦。

「史蒂薇．蕾？」她從思緒中猛然回神，發現利乏音正盯著她瞧。「妳要我把自己交給吸血鬼最高委員會嗎？」他嚴肅地又問了一次。

「除非沒有其他辦法。而且，如果你去，我也得跟著去。要命，最高委員會搞不好根本不相信你說的話。不過，你剛剛說我們只須找到能感知靈界事物的人，就能確認，對吧？」

「對。」

「那好，最高委員會裡有一票法力高強的吸血鬼，她們當中一定有人辦得到。」

他微側著頭。「少有吸血鬼可以察覺特西思基利操控的黑暗力量。正因爲如此，奈菲瑞特才能僞裝這麼久。感知隱藏的黑暗是一種特殊能力。除非你熟悉邪惡，否則很難察覺。」

「喔，最高委員會成員夠特殊了，當中一定有人辦得到。」她嘴巴這麼說，內心卻沒那麼有把握。所有人都知道，這些成鬼獲選加入最高委員會，是因爲她們人格高尚、品德端正、善良仁慈，而非熟悉黑暗。她清了清喉嚨，說：「好，我得回夜之屋，打電話到威尼斯了。」說罷，她的目光落在他的手臂和用沾汙的繃帶纏著的斷翅。「還是很痛，對吧？」

他微微點了個頭。

「那，你吃飽了嗎？」

他再次點點頭。

她想起之前幫他包紮斷翅時她也感受到的痛苦，不禁緊張起來。「我得去找些醫藥用品。唉，那些東西大概放在警衛室，偏偏我把那個豬頭警衛關在裡頭，看來我又得迷惑一下他豆大的腦子了。」

「妳可以感知他的腦子很小？」

「你看見他把褲頭拉多高嗎？八十歲以下的人只要腦子夠大，就不會穿那種阿公級的褲子，褲頭幾乎拉到胳肢窩。**豆大的腦子**，我只是隨便說說啦。」

利乏音大笑，他們兩人自己嚇了一跳。

我喜歡他的笑聲。在她的腦子來得及叫她的嘴巴別說話之前，她綻開笑容，說：「你眞該常常笑。你的笑很棒。」

利乏音沒應聲，而史蒂薇·蕾無法解讀他看她的怪異眼神。她覺得有點彆扭，一躍從廚房的高凳跳下，說：「好，我去找急救箱，盡可能處理好你的翅膀，同時幫你蒐羅點食物和其他東西，然後就得回去打長途電話了。你在這裡等著，我很快就回來。」

「我想跟妳一起去。」他說，小心翼翼地站起來，仍緊緊抱著那隻受傷的手臂。

「你在這裡等著會舒服些。」她說。

「對，但我想跟妳在一起。」他靜靜地說。

他的話讓史蒂薇・蕾內心出現怪異的小小悸動，但她故意無所謂地聳聳肩，說：「好，隨便你。不過，走路時會痛的話可別哀號喔。」

「我不會哀號！」他的眼神流露男生的自尊。這次，換史蒂薇・蕾大笑。就這樣，兩人離開廚房，肩併肩。

開車回學校途中，照理說史蒂薇・蕾滿腦子想的應該是柔依，並思索下一步行動。但這沒什麼好想的，總之她得打個電話給愛芙羅黛蒂。不管這世上發生什麼悲劇，愛芙羅黛蒂一定會伸長了脖子湊上前，何況事關柔依。

既然已確定拯救柔依的下一步行動，史蒂薇・蕾的心思反而放在利乏音身上。

處理斷翅實在是可怕的經驗。這會兒她仍覺得自己右肩和背部隱隱作痛。她雖然找到一罐局部麻醉劑利多卡因（lidocaine），塗滿了他整隻右翅和慘不忍睹的右臂，卻依舊感覺到肢體斷裂的嚴重疼痛。在備受折磨的整個過程中，利乏音沒吭半聲。他只是把頭別開。但在她碰觸翅膀之前，他說：「妳在包紮時可以說話嗎？」

「你所謂的**說話**是指什麼？」她問。

他回頭看她。她發誓他眼裡含笑。「妳話．很多。妳不停說話可以讓我有事情煩，不會一直想著痛。」

她惱怒地對他咳了一聲，但忍不住綻開笑容。於是，在清理、整治、包紮斷翅的過程中，她不停地說話。事實上，她根本是滔滔不絕，口沫橫飛，一邊和他一同經歷劇痛，一邊不知所云地講了一大串話。終於包紮好後，他緩緩地、靜靜地跟著她走回那幢廢棄的宅邸。她在壁櫥裡塞了一堆從博物館職員休息室拿來的毯子，好讓他窩得更舒服。

「妳得走了，別擔心。」他從她手中接過最後一張毯子，癱倒在壁櫥裡。

「聽著，這袋子裡的食物都是可以長久保存的那種，我放在這裡。記得多喝水和果汁，你需要多一點水分。」她說，見他這麼虛弱、疲憊，忽然不放心留下他。

「我會的，妳走吧。」

「好，那我走嘍，我明天再設法來看你。」

他虛弱地點點頭。

「好，那我這就離開。」

她轉身準備離去時，他說：「妳應該跟妳媽談一談。」

她戛然止步，彷彿一頭撞上一台耕耘機。「你幹麼提起我媽？」

彷彿她讓他感到不解，他眨了眨眼，才終於回答：「妳剛剛幫我換繃帶時提起她，妳不記得了嗎？」

「不記得。喔，對。我大概沒注意自己在說什麼。」她不自覺地搓揉自己的右臂。「我幾乎只是不斷動嘴巴，趕著把繃帶換好。」

「但我專心聽妳說話，沒去想著痛。」

「噢。」史蒂薇．蕾不知道該說些什麼。

「妳說，她以爲妳死了。我只是……」他停頓了一下，彷彿很困惑，正試圖弄懂某種不熟悉的語言。「我只是在想，妳應該告訴她妳活著。她會想知道的，對吧？」

「對。」

他們盯著彼此，直到她終於開口說：「那麼，掰，別忘了吃東西。」

接著，她幾乎是用跑的衝出博物館。

「我幹麼因爲他提到我媽而驚慌失措啊？」史蒂薇．蕾出聲問自己。

她知道答案，然而，不，她不想說出口。他**在乎**她跟他說的話，他在乎她想念媽媽。在夜之屋停好車後，她承認，眞正讓她驚慌的不是他的關心，而是他的關心所帶給她的感覺。史蒂薇．蕾好開心他在乎她，但她知道因怪物的關心而開心是一件危險的事。

「妳回來了！也差不多是時候了。」達拉斯突然蹦出來，差點把她嚇個半死。

「達拉斯！我對女神發誓，如果你再嚇我，我就把你踹死。」

「要踹待會兒再踹，現在妳得去會議室，因爲妳跑出去蕾諾比亞很不高興。」

史蒂薇．蕾嘆一口氣，跟著達拉斯上樓，前往圖書館對面那個房間。她匆匆忙忙走來，卻在門口躊躇起來，因爲裡頭緊繃的氣氛很明顯。會議桌是張大圓桌，可以讓與會者圍坐在一起。但今天不然，兩派人馬壁壘分明。在圓桌一側，坐著蕾諾比亞、龍老師、艾瑞克和克拉米夏，另一側坐著三位老師：潘特西莉亞、嘉蜜和樊托。兩派人馬正怒目相視，彷彿想瞪個你死我活。等達拉斯清了清喉嚨，蕾諾比亞才抬頭看他們。

「史蒂薇．蕾！妳總算來了。我知道現在是非常時期，大家壓力都很大。可是，下次召開委員會時，請妳克制一下衝動，別跑去什麼公園或哪裡。現在妳扮演的是女祭司長的角色，應該要表現出女祭司長該有的樣子。」

蕾諾比亞的口氣好嚴厲，聽得史蒂薇．蕾滿肚子火。她張嘴想頂撞回去，告訴馬術老師，她不是她的頂頭上司，然後掉頭離開，到外面打電話到威尼斯。但她不再是雛鬼了，在一群關心柔依的吸血鬼面前——至少其中幾位是關心她——跺步離去，並不能幫助柔依。

別忘了妳的初衷。她腦海中依稀浮現媽媽的聲音。

所以，史蒂薇・蕾沒大發雷霆，甩頭離去，而是走了進去，在兩派人馬之間的一張椅子坐下。她開口時，盡量壓下怒氣。事實上，她努力模仿她讓媽媽失望時，媽媽說話的口吻。

「蕾諾比亞，我的感應元素是土，這代表有時我必須遠離所有人，獨自親近土。我這樣才能思考，而現在我們所有人都需要好好思考。所以，有時候我必須離開，不管是否得到任何人的允許，也不管你們是否正要召開會議。還有，我不是在**扮演**女祭司長的角色，我**的的確確**是全世界第一個紅吸血鬼女祭司長。這種角色前所未有，所以我認爲，它的職掌也應該是新的。等我搞懂紅女祭司長這種身分，或許我得自己編寫一份職掌說明。」她轉向圓桌另一側，簡短地說：「嗨，潘老師，嘉蜜和樊托老師，好久不見。」

三位老師口中喃喃，跟她說哈囉，眼睛直盯著她的紅刺青瞧，當她是青年四健會科學營裡失敗的實驗產物。她不予理會，繼續說：「達拉斯說，奈菲瑞特把卡羅納的身體丟在最高委員會面前，而且看來他的靈魂也碎裂了。」

「對，但有些人不願意相信。」潘老師說，狠狠地瞄了蕾諾比亞一眼。

「卡羅納不是俄瑞波斯！」蕾諾比亞氣得像火山爆發。「就像我們所有人都知道，奈菲瑞特**絕不是**妮克絲在人間的化身。討論這件事根本是荒謬可笑。」

「據最高委員會表示，女先知愛芙羅黛蒂說，長翅膀的不死生物的靈已經碎裂，就跟柔依一樣。」嘉蜜老師說。

「等等。」史蒂薇．蕾舉手阻止她說下去。「妳把**愛芙羅黛蒂**跟**女先知**連在一起說？」

「最高委員會是這麼稱呼她，」艾瑞克故意一本正經地說：「雖然我們多數人不會這樣叫她。」

史蒂薇．蕾對他揚起眉毛。「是嗎？我會欸，柔依也會，而且你也**曾經**這麼叫她。或許沒有叫出口，但你確曾遵照她的靈視去行動，而且不只一次。我跟她烙印過，雖然我很不喜歡，但我必須告訴你們，她絕對是妮克絲挑選的，能看到一些事情。其實是很多事情。」史蒂薇．蕾看著嘉蜜老師，問道：「愛芙羅黛蒂可以感受到卡羅納的靈出了事？」

「最高委員會是這麼相信。」

史蒂薇．蕾如釋重負地長長吁一口氣。「這是我最近聽過最好的消息。」她瞥了一眼時鐘，開始計算時差。威尼斯比這裡早七個小時，現在陶沙市是晚上十點半，所以那裡應該快天亮了。「我需要電話，我得打電話給愛芙羅黛蒂。該死！我把手機留在房裡。」她開始站起身來。

「史蒂薇・蕾，妳要做什麼？」龍老師問。所有人都望著她。

她遲疑半晌，才回頭看著那群情緒緊繃，瞪著她瞧的成鬼。「不如這樣吧，我告訴你們我**不會**做什麼。我**不會**在柔依需要幫助時，坐在這裡爭論卡羅納或奈菲瑞特到底是誰。我**不會**放棄柔依。而且我**不會**跟你們瞎攪和，莫名其妙地鬥嘴。」她迎視克拉米夏驚訝的目光，說：「妳相信我是妳的女祭司長嗎？」

「相信。」她毫不遲疑地說。

「很好，那就跟我來，別在這裡浪費時間。達拉斯？」

「如同往常，我永遠跟著妳，小姐。」他說。

史蒂薇・蕾逐一看著每位成鬼。「你們眞該搞清楚事情的輕重緩急。現在，聽好了，這該死的學校僅剩的一位女祭司長要告訴你們一則新聞快報：柔依沒死。相信我，我知道死是怎麼回事。」史蒂薇・蕾轉身背對眾人，帶著她的雛鬼離開。

8 愛芙羅黛蒂

愛芙羅黛蒂不讓達瑞司帶她離開會議廳。她不能把柔依留在奈菲瑞特搗亂的地方，只讓一個傷心欲絕的戰士和半歐斯底里的蠢蛋幫擋在柔依和那個病態瘋子之間。

「對，我認爲在俄瑞波斯的靈離開之際，我們必須好好看守他的軀體。或許這只是他遭受柔依攻擊後的短暫狀態。」奈菲瑞特對最高委員會說。

「柔依攻擊**他**？這種話妳說得出口？」雙眼浮腫，兩頰凹陷的史塔克彷彿即將爆炸。

「去史塔克那邊，幫他控制脾氣。」愛芙羅黛蒂悄聲告訴她的戰士。見他猶豫，她說：「我沒事，我就坐在這裡，觀察和學習——就像我媽的雞尾酒派對搞砸時那樣。」

達瑞司點點頭，迅速走到史塔克身邊，一隻手搭在他的肩膀上。看到史塔克沒把達瑞司甩開，愛芙羅黛蒂心想，這是好徵兆，但這位神箭手看起來眞的很悲慘。她不知道一名女祭司死掉時，她的戰士會怎樣。接著，一種可怕的預感讓她打了個寒噤。

「柔依是攻擊了俄瑞波斯。他失去靈魂的軀殼就是鐵證。」奈菲瑞特語氣裡帶著幾分得意。

「柔依是爲了阻止不死生物殺害她的伴侶。」達瑞司說，搶在史塔克大聲反駁之前。

「啊，這就是重點，不是嗎？」奈菲瑞特對達瑞司露出柔媚的笑容，看得愛芙羅黛蒂眞想把她的眼珠子挖出來。「**為何**我的伴侶會覺得必須傷害柔依的西斯？我們唯一的線索，是俄瑞波斯在靈脫離肉體之前留下的最後一句話──『我要保護我的女神』。所以，柔依、西斯和俄瑞波斯之間到底發生什麼事，想必很複雜，不是這位悲憤的年輕人所見到的那樣。」

「根本沒有爲了妮克絲而大打出手這種事！卡羅納殺了西斯！很可能因爲他忌妒柔依太愛西斯。」史塔克不顧一切的樣子，好像只想伸手掐住奈菲瑞特雪白的脖子。

「柔依這麼愛西斯，你又是什麼感覺呢？戰士誓約是一種親密關係，不是嗎？柔依的靈魂碎裂時，你也在場。戰士，事情眞的沒有牽涉到你嗎？」奈菲瑞特說。

達瑞司拉住史塔克，免得他撲向奈菲瑞特。杜安夏趕緊說話，想緩和升高的緊張氣氛。「奈菲瑞特，我想，大家都可以同意，今天這場悲劇還有很多謎團尚未解開。史塔克，我們也明白，失去女祭司讓你很痛苦，很憤怒。對戰士來說，這是嚴重的打擊──」

杜安夏的智者之言，被靈魂樂曲天后艾瑞莎・弗蘭克林那首「尊敬」裡的合唱給打斷。歌聲來自愛芙羅黛蒂掛在肩頭的那只名牌小包包。

「啊，呃，不好意思啊。」愛芙羅黛蒂慌忙打開包包，掏出手機。「我以為我已經設定靜音了。不曉得誰會……」她見到來電號碼顯示是史蒂薇．蕾時，立刻閉嘴。她差點要摁下「略過」按鈕，但忽然有一種**感覺**，強烈且清晰——她必須跟史蒂薇．蕾談談。「呃，對不起喔，我得接這通電話。」愛芙羅黛蒂跑上階梯，走出會議廳時，覺得所有人都在背後瞪她，彷彿她剛剛掌摑一個嬰兒或溺死一隻該死的小狗。「史蒂薇．蕾，」她壓低聲音急促地說：「我知道妳可能剛聽說柔依的事，快急瘋了，可是現在真的不是打電話的時候。」

「妳可以感受到靈或另一個世界的東西嗎？」史蒂薇．蕾劈頭就問，連一句「嗨，妳好嗎？」都沒有。

她的語氣讓愛芙羅黛蒂頓住，一改慣有的譏諷口吻，答道：「可以，碰巧開始可以。看來打從一開始有靈視，我就能跟另一個世界打交道，只不過我一直不曉得，直到今天。」

「卡羅納的軀體在哪裡？」

愛芙羅黛蒂縮到門廳的角落。雖然四下無人，她還是壓低聲音。「就在會議廳裡，放在最高委員會的面前。」

「奈菲瑞特也在那裡嗎？」

「當然。」

「柔依呢？」

「她也在，呃，她的軀體也在那裡。柔本人不在。史塔克深受打擊，而且奈菲瑞特故意激他，把他氣得幾乎失去理智。幸好有達瑞司幫忙，沒讓他徒手把奈菲瑞特撕成兩半。至於蠢蛋幫，已經嚇得歇斯底里。」

「但妳還很理智。」

史蒂薇·蕾這話並不像問句，但愛芙羅黛蒂還是回答說：「總得有人保持清醒啊。」

「很好。好，我想我多少搞懂卡羅納的狀況了。如果我猜得沒錯，奈菲瑞特真是邪惡到了極點。是她在搞鬼。」

「不難想見。」

「但多數的最高委員會成員一定想像不到。奈菲瑞特有辦法讓人相信她的話。」

愛芙羅黛蒂不屑地哼了一聲。「在我看來，她們對她一無所知。」

「不出我所料。所以，在你們那裡公開對抗她會比在這裡困難。」

「妳說得沒錯。那麼，卡羅納的狀況到底是怎樣？」

「妳得察看他的身體，用妳蜘蛛人般厲害的另一個世界的感知能力。」

「妳豬頭啊，哪有蜘蛛人這種東西。他是狗屁漫畫裡的虛構角色。」愛芙羅黛蒂說。

「那叫圖像小說，不叫漫畫——妳別那麼主觀。不過，我現在沒時間跟妳討論圖像小說對想像力的幫助有多大。」史蒂薇・蕾說。

「噢，拜託，如果屁股長羽毛，能防水，那就是鴨子。圖畫旁邊畫上寫了文字的氣球，那就叫漫畫書，是給有反社會人格的**呆瓜**看的**白癡**書。就是這樣，沒什麼好說的。」

「愛芙羅黛蒂！別岔開！妳現在回會議廳，用妳的靈界感應力察看他的身體，看有沒有什麼其他人見不到的異狀。我不曉得啦，比如——」

「他全身被黏答答、烏七抹黑的噁心蜘蛛網纏繞，像被詭異的鎖鏈給捆綁住？」

「別鬧我。這件事很重要。」史蒂薇・蕾的語氣變得很嚴肅。

「我不是在鬧妳，我說的就是我剛才看見的狀況。他的身體被噁心的黑色絲線纏住，而那東西顯然沒人看得見，除了敝人在下**我**。」

「是奈菲瑞特搞的鬼！」史蒂薇・蕾激動地說：「她取得黑暗的力量——妳得把這黑暗想成真實的邪惡勢力。正因如此，她才能施展特西思基利的法力。柔依傷了卡羅納的靈魂後，奈菲瑞特就趁他肉體虛弱，用黑暗力量困住他。」

「妳怎麼知道是這樣？」

「上次切羅基族人就是這樣困住他的。」史蒂薇・蕾迴避問題，只說她能說的部分實情。「埃雅用卡羅納不熟悉的情緒來擾亂他的靈，然後那些女智者趁他虛弱，把他囚禁在地下。」

「有道理。不過，奈菲瑞特幹麼把他捆綁起來，讓他失去靈魂呢？她是他的超級變態情人呀，爲什麼不要他留在這裡跟她廝守？他們害死西斯後，大可一起遠走高飛啊。」

「沒錯，但這樣一來，會出現兩種狀況：一，她有了嫌疑，最高委員會非對付她不可。二，她無法百分之百確定柔依會死。」

「什麼東西啊？委員會說柔依還有一個禮拜的時間，然後就會死。」

「未必。如果柔的靈魂能回到軀體，她就不會死。奈菲瑞特知道這一點，所以她——」

「她困住卡羅納的軀體，叫他跟柔去另一個世界，確保她無法回到軀體。」愛芙羅黛蒂替她把話說完。「難怪！可是，不對啊，卡羅納迷戀柔，我不認爲他會希望她死。」

「對。可是，如果得殺了柔，他才能返回自己軀體呢？」

愛芙羅黛蒂一本正經地說：「那他就會殺她。史蒂薇．蕾，那我們到底該怎麼辦？」

「我們得想出個辦法保護柔，幫她返回她的軀體。可是，我不知道怎樣才能辦到。」史蒂薇．蕾遲疑了一下，食指和中指在背後交叉，希望不會因說了個小謊而受到懲罰。「今天土元素幫我了解了一件跟卡羅納有關的怪事。他以前好像是妮克絲的戰士，所以，他原本算是好人，後來在另一個世界不知發生了什麼事，女神驅逐他，他才墮落到凡間。」

「這代表他對另一個世界的了解遠比我們任何人多。」愛芙羅黛蒂沮喪地說。

「對。該死！那麼，柔依在另一個世界也需要一個戰士幫她對抗卡羅納，帶她回來。」

愛芙羅黛蒂一聽，若有所悟。「她已經有誓約戰士了。」

「但史塔克在**這個**世界，不在另一個世界。」

「戰士和女祭司之間的連結關乎靈、誓約和奉獻。這點我懂，我跟達瑞司就是這樣的關係。」愛芙羅黛蒂愈想愈明白，聲音也愈來愈激動。「而且，沒人可以說我的戰士不會跟著我到地獄保護我。所以，現在我們要做的，就是把史塔克的靈魂送到另一個世界，好讓他在那裡保護柔依。」**而且，如此一來說不定也能拯救他**，她在心中默默地說。

「我不知道欸，愛芙羅黛蒂，畢竟史塔克在失去柔依後自己也已經失魂落魄。」

「這就是重點啊，他必須救她，才能救自己。」

「可是，這樣做行不通呀。我記得《雛鬼手冊》裡有一個很悲慘的故事，提到有個女祭司長靈魂粉碎，她的戰士跟去另一個世界，結果自己也死了。」

「拜託，呆瓜，這手冊本來就是寫給雛鬼讀的，用來嚇唬智障的三年級生，譬如妳，好叫年輕火辣的雛鬼不去惹性感的冥界之子戰士。這種蠢故事搞不好是哪個上百年沒有性生活的老姑婆女祭司長寫的。總之，史塔克必須跟隨柔依到另一個世界，去踹卡羅納的靈，然後把柔依帶回來。」

「事情一定沒那麼簡單。」

「或許吧。不過，不管啦，我們會想出辦法的。」

「怎麼想？」

愛芙羅黛蒂頓住，想起桑納托絲和她那雙睿智的黝黑眼眸。「說不定我剛認識了一個起碼能指引我們正確方向的人。」

「可別讓奈菲瑞特知道妳看穿了她的祕密。」史蒂薇．蕾提醒她。

「笨蛋，我又不是笨蛋。」愛芙羅黛蒂說：「這件事就交給我這雙超級能幹、保養完美的纖纖玉手吧。我晚點再打電話給妳，告訴妳最新消息。掰！」語畢她立刻按下「結束」鍵，不讓史蒂薇．蕾有時間再囉唆半句。然後，帶著鬼黠的笑容，她走回會議廳。

9 史塔克

史塔克跟奈菲瑞特待在同一個房間愈久，他的怒火就燒得愈旺。這樣好，憤怒有助於他思考。讓他無法思考的是哀慟。天哪！失去他的女祭司……他的柔依，那種哀慟實在難以承受……

「那麼，大家都同意了，」奈菲瑞特說：「我將我伴侶的軀體帶回卡布里島，好好看顧，直到——」

史塔克終於回神，聽見那婆娘說的話。他準備撲向她時，胳膊被達瑞司如鐵鉗般的手緊緊扣住。「妳不能讓她帶著他脫逃！」史塔克對杜安夏喊道。「卡羅納殺了西斯，我親眼目睹。柔依也看見了，才變成**這樣**。」他指著柔依的軀體，但沒低頭看她。他不忍看。

「脫逃？」奈菲瑞特譏誚道：「我已同意讓一群冥界之子跟在身邊，並定期向委員會報告俄瑞波斯的意識狀態。我的伴侶可不是罪犯。戰士為了效忠女神而殺害人類並不違法。」

史塔克不理會奈菲瑞特，只顧著對杜安夏說：「別放她走，別讓她帶走他。他殺害的不只是一個人類，他們的所作所爲也不是爲了效忠妮克絲。」

「盡是善妒少女散播的謊言！她缺乏自制力，才會靈魂碎裂！」奈菲瑞特厲聲說。

「妳這個混帳！」史塔克眼看就要撲向奈菲瑞特，但她毫不退縮，反而舉起一隻手，掌心朝向他。史塔克想掙脫達瑞司的手時，覺得自己看見奈菲瑞特的手指間開始冒出黑煙。

「別這樣，史塔克，你這個白癡！」

愛芙羅黛蒂忽然出現在他面前。史塔克知道她是柔依的好友，但若非達瑞司的手像老虎鉗緊緊扣住他，他會毫不猶豫地將愛芙羅黛蒂撞開，衝向奈菲瑞特。

「史塔克！」愛芙羅黛蒂對他大喊：「你這樣幫不了柔依！」接著，她的動作讓他震驚，也讓達瑞司急促地倒抽一口氣。她以一雙柔滑細緻的手捧住史塔克的臉，強迫他注視她的眼睛，悄聲對他說出了改變他命運的話：「我知道怎麼救柔依。」

「瞧他有多衝動！如果把我伴侶的軀體留在這裡，誰知道這個沒教養的孩子會對它做出什麼事？」奈菲瑞特鄙夷地說。但這時史塔克只緊緊盯著愛芙羅黛蒂的眼睛。

「妳發誓？」史塔克焦急地小聲問她：「妳不是隨便唬弄我吧？」

愛芙羅黛蒂揚起一邊眉毛。「你如果了解我多一點，就會知道我從不**隨便唬弄**。不過，可以，我以我討人厭的新頭銜——女先知——發誓，我眞的知道怎麼救柔依。但我們必須讓她離奈菲瑞特遠遠的，懂嗎？」

史塔克點點頭，不再和達瑞司拉扯。愛芙羅黛蒂放下手，轉身面向奈菲瑞特和最高委員會。「為什麼妳們一口咬定柔依會死？」表情和語氣儼然眞是妮克絲的女先知。

杜安夏第一個回答：「她的靈魂已離開軀體，而且不是到另一個世界進行靈界之旅，或暫時進入冥想狀態，與女神密契。柔依是靈魂碎裂。」

一位原本保持沉默的委員這時開口說：「女先知，妳必須了解這代表什麼意思。柔依的靈在另一個世界已化為碎片，過往的人生已經剝離，記憶和人格的各個面向亦然。她成了古代蓋爾語所謂的『庫伊尼克希』，亦即中陰幻靈，指既非死亦非活的東西，困在靈的國度裡，得不到安息。」

「拜託，說正經的，講大家都懂的美國話，不要講那種令人一頭霧水的古老歐洲臭屁話。」愛芙羅黛蒂一手叉腰，另一手伸出食指對最高委員會指指點點。「還有，別講什麼神祕兮兮的東東，直接解釋妳們為什麼認定柔依沒救。」

史塔克聽見幾位委員倒抽一口氣，並看到奈菲瑞特跟幾位成鬼交換了一個「我早說了，他們野得很」的眼色。但桑納托絲平靜地說：「伊瑟的意思是，靈有許多層次，包括一個人過往的人生、經驗和個性，構成今日的這個人。但現在，柔伊的這些層次都飄散了，脫離了她。這些層次如果不能恢復完整的原貌，她就不可能在另一個世界安息，或返回她在這個世界的身軀。這樣想像吧，你出了嚴重意外，保護心臟的每一層皮膚、肌肉和骨頭都被剝除，心臟裸露出來，毫無防護。在這種狀況下，妳想妳會怎麼樣？」

愛芙羅黛蒂停頓不語，史塔克以爲，這是因爲答案太明顯，她不願說出口。不料，她回頭望向他，兩人四目交會時，他驚訝地發現她流露出勝利與興奮的眼神。「我的心臟如果沒有任何保護，就無法繼續跳動。所以，我們爲什麼不給柔依一些保護？」

保護！我就是保護柔依的人！史塔克因燃起希望而激動得微微顫抖。「我是她的戰士，活著就是爲了保護她！」他說：「不論在這個世界或另一個世界。只要告訴我如何去她那裡，我就去找她。」

「史塔克，你這樣想確實合理。」桑納托絲說：「不過，你所具備的是戰士的天賦，也就是說你的能力屬於塵世，而非靈界。」

「反正都是保護。」史塔克堅持：「只要告訴我如何去她那裡就行了，其他的事我會自己想辦法。」

「柔依必須設法讓她的靈恢復完整，而那不是你能幫她打的仗。」伊瑟說。

「可是，她設法讓自己恢復完整時，我可以陪在她身邊，保護她。」史塔克不放棄。

「活著的戰士不能進入另一個世界，就算是爲了追隨他的女祭司長也不行。」伊瑟說。

「若硬要嘗試，你也會跟著失去。」杜安夏說。

「妳不能肯定一定會這樣吧？」史塔克說。

「根據歷史記載，沒有哪個戰士跟隨女祭司長碎裂的靈去到另一個世界後，還能活著回來。他們都死了——每個戰士和女祭司長。」桑納托絲說。

史塔克心頭一震。他沒想過這一點——沒想過他也要死。對於死亡，他有一種彷彿事不關己的好奇。他知道，自己不在乎死，只要能實踐他對柔依的誓約。他還來不及回答，奈菲瑞特冰冷的聲音再度傳來：「況且那些戰士和女祭司長都比你們年長、有經驗。」

「或許他們的問題就是在這裡。」愛芙羅黛蒂壓低聲音，只讓史塔克聽見。「他們都太老，太有經驗了。」

史塔克再度因燃起希望而顫抖，忙對杜安夏說：「我之前錯了，奈菲瑞特是可以把卡羅納帶去她想要去的任何地方。相對地，我也有同樣的權利帶走柔依。」他停頓一下，做了一個手勢，意指愛芙羅黛蒂、達瑞司和旁邊挨擠在一起的其他朋友。「**我們**也要帶走柔依。」

「史塔克，這等於你判了自己死刑，我無法苟同。」杜安夏的語氣帶著悲憫，但也很強硬。「一週內，柔依將會死亡，最好是留在這裡，放在我們的醫護室，讓她僅剩的時間舒服些。至於你，最該做的就是準備接受結果，別徒勞無功地為了救她而枉自犧牲。」

「你很年輕，」桑納托絲說：「還有長久、美好前程等著你。別貿然切斷命運之線。」

「柔依會在這裡待到最後一刻。」杜安夏附和道：「你們當然可以留在這裡陪她。」

「呃，不好意思，我無意不敬或怎樣。」所有人的注意力全轉向柔依的那夥朋友，只見戴米恩舉高手，彷彿在課堂上等著老師點名叫他。

「你是哪位，雛鬼？」杜安夏問。

「我叫戴米恩，柔依的朋友。」

「他對風有感應力。」傑克替他補充，伸手抹去滿臉的淚痕。

「喔，有人跟我提過你。」杜安夏說：「你有話想對委員會說嗎？」

「他是雛鬼，在委員會會議上只可列席，不能發言。」奈菲瑞特喝斥道。

「奈菲瑞特，我不曉得妳還能代吸血鬼最高委員會發言啊。」愛芙羅黛蒂說。

「她不能。」桑納托絲說，嚴厲地瞥了奈菲瑞特一眼，然後看著戴米恩。「雛鬼，你有話跟委員會說嗎？」

戴米恩坐得挺直，用力嚥了嚥口水。「是的。」

桑納托絲的嘴唇微微擂動，露出一絲笑意。「那就說吧，手也請放下，戴米恩。」

「噢，謝謝。」戴米恩趕緊縮回手。「呃，我只是想說，根據吸血鬼的法律，身爲柔依的誓約戰士，史塔克有權決定在哪裡、以何種方式保護她。至少我在上學期的吸血鬼社會學課堂上學到的是這樣。」

「柔依即將死去。」杜安夏的話很殘酷，但語氣溫柔。「你必須明白，她的戰士即將不受誓約拘束。」

「我明白，但她**還沒**死。總之，我只是要說，只要她還活著，她的誓約戰士就有權以他認爲最好的任何方式來保護她。」

「我得同意這個雛鬼的話。」桑納托絲說，對戴米恩首肯地點點頭。「他說的在原則上絕對正確。由戰士決定如何保護他的女祭司長，既是法律規定，也是戰士的誓約責任。柔依．紅鳥還活著，因此，她仍在這位戰士的保護之下。」

「委員會的其他成員呢？各位同意桑納托絲的看法嗎？」杜安夏問。

史塔克屏住呼吸，看到另五位女祭司長或者嚴肅地出聲稱是，或者微微點頭。

「很好，雛鬼戴米恩。」桑納托絲稱許他。

戴米恩的臉頰泛紅。「謝謝妳，女祭司。」

杜安夏搖搖頭說：「想到前途似錦的年輕戰士即將死亡，我無法像桑納托絲那麼輕鬆。」接著，她無奈地聳聳肩。「不過，委員會已達成一致意見。即使我心裡難過，我接受委員會的決議和法律的規定。史塔克，你想將你的女祭司長帶到哪裡度過最後這幾天？」

他還沒回答，奈菲瑞特冰冷的聲音插進來：「這個決議是否表示，我也能自由地帶著我的伴侶離開這裡？」

「我們先前已做成決定了，奈菲瑞特。」桑納托絲以冰冷的語氣回應奈菲瑞特冰冷的聲音。「只要遵守已談好的條件，妳可以帶著妳伴侶的軀體返回卡布里島。」

「謝謝。」奈菲瑞特不耐煩地應了一聲，便對那群將卡羅納抬進會議廳的冥界之子比個手勢。「把俄瑞波斯帶走，我們離開這裡。」奈菲瑞特幾乎沒跟委員會致意，就逕自趾高氣昂地走出房間。

當所有人看著她離去，愛芙羅黛蒂急忙抓住史塔克的手臂，小聲對他說：「拖延一下。別告訴她們你想帶柔依到哪裡。」

「現在，沒人打擾了。史塔克，你說吧，你想將柔依帶到哪裡。」桑納托絲說。

「現在我想先將她帶回宮殿裡我們的房間，如果你們同意。我需要時間來思考怎樣做對柔依最好，但到此刻都還沒有時間想。」

「年輕卻睿智。」桑納托絲露出讚賞的笑容。

「戰士，很高興你能控制怒氣。」杜安夏說：「願你維持頭腦清晰，思考睿智。」

史塔克咬緊牙，恭敬地鞠躬，避免接觸任一位委員的目光，怕她們看出他仍憤怒難抑。

「委員會允許你帶你受傷的女祭司長和你的朋友回宮殿休息。明日我們會問你的決定。請記得，你仍可以決定將她留在這裡。只要你要求，你們就可以留在這裡，待多久都行。」

「謝謝。」史塔克向這群位高權重的女祭司長畢恭畢敬地行禮。

「會議到此結束。明天重新召開。我在此祈願大家祝福滿滿。」

沒等達瑞司上前幫忙，史塔克就逕自走向柔依，一把抱起她，緊緊抱住，帶離會議廳。

「把妳知道的事都告訴我。」史塔克才走進他們的套房，將柔依的軀體放在床上，就立刻對愛芙羅黛蒂說。

「嗯，其實我知道的不是太多，但已足以讓我認爲那些成鬼說錯了。」愛芙羅黛蒂說，坐進一張絲絨大椅，依偎在達瑞司身上。

「妳是說，妳知道曾經有戰士把他的女祭司長從另一個世界帶回人間？」戴米恩問，邊和傑克從客廳搬椅子進臥房。

「不，不完全是這樣。」

「那到底是什麼意思，愛芙羅黛蒂？」史塔克在柔依的床前來回踱步。

「我的意思是，我才不甩古代歷史。柔依可不是古代那種呆板的女祭司長。」

「不記取歷史教訓的人最後都會重蹈覆轍。」戴米恩輕聲說。

「同志男孩，我又沒說我不記取歷史教訓。我只是說我不鳥它。」愛芙羅黛蒂尖銳的目光從戴米恩移到孿生的，她們倆仍站在臥房門口。「孿生呆瓜，妳們幹麼鬼鬼祟祟的？」

「我們沒有鬼鬼祟祟，惡毒女。」簫妮的音量比悄悄話大不了多少。

「就是嘛，我們是**恭恭敬敬**的。」依琳低聲接腔。

「喔，拜託，妳們兩個在嘀咕些什麼啊？」愛芙羅黛蒂說。

「這樣對柔依的，呃，**軀體**不敬吧。大家在這裡談她的事，而她——」簫妮說不下去，望著她的孿生好姊妹。

依琳還沒接腔，史塔克說：「不，我們不能當她死了。她只是不在這裡，如此而已。」

「所以，這裡比較像等候室，而非病房。」傑克說，坐在椅子上探身摸柔依的手。

「對，」史塔克說：「只是這是等候好消息的等候室。」

「就像通過路考，拍了一張很醜的相片，在監理處等著他們發駕照給你？」傑克說。

「完全正確，只差我們這裡沒有大老粗。」愛芙羅黛蒂說：「所以，妳們這兩個共用腦袋的女人，拉把椅子過來這邊坐，不准再當柔依是一副屍體。」

孿生的遲疑著，互望一眼，聳聳肩，各自拿了張椅子進臥房，跟大家圍坐在一起。

「好，大家都在這裡了，告訴我們，妳從史蒂薇．蕾那裡得到什麼消息。」達瑞司說。

愛芙羅黛蒂對她的誓約戰士微笑。「你怎麼知道我從史蒂薇．蕾那裡得到消息？」

達瑞司溫柔地撫摸她的臉。「我懂妳啊。」

史塔克握緊拳頭，別開臉，不想見到愛芙羅黛蒂和達瑞司如此親密。他好想揍打什麼。他**需要**揍打什麼。如果再不宣洩一下，他就要爆炸了。這時，愛芙羅黛蒂的話語穿透他混亂的心思，他急速轉頭面向她。「再說一次！」

「我說，卡羅納眞的在另一個世界。奈菲瑞特要他去阻止柔依的靈魂復原返回人間。」

「等等。我記得有一次無意間聽到利乏音說什麼返回另一個世界，惹得卡羅納很生氣。我很確定，那時他說，他回不去，因爲妮克絲把他踢了出來。」史塔克說。

「他是**身體**被女神踢了出來。現在，他的軀體的確不在那裡，」愛芙羅黛蒂說：「溜回去的是他的靈魂。」

「喔我的天哪！」戴米恩驚呼。

「那麼，柔依遇到的麻煩比我們想像的嚴重。」依琳難過地說。

「原本的麻煩就已經夠大了。」簫妮附和。

「情況更糟糕，」愛芙羅黛蒂說：「因爲背後主使者是奈菲瑞特。」她嘆一口氣，看著史塔克的眼睛。「好，接下來這些話可能不中聽，可是你們必須聽清楚。卡羅納眞的曾經是妮克絲的誓約戰士。」

史塔克面無血色。「柔依先前這麼說過，然後就……但我不相信。我太愚蠢，只顧著忌妒和生氣。就因爲這樣，她目睹卡羅納殺死西斯時，我沒跟她在一起。」

「你必須原諒自己犯的這個錯誤。」達瑞司告訴史塔克：「你如果不原諒自己，就不能專注在當下的事情。」

「而現在，你得非常專注才救得了柔依。」愛芙羅黛蒂說。

「因爲史塔克必須去另一個世界，幫助柔依對抗卡羅納。」傑克悄聲說，彷彿正身處靜謐的教堂。

「還要設法幫柔依把碎裂的靈魂恢復原貌。」戴米恩說。

「好，那我就去幫她。」史塔克慶幸自己的聲音聽起來充滿信心，因爲事實上他覺得自己的五臟六腑彷彿被人狠狠揍了一拳。

「年輕人，如果沒做好妥善的準備，你根本沒有機會成功。」史塔克循聲望向門口，看到桑納托絲站在那裡，高大、陰森，活像死神的化身。

「那就告訴我如何準備吧！」史塔克萬分沮喪，好想跳上世界的屋頂吶喊。

「要在另一個世界裡戰鬥，身為戰士的你必須死去，重新誕生為巫人。」

史塔克毫不猶豫地說：「所以，我只須殺了自己就成？妳的意思是，這樣一來我的靈魂就能去另一個世界幫助柔依？」

「戰士，我說的不是肉體的死。想想看，繼伴侶死亡之後，柔依已經受傷的靈魂如何再承受你的死？」

「這樣一來，她就不可能離開另一個世界，」戴米恩凝重地說：「即便她有辦法讓靈魂的碎片聚攏復原。」

「沒錯。我相信，以前那些女祭司長在她們的戰士跟到另一個世界時，就是遇到這種狀況。」桑納托絲說著，進入房裡，走到柔依的床榻邊。

「所以，那些戰士真的為了保護他們的女祭司長而自殺？」愛芙羅黛蒂靠緊達瑞司，跟他手指交纏。

「很多戰士這麼做。至於那些靈魂離開軀體之前還沒死的，沒多久也都死了。你必須了解，戰士畢竟不是女祭司長，沒有自由進入靈界的天賦。」

「可是卡羅納也在那裡，他並非女祭司長。」史塔克說。

「就算我們不相信他是來到人間的俄瑞波斯，也都知道這個卡羅納是來自另一個世界的不死生物。所以，有些規則雖然侷限了戰士或非戰士的男吸血鬼，卻不適用於他。」

「可是，他的確被侷限了。」愛芙羅黛蒂說：「我看見鎖鏈，他全身都被捆綁住了。」

「把妳見到的景象告訴我，女先知。」桑納托絲說。

愛芙羅黛蒂遲疑著。「說吧。」戴米恩說。愛芙羅黛蒂迎視他的目光。「我們總得信任什麼人，否則史塔克和柔依的下場就會落得跟以前那些戰士和女祭司長一樣。」

「我們不如就信任死神吧。」史塔克說：「反正不管怎樣，我必須面對死亡才能去找柔依。」

「我同意。」達瑞司說。愛芙羅黛蒂的視線從史塔克蒼白的臉龐移向他。

「我也同意。」傑克說。

「贊成。」簫妮說。

「把一切告訴桑納托絲吧。」依琳附和。

「好。」愛芙羅黛蒂對桑納托絲露出一抹苦笑。「那我最好從奈菲瑞特講起，而妳最好先坐下來。」

10 史塔克

史塔克看得出來，桑納托絲雖然頗感震驚，卻幾乎不動聲色。聽完來龍去脈後，桑納托絲起身走到柔依的床榻邊，默默地凝視著她。當她終於開口，她彷彿是在對柔依說話，而非對一旁的他們。「所以，打從一開始，這就是一場光亮與黑暗的戰爭，只不過直到目前，戰鬥主要是在塵世進行。」

「光亮和黑暗？妳說得好像它們是有知覺的東西。」戴米恩說。

「你的觀察很敏銳，雛鬼。」桑納托絲說。

「史蒂薇．蕾也好像把黑暗當作有知覺的東西來說。」愛芙羅黛蒂說。

「有知覺？就像人？」傑克問。

「不是──說它們像人，就太低估它們了。不妨把它們想成不死生物，而且法力異常強大，能以超乎想像的方式操控能量，乃至於靈變成具體的存在。」桑納托絲說。

「妳的意思是，妮克絲是光亮，而卡羅納或他所代表的東西是黑暗？」戴米恩問。

「更精準的說法是，妮克絲跟光亮同在，而卡羅納和黑暗爲伍。」

「好吧，我不是模範生，但很聰明，上課時也算認眞，多數時候啦。可是，我從沒聽過這種東東。」愛芙羅黛蒂說。

「我也沒聽過。」戴米恩說。

桑納托絲嘆一口氣，轉身面對大家。「這是一種古老的看法，但我想，我們的社會從不曾完全接受它，起碼女祭司們並不相信。」

「爲什麼？這種看法有什麼問題？」愛芙羅黛蒂問。

「這看法基於善惡原始力量之間赤裸裸的、狂暴的爭鬥和衝突。」

愛芙羅黛蒂哼了一聲。「妳是說，像男生那樣？」

桑納托絲揚起眉毛。「我就是這個意思。」

「等等。相信善惡交戰跟男生不男生有什麼關係？」史塔克問。

「這種觀念不只是相信世上有善，而善應該打擊惡。這兩股力量是光亮與黑暗原初狀態的呈現，兩者都極端自我中心，雖然有善必有惡，反之亦然，沒有一方能單獨存在，卻始終想消滅對方。」桑納托絲看著大家茫然的表情，又嘆一口氣。「光亮最初的化身是一隻大黑牛，而黑暗則是大白牛。」

「啥?白色不是應該代表光亮,黑色代表黑暗嗎?」傑克問。

「多數人會這麼想,古代卷軸裡描繪的卻相反。根據古籍,這兩個生物本身都具有對方渴求的東西。想像一下,兩隻公牛,碩大無朋,渾身力量,在永恆的纏鬥中相遇,都想從對方身上獲得某種東西,而除非自我毀滅,永遠不可能獲得。我還是個年輕的女祭司長時,見過描繪牠們纏鬥的畫作。我永遠忘不了那赤裸裸、血淋淋的畫面,令人不安。雙方牛角互相卡住,孔武有力的身軀緊繃,直衝對方,鮮血噴濺,鼻孔鼓張。那種僵持場面極盡激烈,令人屏息——連畫作本身都彷彿漲滿力量。」

「陽剛之力。」達瑞司說:「我也見過那種畫作。那時我還在受訓,準備成爲戰士。古代偉大戰士撰寫的紀事錄,有些封面上就有這種畫作。」

「**陽剛**之力。我懂了。難怪吸血鬼領導階層要讓公牛的傳說消失。」依琳說。

「是啊,孿生的,」簫妮點點頭,「吸血鬼社會以女性力量爲主流,這樣的男性力量的確太難承受了。」

「但我們的信仰並不是要以女性力量壓制男性力量,而是要讓兩者維持健康的平衡關係。」達瑞司說。

「沒錯,戰士。我們的信仰的確**理應**如此。但對光亮和黑暗來說,要找到平衡,而又沒有摧毀對方，就是一場永恆的爭鬥。我們每天見到的妮克絲圖像，洋溢著女性之美和魅力，恰與兩隻巨大公牛纏鬥，釋出原始力量的畫面截然相反。懂了嗎？一個世界實在很難同時容納這兩種意象，一方為了興盛，就會壓制另一方。」

愛芙羅黛蒂不屑地說：「這不難懂。我很難想像古板的女祭司長會願意跟兩隻公牛和牠們所代表的觀念扯在一起。」

「她說的女祭司長不包括妳。」史塔克說，並對愛芙羅黛蒂皺眉，給她一個「妳這是在幫倒忙」的眼神。

桑納托絲微笑說：「沒事，愛芙羅黛蒂說得對。幾世紀以來委員會已經改變很多，尤其是我親眼見證的近四百年。她們曾經充滿活力，本身相當原始、野蠻。但到了現代，她們變得……」女祭司長躊躇著，斟酌恰當的字眼。

「文明，」愛芙羅黛蒂說：「她們變得太文明了。」

「對。」桑納托絲說。

愛芙羅黛蒂睜大眼睛，似乎想到什麼。「太文明不見得是好事。如果你面對的是兩隻互相衝撞，不惜摧毀一切障礙的公牛，更不是好事。」

「而柔依太接近光亮了。」戴米恩輕聲說。

「接近到會讓黑暗想用牛角戳她。」史塔克說：「當黑暗出動的目的是為了確保她永遠無法再次接近光亮，更糟。」

滿屋子鴉雀無聲，所有人的目光都轉向柔依：她面容蒼白，靜靜地躺在很文明、很精緻的米色緞布床單上。

在寂靜中，史塔克若有所悟，而憑藉著戰士保護女祭司長的直覺，他知道自己找到了正確的方向。「要保護柔依，與記不記取歷史教訓無關，而是要以當今任何人想像不到的程度深入過去。」他說，聲音因興奮而提高。

「也就是要去擁抱並了解光亮與黑暗互相爭戰所釋出的原始力量。」桑納托絲說。

「可是，哪裡才能找到那種力量？」愛芙羅黛蒂說，將散落臉龐的頭髮往後捋，一臉沮喪。「我們所需要的那種信仰已經式微了——這是妳自己說的，桑納托絲。」

「或許不是所有地方的古老信仰都已式微。」達瑞司坐直身子，眼神犀利，與史塔克的目光交會。「如果你想找古老、野蠻的信仰，就必須到由古老、野蠻的過去所造就的地方，一個基本上與現代文明隔絕的地方。」

史塔克忽然知道答案了。「我得到島上去。」

「完全正確。」達瑞司說。

「你們兩個到底在說什麼啊？」愛芙羅黛蒂問。

「他們說的是史迦赫最初訓練戰士的地方。」桑納托絲說。

「史迦赫？那是誰啊？」戴米恩問。

「這是一種古老的頭銜，用來稱呼被譽爲『偉大獵首者』的戰士。」達瑞司說。

「身爲戰士，史迦赫最是原始、野蠻不過了。」史塔克說。

「好，聽起來很棒，但他得好端端地活在今日，而不僅活在戰士們知道的古老故事裡，因爲我很確定，史塔克如果無法去另一個世界，也一定無法回到過去。」愛芙羅黛蒂說。

「是**她**。」達瑞司出言糾正。

「她？」愛芙羅黛蒂的臉上出現一個大問號。

「史迦赫是女戰士，具有驚人力量的吸血鬼。」史塔克說。

「我的小美人呀，那些『古老故事』還說，任何時代都會有史迦赫。」達瑞司對愛芙羅黛蒂露出愛憐的微笑。「她就住在女人島的夜之屋。」

「世界上有個女人島夜之屋？」依琳說。

「我們怎麼都不知道？」簫妮說：「你知道嗎？」她問戴米恩。

他搖搖頭。「從沒聽說過。」

「這是因為你不是戰士。」達瑞司說：「女人島又稱為斯凱島。」

「斯凱島，蘇格蘭那個斯凱島？」戴米恩問。

「對。第一批吸血鬼戰士就是在那裡受訓的。」達瑞司說。

「可是後來就不在那裡受訓了，對嗎？」戴米恩說，視線從達瑞司移到史塔克。「我的意思是，現在戰士是在各地的夜之屋分校受訓，比如龍老師就訓練過一票來自四面八方的戰士，而他當然不是在蘇格蘭。」

「你說得沒錯，戴米恩。在當代，戰士在世界各地的夜之屋受訓。」桑納托絲說：「十九世紀初，最高委員會認為這樣更方便。」

「我猜，不但更方便，而且更文明。」愛芙羅黛蒂說。

「妳也說得沒錯，女先知。」桑納托絲說。

「那就這樣，我帶柔依到女人島找史迦赫。」史塔克說。

「然後呢？」愛芙羅黛蒂問。

「然後我就把自己變得不文明，搞懂如何不死而能打進另一個世界。一旦去到那裡，我就想盡辦法把柔依帶回來。」

「這主意聽起來是不錯。」愛芙羅黛蒂說。

「如果史塔克能進入女人島的話。」達瑞司說。

「那裡是一所夜之屋，有什麼理由不讓史塔克進去？」戴米恩問。

「它與所有其他夜之屋迥不相同。」桑納托絲說：「最高委員會決定將訓練冥界之子的職責從斯凱島拿走，分散到世界各地的夜之屋之前，在位的史迦赫和最高委員會之間已長年處於緊張關係。」

「妳把她說得像女王。」傑克說。

「從某方面來說，她的確是——她的子民就是戰士。」桑納托絲說。

「帶領冥界之子的女王？我肯定最高委員會一定不喜歡這種事，除非這個史迦赫女王也是最高委員會的成員。」愛芙羅黛蒂說。

「史迦赫是戰士，」桑納托絲說：「而戰士不允許進入最高委員會。」

「可是，史迦赫是女性，應該可以獲選為委員會成員。」戴米恩說。

「不，」達瑞司說：「總之，戰士就是不能進入委員會。這是吸血鬼的法律。」

「這大概會惹毛史迦赫吧。」愛芙羅黛蒂說：「換作是我，我就會很不爽。她應該有權進入最高委員會的。」

桑納托絲頷首附和。「我同意，女先知。但很多人不同意。當訓練冥界之子的權責被剝奪，史迦赫退隱到斯凱島。她沒跟任何人說過她的用意，但其實不需要說，我們都能感受到她的憤怒。我們也察覺她施咒設立了環島防護圈。」桑納托絲的眼裡浮現回憶的影子。「自從埃及艷后克麗奧佩特拉在她鍾愛的亞歷山卓城設立防護圈以來，沒人做過類似的事。」

「所以，沒有史迦赫的允許，沒人可以進入女人島。」達瑞司說。

「如果試圖闖入，必死無疑。」桑納托絲說。

「嗯，那我怎樣才能獲得她的允許呢？」史塔克問。

經過久久的尷尬沉默後，桑納托絲說：「這就是你要面對的第一個難題。自從史迦赫設立防護圈，從沒有外人獲准進入她的島嶼。」

「我會得到她的允許的。」史塔克堅定地說。

「你要怎麼辦到，戰士？」桑納托絲問。

史塔克吐出長長一口氣，說：「我只知道我**不要**做什麼——我不要變文明。此刻，我只知道這些。」

「等等。」戴米恩說：「桑納托絲、達瑞司，你們都知道史迦赫和古代野蠻信仰的事。你們是從哪裡得知的？」

「我一向喜歡看書。」達瑞司聳聳肩。「在我研究刀劍的那所夜之屋，一些古老卷軸吸引了我。有空時，我就看書。」

「恐怖又性感，絕佳的組合。」愛芙羅黛蒂發出低沉黏膩的聲音，偎到他的懷裡。

「好吧，我們待會兒再吐。」依琳說。

「就是說嘛，現在別吵。」簫妮說。

「那妳怎麼知道公牛和史迦赫的事？」戴米恩問桑納托絲，並對孿生的和愛芙羅黛蒂使了一個「閉嘴」的眼神。

「我從宮殿檔案室裡的古代文本讀到的。我剛成爲女祭司長時，花了很多時間在這裡自己研究。我沒辦法不這樣做，因爲我沒有導師。」桑納托絲說。

「沒有導師？那太辛苦了。」史塔克說。

「顯然這個世界一次只需要一位對死亡有感應力的女祭司長。」桑納托絲露出苦笑。

「這種職務還眞遜。」傑克說，隨即舉手摀住嘴巴，尖聲叫道：「對不起！」

桑納托絲綻開笑容。「我不在意，孩子。不過，與死亡爲伍眞不是輕鬆的工作。」

「幸好這樣，也幸好達瑞司是個喜歡看書的戰士，我們才有線索可循。」戴米恩說。

「你在想什麼？」愛芙羅黛蒂問。

「我在想，我相當擅長做一件事——讀書做研究。」

愛芙羅黛蒂睜大她的藍眼睛。「所以，我們只須告訴你讀什麼東西就行。」

「檔案室。你需要進入宮殿檔案室的許可。」桑納托絲說著便朝門口走去。「我跟杜安夏說去。」

「太好了，我這就好好地看書。」戴米恩說。

「我來幫你。」傑克說。

「蠢蛋幫，雖然我討厭看書，不過看來大家都得好好做研究了。」愛芙羅黛蒂說。

史塔克看著桑納托絲離去，隱約感覺到其他人因為有事情可以專注而興奮，但他的目光移向柔依蒼白的臉。**而我得準備與死亡同行**。

柔依

什麼都不對勁。

不是因為我不知自己身在何處。我的意思是，我知道我在另一個世界，但沒有死；也知道我跟西斯在一起，而他絕對死了。

天哪！實在太奇怪了，我竟愈來愈習慣把西斯當作**死人**。

然而，除此之外，其他每件事也都不對勁。

這會兒，我跟西斯蜷縮在一起，像一對老夫老妻窩在一棵樹底下。老樹根大致連結成一個橢圓形，中間鋪上厚厚的苔蘚床褥。我應該覺得很舒服才對。畢竟苔蘚柔軟舒適，而西斯真的像是活著。我看得見他，聽得見他，摸得到他——他連聞起來都像他。我應該放鬆的。

我凝望著一群翩翩起舞的藍翅蝶，思忖著：**那我為什麼這麼不安呢**？**用阿嬤的話說，我為什麼這麼「不成個人形」呢**？阿嬤……我好想她。她不在身邊的感覺像牙齒微微發疼。那種感覺有時會消失，但我知道它仍在那裡，隨時會回來——或許疼痛還會加劇。她一定很擔心我，而且很難過。我受不了想到阿嬤難過，趕緊轉移思緒。

我躺不住了，起身離開西斯，小心不吵醒他。然後我開始踱步。嗯，這有幫助，起碼暫時有。我來回走動，不停地走，但不敢走到看不見西斯的地方。熟睡的他看起來好可愛。

我希望我也能睡。但我不能。一旦休息——閉上眼睛——我就覺得失去了一片片的自己。怎麼可能？我怎會失去自己？這讓我隱約想起有一次喉嚨感染鏈球菌發炎，發著高燒，做了一個超怪的夢。在那夢裡，我不停旋轉、旋轉，轉到我的身體開始一片片地飛出去。

我打了個寒噤。我腦袋裡其他東西都模模糊糊，卻怎麼這麼輕易就想起這個夢？天哪，我真的好累。

注意力一分散，我絆到苔蘚草地上一塊雪白的石頭。為了不跌跤，我伸手抓住最近的一棵樹。這時，我看見了。我的手掌、手臂，看起來不對勁。我楞楞瞪著，我發誓我的肌膚泛起漣漪，像哪部恐怖電影裡，幾近全裸的女孩肌膚底下鑽進什麼噁心的東西，不停地蠕動爬行，讓她——「不！」我慌張地拍打手臂。「不！別這樣！」

「小柔，寶貝，怎麼了？」

「西斯，西斯——你看。」我伸出手給他看。「就像恐怖電影。」西斯的視線從我的手臂移到我的臉。「呃，小柔，什麼東西像恐怖電影？」

「我的手臂啊！我的肌膚！它在動。」我瘋狂地朝他揮動手臂。

他面露微笑，但掩不住憂慮的神情。他伸出手，慢慢撫摸我的手臂。摸到我的手掌時，他和我十指交纏。「寶貝，妳的手臂沒有異樣呀。」他說。

「你眞的覺得沒有異樣？」

「眞的，我眞的認爲沒有異樣。嘿，妳怎麼了？」

我張嘴想告訴他，我覺得我正在失去自己——一片一片地飄走。但一排樹的邊緣有個東西引起我注意。某種黑暗的東西。「西斯，我不喜歡那個。」我說，顫抖的手指著暗影。

風擾動綠色的大葉片，那些樹葉忽然顯得不像先前那麼厚，不再能庇護我。這時，一陣氣味襲來，腥臭刺鼻，彷彿路上被車子碾死的動物屍體放置了三天。我察覺西斯的身體搐動一下，知道那氣味不是我幻想出來的。接著，暗影騷動起來，我確定我聽見撲翅的聲音。

「噢，不。」我低聲驚呼。

西斯的手緊緊握住我的手。「來，我們得躲到更裡面一點。」

我楞住，同時覺得麻木。「爲什麼？那些樹怎麼能幫我們躲開危險？」

西斯托起我的下巴，要我看著他。「小柔，妳感覺不到嗎？這個地方，這個樹林，是好地方，很純淨。寶貝，妳在這裡感覺不到妳的女神嗎？」

我淚眼婆娑，他變得一片模糊。「感覺不到。」我輕聲說，彷彿說不出話來。「我完全感覺不到我的女神。」

他將我拉入懷裡，緊緊摟著我。「別擔心，小柔，我可以感覺到她，所以不會有事的，我保證。」然後，他繼續一手摟著我，帶我深入妮克絲的樹林裡，而我淚水湧出，溼溼熱熱地沿著冰冷的臉頰淌下。

11 史蒂薇・蕾

「斯凱島?眞的嗎?在哪裡?愛爾蘭嗎?」史蒂薇・蕾問。

「是蘇格蘭，不是愛爾蘭，智障。」愛芙羅黛蒂說。

「不是差不多嗎?還有，別罵人『智障』，這樣很不友善。」

「那我說『來咬我啊』怎麼樣?夠不夠友善?聽著，鄉巴佬，別那麼呆混瓜。我要妳回去跟土好好交流或怎麼胡攪瞎搞一下，看能不能得到有關光亮和黑暗的訊息——妳知道的，我指的是那兩個東西。還有，留意一下樹木或什麼的有沒有談起兩隻大牯牛的事。」

「大牯牛?妳是說會生牛寶寶那種牛?」

「妳不是鄉下人嗎?怎麼會不知道大牯牛是什麼?」

「聽著，愛芙羅黛蒂，這種刻板印象很無知。我不是大城市長大的並不代表我當然懂母牛之類的事情。要命，我連馬都不喜歡呢。」

「我看妳是突變。」愛芙羅黛蒂說：「牯牛就是公的牛，這連我媽那隻有神經病的比熊犬都懂。專心點，拜託，這很重要。妳去問問那些該死的草，看它們知不知道，古代某種超野蠻也因此很礙眼的神話或信仰或什麼的，有沒有提到兩隻互相纏鬥的公牛，一隻白，一隻黑，以及善惡之間永無休止的一場很男生、很殘暴的爭鬥。」

「這跟把柔依救回來有什麼關係？」

「我想，這或許可以打開一道門，讓史塔克不用眞的死掉，卻能到另一個世界去。因爲，我看，叫戰士死掉去那裡保護女祭司長是行不通的。」

「母牛可以辦到？怎麼做呢？母牛連話都不會說欸。」

「公牛！妳這個雙重智障。聽好了，我現在談的不是動物，而是牠們散發出來的原始力量。公牛代表那種力量。」

「所以，牠們不會說話？」

「噢，看在牛屎的份上，妳行行好！誰知道牠們會變什麼把戲？牠們可能會說話，也可能不會，但這不是重點。重點是牠們是超神奇的古老生物。聽仔細：爲了到另一個世界，史塔克就不能是文明現代人，一副好性子的模樣。他必須搞懂怎麼變野蠻，才能找到柔依，保護她，兩個人活著回來。這種古代信仰搞不好是關鍵。」

「我好像懂了。我是說，當我想到卡羅納，我想到的眞不算現代人——」史蒂薇・蕾停頓一下，內心承認，其實她想到的是利乏音而非他老爸。「而他絕對具有某種原始力量。」

「而且可以不死就到另一個世界去。」

「而史塔克也必須去那裡。」

「所以，去跟花聊聊公牛之類的事吧。」愛芙羅黛蒂說。

「我會去跟花談一談的。」史蒂薇・蕾說。

「如果它們跟妳說了什麼，就打電話給我。」

「好，我盡力。」

「喂，小心點啊。」愛芙羅黛蒂說。

「瞧，妳可以很友善的嘛。」史蒂薇・蕾說。

「妳在對我灌迷湯之前，先回答這個問題：我們兩人的烙印解除時，妳跟誰烙印了？」

史蒂薇・蕾全身一陣冰冷。「沒人！」

「這代表是某個不妥當的人。是誰？哪個紅雛鬼敗類嗎？」

「愛芙羅黛蒂——我說，**沒人**。」

「是喔，我猜也是。妳知道嗎，女先知這種東東雖然很討厭，卻讓我學會一件事，那就是，如果我不用耳朵去聽，我就可以知道一些事情。」

「我只知道——妳瘋了。」

「反正，再說一次，小心點。我對妳有一些奇怪的感覺，知道妳可能遇上麻煩了。」

「我認爲妳只是在捏造一個老掉牙的故事，來掩飾妳腦袋瓜子裡那個瘋子。」

「而我認爲妳在隱瞞什麼事。所以，我們都同意我們不同意對方的看法。」

「我要去找花草問母牛的事了。再會，愛芙羅黛蒂。」

「公牛啦。再會，鄉巴佬。」

聽了愛芙羅黛蒂這番話，史蒂薇．蕾愁眉深鎖，打開寢室的門時，差點被克拉米夏正要敲門的手打到，嚇得兩人都跳起來。克拉米夏搖搖頭，說：「別這樣怪里怪氣，免得我以爲妳不正常了。」

「克拉米夏，如果我知道妳在外面這裡，我開門時就不會嚇一跳。還有，我們沒人是正常的——至少不再正常了。」

「說妳自己就行了，我還是我，沒半點不對勁。倒是妳，像一坨熱騰騰的大便。」

「我兩天前才差點在屋頂被烤焦欸，應該有權利看起來很糟吧。」

「我沒說妳看起來很糟。」克拉米夏微側著頭說。今天她戴了鮮黃色的短假髮，和閃亮亮的螢光黃眼影搭配。「其實，妳看起來很好——臉色粉粉嫩嫩，是白種人身強體健時的模樣，甚至讓我想起全身粉紅的可愛小豬仔。」

「克拉米夏，我眞的被妳搞得頭好痛。妳到底在說什麼啊？」

「我只是在說，妳看起來很好，但妳沒有弄好，這裡和這裡。」克拉米夏依序指著史蒂薇．蕾的心臟和腦袋。

「我心裡有很多事。」史蒂薇．蕾含糊其詞。

「這點我知道，柔依遭遇這麼慘的事。不過，妳還是得振作起來，用點腦袋啊。」

「我盡力。」

「要更盡力。柔依需要妳。我知道妳人沒跟她在一起，但我感覺得到妳可以幫她。」

克拉米夏死命盯著她，讓史蒂薇．蕾差點坐立不安起來。「我說了，我會盡力的。」

「妳是不是想到什麼很扯的事？」

「沒有！」

「妳確定？因爲這是爲妳寫的。」克拉米夏將一張紫色的筆記本紙張拿高，上面有她草寫體和印刷體混合的獨特筆跡。「在我看來，這實在很誇張。」

史蒂薇．蕾一把搶過那張紙。「該死，妳怎麼不早點說呢？」

「我正要說啊。」她倚著門框，雙臂交叉抱在胸前，顯然等著史蒂薇．蕾讀那首詩。

「妳沒其他事好做啊？」

「沒有。其他人都在吃東西。喔，達拉斯除外，他跟龍老師在練擊劍。學校還沒正式上課，我實在搞不懂他幹麼這麼急。反正，讀詩吧，女祭司長，我哪裡都不去。」

史蒂薇．蕾克制住嘆息。克拉米夏的詩通常很抽象、晦澀，往往是預言。光想到這次居然是為她寫的，她就覺得胃不舒服，像吞了生雞蛋。她勉強把目光移向那張紙，開始讀：

血紅者步入亮光
束腰佩劍，準備把
終末戰鬥的角色擔當

黑暗隱身於不同樣貌
必得看穿形體、顏色與謊言
超越情緒風暴
與他聯手，將心付予

但不可委以信任
除非你與黑暗遠離
以靈而非眼看
因為與獸共舞，你
必得穿透牠們的裝扮

史蒂薇·蕾搖搖頭，抬眼看克拉米夏，然後再讀一遍，慢慢地讀，祈求心臟別跳得那麼大聲，免得洩漏一見到這首詩就生出的愧疚和恐懼。克拉米夏說得沒錯，這首詩跟她有關，分明談到她**和**利乏音。她心想，也許她該感謝這首天殺的詩沒提到翅膀和鳥頭上的人眼。

「現在知道爲什麼我說這首詩是爲妳寫的吧？」

史蒂薇·蕾看著她那雙聰慧的眼睛。「要命，確實跟我有關，第一行就提到我了。」

「瞧，我就知道，雖然我從沒聽過有誰這樣稱呼妳。」

「這是可想而知的。」史蒂薇·蕾趕緊說，試圖蓋掉腦海中利乏音叫她**血紅者**的聲音。

「我是唯一的女性紅吸血鬼，所以一定是在講我。」

「我也是這麼想，雖然裡頭還提到野獸之類的鬼東西。至於『束腰佩劍』，聽起來既嚇人又撩人，不過應該只是說妳必須準備打仗。」

「是啊，唉，最近老是在打仗。」史蒂薇．蕾說，再度低頭看詩。

「看來妳還有更多仗要打——這肯定很糟，妳得做好準備。」說完，她別有用意地清清喉嚨。史蒂薇．蕾不情願地再次注視她。她冷不防地問：「他是誰。」

「他？」

克拉米夏雙手交叉在胸前。「別把我當傻瓜。**他**。詩裡說妳要把心獻給他的那個他。」

「我沒有要把心獻給他！」

「噢，妳果然知道他是誰。」克拉米夏穿著豹紋長靴的腳拍點著地板。「顯然不是達拉斯，因爲妳如果是把心給他，絕不會這麼緊張。大家都知道你們有什麼。所以，**他**是誰？」

「我不曉得。除了達拉斯，我沒跟任何人交往。況且，我比較擔心的是詩裡說到的黑暗和僞裝。」史蒂薇．蕾撒謊。

「哈。」克拉米夏嗤之以鼻。

「聽著，我會把詩留下，好好想一想。」史蒂薇．蕾將那張紙塞進牛仔褲口袋。

「我來猜猜看——這件事妳希望我別跟別人提。」克拉米夏說，再次以腳點地。

「對，因爲我想……」看到克拉米夏會心的目光，史蒂薇．蕾再也掰不下去。她吐出長長一口氣，決定說出部分眞話。「我不希望妳提，是因爲目前我的確很困擾。現在把事情抖出來，對達拉斯和我都不好，尤其我還不清楚我跟另一個男生之間到底是怎麼一回事。」

「這樣才對嘛。感情問題確實麻煩。就像我媽常說的，別把私事拿出來給眾人看。」

「謝謝，克拉米夏，我很感激妳能體諒。」

克拉米夏舉起手。「等等，我可沒說這話題到此結束。我的詩非常重要，談到的可不只是妳的感情債。就像我剛才說的，妳得振作起來，甩開腦袋裡亂七八糟的東西，善用妳的腦袋。還有，我寫到『黑暗』時，心裡覺得不對勁。」

史蒂薇．蕾凝視著克拉米夏好一會兒，下定決心。「跟我走到停車場，好嗎？我得離開學校去辦點事，但我想先跟妳聊一聊。」

「沒問題。」克拉米夏說：「再說，妳也該找個人談談心事了。妳最近一直怪怪的，我是說，在柔依靈魂碎裂之前妳就有點異常。」

「對，我知道。」史蒂薇．蕾喃喃地說。

兩人步下樓梯，穿越熱鬧的宿舍時，沒再說什麼。史蒂薇．蕾心想，看來外頭消融的冰雪也讓雛鬼解凍了。這兩天學生開始出來活動，表現得愈來愈正常。沒錯，她和克拉米夏一路上依舊吸引不少目光，但那多半出於好奇，而不再是充滿敵意和恐懼的眼神。

「妳覺得我們真的可以回來上學，彷彿這裡還是我們的家嗎？」一走到宿舍外的人行道上，克拉米夏立刻問史蒂薇．蕾。

史蒂薇．蕾驚訝地看著她。「其實我已經開始這麼覺得了。回來這裡那麼慘嗎？」

克拉米夏聳聳肩。「我不曉得，我只知道白天在地底會睡得比較安穩。」

「嗯，這是問題所在。」

「詩裡讓我覺得不對勁的黑暗——妳想，會不會是在說我們？」

「不會！」史蒂薇．蕾斷然搖頭否認。「我們沒什麼不對勁。妳、我、達拉斯和其他回來這裡的紅雛鬼已經做了決定。妮克絲給我們選擇的自由，而我們選擇了良善而非邪惡，選擇了光亮而非黑暗。詩裡的黑暗不是在講我們，我確定。」

「那，會不會是在講其他紅雛鬼？」即使四下無人，克拉米夏還是壓低聲音。

史蒂薇．蕾想了想，覺得克拉米夏可能是對的。她之前因了利乏音而滿心罪惡感，沒想到這一點。該死！她真的得振作起來了。「嗯，有可能。萬一真的是，那就糟糕了。」

「拜託，我們都知道他們真的很壞。」

「我剛剛從愛芙羅黛蒂那裡聽說一些事情，得知那個黑暗比想像中可怕。如果他們跟黑暗有牽扯，那他們就壞到一個地步了，像奈菲瑞特的那種壞。」

「眞要命。」

「是啊，所以詩裡談的可能是跟他們戰鬥。不過，這部分剛好也是我要跟妳談的事。愛芙羅黛蒂和我已經開始察覺一樁古代的事情。**真的**很古，連成鬼都忘了有這回事。」

「那就眞的很古。」

「嗯，我們——我是指我、愛芙羅黛蒂、史塔克和柔依旁邊那批人——正想看看能不能利用這個訊息幫史塔克到另一個世界，去保護柔，讓她可以把靈魂拼湊完整。」

「妳是說讓史塔克可以不用死就到另一個世界去？」

「對。他如果到了另一個世界時是個死人，對柔依顯然沒有好處。」

「所以妳要利用那樁古代的事情，來看該怎麼做？」

史蒂薇．蕾對她露出微笑。「我們是打算這麼做，而且妳幫得上忙。」

「妳儘管開口。」

「好，事情是這樣的：愛芙羅黛蒂剛發現，她擁有一些新的女先知法力。」史蒂薇．蕾苦笑一聲。「雖然她像隻大雷雨中的貓，一點也不高興。」克拉米夏大笑，史蒂薇．蕾繼續說：「總之，我在想，我即使不像柔，身邊圍著一票人，但我也有一個女先知。」

克拉米夏一臉迷惘，等發覺史蒂薇・蕾一直盯著她，才恍然大悟。「我？」

「對，妳，還有妳的詩。妳之前就做過，幫柔想出趕走卡羅納的方法。」

「可是——」

「這樣說吧，」史蒂薇・蕾打斷她的話，「連愛芙羅黛蒂都想得出辦法，妳該不會說妳沒她聰明吧？」

克拉米夏瞇起眼睛。「我的聰明，那個白人女孩永遠不會懂。」

「嗯，那就上馬鞍露兩手給她瞧瞧。」

「妳知道，妳用鄉村牛仔的口吻說話時，還眞有點嚇到我。」

「我知道，」史蒂薇・蕾露出酒渦，笑著說：「好，我要去召喚土了，看我這邊能否想出什麼點子。嘿，妳去找達拉斯，跟他講所有這些狀況，但詩的事情別告訴他。」

「我已經說了，我絕不會出賣妳。」

「謝謝，克拉米夏，妳眞的是一位優秀的桂冠詩人。」

「妳這個鄉下姑娘也不賴。」

「待會兒見。」史蒂薇・蕾揮揮手，跑向柔的車子。

「我挺妳，女祭司長！」

克拉米夏的臨別話語讓史蒂薇．蕾覺得心裡軟軟溼溼的，但也讓她在發動車子時不自禁地綻開笑容。就在準備打檔時，她想到兩件事：(a)她不知道自己要去哪裡，(b)只須去拿根綠色蠟燭，或許再用一把茅香草來汲取正面能量，土元素就更容易召喚。她氣自己這麼不用心，把車子打到空檔。她到底該去哪裡啊？

去找利乏音。這念頭就像呼吸，即時又自然。史蒂薇．蕾伸手準備打檔，但隨即停住。現在回去找利乏音眞的是她當下最該做的事嗎？一方面，她確實從他那裡獲得了不少關於卡羅納和黑暗的資訊。但另一方面，她還不信任他，她**不可能**眞的信任他。

況且，他攪得她心神不寧。當她閱讀克拉米夏那首詩，她竟滿腦子都是他，無暇想其他事——比如說，那首詩可能是在提醒她提防那群紅雛鬼。

所以，她到底該怎麼做呢？

她是告訴過利乏音，她會回去看他。但她之所以想回去，不是只因爲她告訴過他，而是因爲她需要見他。**需要**？對，她不情願地承認，她需要見仿人鴉。坦承此事，讓史蒂薇．蕾更加不安。「我跟他烙印了，這代表我們有了連結。這件事，我無能爲力。」她喃喃自語，緊握方向盤。「我得習慣並面對這種關係。」**而且，我必須牢記他是他父親的兒子**。

好，就這樣。她去看他，同時問他光亮和黑暗，以及兩頭母牛的事。她蹙眉——不對，是公牛。但她也得自己做點功課，不能完全倚賴利乏音。她眞的應該召喚元素，看能否找到一些關於牛的資訊。這樣，才算善用自己的腦袋。她綻開笑容，猛地拍方向盤一下。

「有了！前往吉爾克瑞思博物館的途中，我就在那座可愛的老公園停一下，先在那裡召喚土，然後再去看利乏音。簡單！」當然，她得先潛回妮克絲神殿拿綠蠟燭、火柴和一些茅香。有了計畫，她覺得舒坦多了。就在準備將金龜車打離空檔時，她聽見牛仔靴踩在柏油路面上的聲響，接著便傳來達拉斯假裝若無其事的聲音——

「喔，我只是來看一下柔依的車子，可不是故意跟蹤史蒂薇．蕾，害她嚇一跳。」

她搖下車窗，對他笑著說：「嗨，達拉斯，我以爲克拉米夏說你在跟龍老師練劍。」

「我是啊。瞧——龍老師給了我這把漂亮的刀子，說它是蘇格蘭匕首。他還說我或許可以使得很上手。」

史蒂薇．蕾狐疑地看著他從腰際的皮鞘抽出一把尖銳的雙刃短劍，笨拙地握在手裡，彷彿不確定它會傷到別人還是自己。「看起來好利。」她說，努力讓語氣聽起來像在讚賞。

「是啊，所以我還沒拿它來練習，但龍老師說我可以先佩帶一陣子，只要我夠小心。」

「噢，好，酷。」史蒂薇．蕾確信，她就算活上百萬年，也照樣搞不懂男生。

「我上完劍術課，離開體育館時遇見克拉米夏。」達拉斯說，同時將匕首收入刀鞘。

「她說，她剛跟妳道別，妳準備去召喚土之類的。我心想，我應該來找妳，跟妳一起去。」

「你眞好，達拉斯。我一個人就行了。不過，如果你可以去妮克絲神殿幫我拿綠蠟燭和火柴，那就幫了我大忙。噢，在神殿裡如果見到茅香，也幫我拿一些來，好嗎？我眞不知自己的腦袋在想什麼，竟把這些東西忘得一乾二淨。」

她很驚訝達拉斯竟然沒說好，跑去幫她拿東西，反而站在原地，雙手插入牛仔褲口袋，看著她，一臉氣惱。「怎麼了？」她問。

「對不起，我不是戰士！」他衝口而出。「我努力跟龍老師學劍，但大概要好一陣子才能學得有點樣子。我從來沒用心在格鬥這種事上，對不起！」達拉斯顯得愈來愈氣餒。

「達拉斯，你到底在說什麼？」

他沮喪地舉高雙手。「我在說，我不夠好，配不上妳。我知道妳需要更多——妳需要一位誓約戰士。史蒂薇．蕾，該死，如果我是妳的戰士，那些小鬼攻擊妳時，我就能在那裡保護妳。如果我是妳的戰士，妳就不會要我跑腿做些可笑的小事。妳會把我留在身邊，讓我保護妳。」

「我可以保護自己，而幫我拿綠蠟燭並不是可笑的小事。」

「好，就算妳說得對，妳還是應該擁有更好的人，不像我不懂得怎樣保護他的女人。」

史蒂薇．蕾的眉毛高高揚起。「你剛剛說我是你的女人？」

「呃，是，」他侷促不安地說：「不過，我沒有不好的意思。」

「達拉斯，屋頂上發生的事你阻止不了。」她據實以告。「你知道那些小鬼的厲害。」

「但我應該跟妳在一起，我應該成爲妳的誓約戰士。」

「我不需要誓約戰士！」她大叫，氣他這麼固執，也氣自己讓他這麼難過。

「嗯，妳當然不再需要我了。」他轉身背對金龜車，雙手再次插入牛仔褲口袋。

史蒂薇．蕾看著他微拱的肩膀，感覺好難過，沒想到自己竟做出這種事。她傷了他，因爲她把他和所有人推開，只爲了保守利乏音的祕密。罪惡感像隻在胡蘿蔔田裡的兔子，不斷齧咬她的心。她下車，輕輕拍他的肩膀。他沒回頭看她。「嘿，不是這樣的，我需要你。」

「是啊，所以你才忙著把我推開。」

「不，我只是很多事情要忙。對不起，如果我對你太凶。」她說。

他轉身看著她。「妳不凶，妳只是變得不在乎了。」

「我在乎！」她趕緊說，投入他的懷裡，讓他緊緊摟住，也緊緊地摟住他。

達拉斯在她耳邊輕聲說：「那就讓我跟妳一起去。」

史蒂薇．蕾拉開距離，看著他。她本想說「不，你不能跟來」，但話到嘴邊說不出口。

她彷彿可以從他的眼睛看見他的心，而她清楚看見她傷了那顆心——她傷害了他。她在幹麼呀？竟爲了利乏音而傷害這個男孩？她是救了那個仿人鴉，她也不後悔。她難過的是這事竟影響到她身邊的人。**夠了，我不能再傷害我最在乎的這些人**。「好，你跟我一起去。」

他的眼睛立刻發亮。「當眞？」

「當然。但我還是需要綠蠟燭，以及茅香。還有，去拿這些東西並不是可笑的小事。」

「好，我這就去幫妳拿一大袋蠟燭和妳需要的草。」達拉斯笑著親她，迅速跑開。

史蒂薇．蕾慢慢地回到金龜車上，握住方向盤，凝視前方，彷彿誦經般地默念心中的待辦事項。「跟達拉斯去召喚土，看能找到什麼與母牛有關的訊息。載達拉斯回學校。找個藉口再出去，一個**好**藉口，一個人出去。到吉爾克瑞思博物館看利乏音，看他是否知道些什麼能幫助史塔克和柔的事。回到這裡。不要推開朋友，傷他們的心。探望跟她一起返校的那些紅雛鬼，看他們好不好。告訴蕾諾比亞和其他人現在柔的狀況。打電話給愛芙羅黛蒂。想想看該怎麼處置火車站底下那些壞雛鬼。然後，努力別讓自己跳樓……」史蒂薇．蕾覺得自己快淹死在一座發臭的壓力池裡了。她疲憊地將頭垂下，前額抵住方向盤。到底柔是怎麼應付這一堆狗屎和壓力的？**她應付不了**，這念頭不請自來地冒出來，**壓力擊碎了她**。

12 史蒂薇・蕾

「哇！眞像超級龍捲風橫掃過陶沙市。」達拉斯瞠目結舌地望著街道景象，而史蒂薇・蕾則小心翼翼地開著金龜車，繞過地上一堆堆斷樹殘枝。公園門口的路被一棵攔腰折斷的鹿梨樹擋住，史蒂薇・蕾只得將車停在樹旁。

「至少部分電力恢復了。」她指著公園四周的街燈。燈光映照下，到處是被冰雪摧殘過的樹木和杜鵑花叢。

「那些人家還是沒電可用。」達拉斯揚起下巴，指向鄰近一幢幢小房子。公園四周大部分地方仍是一片漆黑、闃寂，只偶爾有些窗戶頑強地透出燈光。看來有些人有先見之明，在冰風暴來襲前買了發電機。

「他們眞可憐，卻讓我今晚比較好過。大家都窩在家裡，不會有人注意我。」史蒂薇・蕾說，下了車子往前走。達拉斯拿著一根儀式用綠色長蠟燭、一束乾燥茅香，及一盒長柄火柴，跟了上去。

「說得確實沒錯，小姐。」達拉斯熟稔地用手臂攬著史蒂薇．蕾的肩膀。

「啊，你明知我喜歡聽你肯定我。」她一隻手臂環住他的腰，像往昔那樣將手插入他的牛仔褲後口袋。他捏捏她的肩膀，親了一下她的頭頂。

「那我就更常說妳的好話。」他說。

史蒂薇．蕾對他微笑。「你這樣討好我，是爲了想做什麼嗎？」

「我不曉得。不過，有用嗎？」

「或許有用。」

「太好了。」

兩人哈哈大笑，她扭臀撞他。「我們去那棵大橡樹那邊，那裡看起來是個好地方。」

「小姐說了算。」

兩人慢慢走向公園中央，一路繞過殘枝斷木及冰雪泥濘，還得小心不要在寒夜裡又開始結冰的路面上滑跤。她心想，讓達拉斯跟來是對的。或許利乏音造成她迷惘，是因爲她太專注於兩人之間的烙印，疏離了朋友。要命，當初跟愛芙羅黛蒂烙印，一開始感覺也很怪異。或許她只是需要一點時間——以及空間——來處理這種新的感覺。

「嘿，瞧。」達拉斯指著老橡樹四周的地面。「眞像這棵樹替妳設立了守護圈。」

「眞酷！」她說。確實很酷。強壯的樹木熬過了冰風暴的侵襲，只有枝椏末梢的細枝和樹葉掉落在草地上，恰好在樹的四周形成一個完美的圓圈。

達拉斯在圓圈邊緣躊躇不前。「我就待在圓圈外，好嗎？這樣我就不會破壞它，讓它更像是特地為妳設立的守護圈。」

史蒂薇·蕾仰頭看著他。達拉斯眞是個好男孩，總是會說這麼窩心的話，讓她知道他比任何人都了解她。「謝謝你，你眞好，達拉斯。」她踮起腳尖輕輕地吻他。

他緊緊摟住她。「我願意為我的女祭司長做任何事。」

他吐出的氣息是如此溫暖、甜美，史蒂薇·蕾一時衝動，再次吻他。她喜歡他讓她心裡酥酥麻麻，也喜歡他的撫觸阻斷有關利乏音的思緒。當他不捨地放開她，她已經有些喘不過氣來。他清了清喉嚨，笑著說：「小心唷，小姐，我們兩人很久沒獨處了。」

史蒂薇·蕾覺得整個人輕飄飄，綻開笑容，說：「太久了。」

他的微笑性感又可愛。「那我們得盡快改正。不過妳最好先把正事辦完。」

「喔，對，」她說：「正事、正事、正事……」

她接過他帶來的茅香草束、綠蠟燭和火柴。「嘿，」達拉斯說：「我忽然想起來，在燃燒茅香之前，妳是不是應該先做點什麼？咒語和儀式課我念得不錯。我發誓，除了點燃草束，揮來揮去之外，還得做點什麼。」

史蒂薇·蕾皺起眉頭思索。「我不知道欸。柔依提到過茅香，因爲這是美國原住民常用的神聖植物。我確定柔說過它會吸引正面能量。」

「好吧，我想柔應該懂。」達拉斯說。

史蒂薇·蕾聳聳肩。「是啊，況且這不過是氣味很香的草。我是說，應該無害吧？」

「應該是。再說妳是土小姐，應該能夠控制燃燒的草。」

「沒錯。」她說：「好，開始嘍。」她低聲對她的元素說了聲「謝謝你，土」，便轉身跨過邊緣，進入大自然設立的圓圈，自信地邁步走向圓圈的最北端，站定後閉上眼睛。她早已發現，感應土元素的最佳方式就是透過感官。所以，她深吸一口氣，滌清思緒，只允許一種感官起作用：聽覺。

她傾聽土——風在樹葉間呢喃，夜禽對唱，公園的嘆息在漫漫冬夜裡趨於沉靜。當她的聽覺盈滿土元素，史蒂薇·蕾又深吸一口氣，將注意力集中在嗅覺。她吸入土的味道，聞到冰雪封蓋下草的潮溼沉重、枯葉清爽的肉桂味，以及老橡樹獨特的苔蘚芬芳。

現在，嗅覺也被土盈滿，史蒂薇·蕾再深吸一口氣，想像蒜頭的濃郁味道和夏天番茄的成熟滋味。她想著土單純、神奇的魔力，能讓地面長出簇擁的青草，而地底又能滋養厚實爽脆的胡蘿蔔。

當土的豐饒盈滿味覺，她想到夏日長草拂掠雙足的柔軟，想到她撚起一株蒲公英，看它是否泛出傳說中祕密戀情的羞赧黃色時，下巴被它搔癢的感覺，以及春雨過後升騰的土味。

接著，她深吸一口氣，讓她的靈擁抱土元素賜予的美妙和神奇。土是母親、師長、姊妹和朋友，帶給她穩定的力量。就算她的世界混亂動搖，她也能仰賴土的安撫和守護。

史蒂薇．蕾微笑著睜開眼睛，轉向右邊。「風，我請你來到我的守護圈。」雖然沒有黃蠟燭或代表風的人，她知道她必須對其他四元素致意，而如果她夠幸運，它們將會蒞臨，強化她的守護圈。她轉向南方，繼續說：「火，我請你來到我的守護圈。」順著聖圈方向，她接著呼喚水。然後，她背離傳統做法，後退數步，來到圓圈正中央，說：「靈，我知道這個順序不對，但我眞的希望你也加入我的守護圈。」史蒂薇．蕾走回北方時，幾乎百分之百確定，有一條微細的銀絲線圍繞著她盤旋。她轉頭對達拉斯說：「喂，我想，奏效了欸。」

「當然會奏效，小姐，妳擁有女祭司長的魔力呀。」

達拉斯一直稱呼她女祭司長，聽得史蒂薇．蕾好開心。她轉頭面向北方，覺得自己威風凜凜。她點燃綠蠟燭，說：「土，我知道我召喚的順序不對，但我必須把最好的留到最後。現在請你如同往常般降臨，因爲我們之間的連結比夏夜裡飛滿公園的螢火蟲還特別。來吧，土，請你來找我。」

土在她身邊迸現，像隻興高采烈的小狗。才幾分鐘前，黑夜仍冰冷潮溼，冰風暴餘威猶存，但現在她感覺到奧克拉荷馬州夏夜的溫煦溼潤，土元素已充滿剛設立完成的守護圈。「謝謝你！」她歡喜地說：「我實在說不出，隨時可以倚賴你，這對我而言有多重要。」她腳下傳出熱氣，守護圈裡覆蓋草地的薄冰開始碎裂，草葉掙脫而出，暫時脫離了冬天的囚籠。她讓土元素繼續盈滿心中，對它說：「好，我得問你一件很重要的事，但我想先點燃草束，因爲我覺得你會喜歡它的氣味。」史蒂薇．蕾以蠟燭的火焰點燃茅香後，把蠟燭立在腳邊，這才輕輕對草束吹氣，讓它冒煙。她轉身，對達拉斯微笑，然後沿著圓周繞行，並揮動草束，直到整個聖圈瀰漫著朦朧的煙霧和夏日草原的氣味。

回到守護圈北端時，史蒂薇．蕾再次面向土元素最親近的方向，開始祈求：「我的朋友柔依．紅鳥說，茅香能吸引正面能量，而今晚我確實需要一些能量。我正是爲了柔依來請你幫忙。我知道你記得她，她對你有感應，一如她能感應所有其他元素。她很特別，不只因爲她是我最要好的朋友，更因爲——」史蒂薇．蕾頓住，然後話語自行湧現——「因爲柔什麼都有一點。我想，這表示她代表我們所有的人。我們需要她回來。況且，她在那邊受傷了。我想，她需要人幫忙，才回得了家，所以，她的誓約戰士，一個叫史塔克的小夥子，要去找她。他當然也需要你幫忙。我請求你讓我知道，史塔克怎樣才能幫柔依。拜託你。」

史蒂薇．蕾再次揮動冒煙的草束，讓煙飄散開來，然後靜靜地等候回應。

煙氣香甜濃厚。由於土的臨在，夜晚特別溫暖。然而，除此之外，什麼動靜都沒有。

當然，她可以感覺到土就在這裡，在她身邊，願意聽從她的吩咐。但就是沒有動靜。

一丁點都沒有。

史蒂薇．蕾不確定該怎麼辦，只好再次揮動草束，並試著又祈求一次：「或許我說得不夠具體。」她思索了一下，努力回想愛芙羅黛蒂告訴她的每句話。「藉由土的力量及這神聖草束的能量，我召喚古代的白牛來到我的守護圈，因爲我必須知道史塔克要如何才能去找柔依，保護她，好讓她設法重新凝聚靈，回到這個世界。」

原本徐徐冒著白煙的茅香忽然燒得熾烈。史蒂薇．蕾哀叫一聲，丟下草束。草束嘶嘶作響，湧出濃濃黑煙，彷彿蛇吐出黑暗。史蒂薇．蕾抱住灼傷的手，踉蹌後退。「史蒂薇．蕾？發生什麼事？」她聽得見達拉斯的聲音，回頭時卻見不到他。黑煙太濃了。她轉身，試著看穿煙霧，但什麼也看不到。她望向綠蠟燭所在的地方，結果仍只看到濃煙。

她迷失了方向，大聲喊道：「我不知道發生了什麼事。茅香忽然變得很怪，而且——」

腳下的大地原本是土元素的具現，她最感親近，這時卻開始搖動。

「史蒂薇．蕾，妳必須立刻離開那裡，我不喜歡這些煙。」

「你感覺到了嗎？」她大聲問達拉斯：「外面的地面也在震動嗎？」

「沒有。可是我看不到妳，而且我有很不好的感覺。」

史蒂薇．蕾還沒看到牠，就感覺到牠的存在。那感覺帶給她一種熟悉的恐懼。才一瞬間，她已明白原因。那感覺讓她想起她發現自己即將死去的時候。那時，她開始咳嗽，抓住柔依的手，告訴她，**我好怕，柔**。恐懼的回憶癱瘓了史蒂薇．蕾。當第一隻牛角的尖端現形，閃著微光，銳利而駭人，她卻動彈不得，只能盯著牠，頭不停地前後晃動。

「史蒂薇．蕾！妳聽得見我嗎？」達拉斯的聲音彷彿在數哩之外。

第二隻牛角現形，接著牛頭浮現，雪白而巨大，牛眼黝黑如深夜的無底湖，閃閃發亮。

救我！史蒂薇．蕾想吶喊，但恐懼將話語困在喉底。

「不管了，我要進去找妳，即便妳不要我破壞守護圈——」達拉斯碰觸到守護圈邊界時，史蒂薇．蕾感覺到一波波漣漪。公牛也察覺了，轉頭哼鼻，朝瀰漫的黑煙噴出一道惡臭的氣體，黑夜爲之顫抖。「可惡！史蒂薇．蕾，我進不去。妳快解除它，離開那裡！」

「我—我—沒辦法。」她結結巴巴地說，聲音沙啞而微弱。

公牛完全成形，宛如噩夢現身。牠呼出的氣息讓史蒂薇．蕾窒息，牠的目光困住她，牠的白色皮毛在遮天蓋地的黑暗中異常亮眼，但一點都不美。那光澤黏膩噁心，冰冷死沉。一隻巨大的偶蹄舉起，狠狠落下，震裂大地，史蒂薇．蕾覺得自己的靈魂受了傷，痛極了。她費力地將目光從牛眼移到牛蹄，驚恐地直喘氣。那隻野獸周遭的草地已裂開，變黑。牛蹄刨過的土——史蒂薇．蕾的土——撕裂了，流著血。

「不！」恐懼潰堤，她終於發出聲音。「住手！你在傷害我們！」

公牛的黑色目光穿透她的眼睛。牠迴盪在她腦袋裡的聲音低沉有力，惡毒得令人難以想像。**「吸血鬼，妳竟有能力召喚我，夠有趣，我決定回應妳的問題。戰士必須檢視自己的血，才能找到進入女人島的橋。接著，他必須打敗自己，才得以進入競技場。在承認那個之前，必須先承認這個，他才能與女祭司會合。之後，她要不要回來，是她而非他的決定。」**

史蒂薇．蕾嚥下喉頭的恐懼，衝口而出：「我聽不懂。」

「妳無能理解，與我無關。妳召喚，我回應。現在，我要攫取我該得的血酬。距離上回品嘗吸血鬼的甜美血液，尤其充盈無邪光亮的血，已無數歲月。」

史蒂薇．蕾還來不及思索如何回應，那頭野獸就開始繞著她打轉，黑暗卷鬚從牠身邊的煙霧朝她游來。它們一碰觸到她，就宛如冰冷的刀片，劃開、撕裂、剝除她的肌膚。

她想都沒想，斷聲吶喊：「利乏音！」

13 利乏音

黑暗現身的那一瞬間，利乏音立刻知曉。那時，他正坐在屋頂露台，吃著蘋果，凝視清澈的夜空，並努力不理會那個煩人的小女孩鬼魂。不幸，看來她對他真的很好奇。

「**拜託，告訴我啦！飛起來是不是很好玩？**」小女孩第一百次央求利乏音。「**看起來好像很好玩。我從沒飛過，但我打賭，用你的翅膀飛絕對比搭飛機有趣。**」

利乏音嘆一口氣。這小鬼竟比史蒂薇．蕾聒噪，真令人大開眼界。煩人，但驚人。他躊躇著，是該繼續對她視而不見，期待她最後會離去，還是該另外想法子來應付，畢竟不予理會的策略顯然不奏效。他心想，或許他該問問史蒂薇．蕾，該拿這個鬼魂怎麼辦。結果，這一想，他的心思全轉到血紅者身上。不過，老實說，他的心思從未遠離她。

「**飛起來會危險嗎？我是說，用你的翅膀飛。我猜，一定很危險，因為你受傷了。我猜，一定是你到處飛的時候……**」

小女孩兀自嘰嘰喳喳，夜色的肌理突然改變。在震驚的最初一刻，利乏音只覺得熟悉，瞬間以爲父親回來了。「安靜！」他對小女孩咆哮，站起來，轉身，發出紅光的眼睛直盯著四周的黑暗大地，渴望可以瞥見父親的翅膀，渡鴉的黑色。小女孩吃驚得尖叫一聲，往後退縮，消失。但利乏音理都沒理她，只忙著應付蜂擁而至的認知和情緒。

一開始是認知。他幾乎立刻就知道，他感覺到的不是父親。沒錯，卡羅納很厲害，長久以來與黑暗爲伍，但他所能引起的騷動不一樣。眼前的跡象更駭人。利乏音感受得到，大地隱藏的幽暗生命正興奮地回應。那是鬼靈，早已爲充滿人造燈光和電力魔法的現代世界所遺忘。但利乏音沒有忘記他們。在夜色暗影的最深處，他看見陣陣漣漪和震顫，不禁對他們的反應感到困惑。是什麼力量如此強大，竟能驚擾這些隱藏的鬼靈？

接著，史蒂薇·蕾的恐懼襲向他。由於一開始的熟悉感、鬼靈的激動，更由於史蒂薇·蕾赤裸裸的全然恐懼，利乏音明白了。「天哪，黑暗自身進入人間了！」利乏音還沒來得及決定要做什麼，已往樓下跑。他用沒有受傷的那隻手臂撞開大門，彷彿那是厚紙板糊的。衝出破舊的宅邸，來到寬敞的前廊時，他戛然止步。他不知道自己要去哪裡。

又一波恐懼席捲他。與史蒂薇·蕾一起承受，利乏音知道她已因恐懼而癱瘓。他心裡縈繞著一個可怕的思緒：**史蒂薇·蕾召喚了黑暗？她怎麼辦到的？為什麼要這麼做？**

他才開始想，立刻明白其中一個問題的答案：爲了救柔依，史蒂薇·蕾會不惜一切。

利乏音心跳如雷鳴，血液迅猛地竄流全身。她人在哪裡？夜之屋嗎？不，一定不在那裡。如果她要召喚黑暗，絕不可能待在鍾情光亮的學校。

「妳怎麼不來找我？」他對夜空吶喊。「我知道黑暗，但妳不知道呀！」話才出口，他隨即察覺自己錯了。史蒂薇．蕾死過，曾被黑暗碰觸。那時，他還不認識她，但他認識史塔克，曾親眼目睹雛鬼死而未死時周遭的黑暗。「可是，她選擇了光亮。」這次，他低聲自語。「而光亮總是低估了黑暗的邪惡。」**我還活著的事實，就是活生生的事證。**

今晚史蒂薇．蕾需要他，非常需要。這也是不容置疑的事實。

「史蒂薇．蕾，妳在哪裡？」利乏音喃喃問道。回應他的只有鬼靈的騷動。

他該哄騙哪個鬼靈帶他去找黑暗嗎？不行——他立刻否決這個想法。如果黑暗召喚鬼靈，他們自然會去。除此之外，他們寧可在遠處吸取些微溢出的力量。而他不能坐著枯等，期盼黑暗會呼喚他們。他必須想辦法——

「利乏音！」

史蒂薇．蕾的尖叫在他四周迴盪，聲音淒厲，充滿痛苦和絕望，刺穿他的心。他知道自己的眼睛發出紅光。他想撕扯、摧毀一切。火紅的暴怒開始籠罩他，引誘他就此解脫。如果他完全屈服於憤怒，他將變得更像獸而非人，因史蒂薇．蕾而感受到的恐懼也將被衝動和暴力所淹沒。這時，只要闖入博物館附近的任何一棟陰暗的房子，攻擊那些無助的人類，他就能撫慰這股暴力衝動。很快，他就可以獲得滿足。很快，他就不會再有感覺。

既然這樣，他爲何不屈服於這股經常壟斷他生命的憤怒呢？這要簡單多了，既熟悉又安全。**如果屈服於暴怒，我和她之間的連結就會結束**。想到這裡，他驚嚇、顫抖，只覺得眼前有明亮的光點燒穿遮蔽他視野的紅色濃霧。「不！」他吶喊，讓聲音裡的人性擊退獸性。「如果我把她丟給黑暗，她就會死。」利乏音緩緩地深吸一口氣。他必須冷靜，必須思考。暴怒的紅霧持續消散，他的心又能思考了。**我應該善用我們之間的連結和我們共有的血！**

利乏音強迫自己安靜，深深吸入夜氣。他知道自己該怎麼做了。他又深吸一口氣，開始呼求：「我召喚古代不死生物的靈力，那是我生來即能駕馭的力量。」這番召請勢將耗損他未癒的身軀，所以利乏音繃緊神經，做好準備。然而，他吸入黑夜暗影的力量時，反而驚訝地感受到能量湧現。四周的黑夜似乎因著古老、原初的力量，開始膨脹、搏動。他有一種令人作嘔的不祥之感，但他繼續把力量引到身上，準備以他血液裡的不朽生命催動它。當那力量灌入，他的身體忽然招架不住，雙膝癱軟跪地。

然而，他發現自己的雙手竟本能地伸出，撐住身子。他知道神奇的事情發生了——他的兩隻手臂都有回應，包括那隻受了傷，用吊帶綁在胸前的手臂。利乏音繼續跪著，全身顫抖，兩臂往前伸。當他曲起雙臂，他的呼吸變急促。「再來！」他喘著氣說：「降臨我！」

黑暗的能量再次灌注他。這股冰冷狂烈的能量是活的，他努力留住。利乏音知道，它不同於以往憑藉父親血液召喚的能量。但是，他不再是乳臭未乾的孩子，並不懼怕。長久以來，他已習於跟黑夜裡的暗影和卑劣生命交流。於是，仿人鴉深深吸進這股能量，彷彿那是深冬黑夜的空氣。然後，他張開雙臂，同時展翅。兩隻翅膀都向他回應。

「好極了！」他興奮地大叫，四周的暗影也因狂喜而翻滾、震顫。

他復原了！連受傷的翅膀也徹底痊癒了！

利乏音一躍而起。黝黑的雙翼完全展開，他看起來宛如突然活過來的雄偉神像。仿人鴉的軀體因力量充盈而震動，他繼續召喚。猩紅、灼熱的空氣圍繞著他，好似染血的燐火之霧。利乏音的聲音因借來的黑暗而膨脹，在黑夜中迴盪。「我血、我靈的能量源自我父卡羅納，藉由他的不死威能，我命令你引領我去找血紅者——她曾飲我的血，與我交換生命之債，與我烙印。帶我去找史蒂薇·蕾！我於此下令！」

紅霧徘徊片刻，接著移動，化為一條猩紅絲帶，在他前面開展成一道閃亮的細長小徑。矯捷而自信，利乏音騰空，迅疾飛向黑暗。

＊＊＊

離博物館不遠，他在一座籠罩著煙霧與死亡的公園裡找到她。他靜靜地從天而降，不明白四周屋內的人類怎麼一點也沒察覺，在他們門口的安全假象底下，惡靈已經出動。

一團魆黑的濃煙聚集在公園中央，利乏音只看得見老橡樹的樹梢，但他知道樹木底下已陷入混亂。他靠近橡樹時放慢速度，但仍展翼乘馭氣流，無聲而輕巧地移動。

那個雛鬼沒注意到他。利乏音發現，即便此刻來了一支軍隊，那男孩也可能不會察覺，因爲他手持一把看似危險的刀子，正全心全意地戳刺黑暗守護圈的邊緣。至少對那個雛鬼來說，那邊緣似乎已凝結成一道厚牆。但利乏音不是雛鬼，他太了解黑暗了。

他繞過男孩，來到圓圈的北端，面向圓圈。他不確定他會來到這個位置，是出於自己的直覺，還是由於史蒂薇·蕾的召引。但他隨即意識到——雖然這個意識來去迅疾——這兩者可能已融合爲一。

他只停頓一下，便不捨地闔起雙翼，妥貼地收在背上。接著，他舉起一隻手，輕聲告訴仍在他操控下的紅霧：「掩蔽我，讓我跨越障礙。」利乏音握拳，握住在那裡搏動的能量，然後五指一彈，驅遣身邊的霧。

他知道這樣做會痛。利乏音能驅使若干層面的不朽力量，但他永遠都得爲此付出代價，而那經常就是身體的痛。這一次，劇痛貫穿他初癒的身軀，炙熱如火山熔岩。但他歡喜承受，因爲這代表他的命令確實被遵守。只是，他無法爲圓圈內的可能遭遇預作準備。他僅能在源自父親血液的紅色力量掩護下，鎮定地舉步向前。黑暗之牆隨即爲他敞開一道門。

利乏音一進入圓圈，史蒂薇．蕾血液的氣味及死亡與腐敗的惡臭便席捲而來。

「拜託，住手！我再也受不住！要的話就殺了我，別再碰我！」

他看不見她，但他聽得出她已完全無招架之力。利乏音迅速採取行動，掬起黏附在身上的一把紅霧，悄聲下令：「去找她，給她力量。」他聽見史蒂薇．蕾倒抽一口氣，幾乎可以確定她在哭喊他的名字。此時，晦暗分開，利乏音見到他絕無可能忘懷的景象。

史蒂薇．蕾站在圓圈中央，一縷縷黏膩的墨黑卷鬚纏住她的雙腿，劃開她的肌膚。她的牛仔褲已被割得破爛，只剩一些碎布掛在身上，皮開肉綻的肌膚滲出血。接著，他眼睜睜看著一縷卷鬚從濃稠的黑暗竄出，像鞭子一般，抽向她的腰部，打出一道滴血的血痕。她垂著頭，痛苦地呻吟。利乏音看到她的眼神已經渙散。

就在這時，那頭野獸從黑霧最濃密的所在現身。利乏音一看見牠，立刻百分之百確定，那是黑暗本身的化身。牠噴鼻，發出震耳欲聾的可怕聲音，濺出血、黏液和煙霧，並以腳蹄震裂大地。當牠逼近史蒂薇．蕾，毛皮宛若墓穴裡的月光，蒼白猶如死亡。這生物是如此龐大，得低下巨大的頭顱，才能伸舌舔舐她血淋淋的腰。

利乇音大叫一聲「不」，呼應史蒂薇．蕾的尖叫。

公牛頓住，轉頭面向仿人鴉，深邃無底的雙眼注視著利乇音。

「**今晚愈來愈有意思了。**」那聲音轟隆隆地從利乇音的心頭滾過，他必須壓制住內心的恐懼。公牛嗅著空氣，朝他跨出兩步，撼動地面。「**我在你身上聞到黑暗的氣味。**」

「沒錯。」利乇音回答，聲音壓過心臟驚恐的搏動。「我已長久與黑暗同在。」

「**這就怪了，我不認識你。**」公牛再次嗅了嗅他四周的空氣。「**但我知道你父親。**」

「我正是憑藉著我父親血液的力量穿過黑暗帷幕，站在你面前。」他雙眼始終緊盯著公牛，但他清楚地意識到，史蒂薇．蕾就在幾呎外，全身血淋淋，無助又絕望。

「**是嗎？鳥人，我認為你說謊。**」那聲音沒變，但利乇音可以感覺到公牛的怒氣。

利乇音保持冷靜，用一根手指在胸膛一劃，引出一道紅霧，然後舉起手，彷彿對公牛獻祭。「這讓我得以分開黑暗帷幕。憑藉我父親的不死血液，我生來就有權指使這力量。」

「**你的血管裡確實流著不死血液，但你體內漲滿的力量，用以命令帷幕敞開的這力量，卻是來自我。**」

恐懼乍然沿著利乇音的脊椎往下竄，他莊重地頷首承認。「那麼，我要謝謝你，雖然我並未呼求你的力量。我只召喚我父親的力量，因爲那才是我有權支使的。」

「我聽得出你沒說假話，卡羅納之子。但你為何指使不死生物的力量帶你來這裡，讓你進入我的圓圈？今晚，你或你父親跟黑暗有何干係？」

利乏音的身體一動也不動，但思緒奔騰。在此之前，他的力量一向源自他血液裡繼承的不死生命，以及渡鴉的狡獪才智。但今晚，面對黑暗本身，他忽然發現，儘管他靠著借自這野獸的力量才得以靠近史蒂薇．蕾，卻絕對無法藉此拯救她的性命，而他身爲渡鴉所具有的本能，也鬥不過他所面對的野獸。與黑暗連結的力量，不可能打敗公牛，因爲牠就是黑暗本身的化身。

利乏音決定仰賴他僅剩的一樣東西——他死去的母親遺留下來的，他殘存的人性。於是，他像個凡人那樣回答公牛，赤裸的眞誠幾乎撕裂他自己的心。「我來這裡是因爲她在這裡。她屬於我。」利乏音的目光始終盯著公牛，但他將頭側向史蒂薇．蕾的方向。

「我在你身上聞到她的氣味。」公牛又往利乏音跨出一步，地面再度震動。**「她或許屬於你，但她居然冒失地召喚我。她要求我幫助，我應允了她。如你所知，她必須付出代價。鳥人，你現在就走，我可以饒你不死。」**

「你走，利乏音。」史蒂薇．蕾的聲音很微弱，但利乏音終於轉頭看她時，發現她的眼神堅定、清澈。「這跟在屋頂上不一樣。你這次救不了我。快走吧。」

利乏音是應該離開，他知道。才幾天前，他壓根兒無法想像他會對抗黑暗，拯救一個吸血鬼——拯救他自己和父親之外的任何人。然而，當他凝視史蒂薇．蕾溫柔的湛藍眼眸，他看見了一個全新的世界——在那裡，這個奇怪的年輕紅吸血鬼代表著心、靈魂和真實。

「拜託，別讓他也傷害你。」她告訴他。就是這些話，這些無私、懇切、真誠的話語，讓利乏音做出決定。

「我說了，她屬於我。你在我身上聞到她的氣味，知道我所言不假。所以我可以替她還債。」利乏音說。

「不！」史蒂薇．蕾大喊。

「卡羅納之子，你做出這種提議之前最好先想清楚。我不會殺她。她欠我的，是血債，而非生命之債。等我嚐夠了她的血，最後還是會把你的吸血鬼還給你。」

公牛的話讓利乏音反胃。如同腫脹的吸血蛭，黑暗即將舔舐史蒂薇．蕾皮開肉綻的肌膚，吸食她的生命之血——而那是他們兩人的生命之血，因烙印而永恆連結的血。

「取我的血吧，我替她還債。」利乏音說。

「果然有其父必有其子。你跟你父親一樣，選擇捍衛一個永遠不會滿足你們渴求的生命。好，我成全你，我接受你替這個吸血鬼還債。放了她！」公牛下令。

利刃般的黝黑卷鬚從史蒂薇・蕾的身上撤退，她立刻癱倒在浸血的草地上，彷彿剛才是那些卷鬚扶住她。

他還沒來得及上前幫她，一縷卷鬚如眼鏡蛇般從公牛身邊的煙霧和暗影中竄出，一抽便捲住利乏音的腳踝。仿人鴉差點哀號，但他一聲不吭。在令人暈眩的劇痛中，他集中注意力，對史蒂薇・蕾喊道：「快回夜之屋！」

他看見史蒂薇・蕾試圖站起來，卻在自己的血泊中滑跤，倒在地上，輕聲哭泣。當兩人四目相視，利乏音張開翅膀，朝她的方向撲去，試圖掙脫捆住他的卷鬚，決心至少將她帶出圓圈。但另一條卷鬚隨即竄出，鞭向利乏音新癒的右手臂，纏住他厚實的二頭肌，劃下深逾一吋的傷口。接著，另一條卷鬚從背後襲來，捲住他雙翅與背部的接合處，又撕又扯，將他壓制在地上，痛得利乏音終於忍不住哀叫。

「利乏音！」史蒂薇・蕾哭著喚他。

他看不到公牛，但感覺得到地面震動，這生物正在接近。他轉頭，模糊的眼睛看見史蒂薇・蕾試圖爬向他。他想出聲阻止，想說些什麼勸她逃離。然而，當公牛吐舌舔舐他腳踝的傷口，帶來一陣灼痛，利乏音才察覺，史蒂薇・蕾沒有要爬過來。她四肢著地，像螃蟹一般身體趴在地上，兩臂顫抖，身體仍在流血，但臉色已恢復紅潤。**她在汲取土的力量**。利乏音不敢置信，但也鬆了一口氣。這樣一來，她就會有力氣逃出圓圈。

「**我都忘了不死血液有多甜美。**」公牛腐臭的氣味撲向利乏音。「**吸血鬼嚐起來遠遠比不上你。卡羅納之子，我想，我會不停地吸吮你的血。今晚，你確實借取了黑暗的力量，所以你要還的不止她的債。**」

利乏音拒絕看這頭生物。卷鬚困住利乏音的身體，將他懸吊、翻轉，以至於他臉頰貼著地面。公牛開始從他雙翅底部的傷口吸食，未曾感受過的痛楚襲擊他的身體。他不想哀號，不想痛苦翻滾，但他忍不住。不過，他的眼睛始終盯著史蒂薇．蕾。當黑暗一次又一次地侵犯他、吸吮他，是她的目光讓他保持清醒。

當史蒂薇．蕾站起來，高舉雙手，利乏音以為自己出現幻覺，因為此刻她看起來是如此強壯、威武，而且非常、非常憤怒。她的手裡抓著一樣東西——一把冒煙的草束。

「我之前做過，我將再做一次。」史蒂薇．蕾的聲音彷彿來自遠方，聽起來卻又如此洪亮。利乏音不懂，何以公牛沒有聽見，更沒有制止她。但這生物發出的愉悅呻吟，立刻給了他答案。公牛根本不把史蒂薇．蕾放在眼裡，正一心一意地品嘗醉人的不死血液。**繼續吸吮吧，好讓她逃走**。利乏音默默祈求，向任何居然可能聆聽的神祇。

「我的守護圈依然完好，」史蒂薇．蕾急速而清晰地說：「利乏音和這頭噁心的公牛都置身我管轄的領域，而此刻我已拿回主控權。憑藉土的力量，我召喚**另一隻**公牛。我願意付出任何該付的代價，只求把這頭白牛趕離我的仿人鴉！」

利乏音感覺到公牛頓了一下，而一道閃光穿透史蒂薇．蕾面前的黑霧。他看見她睜大雙眼，並且，不可思議地，綻開笑容，接著放聲大笑。

「好！」她歡喜地說：「我付你這個代價。該死，你怎麼會這麼黑，這麼美麗！」

白牛開始低吼。一縷縷卷鬚從利乏音身邊竄出，游向史蒂薇．蕾。利乏音想出聲警告，但史蒂薇．蕾直接走進光束裡。一聲脆雷傳來，接著又一道刺眼的光閃現。從燦亮爆裂的光芒中，一頭巨大公牛現身，鄰近的暗影隨即退縮。牠眞黑。那頭白牛有多白，這頭黑牛就有多黑。牠的黑不同於暗影的黑，而是猶如星斗熠耀的午夜天空——深邃、神祕又美麗。

有那麼一剎那，黑牛的視線跟利乏音的目光交會，仿人鴉倒抽一口氣。他從未見過這樣的慈愛，甚至不知道世上存在這樣的慈愛。

「別讓她的抉擇成為錯誤。」他心中新出現的聲音跟第一頭公牛一樣低沉，不同的是這次充滿了憐憫。**「因為，不管你值不值得，她已經付出代價。」**

黑牛低下頭，衝向白牛，撞得牠從利乏音身邊摔開。兩頭牛相撞時，撞擊的聲音震耳欲聾。接著，世界一片深沉的寂靜，靜得震耳欲聾。

卷鬚瞬間消散，宛如夏日烈陽下的露珠。當煙霧消失，史蒂薇．蕾已跪在利乏音身邊，伸手摸他，而那名雛鬼男孩正奔入圓圈，手持刀，準備殺敵。

「退開，史蒂薇．蕾！讓我解決他！」

史蒂薇．蕾伸手碰觸地面，喃喃地說：「土，絆倒他，重重地摔倒他。」

越過史蒂薇．蕾的肩頭，利乏音看到那男孩腳前的地面陡然隆起，精瘦的雛鬼臉朝下摔倒，重重地。

「你可以飛嗎？」她低聲問。

「應該可以。」他喃喃回答。

「那就立刻飛回吉爾克瑞思博物館。」她急切地說：「我晚點兒再去找你。」

利乏音猶豫著，不想在共同經歷這一切之後馬上離開她。她是眞的沒事？還是黑暗已嚴重地耗損了她的元氣？

「我沒事，我保證。」史蒂薇．蕾輕聲告訴他，彷彿已讀出他的心思。「快去。」

利乏音起身，看史蒂薇．蕾最後一眼，然後展翅，撐起重傷的身軀，飛向天空。

14 史蒂薇・蕾

達拉斯半拖半扛地帶史蒂薇・蕾回到學校，一路說服她到醫護室，而非直接回房間。他們繞過校園裡的一個轉角時，恰好被正要前往妮克絲神殿的克拉米夏和蕾諾比亞撞見。

「我的媽咪呀，妳怎麼這麼狼狽！」克拉米夏驚呼，停下腳步。

「達拉斯，帶她去醫護室！」蕾諾比亞說。不像克拉米夏，她沒被史蒂薇・蕾渾身是血的模樣嚇呆，而是立刻趨前到她另一邊，幫達拉斯扶住她，並隨即轉向前往醫護室的方向。

「聽著，你們大家，帶我回我房間，我需要的是電話而非醫生。我找不到我那該死的手機。」

「妳找不到手機，是因爲那個鳥東西幾乎剝光了妳的衣服，差點連妳的皮都一起剝下。妳的手機搞不好已經砸得稀巴爛，掉在公園，仍浸泡在妳的血裡。妳必須到醫護室。」

「我有手機，妳可以用我的。」克拉米夏說，跑著趕上他們。

「妳可以用克拉米夏的電話，但達拉斯說得沒錯，妳甚至無法自己站立，非去醫護室不可。」蕾諾比亞說，語氣堅決。

「好，隨便。幫我找張椅子坐，讓我打電話。妳有愛芙羅黛蒂的電話號碼吧？」她問克拉米夏。

「有，但別因此認為我和她是朋友喔。」克拉米夏嘟囔著。

一行人走向醫護室時，蕾諾比亞頻頻轉頭看史蒂薇．蕾。「妳的狀況很不好。」她說。接著，她彷彿這時才聽懂達拉斯剛才的話，吃驚地睜大眼睛。「你說是鳥傷害她的？」

「鳥**東西**。」達拉斯回答的同時，史蒂薇．蕾開口否認：「不是！達拉斯，我現在沒工夫和力氣跟你爭論這個。」

「你是說，你沒有親眼見到她遭遇什麼事？」蕾諾比亞問。

「沒有。當時煙霧太濃太暗，我看不見她，也無法進圓圈幫她。等煙霧消散時，她已經是這副樣子，而那隻鳥東西就蹲在她身邊。」

「達拉斯，說話別當我不在場！還有，他沒蹲在我身邊，而是躺在我旁邊的地上。」

蕾諾比亞準備再說什麼時，他們已抵達醫護室。由於學校裡此刻沒有療癒師，金髮高個子護士賽菲兒已升任醫護室主管。這會兒，她如常臭著一張臉迎接他們，但一見到史蒂薇．蕾，臉色大變。「帶她進那裡面！」她指著一間剛空出來的病房。

大夥兒讓史蒂薇・蕾躺在床上後，賽菲兒開始從一座金屬櫥櫃裡拿東西，包括一袋血。她將血袋扔給蕾諾比亞，說：「立刻讓她喝下去。」蕾諾比亞隨即撕開血袋，然後扶著史蒂薇・蕾顫抖的雙手，幫她將血袋遞到嘴邊，看著她饑渴地喝光。

「我還要。」史蒂薇・蕾說：「還有，手機呢？我現在就要。」

「我得看看是什麼東西割傷妳。妳失血過多，非得立刻補充不可。還有，我也得搞懂爲什麼妳流出來的血聞起來這麼不對勁。」賽菲兒說。

「仿人鴉！那東西是仿人鴉！」達拉斯終於想起正確名稱。

「有一隻仿人鴉攻擊妳？」蕾諾比亞問。

「不是。我一直要說這一點，但達拉斯腦袋太硬，就是聽不進去。是黑暗攻擊我**和**仿人鴉。」

「就像我之前說的，妳根本是在胡說。我明明看到那個鳥東西，而妳在流血。這些傷肯定是鳥喙造成的。我可沒見到有其他任何東西！」達拉斯幾乎是在咆哮。

「你什麼都沒看到，是因爲黑暗在攻擊**我們兩個**時，遮蔽了守護圈內的一切，包括我和仿人鴉！」史蒂薇・蕾氣惱地吼回去。

「爲什麼聽起來妳像是一直在捍衛那東西？」達拉斯說，憤怒地舉高雙手。

「你知道嗎，達拉斯，去你的！除了捍衛**我自己**，我沒捍衛任何人。你進不去守護圈，根本幫不了我——我還是得靠**我自己**！」

達拉斯楞楞地望著她，受傷的心情明顯寫在臉上。一陣長長的沉默後，賽菲兒擺出護士的態度，尖著嗓子冷冷地說：「達拉斯，你得離開。我要把她身上剩下的衣服剪掉，你不適合在場。」

「可是我——」

「你做得很好，把你的女祭司長帶回家了。」蕾諾比亞輕輕碰觸他的手臂。「現在讓我們來照顧她。」

「達拉斯，呃，你去找點東西吃吧。我不會有事的。」史蒂薇．蕾說，想到剛剛把掩飾恐懼和愧疚的怒氣發洩在他身上，有些後悔。

「喔，好，我這就走。」

史蒂薇．蕾看著他喪氣地走出房間，喊道：「喂，蕾諾比亞說得對，你做得很棒。」

他在關上門之前轉頭看她一眼，說：「什麼事我都願意爲妳做，小姐。」她心想，她從沒見過他這麼傷心的眼神。

門才關上，蕾諾比亞馬上說：「說清楚，那個仿人鴉是怎麼一回事？」

「是啊，我還以爲他們全都逃走了呢。」克拉米夏說。

「妳們兩個可以留下來。瑪格瑞塔去聖約翰醫院拿補給品，所以我用得上妳們。但妳們一邊說話得一邊幫忙。」賽菲兒告訴她們，又遞給蕾諾比亞一袋血。「打開，給她喝。克拉米夏，去那裡洗手，然後把酒精棉花球遞給我。」克拉米夏揚眉瞪了賽菲兒一眼，但還是乖乖地走到水槽前。史蒂薇．蕾這次慢慢地喝，想替自己多爭取一點思考的時間。

賽菲兒喀喳喀喳幾聲，剪下史蒂薇．蕾身上殘存的破爛牛仔褲和T恤。那布料割裂的聲音在這房間裡顯得格外響亮。史蒂薇．蕾覺得大家都盯著她幾乎赤裸的身體，不禁彆扭起來，希望自己穿的是好一點的胸罩。「可惡，我最喜歡『牛仔女孩』的牛仔褲了。想到得去三十一街再買一條，我就覺得煩。那附近的交通從早塞到晚。」

「或許妳該擴展一下妳的時尚感了。櫻桃街的『小黑』服飾店比較近，而且賣的牛仔褲很帥，不是一九九〇年代那種老款式。」克拉米夏說。三雙眼睛轉移到她身上。「幹麼？」她聳聳肩。「所有人都知道史蒂薇．蕾需要大改造呀。」

「眞多謝啊，克拉米夏。我才**差點死掉**，妳這番話讓我覺得好多了。」史蒂薇．蕾壓抑住發笑的衝動，賞克拉米夏一個白眼。不過，實情是克拉米夏**真的**讓她覺得好多了——正常多了。同時，史蒂薇．蕾發現自己是眞的好多了，剛剛喝下的血溫暖了她，讓她不再像幾分鐘前那麼虛弱。事實上，她覺得自己體力充沛，體內的血正有力地流遍全身。**是利乏音的血——他的血跟我的血融合，有了人類血液的滋養，讓我渾身充滿力量**。

「史蒂薇．蕾，妳似乎變得很清醒。」蕾諾比亞說。

史蒂薇．蕾抬起頭，發現馬術老師正在打量她。「對，我確實覺得好多了，而我需要電話。克拉米夏，手機給——」

「這些傷口得先清一下。我跟妳保證，我處理妳的傷口時，妳會痛到沒辦法講電話的。」賽菲兒說，彷彿很得意。

「那就等我跟愛芙羅黛蒂講完電話，妳再處理。」史蒂薇．蕾說：「克拉米夏，去妳那只大袋子找出妳該死的手機。」

「**不能**等。」賽菲兒厲聲說：「妳的傷很嚴重。從腳踝到腰有一大片撕裂傷，得好好清理。很多地方也需要縫合。還有，妳必須補充更多血。最好能找個人類捐血者來讓妳直接吸——這樣可以幫助妳痊癒。」

「人類捐血者？」史蒂薇．蕾倒抽一大口氣。難道學校還在做**這種事**？

「別裝天真了。」賽菲兒冷冷地回應。

「我不要吸陌生人的血！」史蒂薇．蕾不小心語氣太過強烈，惹得蕾諾比亞和克拉米夏揚眉看著她。「我的意思是——我喝血袋就可以。想到從陌生人身上吸血，感覺就很怪，尤其我才剛，嗯，妳們知道的……」她支支吾吾。身邊這三個女人應該會以爲，她心裡想的是最近才剛跟愛芙羅黛蒂打破烙印的事。可是她想的不是愛芙羅黛蒂——太扯了，誰會想到她？她想的是，她唯一想吸，渴望吸的，是利乏音的血。

「妳的血實在不對勁。」蕾諾比亞說。

史蒂薇·蕾瞬間回神過來，將目光轉向馬術老師。「不對勁？什麼意思？」

「聞起來有異樣。」賽菲兒附和，開始用酒精棉球清理比較深的傷口。

史蒂薇·蕾痛得深吸一口氣。她咬緊牙關說：「我是紅吸血鬼，我的血本來就跟妳們不同。」

「不，她們說得對，妳的血聞起來怪怪的。」克拉米夏別開頭，皺起鼻子，不敢看史蒂薇·蕾的傷口。

史蒂薇·蕾腦筋一轉，說：「應該是因爲牠吸了我的血。」

「誰？仿人鴉！」蕾諾比亞說。

「不是！」史蒂薇·蕾急忙解釋：「我一再想告訴達拉斯，那隻仿人鴉沒對我做什麼，他也是受害者。」

「史蒂薇．蕾，妳到底發生了什麼事？」蕾諾比亞問。

史蒂薇．蕾深吸一口氣，決定盡可能說出眞相。「我去公園，想從土那裡得知該如何幫助柔依。愛芙羅黛蒂要我這麼做。她認爲，有一種很古老的吸血鬼信仰，嗯，跟戰士有關，但現在不時興的信仰，可以幫史塔克到另一個世界找柔依。」

「可是，史塔克死了才能去另一個世界呀。」蕾諾比亞說。

「對，大家都這麼說，但最近愛芙羅黛蒂和我發現，這種古老信仰或許可以幫他活著去那裡。這種信仰的具體象徵就是母牛——我是說公牛啦。一頭白牛，一頭黑牛。」想起在公園裡的場景，她忍不住打了個寒噤。「愛芙羅黛蒂眞是混蛋，沒告訴我那該死的**白**牛是壞人，**黑**牛才是好人，所以我不小心把壞牛給叫出來了。」

蕾諾比亞的臉色瞬間蒼白到幾近透明。「啊，天哪！妳召喚了黑暗？」

「妳知道這東西？」史蒂薇．蕾問。

蕾諾比亞無意識地伸手摸了摸自己的頸背。「對於黑暗，我只知道一些。但身爲馬術老師，我對野獸非常了解。」

當賽菲兒擦拭史蒂薇．蕾腰際的傷口，她痛得擠眼皺眉。「啊，痛死了！」她閉起眼睛，專心熬過疼痛。再次睜眼時，她發現蕾諾比亞直盯著她瞧，但她讀不懂她臉上的表情。

她還來不及問，馬術老師已先拋出問題。

「仿人鴉在那裡做什麼？妳說他沒攻擊妳，但他當然沒理由攻擊黑暗。」

「他們是同一國的。」克拉米夏插嘴，若有所思地點點頭。

「我不知道什麼同一國不同一國，我只知道壞牛也攻擊仿人鴉。」史蒂薇．蕾深吸一口氣，繼續說：「事實上，幸虧仿人鴉出現，我才得救。他從天而降，分散了公牛的注意力，我才有時間從土汲取力量，召喚好牛。」想起這隻令人驚歎的生物，她忍不住泛起微笑。「我從未見過像牠這樣的生物，好美，好慈祥，而且好有智慧。牠一攻擊白牛，兩頭牛就一起消失了。然後，達拉斯才有辦法進守護圈找我，而仿人鴉這時飛走了。」

「妳是說，在仿人鴉出現之前，那頭白牛吸了妳的血？」蕾諾比亞問。

史蒂薇．蕾又忍不住反胃。「對，牠說我欠他，因爲牠應允了我的召喚。可能因爲這樣，我的血聞起來才會不對勁，大概我身上還殘留牠的氣味。我告訴妳們，牠臭死了。還有，這也是我必須打電話的原因。那頭牛確實回答了我的問題，我得趕快告訴愛芙羅黛蒂。」

「妳就讓她打吧，反正她不需要縫合了。瞧，傷口都密合了。」克拉米夏說，指著黑暗最先在她腳踝上留下的傷。史蒂薇．蕾往腳下瞥，但不用看，她已知道會見到什麼景象，因爲她已經感覺到了——利乏音的血帶給她溫暖和力量，撕裂的皮肉已開始自行癒合。

「眞是太神奇了，痊癒的速度跟妳之前燒傷時一樣快。」賽菲兒說。

史蒂薇．蕾勉強自己看著這位吸血鬼護士的眼睛。「我是紅吸血鬼女祭司長，前無古人。所以，我想，大家可以從我身上學到新的知識。我們這種人一定復原得很快。」她拉起被單一角蓋住自己，朝克拉米夏伸出手，說：「現在給我手機吧。」

克拉米夏不再多說，從她包包掏出手機，遞給史蒂薇．蕾。「愛芙羅黛蒂的號碼在B欄，bitch（賤人）的B。」

史蒂薇．蕾按下號碼，愛芙羅黛蒂在響第三聲時接起電話。「對，這個時候打來太早了。不，我不在乎妳又寫了什麼蠢詩，克拉米夏。」

「是我。」

愛芙羅黛蒂譏諷的語氣瞬間改變。「什麼事？」

「妳知道白牛是壞人，黑牛才是好人嗎？」

「知道啊，我沒告訴妳嗎？」愛芙羅黛蒂說。

「沒。你害慘我了，因爲我把**白牛**召喚到我的守護圈裡來了。」

「噢，這可眞不妙。結果怎樣？」

「不妙？妳還眞會輕描淡寫喔，愛芙羅黛蒂。慘透了。眞的、**真的**很慘。」史蒂薇．蕾想叫身邊三個女人迴避，好讓她私底下跟愛芙羅黛蒂發飆，但她知道，她們也得在場聽她告訴愛芙羅黛蒂的話。「愛芙羅黛蒂，我從沒見過那麼邪惡的東西。相較之下，奈菲瑞特不過是上門要糖吃的調皮小鬼。」賽菲兒不悅地哼了一聲，她不理會，繼續說：「而且牠的威力眞的令人難以想像，我根本打不過牠。我想，沒人可以打贏牠，除了另一頭牛。」

「那妳是怎麼逃出牠的魔掌的？」愛芙羅黛蒂頓了一下，追問道：「妳逃出來了，對吧？妳沒中了牠的魔咒，變成被牠操控的木偶吧——雖然妳還帶著鄉巴佬的口音？」

「妳這樣說很蠢欸，愛芙羅黛蒂。」

「反正，妳得說點什麼來證明妳眞的是妳。」

「上次我們說話時妳叫我智障，還說我是呆混瓜。『呆混瓜』，世界上根本沒這個說法。不過我還是要告訴妳，這樣很不友善。」

「很好，果然是妳。那妳到底是怎麼逃離那頭公牛的？」

「我召喚了好牛。他眞的、**真的**非常好。好牛攻擊壞牛，然後兩個就一起消失了。」

「所以，妳什麼訊息都沒打聽到？」

「有，我打聽到了。」史蒂薇．蕾瞇起眼睛，專注地回想白牛說過的話。「我問白牛，史塔克怎樣才能去找柔依，保護她，好讓她重新凝聚自己，返回這個世界。白牛這麼回答我：『**戰士必須檢視自己的血，才能找到進入女人島的橋。接著，他必須打敗自己，才得以進入競技場。在承認那個之前，必須先承認這個，他才能與女祭司會合。之後，她要不要回來，是她而非他的決定。**』」

「妳確定他提到女人島？」

「對，我很確定。他就是這麼說的。」

「很好。呃，等等，我要把這些話寫下來，免得記漏了。」

史蒂薇．蕾聽見愛芙羅黛蒂振筆疾書的沙沙聲。她寫完後，興奮地說：「這代表我們找對了方向！不過，史塔克要怎麼檢視血液，才能找到橋？還有，打敗自己又是什麼意思？」

史蒂薇．蕾嘆一口氣，兩側太陽穴開始抽痛。「我不曉得。不過，光是得到白牛這個答覆就幾乎要了我的命，這代表這個訊息一定很重要。」

「那麼，史塔克最好能搞懂怎麼回事。」愛芙羅黛蒂猶豫了一下，然後說：「如果黑牛那麼好，妳何不再把牠叫來——」

「不行！」史蒂薇．蕾突然大聲回答，把房間裡其他人嚇得跳起來。「絕對不可以。而且任何人都不該召喚任何一頭牛。代價太大了。」

「什麼意思，代價太大？」愛芙羅黛蒂問。

「我是說，牠們太厲害了。無論好牛或壞牛，都不受控制。愛芙羅黛蒂，有些東西是不能碰的，那兩頭牛就是這樣。再說，我沒有把握召喚其中一頭會不會引來另一頭。相信我，妳**永遠**都不會想遇見白牛。」

「好，好——放輕鬆，聽到了。而且，坦白說，光是談到那兩頭牛，我就有一種毛骨悚然的感覺。我想，妳說得沒錯。不要緊張，我們只會幫史塔克找通往斯凱島的血橋，不會胡來的。」

「愛芙羅黛蒂，我不認爲那是一座血橋，聽起來就不對。」史蒂薇．蕾揉了揉臉，驚覺自己的手在顫抖。

「我想，別再說了。」蕾諾比亞壓低聲音告訴她：「妳是很強壯，但不是不死生物。」史蒂薇．蕾瞥她一眼，看到馬術老師的灰色眼眸裡只有關切之情，沒有其他意思。

「喂，呃，我得掛電話了，我不太舒服。」

「噢，拜託，妳該不會又快死掉了吧？妳那樣子很討厭欸。」

「沒有，我沒有快要死掉，不會再那樣子了。還有，妳嘴巴眞壞，壞得不得了。晚點兒我再打電話給妳吧，幫我跟大家問好。」

「好，我會把妳的愛散播出去。再會，鄉巴佬。」

「掰。」史蒂薇・蕾按下結束鍵，把手機遞還給克拉米夏，然後重重地癱靠在枕頭上。

「呃，妳們介意我睡一會兒嗎？」

「再喝一點，」賽菲兒遞給史蒂薇・蕾另一袋血，「然後好好睡一覺。妳們兩個都離開，讓她休息吧。」吸血鬼護士將沾滿血的酒精棉花球丟入垃圾桶，迅速脫下乳膠手套，走到門口站定，腳尖不停點地，冷冷地看著蕾諾比亞和克拉米夏。

「妳休息過後我再來看妳。」蕾諾比亞說。

「好。」史蒂薇・蕾對她微笑。

蕾諾比亞離開前捏了捏史蒂薇・蕾的手。然後，克拉米夏俯身靠向她。有那麼一剎那，她既尷尬又吃驚，以爲這小鬼要抱她，甚至吻她。但克拉米夏只是看著她的眼睛，悄聲說：

「以靈而非眼看
因為與獸共舞，你
必得穿透牠們的裝扮。」

史蒂薇・蕾突然覺得好冷。「我想，我應該更仔細聽妳說話。這樣，或許我會早一點知道自己召喚錯了牛。」她低聲回應克拉米夏。

克拉米夏心明眼亮似地看著她，說：「或許妳仍應仔細聽我說話。我有種感覺，那支舞妳還沒跳完。」說完，她挺直身子，以正常的聲音說：「好好睡吧，明天還得用腦袋呢。」

門關上後只剩她一個人，史蒂薇・蕾疲憊地吁一口氣。她慢慢地喝下最後一袋血，然後將被單往上拉到脖子，整個人側身蜷曲，嘆一口氣，一根手指緩緩地不停捲繞她的一綹金色鬈髮。她累壞了。看來，利乏音血液的所有能量在療癒她的同時，也耗盡了她的體力。

利乏音……

史蒂薇・蕾永遠不會忘記他爲了她跟黑暗對峙時的模樣。他是如此堅強、勇敢，又**善良**。她不在乎達拉斯和蕾諾比亞和全世界都認爲他跟黑暗同一國。她不在乎他父親是妮克絲的墮落戰士，幾世紀前選擇了與邪惡爲伍。這些都不重要。她看到了眞相，看到了他願意爲她犧牲自己。他或許還沒選擇光亮，但他肯定已經摒棄黑暗。

那天在修道院外救他是對的。今天召喚黑牛來救他也是對的——不管她爲此付出什麼代價。利乏音值得救。

難道不是嗎？

他必須是。經過今天發生的事情後，他**一定得是**。

她的手指停住，雙眼眨呀眨地快要閉上。她不願再想，也不願夢見，更不想記得那駭人的黑暗及那超乎想像的痛。但，她的眼睛眞的閉上時，黑暗和他加諸她身上的痛苦又浮現在她的腦海裡。當她努力對抗不斷席捲而來的疲憊感，她再次聽見他的聲音從那恐怖場景的中心傳來：「**我來這裡是因為她在這裡。她屬於我。**」這麼簡單的一句話驅走了她的恐懼，讓黑暗的回憶消散，只留下光亮的救贖。

就在史蒂薇．蕾沉入無夢的酣睡之前，她又想起那頭美麗的黑牛，以及牠向她索取的代價，而利乏音的話語也再次浮現：「**我來這裡是因為她在這裡。她屬於我。**」

在仍然清醒的最後一剎那，她心想，利乏音是否知道，對他們來說，他的話語忽然眞實得很諷刺……

15 史塔克

史塔克醒來時，有那麼片刻什麼都不記得。他只知道柔依在這裡，躺在床上，就在他身邊。他迷迷糊糊地面露微笑，翻個身，伸手抱她。她的身體毫無回應，冰冷、死寂的感覺乍然將他喚醒，現實隨即壓垮、焚毀他殘餘的夢。

「終於醒啦。你知道嗎，你們紅吸血鬼在夜晚或許強壯勇猛，一到白天卻睡得跟死了一樣，詭異得很。喂，有個說法挺適合你：典型的吸血鬼。」

史塔克坐起身，板著臉看愛芙羅黛蒂。她坐在一張米黃色絲絨椅上，修長雙腿優雅地交疊起來，啜飲著一杯熱騰騰的茶。「愛芙羅黛蒂，妳在這裡幹麼？」

她沒回答他，而是將視線瞥向柔依。「事情發生後她就沒動過，對嗎？」

史塔克下床，細心地幫柔依把毯子蓋好，以指尖碰觸她的臉頰，親吻她身上唯一剩下的記印，額頭上那枚普通雛鬼的弦月刺青。**就算妳回來時變成普通雛鬼也沒關係，只求妳回來。**他在心裡暗暗地說，嘴唇輕輕拂過她的記印。然後，他站直，面向愛芙羅黛蒂。「沒有，她沒再動過，她動不了，因爲她不在這裡。我們有七天可以想辦法救她回來。」

「六天。」愛芙羅黛蒂糾正他。

史塔克用力嚥了嚥口水。「對，妳說得對，只剩六天。」

「好，那就走吧，我們顯然沒時間蹉跎。」愛芙羅黛蒂起身，開始走出房間。

「我們要去哪裡？」史塔克跟著她走，但不停地回頭看柔依。

「喂，你不能再這樣。剛剛是你自己說的：柔依不在這裡。所以別再像隻失落的小狗，癡癡地望著她。」

「我愛她！我看妳連什麼是愛都不曉得。」

愛芙羅黛蒂停步，轉身面向他。「愛不愛跟這事沒什麼屁關係。你是她的誓約戰士，其中的意義可不只是『我愛柔依』。」她挖苦地說，用手指在空中比劃出引號。「我有我的誓約戰士，所以我知道這代表什麼意義。聽著，如果我的靈魂碎裂，困在另一個世界，我可不要達瑞司哭哭啼啼，一副傷心欲絕的模樣。我要他打起精神，想辦法善盡職責，也就是好好活著，並且**保護我，好讓我找出辦法回家**！現在，你來是不來？」她頭髮一甩，轉身背對他，開始扭腰擺臀沿著走廊前進。

史塔克閉上嘴巴，跟了上去。愛芙羅黛蒂領著他步下階梯，穿過愈來愈窄的迴廊，接著又走下好幾道階梯。「我們要去哪裡？」史塔克再次詢問。

「那地方感覺起來像地窖，聞起來有霉味和奇怪的汗酸味，裝潢很適合監獄或精神病院，會讓戴米恩以爲自己死了，來到書呆子天堂。所以，你猜那是哪裡。」

「我們要回人類的中學？」

「很接近。」她嘴角上揚，浮現一抹笑意。「我們要去一座非常、非常古老的圖書館，蠢蛋幫正在裡頭焦急地做研究。」

史塔克吐出長長一口氣，免得自己笑出來。有時他眞有點喜歡愛芙羅黛蒂——但他可不會承認。

愛芙羅黛蒂說得對，宮殿的地下室確實讓他想起公立學校簡陋的視聽中心，只差沒有外推的窗戶和廉價的迷你百葉窗。這實在很怪，聖克利門蒂島到處都富麗堂皇，這地下室卻只有一堆老舊的木桌、硬邦邦的板凳、光禿禿的白色石牆，以及很多很多書架，架上擺放著千百萬本各種尺寸、形狀和款式的書。

柔依的朋友圍聚在一張大桌子旁，桌上堆滿了書、可樂罐、揉成一團團的薯片包裝袋，以及一大桶當零嘴吃的甘草棒。史塔克覺得，這夥人一定累癱了，卻因爲糖分和咖啡因，有此亢奮。他和愛芙羅黛蒂走上前時，傑克正拿著一本巨大的皮革書，指著裡頭的一幅圖畫。

「瞧，這是一位古希臘女祭司長，名叫卡莉歐碧，書上說她是繼莎孚之後的桂冠詩人。她看起來是不是很像女明星雪兒？」

「哇，太扯了，眞的很像年輕時的雪兒欸。」依琳說。

「是啊，還沒戴白色假髮以前的雪兒。眞是的，她後來到底哪裡不對勁啊？」簫妮說。戴米恩狠狠地看了孿生的一眼。「雪兒好得很，沒什麼不對勁。絕對．沒有。」

「喔—噢。」簫妮說。

「踩到同志的地雷了。」依琳說。她們居然忘了這位大明星是同志運動最有力的支持者。

「我有雪兒造型的芭比，我好愛那個娃娃。」傑克說。

「芭比？我沒聽錯吧，蠢蛋幫？我以爲你們正忙著想辦法救柔，記得吧？」愛芙羅黛蒂不屑地搖搖頭，還嫌惡地看了甘草棒一眼。

「我們整天都在想辦法啊，現在只是休息一下。桑納托絲和達瑞司去拿更多吃的來。」戴米恩說：「我們其實有些進展了，但我想等他們回來再來說明。」他對史塔克揮揮手，說了聲「嗨」，其他人也跟著打招呼。

「就是嘛，愛芙羅黛蒂，別那麼愛罵人。我們可是很努力，妳馬上就會知道。」

「你們談的可都是洋娃娃。」愛芙羅黛蒂說。

「是芭比。」傑克糾正她。「而且芭比很酷，是美國文化重要的一環。」他抓著書，把像雪兒的那幅圖緊貼在胸口。「尤其是名人芭比。」

「得先有各種有趣的配件供你選購，名人芭比才算酷。」愛芙羅黛蒂說，優雅地拿起一塊薯片。

「如果妳完全不懂芭比，妳媽一定眞的很不喜歡妳，從沒買給妳過。」依琳說。

「所以，別以爲我們不懂。」簫妮接著說。

「就連只有一個芭比的人都知道，你可以幫它買各種配件。」依琳把話說完。

「是啊，都是些很**酷**的配件。」傑克附和。

「那種東西在我看來一點都不酷。」愛芙羅黛蒂說，露出充滿優越感的笑容。

「那在妳看來怎樣才叫酷？」傑克這一問，害簫妮和依琳在一旁發出痛苦的呻吟。

「既然你都開口問了，我就說吧。如果有女星芭芭拉．史翠珊造型的芭比，而且你得分別買她的指甲和鼻子，那就叫酷。最好她的假指甲有各種不同的顏色可以挑選。」

眾人一聽，大爲震驚，沉默了半晌。終於，傑克帶著景仰的語氣小小聲地說：「那**眞的**

很酷。」

愛芙羅黛蒂一臉得意洋洋。「還有，如果有個光頭的小甜甜布蘭妮，配件包括洋傘、臃腫的套裝、怪異的假髮，以及，嗯，各種款式的內褲，那也不錯。」

「嗯。」傑克說，然後咯咯笑。「對，像富家女派瑞絲．希爾頓的芭比娃娃，配件就可以包括可以更換的各種款式的腦袋瓜。」

愛芙羅黛蒂對傑克揚起眉毛。「別鬼扯了，有些東西連派瑞絲．希爾頓都買不到。」

史塔克楞在那裡，說不出話。大家笑成一團時，他覺得自己的腦袋快爆開了。「你們有什麼毛病？」他咆哮道：「怎能這樣嬉鬧？柔依沒幾天就會死掉，你們卻只想到洋娃娃！」

當大家吃驚地陷入沉默，桑納托絲的聲音顯得格外響亮。「不，戰士，他們不是只想到洋娃娃，他們是專注於**生活**，專注於活在活人之間。」她原本和達瑞司站在門口，靜靜地觀察這群學生，這時才走了進來。達瑞司跟著進來，將手上的一整盤三明治和水果放在桌子中央，然後走到愛芙羅黛蒂身邊坐下。「還有，我對死亡懂得不算少，聽我這樣一個人說句話吧——如果你想在這個世界上繼續呼吸，就要專注於生活。」

戴米恩清了清喉嚨，惹得史塔克怒目看他。戴米恩不爲所動，迎視史塔克的目光，說：「對，這只是我們在這裡研究老半天，學到的一項功課。」

「那時你正在**睡覺**。」簫妮嘟噥著。

「而我們可**沒**在睡。」依琳補充。

「好，研讀了這麼多資料後，我們發現，」戴米恩搶在史塔克對孿生的發脾氣之前說：「每次有女祭司長深受打擊，靈魂碎裂，她的誓約戰士似乎就無法繼續活下去。」

芭比和喜歡拌嘴的孿生的隨即被拋在腦後，史塔克滿臉疑惑地看著戴米恩，試圖弄懂他剛剛聽到的話。「你的意思是，那些戰士都跟著死掉？」

「可以這麼說。」戴米恩說。

「其中有些人自殺，追隨他們的女祭司長到另一個世界，在那裡繼續保護她們。」桑納托絲幫忙解釋。

「但這種做法顯然沒用，因爲那些女祭司長沒有一個回來，對吧？」史塔克說。

「對。曾有藉由靈的感應力去過另一個世界的女祭司告訴我們，那些死去的女祭司長因爲她們的誓約戰士跟著死去，痛苦難堪。有些女祭司長有辦法在另一個世界療癒自己的靈魂，但她們選擇留在那裡陪伴她們的戰士。」

「所以，有些女祭司長的靈魂確實痊癒了。」史塔克緩緩地說：「那些沒能療癒的女祭司長呢？她們會發生什麼事？」

大家侷促不安起來，但桑納托絲的聲音依舊鎮定。「如同你昨天得知的，如果靈魂依舊破碎，那個女祭司長就會變成庫伊尼克希，一種永遠無法安息的狀態。」

「就像殭尸，除了不會吃人。」傑克輕聲說，然後打了個寒噤。

「這種事不可以發生在柔依身上。」史塔克說。他曾誓死保護柔依，若有必要，他會跟去另一個世界，確保她不會變成那種像殭尸的可怕東西。

「但是，即使結局都一樣，不是所有的戰士都選擇自殺，以便追隨他們的女祭司長。」戴米恩說。

「那麼，那些沒自殺的戰士都怎麼做？」史塔克坐不住，站起來在桌前走來走去。

「戰士自殺後，顯然他們和他們的女祭司長都沒回來。所以，我們從過去的紀錄發現，以往的戰士做過很多不同的嘗試，好進入另一個世界。」戴米恩說。

「有些人發瘋了。譬如，有個人把自己餓到發生譫妄，然後就脫離了肉體。」傑克說。

「結果死掉了。」簫妮說。

「是啊，很慘。據說他在翹辮子之前一直尖叫狂喊，出現跟他的女祭司長有關的幻覺。」依琳說。

「妳們．這．是．幫倒忙。」愛芙羅黛蒂告訴她們。

當學生的對愛芙羅黛蒂翻白眼，戴米恩緊接著說：「有些戰士服藥，讓自己陷入出神恍惚的狀態，而他們也眞的讓自己的靈離開了這個世界。可是，他們無法進入另一個世界。我們之所以知道，是因爲他們有些人的靈魂後來返回肉體，而且活著的時間夠久，來得及告訴見證人，他們失敗了。」戴米恩打住話語，看著桑納托絲。

她接續說下去：「然後，這些戰士也死了，沒有一個例外。」

「無法保護女祭司長的挫敗，導致他們死亡。」史塔克說，聲音沒有顯露任何情緒。

「不，他們會死是因爲他們背棄生命。」達瑞司糾正他。

史塔克轉頭看他。「難道你不會背棄生命嗎？如果愛芙羅黛蒂因爲你沒能保護她而死掉，難道你不會選擇死，寧可獨自活下去嗎？」

愛芙羅黛蒂搶在達瑞司前頭說：「如果他死了，我一定很不爽！這就是剛才在樓上我想告訴你的話。你不能一直回頭看——不能看柔依，看過去，甚至也不能看你的誓約。你必須往前走，找出活下去的新方式，保護柔依的新方法。」

「那你們告訴我啊，把你們在書裡發現的，任何能幫助我的方法告訴我，別盡說些其他戰士失敗的例子。」

「我來告訴你一件不是從書本讀到的事吧：史蒂薇．蕾昨晚無意間召喚了白牛。」

「黑暗！一個雛鬼召喚黑暗來到人間？」桑納托絲大驚失色，彷彿愛芙羅黛蒂剛剛在這房間裡引爆了一枚炸彈。

「她不是雛鬼。她跟史塔克一樣，是紅吸血鬼。不過，沒錯，她召喚了白牛，在陶沙市。那是意外。」愛芙羅黛蒂不理會桑納托絲震驚地盯著她，從口袋掏出一張紙，大聲念道：「那頭牛說，『**戰士必須檢視自己的血，才能找到進入女人島的橋。接著，他必須打敗自己，才得以進入競技場。在承認那個之前，必須先承認這個，他才能與女祭司會合。之後，她要不要回來，是她而非他的決定。**』」愛芙羅黛蒂抬起頭。「有誰知道這是在說什麼嗎？」她拿著紙張揮動，戴米恩接過去，開始重讀一遍。傑克在他背後探頭跟著讀。

「黑暗提供這則訊息時，向史蒂薇．蕾索取了什麼代價？」桑納托絲問，臉色慘白。

「還有，她付出代價後，怎麼有辦法沒發瘋或喪失靈魂？」

「這也是我感到納悶的問題，尤其聽到史蒂薇．蕾說那頭白牛非常可怕。她說，她認爲誰都打不過那頭白牛，除了黑牛，而她就是這樣才逃出白牛的魔掌的。」

「她也召喚了黑牛？」桑納托絲說：「眞是難以置信。」

「史蒂薇．蕾對土元素有驚人的感應力。」傑克說。

「對，她說她就是透過土元素才把好牛弄到陶沙市。她靠從土汲取的力量，召喚了牠。」愛芙羅黛蒂說。

「妳信任這個史蒂薇．蕾嗎？」

愛芙羅黛蒂遲疑了一下。「多數時候我信任她。」

史塔克本以爲會有人跳出來糾正愛芙羅黛蒂，不料他們全都不吭聲。半晌之後，戴米恩才開口說話：「妳爲什麼會問我們是否信任史蒂薇．蕾？」

「因爲，雖然我對這個古老的信仰所知不多，我起碼還知道一點，那就是：這兩頭公牛施惠一定會索取代價，絕無例外。對黑暗來說，回答史蒂薇．蕾的問題就是施予恩惠。」

「可是她召喚好牛把壞牛趕走了。這應該可以讓她不用對壞牛付出代價吧。」傑克說。

「不過，這樣一來，就變成她得對黑牛付出代價。」桑納托絲說。

愛芙羅黛蒂瞇起眼睛回想。「她就是這麼說的。她說，她絕不會再召喚任一頭牛，因爲代價太高了。」

「我想，妳應該留心妳的朋友，好知道她付了什麼代價給黑牛。」桑納托絲說。

「還有，她爲什麼不肯告訴我這些。」愛芙羅黛蒂補上一個她想弄明白的問題。

桑納托絲的眼神看起來蒼老而哀傷。「記得，任何事情都有後果，不管好事或壞事。」

「我們可不可以別再回頭看史蒂薇．蕾遭遇的事情？」史塔克說：「我必須往前走，去斯凱島和血橋。所以，我們趕快進行吧。」

「哇，大男孩，」愛芙羅黛蒂告訴他：「稍安勿躁。你不能就這樣跑去女人島，到處亂闖，找一座血橋。史迦赫施咒設立的防護圈會把你踹得屁滾尿流。」

「我不認爲史塔克應該依照字面意義去找什麼血橋。」戴米恩說，再次看著愛芙羅黛蒂的紙條。「上面說**檢視自己的血**才能找到橋，而不是說要去**找血橋**。」

「嗯，隱喻，一個讓我討厭詩的理由。」愛芙羅黛蒂說。

「我對隱喻很在行，」傑克說：「讓我再看看。」戴米恩將紙張遞給他。傑克咬著下唇，再次閱讀上面的字。「嗯，如果你跟某人烙印了，我會說，這代表我們應該跟那人談談，或許他會知道一些事。」

「我沒跟任何人烙印。」史塔克說，又開始踱步。

「那麼，或許這代表我們必須好好檢視你是誰——你本身的什麼事情或許正是進入史迦赫之島的鎖鑰。」戴米恩說。

「我什麼都不知道！而這正是問題所在！」

「好，好，那我們來看看與史迦赫有關的事。我們做了一些筆記，或許你能從中看出什麼端倪。」傑克說，做了個安撫史塔克的手勢。

「對嘛，放輕鬆一點。」簫妮說。

「坐下，吃個三明治吧。」依琳手拿她正在吃的三明治，指著她們那條長板凳的尾端。

「吃點東西吧。」桑納托絲說，拿了一個三明治，坐在傑克身旁。「專注於生活。」

史塔克沮喪得想大吼，但他壓抑住，抓了一個三明治，坐下來。

「喔，把我們畫的那張圖表拿出來吧。」傑克說，望向戴米恩正在翻閱的筆記。「有些東西令人看得迷迷糊糊，圖表有助於釐清。」

「好主意——在這裡。」戴米恩從寫滿筆記的黃色條紋記事本撕下一頁。在那頁的最上方畫了一支張開的大傘，傘的一側寫著「光亮」兩字，另一側寫著「黑暗」。

「光亮與黑暗之傘，這個意象很好，」桑納托絲說：「顯示這兩股力量涵蓋了一切。」

「這是我想出來的。」傑克說，兩頰泛紅。

戴米恩對他微笑，說：「你做得很棒。」然後他指著光亮底下的欄位。「我在光亮這邊列出了一些項目：善良、黑牛、妮克絲、柔依，還有我們。」他停頓一下，大家點頭表示贊同。「至於黑暗底下則是：邪惡、白牛、奈菲瑞特／特西思基利、卡羅納、仿人鴉。」

「我看到你把史迦赫放在善和惡的中間。」桑納托絲說。

「對，同樣放在中間的還有洋蔥圈、叮咚巧克力派，以及**我的名字**。」愛芙羅黛蒂說：

「你們這到底是什麼意思？」

「這麼說吧，我們還不確定史迦赫是站在光亮或黑暗那邊。」戴米恩說。

「洋蔥圈和叮咚巧克力派是我加上去的。」傑克說。見大家直盯著他，他聳聳肩，解釋道：「洋蔥圈是炸的，很油，對健康不好，但洋蔥是蔬菜。這樣它不算是好東西嗎？也許？至於叮咚派本身雖然是巧克力，但中間有奶油，奶油不是健康的乳製品嗎？」

「我想，你腦袋壞掉了。」愛芙羅黛蒂說。

「而妳的名字是我們加上去的。」依琳說。

「是啊，因爲我們認爲妳像影集『歡樂合唱團』（Glee）裡的瑞秋，」簫妮說：「超級討人厭，但非得有她不可，因爲有時她會想出很棒的點子，能幫忙解決麻煩，拯救大家。」

「不過，我們還是認爲她是可惡至極的母夜叉，就跟妳一樣。」依琳說完後對愛芙羅黛蒂露出甜滋滋的笑容。

「**總之**——」戴米恩迅速劃掉洋蔥圈、叮咚巧克力派和愛芙羅黛蒂的名字，然後把圖表放在桌子中央，又拿起那本黃色記事簿——「我們找到了一些關於史迦赫的資訊。」戴米恩迅速瀏覽他整理的筆記。「她被視爲戰士之后，許多戰士曾在她的島嶼受訓，有很多冥界之子在那裡進進出出。不過，留在她身邊的戰士，宣誓效忠她的那些——」

「等等，宣誓效忠史迦赫的戰士不只一位？」史塔克打岔。

戴米恩點點頭。「她顯然有一整個氏族的誓約戰士，不過他們不稱自己爲冥界之子。他們的稱謂是……」戴米恩停下來，翻閱筆記。「找到了，他們被稱爲王者守護人。」

「爲什麼是王者？」史塔克問。

「隱喻。」愛芙羅黛蒂說，翻了翻白眼。「又是一個隱喻。他們稱史迦赫爲王，代表她是他們氏族的女王。」

「我覺得蘇格蘭氏族很酷，而王者守護人這個稱謂就源自帶領蘇格蘭打獨立戰爭的華萊士氏族。」傑克說。

「你當然覺得酷了，」愛芙羅黛蒂說：「因爲你的春夢對象就是穿裙子的男人。」

「那叫褶襉短裙，可不是一般的裙子。」史塔克說：「也叫蘇格蘭方格裙。如果是很古老、很大件的那種，就叫作菲拉摩。」

愛芙羅黛蒂對他揚起一道眉毛。「你知道這些，是因爲你喜歡穿這種裙子？」

史塔克聳聳肩。「我沒有，但我祖父穿過。」

「你是蘇格蘭人？」戴米恩一副不敢置信的語氣。「而你現在才告訴我們？」

史塔克又聳聳肩。「我的人類家族跟這有什麼關係？我將近四年沒跟家人說過話了。」

「那不只是家人。」戴米恩激動地提高音量，同時又開始急速翻閱他的筆記。

「喔，拜託，你的家族**就是**你的血呀，你這個白癡。」愛芙羅黛蒂說：「你祖父姓什麼？」

史塔克皺起眉頭看著愛芙羅黛蒂。

「麥奎利思。」史塔克和戴米恩異口同聲地說。

「你怎麼會知道？」史塔克問戴米恩。

「麥奎利思氏族就是王者守護人啊。」戴米恩露出勝利的微笑，舉高筆記本，讓大家看其中一頁。上面寫著：「麥奎利思氏族＝王者守護人」。

「看來我們找到血橋了。」傑克說，擁抱戴米恩。

16 柔依

西斯翻個身，喃喃地說，他不想練足球，要睡懶覺。我看著他，屏住呼吸，繞著他睡覺的地方踱圈子。我的意思是，難不成要我吵醒他，告訴他，他死了，永遠不能踢足球了？打死都不。

我盡可能安靜，但我無法靜止不動。這次，就連躺在他身邊假裝睡覺，我也辦不到。我沒辦法，就是靜不下來。我必須不斷走動。

我們仍在之前奔進來躲藏的那個濃密的樹叢裡。什麼之前？我實在記不得，不過這些盤根錯節的矮樹和那許多古老岩石看起來好酷。苔蘚也是。尤其是苔蘚。放眼所及，都是柔軟的、厚厚的，軟墊似的苔蘚。

忽然間，我發覺自己雙腳赤裸，陷入苔蘚裡。我放任腳趾在翠綠的、生機勃勃的、地毯似的苔蘚裡嬉戲。

生機勃勃？

我嘆一口氣。不，我猜想這裡沒一樣東西是活的，但我老是忘了這一點。

樹叢的濃密枝葉構成一個華蓋，陽光可以透進來，但只讓人覺得溫暖，不會太熱。這時，頭頂飄過一朵雲，我抬頭看，忍不住打了個寒噤。

黑暗……

我驚訝地眨著眼睛，想起來。**那**就是我和西斯躲入樹叢的原因。那東西在追我們，但沒追進樹林裡。我再次顫抖。

我一點也不曉得那東西是什麼。我只察覺全然的黑暗，隱約感覺到有什麼東西已經死了好一陣子，有角，有翅膀。西斯和我沒待在那裡看仔細，因爲我們嚇壞了，一直跑，一直跑……所以西斯才會累得呼呼大睡。又一次熟睡。而我，好像也應該睡覺。

但我無法休息。所以我起來踱步。

記憶一片混亂，搞得我好煩。更慘的是，即便我懷疑自己的記憶被偷走了，我也無從知道，因爲，呃，我根本不記得。不，不對，我知道我腦袋裡有一大塊一大塊的東西不見了——有些是新的東西，比如我剛剛記起有個可怕的東西把我和西斯追進樹叢裡。但有些東西是舊的。

我想不起我媽長什麼樣子。我想不起我的眼睛是什麼顏色。我想不起爲什麼我不再信任史蒂薇．蕾。但我記得的東西更令人難過。我記得史蒂薇．蕾死去時的每一瞬間。我記得我爸在我兩歲時離開我們，從此幾乎沒回來過。我記得我曾經信任卡羅納，我實在看錯了他，錯得離譜。

我覺得反胃，而反胃的感覺似乎驅使著我，讓我繞著樹叢的邊緣一直踱步。

我怎會讓卡羅納把我耍得團團轉？我眞是笨蛋。還有，我害死了西斯。

我的心思馬上躲開愧疚感。那種感覺赤裸裸的，太恐怖了。

一個影子引起我注意。我嚇一跳，迅速轉身，跟**她**面對面。我以前見過她——在我的夢裡，在我們共有的夢境裡。

「哈囉，埃雅。」我輕聲說。

「柔依。」她說，微微點頭跟我打招呼。她的聲音聽起來跟我很像，只差裡面有一種悲傷的感覺，把她說的話都蒙上一層灰影。

「我因爲妳而相信卡羅納。」我告訴她。

「妳因爲我而同情他。」她糾正我。「當妳失去我，妳也失去了同情心。」

「不是這樣的。」我說：「我仍有同情心，我關心西斯。」

「是嗎？所以妳把他留在這裡陪妳，不讓他繼續往前走？」

「是西斯不想離開。」我出言反駁，但隨即閉上嘴巴，驚訝自己怎麼聽起來那麼憤怒。

埃雅搖搖頭，深色長髮在腰際晃動。「妳從不曾停下來想想西斯要什麼──妳周圍的人要什麼。而且除非妳把我喚回到妳身上，否則妳就不會，也不可能眞正去關心別人。」

「我不要妳回來。都是因爲妳，才會發生這一切。」

「不，柔依，不是這樣的。這一切之所以發生，是因爲許多人做出了一連串選擇，不完全是因爲妳。」埃雅悲傷地搖搖頭，然後消失無蹤。

「走得好。」我喃喃地說，又開始踱步，這次比之前更不安。

我的眼角又瞥見一個身影，我轉身，準備狠狠地罵埃雅，一口氣罵個夠，但我驚愕得張大嘴巴。跟我對望的是**我**。呃，其實是九歲的我。我看過她，跟其他身影在一起，然後那個追趕我和西斯的東西出現，她跟其他身影都嚇跑了。

「嗨。」我說。

「我們有咪咪了！」小女孩說，緊盯著我的胸部。「我眞高興我們有咪咪了。終於。」

「對，我也這麼想，終於長出來了。」

「我有點希望它們大一點呢。」小女孩繼續盯著我的胸部，害我想雙臂交叉遮住胸部。

這眞荒謬，她就是我呀──光這一點就很詭異。「不過，嗯，其實有可能更糟！搞不好我們會變得像貝琪．愛波，嘻嘻。」她語氣歡欣，讓我不自禁地報以微笑，但只維持了一秒，彷彿我很難保持歡樂的情緒。「貝琪．瑞妮．愛波（Becky Renee Apple）——妳相信嗎，她媽給她取這種名字，還把她所有的毛衣都繡上縮寫ＢＲＡ（胸罩）？」她繼續說，樂得咯咯笑。

我努力保持笑臉，但失敗了。「對，那可憐的女孩註定從第一個冷天開始就很悲慘。」我嘆一口氣，伸手揉了揉臉，不懂自己爲什麼這麼哀傷。

「因爲我沒跟妳在一起了。」九歲的我說：「我是妳的歡樂。沒有我，妳就無法再次眞正快樂起來。」

我凝視著她，知道她說的是實話，跟埃雅一樣。

西斯在睡夢中又不知喃喃說了什麼，把我的目光吸引過去。他看起來好強壯、好正常、好年輕，但他再也不可能踏上足球場；再也不可能將他的小貨車加速，利落地轉過街角，像奧克小子那樣吆喝；再也不可能成爲丈夫，成爲爸爸。我把目光從他移到她身上。「我不認爲我有資格再快樂。」

「我替妳感到難過，柔依。」她說，消失無蹤。

我覺得頭重腳輕、暈暈糊糊，繼續踱步。

接下來，另一個我出現。這一次，她沒有先在我的眼角閃現，而是直接出現在我面前，擋住我的路。她看起來不像我，非常高，一頭狂野的亮銅色長髮。直到我迎視她的目光，我才發現我們兩個有多相像——完全相同的眼睛。她是另一個我，我知道。

「妳又是誰？」我疲倦地說：「如果不把妳找回來，我會失去哪部分的我？」

「妳可以叫我布莉德。沒有我，妳就沒有力氣。」

我嘆一口氣。「我現在太累了，強壯不起來。等我打個盹後我們再聊，好嗎？」

「妳沒聽懂，對吧？」布莉德不悅地搖搖頭。「沒有我們，妳連打個盹都辦不到——妳無法好起來——妳無法休息。沒有我們，妳只會愈來愈不完整，妳會漂流。」

兩側太陽穴愈來愈痛，我努力集中精神。「就算漂流，我也和西斯在一起。」

「對，大概吧。」

「如果我讓妳們全回到我裡面，我就得離開西斯。」

「對，可能是。」

「我辦不到。我不能回去一個沒有他的世界。」我說。

「那麼，妳就會真的碎裂。」布莉德沒再多說，消失無蹤。

我的腿撐不住了，我重重地坐在苔蘚上。直到淚水沾溼牛仔褲，我才曉得我在哭。我不知道自己坐了多久，深陷在悲傷、困惑和疲倦中。最後，一個聲音悄悄出現在我心裡的重重迷霧中：翅膀，窸窸窣窣，拍動空氣，盤旋，降落，搜尋。

「來，小柔，我們得往樹林深處走。」

我抬頭，看見西斯蹲在我身邊。「這是我的錯。」我說。

「不，不是。不過，誰的錯又有什麼關係呢？一切已成事實，寶貝，不能改變了。」

「我不能離開你，西斯。」我啜泣著說。

他將一縷頭髮從我臉上拂開，再次遞給我一團面紙。「我知道妳不能。」

巨翅拍動的聲音愈來愈響，我們身後的大樹枝應聲搖擺。

「小柔，這件事我們待會兒再談，好嗎？現在我們必須走了。」他抓住我的一邊手肘，扶我站起來，開始帶我往樹林深處走。裡面的陰影愈來愈暗，樹木看起來愈來愈古老。

我讓他拉著我往前移動。移動讓我覺得比較好。不是好。我很不好。但比靜止不動好。

「是他，對不對？」我有氣無力地說。

「他？」西斯問，同時幫我跨過一塊嶙峋的灰色大石頭。

「卡羅納。」這幾個字似乎改變了我們四周空氣的密度。「他來找我。」

西斯看我一眼，大吼道：「不，我不會讓他找上妳！」

史蒂薇・蕾

「不，我不會讓他找上妳！」龍老師大聲咆哮，看起來彷彿哪根大血管即將爆開。

史蒂薇・蕾和會議室裡的所有人吃驚地看著劍術老師。

「呃，他是誰，龍老師？」史蒂薇・蕾問。

「殺害我配偶的那個仿人鴉！所以，在追查到他，消滅他之前，妳不能單獨外出。」

龍老師的話讓她心頭一片茫然。當她面對他，看到他心碎，心裡就升起可怕的罪惡感。史蒂薇・蕾試著不理會這種感覺，但她知道，即使利乏音兩度救她，他殺害了安娜塔西亞老師終究是個事實。**可是，他變了呀。他現在不一樣了**，她心想，好希望能大聲說出這些話，好希望說出這些話時她的世界不會崩塌。

但利乏音的事情，她不能跟龍老師提，不能跟任何人提。所以，她再度開始說謊，用部分眞相編造一張逃避與欺騙的織錦。「龍老師，我不知道在公園裡的是哪一個仿人鴉。我是說，他又沒告訴我他的名字。」

「我覺得他就是帶頭的那個，叫利什麼的。」達拉斯說。史蒂薇・蕾狠狠地瞪他一眼。

「利乏音。」龍老師說，那聲音帶著死亡的氣息。

「對，就是他。他塊頭很大，正如你們所描述的，而且他的眼睛真像人眼。他看起來很跩，以為自己是個什麼東西。」

史蒂薇．蕾真想用手牢牢地摀住達拉斯的嘴巴，或許連鼻子一併摀住。悶死他絕對可以讓他閉嘴。但她只能克制自己的衝動。「喔，達拉斯，隨便啦，我們根本不知道那個仿人鴉是哪一個。還有，龍老師，我可以理解為什麼你這麼擔心，但我不過是要去本篤會修道院跟紅鳥阿嬤報告柔依的消息，又不是要單獨跑去什麼荒郊野外。」

「龍老師說得有道理。」蕾諾比亞說：「妳跟土在交流時，那個仿人鴉的確出現在妳身邊。」艾瑞克和潘特西莉亞老師一齊點頭，他們之間對奈菲瑞特和卡羅納的歧異看法暫時被擱到一邊。

「她不只是在跟土交流。」龍老師說：「正如史蒂薇．蕾告訴我們的，那時她在跟善與惡的古老力量對話。那傢伙在邪惡現身時出現，不可能是巧合。」

「可是仿人鴉沒攻擊我，而是——」

龍老師舉起手阻止她說下去。「他無疑是被黑暗吸引去的，然後黑暗突然轉而攻擊自己的族類。對邪惡而言，這種情況不足為奇。妳無法百分之百確定那傢伙不是衝著妳來。」

「我們也無法確定陶沙市只剩他一個仿人鴉。」蕾諾比亞說。

史蒂薇．蕾開始恐慌起來。萬一大家太過緊張，眞的懷疑有一票仿人鴉潛伏在陶沙市，一定不會讓她離開校園。這樣一來，她就見不到利乏音了。

「我是要去修道院找紅鳥阿嬤。」史蒂薇．蕾堅決地說：「而且我不認爲外頭有一群該死的仿人鴉。我認爲，那個鳥人不過是不知怎麼地脫隊了，留了下來，而且他是受到黑暗的吸引才會出現在公園。現在，打死我都不會再召喚黑暗，他自然就不會再來找我麻煩。」

「別低估那禽獸的危險性。」龍老師說，語氣悲痛、嚴肅。

「我沒有，但我也不會因爲他而不敢走出校園。我認爲大家都不該被他這樣影響。」她趕緊補充說：「我的意思是，我們可以小心些，但不能讓恐懼和邪惡控制我們的生活。」

「史蒂薇．蕾說得有道理。」蕾諾比亞說：「事實上，我認爲學校應該恢復正常作息，包括讓紅雛鬼恢復上課。」

史蒂薇．蕾聽到一直默默坐在她左手邊的克拉米夏，此時輕輕地哼了一聲，而坐在她右手邊的達拉斯則重重地嘆一聲氣。她壓下差一點冒出的笑聲，說：「好主意。」

「我想，我們最好不要跟大家談太多柔依的情況，」艾瑞克說：「除非有更進一步，嗯，更持久性的狀況發生。」

「她不會死。」史蒂薇．蕾說。

「我也不希望她死！」艾瑞克說，顯然很沮喪。「可是，最近發生這麼多事，包括出現了一隻仿人鴉，我認爲這時候我們最不需要的就是講太多話。」

「我不認爲我們應該閉嘴不談。」史蒂薇・蕾說。

「那就折衷一下吧。」蕾諾比亞說：「有人問起柔依的事時就回答，但只陳述事實——那就是大家正在想辦法把她從另一個世界帶回來。」

「另外，我們應該提醒所有班級的雛鬼，務必提高警覺，若看見或聽見什麼不尋常的事，必須向學校通報。」龍老師補充。

「合當如此。」潘特西莉亞說。

「好，我也沒問題。」史蒂薇・蕾說，然後頓了一下。「呃，我在想，不知道我是不是應該回以前的班級？」

「對，我也在想這件事。」克拉米夏說。

「我也是。」達拉斯說。

「雛鬼應該恢復上課，接續離校之前的課。」蕾諾比亞若無其事地說，並對克拉米夏和達拉斯微笑，彷彿他們之前「離校」是臨時去度假，而非經歷死亡。這讓整件事聽起來正常得有些詭異。然後，她對史蒂薇・蕾說：「至於成鬼，則應該選擇生涯方向和專長領域，不是和雛鬼一起上課，而是跟著鑽研該領域的其他吸血鬼學習。妳想學習什麼呢？」

所有人都睜大眼睛望著她，史蒂薇．蕾毫不遲疑地回答：「妮克絲。我想學習成爲女祭司長。這是我掙來的資格，而不只因爲我是已知宇宙裡唯一一個女性紅吸血鬼。」

「可是目前我們沒有女祭司長可以指導妳——自從奈菲瑞特被趕走以後就沒有。」潘特西莉亞說，意有所指地看蕾諾比亞一眼。

「那麼，我就自己學習，直到我們把我們的女祭司長找回來。」史蒂薇．蕾迎視潘特西莉亞的目光，說：「我向你們保證，這位女祭司長絕不是奈菲瑞特。」說完，她站起來。「好，我這就去修道院，等回來後，我會去看其他紅雛鬼，通知他們明天開始上課。」

當大家開始走出房間，龍老師把她拉到一旁。「妳要向我保證，妳會很小心。」他說：「妳的復原能力確實近乎奇蹟，但妳並非不死生物。史蒂薇．蕾，妳必須記住這一點。」

「我會小心的，我保證。」

「我陪她去。」克拉米夏說：「我會留意天空有沒有鳥東西的蹤跡。還有，我很會尖叫，一旦那東西出現，保證叫得全世界都知道。」

龍老師點點頭，但顯然還不放心。這時，蕾諾比亞把龍老師叫了過去，開始跟他交談，希望把他的武術課程列爲必修，所有雛鬼都得上。史蒂薇．蕾鬆了一口氣，趁機溜出房間，同時盤算著要如何擺脫像鼻涕一樣黏的克拉米夏，卻見達拉斯追上來。

「妳離開前我可以跟妳談一下嗎？」

「我先去柔依的金龜車等妳。」克拉米夏說：「還有，不行，不帶我，妳不能出去。」

史蒂薇．蕾看著克拉米夏走向走廊另一頭，才不情願地轉身面向達拉斯。

「我們可以到那邊談嗎？」他問，指著旁邊空蕩蕩的視聽中心。

「好，但我眞的得趕緊去修道院了。」

達拉斯沒多說什麼，替她拉開門，兩人踏入涼爽、昏暗的房間，書的味道和家具打蠟劑的檸檬香味撲鼻而來。

「妳和我，我們不必一定要在一起。」達拉斯沒頭沒腦地說。

「啥？不必一定要在一起？什麼意思？」

達拉斯雙臂抱胸，侷促不安。「我的意思是，我們約會過，妳是我的女友，但妳現在不想這樣了，我明白。妳說得對，我保護不了妳。我只是要妳知道，我不會因爲跟妳分手而變成混蛋。妳需要我時，我仍會在妳身邊，因爲妳永遠是我的女祭司長。」

「我不要分手！」她衝口而出。

「妳不要？」

「不要。」她確實不想。在這一刻，她眼裡只有達拉斯，以及他的眞心和善良，史蒂薇．蕾忍受不了失去他。「達拉斯，對不起，我之前說了那些話。我受了傷，很生氣，不是有意傷害你。那是我自己設立的守護圈，卻連我自己也出不去。不管是你或任何人，即便是戰士，都不可能進去救我的。」

達拉斯看著她的眼睛，說：「可是，那個仿人鴉進去了。」

「嗯，就像你自己說的，他和黑暗同一國。」她說，儘管他提起利乏音彷彿是往她臉上潑一盆冰水。

「外面有很多東西站在黑暗那邊，」達拉斯說：「而妳似乎很容易撞見他們。所以，千萬小心，好嗎，小姐？」他伸手拂開她臉上的一綹金色鬈髮。「如果妳有個三長兩短，我一定承受不住。」他將手搭在她的肩上，拇指輕輕地摩挲她的頸子。

「我會小心的。」她輕聲說。

「妳眞的不想分手？」

她搖搖頭。

「我好高興，因爲我也不想。」達拉斯把她拉入懷裡，猶豫地將嘴貼在她的唇上。她叫自己放輕鬆，陶醉在他的吻裡。他很會接吻，一向如此。此外，她很高興他比她高，但又沒太高。還有，他的味道也很好。他知道她喜歡人家揉搓她的背，所以他把手滑入她的衣服底下——但不是爲了玩她的咪咪，像多數男生那樣。他只是用溫暖的手在她的腰背一圈圈地揉搓，並將她摟得更緊，吻得更深。

史蒂薇．蕾回吻他。跟他在一起的感覺眞好……可以把一切拋到腦後……可以暫時忘了利乏音和所有事情……尤其是忘了她自願付出的代價……

史蒂薇．蕾掙脫達拉斯，兩人都氣喘吁吁。

「呃，我得走了。還記得吧？」她對他微笑，心裡覺得尷尬，但盡量說得自然。

「其實，我還眞的差點忘了。」達拉斯說，溫柔地對她微笑，伸手將那綹頑固的髮從她眼睛前面撥開。「可是我知道妳得出發了。來，我陪妳走到金龜車。」

史蒂薇．蕾覺得自己像叛徒，像騙子，還像個劫數難逃的囚犯。她讓他牽起她的手，帶她走向柔依的車子，彷彿他們兩人眞的可以再度成爲男女朋友。

17 史蒂薇・蕾

史蒂薇・蕾將車子開出學校停車場，丟下達拉斯眼巴巴看著她們離去，一副可憐兮兮的模樣。「這男孩對妳很癡迷。妳知道怎麼處理另一個男孩嗎？」克拉米夏說。

史蒂薇・蕾猛不防煞車，停在通往尤帝卡街的那條柏油路中央。「我現在心情很壞，沒力氣處理男孩子的問題。如果妳硬要談這件事，就請妳在這裡下車。」

「不去面對只會讓妳壓力更大。」

「再會，克拉米夏。」

「如果這會讓妳抓狂，我就不談，起碼現在。不過，我有更重要的事需要妳處理。」

史蒂薇・蕾踩下油門，繼續駛離校園。其實，她心裡希望克拉米夏繼續逼她談感情的事，讓她有藉口甩掉她。

「還記得嗎，妳要我好好思考我的詩，看能不能找到線索幫柔依？」

「當然記得。」

「好，我照做了，而且有所斬獲。」她在她那個大包包裡翻找，掏出一本破舊的筆記本，紙張是她的招牌顏色：紫色。「我想，所有人，包括我，都忘了這個。直到現在。」她翻到本子中的某一頁，上面有她的草寫字體，然後揮著本子要史蒂薇．蕾看。

「克拉米夏，妳明知我在開車，沒辦法讀。直接告訴我什麼事吧。」

「我想起柔依他們去威尼斯之前我寫的那首詩，就是看起來像是卡羅納寫給柔依的那首。來，我念給妳聽——」

一把雙刃劍
一刃摧毀
一刃解放
我是你的難解之結
你將解放我，還是摧毀我？
追隨真實，你就能夠：
在水上找到我
以火淨化我

永不再被土囚禁
風將對你低語
靈已知道的事：
即使粉身碎骨
凡事仍有可能
若你相信
我倆就得自由。

「喔我的天哪！我**真的**完全忘了！好，好，再念一次，念慢一點。」史蒂薇．蕾仔細地再聽一遍後說：「一定是從卡羅納的角度說的，對不對？從『被土囚禁』就看得出來。」

「我幾乎確定是他在對她講話。」

「一定是。雖然一開始提到雙刃劍很嚇人，結尾看起來卻似乎是好的。」

「詩末說『我倆就得自由』。」克拉米夏說。

「在我聽來，這好像表示柔可以離開另一個世界。」

「而卡羅納也是。」克拉米夏指出。

「卡羅納的部分以後再說，現在最重要的是把柔救回來。等等！我想，詩裡說的一些事情已經實現了！水的那部分是怎麼說的？」

「『在水上找到我』。」

「她確實在水上找到他了。聖克利門蒂島就在水上。」

「詩中說，柔依必須『追隨眞實』。妳認爲這是什麼意思？」

「我不是百分之百確定，但大約有個譜。上次我告訴柔，要聽從自己的心，即使其他人都認爲她會把事情搞砸，仍應堅持內心要她去做的事情。」史蒂薇・蕾停住，用力眨眼，壓抑住突然要湧出的淚水。「不過，我—我好不安，我不該跟她說這些話，要不然後來或許就不會發生這些事。」

「但是，或許妳是對的，或許這些事本來就會發生。我認爲，即使別人說你錯得離譜，聽從內心，堅持自己認爲對的事，這就是一種很有力量的眞實。」

史蒂薇・蕾忽然又興奮起來。「如果她繼續這麼做，繼續堅持她心裡認爲的眞實，那麼詩末說的事情就會實現，她就會得著自由。」

「我覺得妳說得沒錯。我打從骨子裡相信。」

「我也這麼覺得。」史蒂薇・蕾說，笑著看克拉米夏。

「好，但柔得知道這件事。這首詩就像可以幫她抵達目的地的地圖。第一步，在水上找到他，已經實現了。接下來她必須——」

「用火淨化他。」史蒂薇．蕾插嘴：「接下來還提到土和風，對吧？」

「對，還有靈。五個元素都提到了。」

「柔對這些元素都具感應力。詩裡最後提到的靈，正是她最強的元素。」

「而她目前所在的地方，就是靈的國度。」克拉米夏說：「好，妳仔細聽著：柔依必須知道這件事。她最後到底是重返人間呢，還是會在那邊被什麼東西害死，就取決在這件事。我這麼說並不只是因爲我寫了這首了不得的詩。」

「喔，我相信。」

「那妳要怎麼做？」

「我？我不會做什麼，因爲我辦不到。我能感應土，但我的靈絕對去不了另一個世界。」史蒂薇．蕾打了個寒噤。這事光是想到，就讓她渾身起雞皮疙瘩。「不過，史塔克得去，他非去不可——那頭噁心的母牛是這麼說的。」

「是公牛。」克拉米夏說。

「隨便啦。」

「妳要我打電話給史塔克，念這首詩給他聽嗎？妳有他的電話號碼嗎？」

史蒂薇・蕾想了一下，說：「不，愛芙羅黛蒂說史塔克的腦袋現在很亂，他可能認爲自己有更重要的事要做，不會理會妳的詩。」

「那他就大錯特錯了。」

「沒錯。所以，我們現在必須做的，是告訴愛芙羅黛蒂這件事。她是很煩，但她一定了解這有多重要。」

「而由於她很煩，史塔克就無法不理會她或不理會這首詩。」

「正是。現在就傳簡訊給她，告訴她，我說史塔克必須替柔依記住這首詩，而且要記得這是預言，不光是詩。」

當史蒂薇・蕾把車子駛進本篤會修道院剛耙過雪的停車場，克拉米夏低頭忙著打簡訊。

史蒂薇・蕾一眼就看出來，紅鳥阿嬤好多了。她臉上可怕的瘀青已經消褪，並且沒躺在床上，而是坐在修道院客廳壁爐邊的搖椅上看書。她看得非常專注，一開始甚至沒注意到史蒂薇・蕾。

「《鍾愛的壞男孩》？」史蒂薇・蕾來這裡是要給阿嬤捎來壞消息，但看到書名還是忍不住微笑。「阿嬤，這看起來像是羅曼史小說。」

紅鳥阿嬤的手摀住喉頭。「史蒂薇．蕾！孩子，妳把我嚇死了。這的確是羅曼史，很好看的那種，裡面的主角哈迪．凱茲好優。」

「好優？」

阿嬤揚起銀色眉毛。「孩子，我是老了，可不是死了，仍懂得欣賞優秀的男人啊。」她指了指不遠處一張有軟墊的木椅。「把椅子搬過來，坐下來跟我聊聊。我相信妳有遠從威尼斯傳來的，柔依的消息。想想看──威尼斯欸！我有一天一定要去……」她看清楚史蒂薇．蕾的臉色時，打住話語。「我就知道。一定出了差錯。但打從車禍受傷以來，我的心思就一團亂。」席薇雅．紅鳥坐得非常、非常挺直，聲音因恐懼而沙啞：「快告訴我吧。」

史蒂薇．蕾難過地嘆一口氣，坐在剛剛拉到搖椅旁的木椅上，握住阿嬤的手。「她沒死，但情況很不好。」

「全部，我要聽全部。妳繼續說，別停，別漏掉任何部分。」

紅鳥阿嬤牢牢抓著史蒂薇．蕾的手，彷彿那是一條救生索，聽她敘述事情始末。從西斯的死，到公牛，到克拉米夏的預言詩，她一五一十地說，只落掉一件事沒說：利乏音。等她說完，阿嬤的臉色已跟車禍發生後陷入昏迷，生命垂危時一樣蒼白。

「碎裂，我孫女的靈魂碎裂了。」她慢慢地說，彷彿這句話本身帶著濃濃的哀傷。

「史塔克會去找她的，阿嬤。」史蒂薇・蕾眼神堅定地看著老人家的眼睛。「他會保護她，好讓她療癒自己的靈魂。」

「雪松。」阿嬤點點頭說，彷彿在回答一個問題，而史蒂薇・蕾也應該會同意。

「雪松？」史蒂薇・蕾希望柔依的消息沒把阿嬤急瘋。

「雪松的針葉。告訴史塔克，在他靈魂出離時，要負責看守他軀體的人全程焚燒雪松的針葉，不能中斷。」

「妳把我搞糊塗了，阿嬤。」

「雪松的針葉是威力強大的藥，只在最危急的時候使用，可用以驅逐阿思基納惡靈。切羅基族人認爲，阿思基納是最惡毒的靈。」

「現在確實情況危急。」史蒂薇・蕾說，見到阿嬤的臉頰又恢復血色，鬆了一口氣。

「告訴史塔克，把煙氣深深吸入，心裡想著把煙氣帶到另一個世界——要相信它會跟隨他去那裡。心可以成爲靈的強大搭檔。有時我們的心甚至可以改變靈魂的質地。如果史塔克相信雪松煙氣可以陪伴他的靈，它就可能眞的會陪著他，讓他在那邊多一層保護。」

「我會告訴他的。」

阿嬤更用力地握緊史蒂薇・蕾的手。「有時一些很小或微不足道的事物可以幫助我們，甚至是在我們最艱困的時刻。別輕忽任何事物，也別讓史塔克輕忽任何事物。」

「我不會輕忽的，阿嬤，我們都不會。我保證做到。」

「席薇雅，我剛剛在外面跟克拉米夏談過話。」瑪麗・安潔拉修女快步走進客廳，見到史蒂薇・蕾握著老人家的手，戛然止步。「喔，聖母馬利亞！是眞的。」修女低下頭，顯然在克制淚水，但她抬起頭時，眼睛是乾的，臉上的線條剛強而堅毅。「那我們就從這裡開始吧。」她忽然轉身，離開客廳。

「姊妹，妳要做什麼？」紅鳥阿嬤叫住她。

「把整個修道院召集到禮拜堂。我們要祈禱，大家都要禱告。」

「向馬利亞祈禱？」史蒂薇・蕾語氣裡掩不住疑惑。

修女點點頭，以她堅定、睿智的聲音說：「對，史蒂薇・蕾，向馬利亞祈禱，向聖母，我們心目中所有人在靈裡的母親。或許她跟妳的妮克絲不是同一個神，也或許是。但在此刻，這個問題眞的重要吧？告訴我，紅雛鬼的女祭司長，難道妳認爲以愛之名祈求幫助是錯誤的嗎——不論那幫助是以何種面貌呈現？」

史蒂薇・蕾腦海中閃過利乏音挺身對抗黑暗，承擔她的債時，臉上那雙人性的眼睛。忽然間，她覺得嘴好乾。「對不起，修女，我錯了。就祈求妳們的聖母來幫忙吧，因爲有時候愛來自我們沒有預期的地方。」

修女凝視史蒂薇．蕾的眼睛好一會兒，才說：「妳可以跟我們一起祈禱，孩子。」

史蒂薇．蕾對她微笑，說：「謝謝，但我有我自己的祈禱要進行。」

「打死我都不會替妳說謊！」克拉米夏說。

「我沒要妳說謊。」史蒂薇．蕾說。

「有，妳有。妳要我說安潔拉修女陪著妳去察看坑道。所有人都知道，上回妳在這裡時已經把它封了。」

「不是所有人都知道。」史蒂薇．蕾說。

「知道，大家都知道。再說，那些修女全都在爲柔依祈禱，利用祈禱的修女來說謊似乎很不道德。」

「好，那我就眞的去坑道看一看，如果這能讓妳舒服一些。」史蒂薇．蕾不敢相信，只因爲要她替自己講一點善意的謊言，克拉米夏就大驚小怪。這是在浪費她的時間，讓她無法趕到利乏音身邊。此刻，只有老天爺知道，他傷得有多嚴重。她記得黑暗吸她的血時她感覺到的痛苦，知道利乏音所承受的痛苦一定加倍難受。這次，她得想個辦法幫他，而不只是替他包紮繃帶，給他食物和水。他到底傷得多重？她在心裡仍看得見那生物高踞在利乏音身邊，舌頭因舔舐他的血而一片猩紅，當——

史蒂薇．蕾猛然回神，察覺克拉米夏站在那裡，直盯著她看，不發一語。

她在心裡搖了搖頭，說出心中浮現的第一個理由：「聽著，夜之屋的人一旦聽說我有那麼一兩秒鐘獨處，肯定會數落我一頓。我只是不想面對那種場面。」

「妳在說謊。」

「我是妳的女祭司長！」

「那妳就表現出女祭司長的樣子。」克拉米夏說：「告訴我實話，妳到底要做什麼。」

「我要去見那個男生。我不想讓任何人知道這件事！」史蒂薇．蕾衝口而出。

克拉米夏微側著頭，說：「這才像話嘛。他不是雛鬼，也不是成鬼，對吧？」

「對。」史蒂薇．蕾全然老實地說：「他是個沒人喜歡的人。」

「他沒欺負妳吧？因爲那樣很糟，而我知道有些女人陷在裡頭，不能自拔。」

「克拉米夏，我可以讓土升起，把人踹得屁滾尿流。沒人敢欺負我的，絕不可能。」

「那麼，這代表那傢伙是人類，而且結婚了。」

「我跟妳保證，他還沒結婚。」史蒂薇．蕾閃躲眞正的問題。

「哈，」克拉米夏用鼻子哼了一聲，說：「那他是混蛋？」

「我不覺得他是。」

「愛情讓人盲目。」

「對。」史蒂薇．蕾說：「但我可沒說我愛上他。我只是說——」

「他把妳迷得神智不清了。而妳現在最需要清醒的腦袋。」克拉米夏嘟著嘴，想了一下。「好，這樣吧：我找個修女送我回夜之屋，如果有人因爲妳獨自留在外面而緊張兮兮，我就說，妳去見一個人類男生，所以嚴格說來妳不是一個人——我這樣不算撒謊。」

史蒂薇．蕾也想了一下。「妳一定要告訴他們對方是人類男生嗎？」

「那我就只說那是一個人類，然後叫他們別好管閒事。如果有人一定要我說清楚，我才說對方是個男的。」

「好。」史蒂薇．蕾說。

「妳知道的，妳遲早得公開他的事。如果他未婚，就沒什麼大問題。妳是女祭司長，可以同時擁有人類伴侶和吸血鬼配偶。」

這回換史蒂薇．蕾哼了一聲。「妳認爲達拉斯可以接受這種事？」

「如果他想跟女祭司長在一起，他就得接受。所有的吸血鬼都知道這一點。」

「達拉斯還不是成鬼，要他接受可能過分了些。事實是，我知道這會傷他的心，我不想那樣做。」

克拉米夏點點頭。「我看得出妳不想，但我認爲妳擔心太多了。達拉斯必須學會處理這種事。妳必須做的，是搞清楚那個人類男孩是否值得。」

「我知道，克拉米夏。我現在就是想這樣做。那麼，掰了，晚點兒夜之屋見。」史蒂薇．蕾開始疾步走向金龜車。

「喂！」克拉米夏在她身後喊她。「他不是黑人吧？」

史蒂薇．蕾想著利乏音黑如夜色的翅膀，停住腳步，回頭說：「他的膚色有關係嗎？」

「如果妳爲此而覺得羞恥，那就關係重大。」她回答。

「克拉米夏，這太可笑了。不，他不是黑人。還有，不，就算他是黑人，我也不會以他爲恥。眞是夠了。掰。」

「我只是問問嘛。」

「我只是覺得這問題很扯。」史蒂薇．蕾嘟噥著，轉身走去停車場。

「我聽到了。」克拉米夏說。

「很好！」史蒂薇．蕾大喊。她坐進柔依的金龜車，駛向吉爾克瑞思博物館，大聲自言自語：「不，克拉米夏，他不是黑人，他是一隻致命的鳥，老爸是惡魔。跟他在一起，會惹毛的不只是白人和黑人，而是所有人！」接著，完全出乎她自己的意料，她開始大笑。

18 利乏音

利乏音睜開眼睛，看見史蒂薇．蕾蹲在他的壁櫥小窩前，專注地端詳著他。她緊蹙的眉頭形成一條深溝，使她的紅色弦月刺青泛起奇特的波浪細紋。好幾綹金色鬈髮散落在她臉龐兩側，小女孩的模樣讓他冷不防想起她其實還很年輕。不論她的元素法力有多驚人，她的稚嫩讓她顯得脆弱。一想到她多麼容易受傷害，恐懼像一把刀陡然插入他的心。

「嗨，你醒啦？」她說。

「妳為什麼這樣盯著我？」他故意粗聲粗氣地說，氣自己一看到她就擔心起她的安危。

「喔，我想知道你這一次有多接近死亡。」

「我父親是不死生物，我沒那麼容易死。」他坐起身，努力不因疼痛而皺眉。

「對，我知道你有那樣一個老爸和不死血液，但黑暗吸了你的血，吸了很多。這肯定不妙。況且，老實說，你看起來很慘。」

「黑暗也吸了妳的血，」他說：「妳看起來卻沒事。」

「我不像你傷得那麼重。這都多虧了你像蝙蝠俠那樣從天而降，扭轉了局勢，那頭公牛才沒來得及把我整慘。接著光亮又給了我一劑強心針——對了，那實在很酷。**還有**，你的不死血液在我體內簡直像是強力電池。」

「我不是蝙蝠。」他只想得到這樣回應，因爲她說的話裡只有這東西他稍微懂。

「我沒說你像蝙蝠，而是說你像蝙蝠俠。他是個超級英雄。」

「我也不是英雄。」

「喔，你是我的英雄，兩度救我。」

利乏音不知道該說什麼。他只知道，史蒂薇・蕾說他是她的英雄時，他內心深處有什麼東西扭了一下，然後他忽然覺得，身體的疼痛和爲她擔憂的情緒不再那麼難受。

「所以，來吧，我們來看看我能否回報你。」她站起來，對他伸出手。

「我不認爲我現在吃得下。喝點水倒是不錯。之前帶來這裡的水都被我喝光了。」

「我不是要帶你去廚房，起碼這會兒不是。我是要帶你到外面，到那些樹木旁邊——嗯，確切地說，是到前院那座舊涼亭旁的那棵大樹旁。」

「爲什麼？」

「我剛剛說了，你救了我，我想我也能幫你。但我必須更靠近土，不能待在上頭這裡。

而且，我這一陣子一直在想，樹木應該很有幫助，因爲我應該藉助過它們。其實，我之所以能召喚那個**東西**，恐怕多少也是拜樹木之賜。」說到這裡，她打了個寒噤，顯然想起召喚黑暗的情景。利乏音當然了解。要不是他的身體痛得這麼厲害，他大概也會跟著顫抖吧。

他的身體確實很痛。更有甚者，他的血液感覺起來是滾燙的，隨著每一次心跳，竄流全身。而雙翅與脊椎接合的地方，也就是黑暗公牛吸食他、侵犯他的地方，更是灼痛難堪。

而她居然認爲一棵樹能治療黑暗造成的傷害？

「我想留在這裡，休息對我有幫助，水也是。如果妳想幫我，就幫我拿水來吧。」

「不。」史蒂薇．蕾俯身，以經常令他吃驚的力氣抓住他的雙手，拉他站起來。他一起身，便覺得房間在搖晃、旋轉。要不是她一直拉住他，有那麼片刻，非常恐怖，他以爲他會癱軟倒下，像個小女孩那樣暈倒。

幸好，那一刻過去了，他終於可以睜開眼睛，不用怕自己出更大的糗。他低頭看史蒂薇．蕾。她仍拉著他的手。**她沒有嫌惡地縮手，打從第一天開始就沒有**。

「爲什麼你不怕碰我？」他來不及阻止自己，就問出了口。

她輕笑一聲，說：「利乏音，你現在連隻蒼蠅都打不了。況且，你救過我兩次，我們還烙印了，我當然不怕你。」

「或許該這麼問：為什麼妳碰我時不覺得厭惡？」這次，這句話也是脫口而出，幾乎。她再次蹙眉。他心想，他喜歡看她思考的模樣。

終於，她聳聳肩，說：「我想，沒有一個吸血鬼會厭惡和他們烙印的人。在吸你的血之前，我跟愛芙羅黛蒂烙印過。有段時間她真的讓我很反胃——反正她實在不可愛，有夠不可愛。事實上，她現在仍然不很可愛。但我們烙印之後，我慢慢喜歡她了。不是情欲上的那種喜歡，但我也不再厭惡她。」說完，她睜大眼睛，彷彿這才驚覺自己說了什麼話，而「情欲」二字似乎已具體地浮現在房間裡，不能抹滅。她放開他的手，彷彿他的手燙傷她了。

「你可以自己走下樓梯嗎？」她的語氣聽起來奇怪又唐突。

「可以。如果妳真的認為樹有幫助，我就跟妳下去。」

「嗯，我們很快就會知道我的想法對不對。」史蒂薇．蕾轉身背對他，走向樓梯。「對了，」她說，沒回頭看他，「謝謝你再一次救我。其實這次你不須這麼做。」她的聲音有些遲疑，好像很難把話說出口。「牠說，牠不會殺我。」

「有些事情比死還可怕。」利乏音說：「對與光亮同行的人來說，黑暗從他身上奪走的東西足以改變他的靈魂。」

「那你呢？黑暗從你身上奪走了什麼？」她問，依舊沒看著他。這時，兩人已走到老宅邸的底層。她放慢速度，讓他可以更輕鬆地跟上。

「他什麼都沒從我身上取走。他只是用痛苦餵養我，然後吸食混了我的血的痛苦。」兩人走到大門口時，史蒂薇・蕾停步，抬頭看著他。「黑暗以痛苦維生，而光亮則用愛滋養。」

她的話彷彿啓動了他心裡的開關。他更仔細地端詳她。**沒錯**，他確定，**她有事情瞞著我**。「爲了救我，光亮向妳索取什麼代價？」

史蒂薇・蕾再次別開頭，無法正視他的眼睛。這讓他不禁慌張起來。他心想，她壓根兒不會回答他。不料她以近乎生氣的語氣說：「那麼，那頭公牛壓制、吸吮、侵犯你時，向你索取的東西是什麼，你願意一五一十告訴我嗎？」

「不。」利乏音不假思索地說：「可是，另一頭公牛——」

「不，」史蒂薇・蕾回應他：「我也不想談。所以，我們就忘了這件事，往前看吧。嗯，希望我可以減輕黑暗留在你身上的痛苦。」

利乏音跟著史蒂薇・蕾走到屋前結冰的草地上。眼前的景致顯然不復往昔，顯得荒涼、破落。利乏音走得很慢，希望能減輕身體的痛。他邊走邊納悶，到底光亮向史蒂薇・蕾索取了什麼。這代價一定令人難以承受，她才不願談。他覺得她沒注意的時候，一直偷偷地瞄她。她似乎很健康，已完全復原，看不出和黑暗遭遇的痕跡。事實上，她看起來強壯，而且非常正常。只不過，他太清楚了，外表會騙人。

有什麼事情不對勁——至少，她償付光亮的債一定有什麼地方讓她不安。

利乏音忙著偷偷打量她，以至於她在那棵樹旁停下腳步時，他沒留神，差點撞上樹。

她看著他，搖搖頭，說：「你騙不了我的，你偷偷摸摸的功力太差了。所以，別再偷瞄我了。我眞的沒事。老天，你比我媽還會瞎操心。」

「妳跟她聊過了嗎？」

史蒂薇．蕾的眉頭蹙得更緊。「我這兩天沒空。所以，沒有，我還沒跟她聊。」

「妳該跟她談談的。」

「我現在不想談我媽的事。」

「是，沒問題。」

「還有，你不要用那種語氣跟我說話。」

「什麼語氣？」

她沒回答問題，逕自說：「坐下，安靜片刻，讓我想想該怎麼幫你。」彷彿爲了示範給他看，她先坐下，盤起雙腿，背倚著那棵老雪松，任殘雪和芳香的針葉掉落在他們四周。見他仍一動也不動，她發出不耐煩的聲音，指著她面前的空地。「坐。」她下令。

他坐下。「然後呢？」他問。

「等我一下。我不很確定該怎麼做。」

他看著她皺眉頭，以手指捲繞她柔軟的鬈髮。半晌後，他提議：「這樣有沒有幫助——妳回想一下，那個討厭的雛鬼想找我麻煩時，妳是怎麼讓他絆倒的？」

「達拉斯不討厭。還有，他以爲你攻擊我。」

「還好我沒攻擊妳。」

「怎麼說？」

即使渾身痛苦，她的語氣還是逗樂了他。她明明知道，就算他身體孱弱，那個不中用的雛鬼也無法對他構成威脅。倘若利乏音眞要攻擊她或任何人，那個毛頭小子根本無法阻止他。不過，那男孩有紅色的弦月記印，代表他是她的人，而他的史蒂薇．蕾絕不會背叛自己的人。於是，利乏音只無奈地說：「因爲，若我被迫防衛自己，恐怕會造成一些不便。」

史蒂薇．蕾的嘴角揚起，微露笑意。「達拉斯眞的以爲他在保護我。」

「妳不需要他。」利乏音不加思索地說。史蒂薇．蕾迎視他的目光，怔怔看著他。他眞希望自己可以更輕易地讀懂她的表情。他猜想，她眼裡流露驚訝，或許還閃現一絲期望，但他也見到恐懼——這點他很確定。恐懼他？不，她已證明她不害怕他，所以她害怕的東西一定藏在她內心，不是他，卻是他喚起的。他不曉得該說什麼，只好說：「如妳所言，我連一隻蒼蠅都打不了，當然不會對妳構成威脅。」

史蒂薇．蕾眨了幾下眼睛，彷彿想眨掉過多的思緒，然後聳聳肩，說：「喔，我費了好大工夫，才說服夜之屋的人，黑暗現身時，你從天而降，**不是**要攻擊我，而是純屬巧合。他們一聽說陶沙市仍有一個仿人鴉，就堅持不讓我走出校園。」

「我應該離開。」說出這話，讓他的內心有一種奇怪的空虛感。

「你要去哪裡？」

「東方。」他毫不遲疑地說。

「東方？你是說一路往東到威尼斯？利乏音，你老爸不在他的軀體裡，你現在去那裡也幫不了他。我認為，你留在這裡，跟我一起想辦法把柔依和他帶回來，才能幫他。」

「妳不要我離開？」

她低下頭，彷彿在端詳底下的土。「吸血鬼離跟她烙印的人太遠，會很難捱。」

「我不是人。」

「對，但我們還是烙印了。所以，我想，這條規則仍適用於你和我。」

「那，我就留下來，直到妳要我走。」

她閉上眼睛，好似這話傷了她。他必須克制自己，才沒伸手去觸摸她，安慰她。

觸摸她？我想觸摸她？他兩臂抱胸，以身體的姿勢否認這個令他震驚的念頭。

「土——」他說，聲音在靜默中顯得格外響亮，她疑惑地抬頭看他——「之前，當妳想絆倒那個紅雛鬼，妳想叫地面開個洞，讓妳躲避陽光，妳就召喚它。在修道院時，妳也召喚它封閉我身後的坑道。既然如此，妳現在何不直接召喚土，對它提出妳的要求？」

她溫柔的藍眼睛睜大。「你說得對！我爲什麼要想得這麼複雜？我之前爲了其他事召喚過土千百次，沒有理由現在不能爲你召喚它。」她伸出手，掌心向上。「來，抓緊。」

伸手搭在她的手掌上，這太容易了。他低頭看著他們交握的手，忽然想到，若非爲了施暴，他不曾碰觸任何人類，除了史蒂薇．蕾。然而，這會兒他碰觸她，溫柔地，平靜地。

她的肌膚感覺好舒服。她既溫暖又柔軟。然後，她的話傳進他耳裡，觸動他的心，盤桓在他內在從未有人撫觸過的遙遠深處。「土，我要請你幫個大忙。這個利乏音對我來說很特別。他現在很痛苦，又很難好起來。土，我曾藉助你的力量救我自己，救我在乎的人。這次，我要藉助你的力量幫助利乏音。」她停住，抬眼看他，兩人四目相交。她想起他對黑暗說過的話，而他那時以爲她沒聽見。「你瞧，他爲我而受了傷。請療癒他，求你。」

這首詩，是關於愛情的。愛情的答案到底是什麼呢？儘管少女情懷總是詩，然而有時詩揭露的不是真相，而是錯誤的誘惑。沒關係的，說到愛情，即使是妮克絲都還在學習。所以，你會談幾場轟轟烈烈的戀愛，也會在夜裡獨自心碎。

這首詩，是關於友情的。幸好，你會交到一群超級好朋友，為你設立祭祀守護圈，祈求夜后的祝福縫補破碎的心：他們與你聽著同樣的音樂、守著同樣的電視節目、說著只有你們才懂的專屬密語。

這首詩，是關於成長的。成長是每個人必經之路。年輕的生命呀！你也許會感到迷惘，對於突如其來的抉擇感到不知所措，但這正是自由意志的珍貴之處：別害怕犯錯，只要用力活著，寧可犯錯，不要後悔。

這首詩，是關於犧牲的。忘記告訴你了，不是每個被標記的雛鬼，都能通過考驗。蛻變失敗，聽說就是死亡。他們用力揮灑青春生命，歡笑、嘆息、哭泣：卻拒絕成長，希望時間就此打住，不要前進。但是，面對即將步入的成人社會，長不大是可以的嗎？後面已無退路。一旦後悔了，拒絕蛻變，就只能被淘汰，步入死亡。

然而，成長的路必然只有一條嗎？隱約中有個聲音在耳邊輕語：「你會蛻變成什麼，只有自己知道。」夜后妮克絲隱藏起來的答案，也許能在夜之屋中找到。

這裡是夜之屋，吸血鬼養成學院。長大成人雖然混亂痛苦：然而，青春從來都不正常，看似正常才最不正常。準備好進入夜之屋，開始你的青春成長紀事了嗎？

祝福滿滿。

RB201510

福，不幸的是她還發現，她居然渴望血，而且擁有勾攝人類男孩的能力。

「夜之屋」充滿新奇，有吸血鬼社會學、咒語及儀式、擊劍、馬術、戲劇等課程，有其他具備異能的學生，還有才華出眾的學長愛上柔依。「夜之屋」也充　滿危機，菁英社團「黑暗女兒」敵視她、雛鬼相繼猝死，但她看見眞正的危險了嗎？而所謂「烙印」，竟導致人類社會的前男友誤闖「守護圈」，黑暗女兒召喚的惡　靈撲向他……

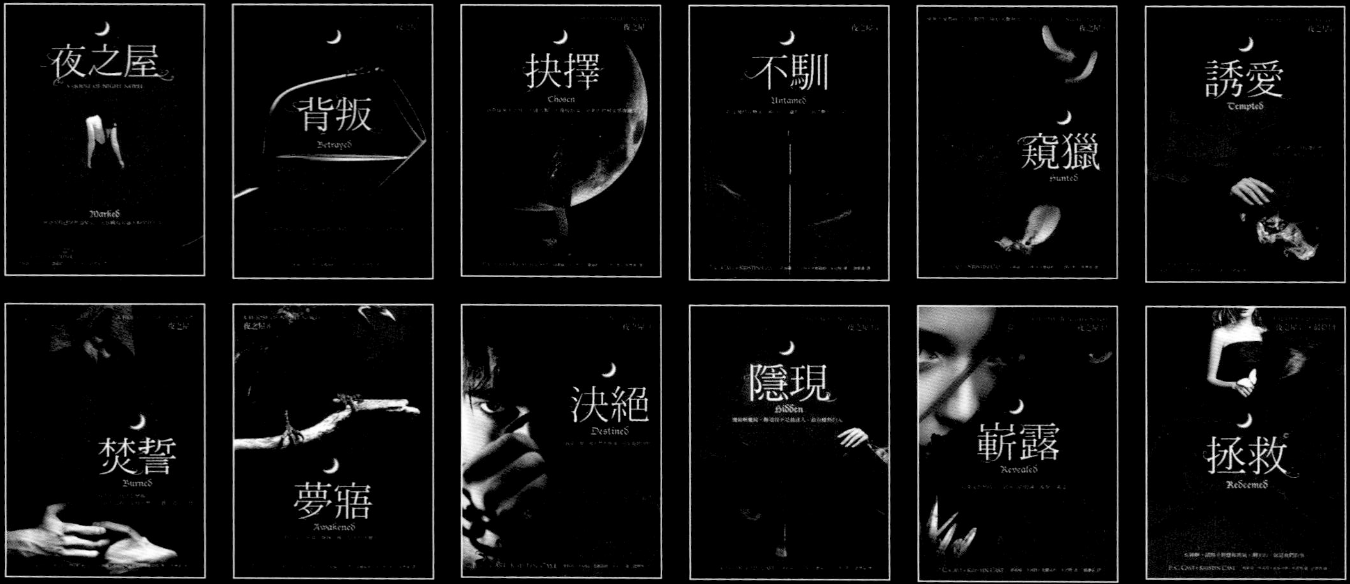

大塊文化 LOCUS
Future · Adventure · Culture

夜之屋

A HOUSE OF NIGHT NOVEL

歡迎來到夜之屋，體驗成長的滋味

這不是祕密。在我們的世界，吸血鬼始終存在，與常人比鄰而居。剛剛在街頭與你擦身而過的，或在咖啡屋與你隔桌相望的，說不定就是其中一個——不，說不定你就是其中一個，雛鬼或成鬼。可以確定的，是許多演藝界的明星，以及傑出的藝術家、詩人、小說家，都是吸血鬼。

如果你是夜后選中的人，躡蹤使者必將尾隨而至，找到你，標記你，你的額頭眉宇會浮現藍色的弦月記印。然後，你必須進入「夜之屋」，接受吸血鬼養成教育。等順利通過蛻變，你就長成成熟的吸血鬼，你的記印會添上新的美麗刺青，這是夜后妮克絲的恩賜。從此，你就是夜的子女——黑暗女兒與冥界之子。請謹記：異樣不是變態，嗜血不是變壞，黑暗不一定是邪惡，光亮不必然是良善。你是否也渴望與眾不同？別害怕被視作特立獨行，向妮克絲祈求吧！或許她會有所回應。

「夜之屋」系列小說是美、加、英、澳等英語國家的銷售常勝軍，在39個國家出版各種語言版本，光美國一地的銷量即以千萬冊計。長年盤據紐約時報、美國今日報、華爾街日報等暢銷排行榜。到底夜之屋的吸血鬼具有什麼魅力，能偷走千萬讀者的心？ 如果說《麥田捕手》的成功在於道出了戰後青少年的焦慮與不滿：《夜之屋》則是完整講述了當代青少年的生活方式與面臨的成長問題。

地面開始震顫，利乏音覺得那像是一隻活生生的動物。這時，史蒂薇·蕾倒抽一口氣，身體搐動。利乏音想縮手，怕她又遭遇任何不測。但她緊緊抓住他的手，說：「不！別放手，沒事的。」接著，一股溫熱從她的掌心傳向他。瞬間，他想起上次召喚父親血液的不朽力量，卻招來黑暗的回應，它的力量湧入他的身軀，療癒他重創的手臂和翅膀。但利乏音旋即明白，黑暗和土的撫觸截然不同。之前那股力量既原始又劇烈，漲滿他的身體。而現在，充盈他身體的，像是夏日裡他展翅翱翔時翅膀底下的風，同樣強勁，卻充滿憐憫——是活的、蓬勃的，彷彿生生不息，而不是冷酷和暴烈的。它舒緩了他沸騰的血液，撫慰了全身的痛楚。當土的溫暖傳遞到他的背部——那個血肉模糊的部位，他巨大翅膀長出來的地方——痛苦頓時緩解。利乏音閉上眼睛，隨著痛楚消失，長長吁出一口氣。

在整個療癒過程中，利乏音始終覺得四周瀰漫著雪松針葉令人陶醉的芳香，以及夏日綠草的甜美氣息。「接下來，想著把能量送回大地。」史蒂薇·蕾的語氣溫柔但堅定。他想睜開眼睛，放開她的手，但她再次握緊他，說：「不，眼睛繼續閉著，保持原來的姿勢，但想像土的力量是一道綠光，來自下面的大地，經由我的身體和手，傳遞到你身上。你如果覺得它完成了任務，就想像它從你的身上湧出，回到大地。」

利乏音繼續閉著眼睛，但開口問道：「為什麼？為什麼要讓它離開我？」

他聽得出她的聲音裡帶著笑意。「因爲它不是你的啊，傻瓜。你不能擁有這股力量，它屬於土，你只能借用，然後將它送回，並說聲『非常感謝你』。」

利乏音差點脫口說，這太可笑了——當你得到力量，當然不會放手。你會留下它，利用它，擁有它。他**差點**這麼說，但他不能。土的能量盈滿他時，他覺得這麼說不對。

於是，他做出當下覺得對的事。利乏音把充盈他的能量想像成一束綠光，沿著他的脊椎往下湧流，回到它所來自的大地。當土豐沛的溫暖從他身上排出，他非常溫柔地說：「謝謝你。」接著，他彷彿醒轉過來，發覺自己仍坐在大雪松下，冰冷、溼潤的泥土上，握著史蒂薇·蕾的手。

利乏音睜開眼睛。「現在好些了嗎？」她問。

「對，好多了。」利乏音張開手掌。這次，史蒂薇·蕾也把手抽回去。

「眞的嗎？我是說，我感覺到土，想像自己把它導引到你身上，而你似乎也感受到了。」她微側著頭，打量他。「你的確看起來好多了，你的眼睛不再流露痛苦。」

他站起來，急於證明給她看，張開手臂，也展開巨大的雙翅，彷彿在舒展筋骨。「瞧！我可以這樣做，而且不會痛。」她坐在地上，眼睛睜大，直盯著他瞧。她的表情好怪，他急忙放下手臂，收起翅膀。「怎麼啦？」他問：「哪裡不對勁嗎？」

「我—我都忘了，你當初竟然可以飛到公園，然後又飛回這裡。」她發出的聲音像噎住的笑聲。「很蠢，對吧？我怎會忘了這種事？」

「我想，妳大概已習慣看到我重傷的模樣。」他說，試圖了解爲什麼她忽然好像要遠離他。

「你的翅膀是被什麼治癒的？」

「土。」他說。

「不，我說的不是現在。我們出來時，你的翅膀就沒斷。你的痛楚跟斷翅無關。」

「噢，我昨晚就痊癒了。我的痛苦是黑暗留下的。」

「昨晚你的翅膀和手臂到底是怎麼痊癒的？」

利乏音不想回答。當她睜大眼睛，帶著譴責的眼神盯著他，他發現自己好想撒謊——說那是他血液裡的不朽能量所造就的奇蹟。但他不能對她說謊，他**絕不會**欺騙她。

「昨晚，透過我父親的血，我召喚屬於我的力量。我非這麼做不可，因爲我聽見妳在喊我的名字。」

她眨著眼睛，閃過若有所悟的眼神。「可是，那頭公牛說你身上的力量源自牠，而非你的父親。」

利乏音點點頭。「我知道兩者不同，但我不曉得怎麼會這樣。我那時也不知道我直接從黑暗取得力量。」

「所以，是黑暗療癒了你。」

「對，然後是土療癒了黑暗在我裡面留下的傷。」

「好，嗯，很好。」她忽然站起來，拍拍牛仔褲。「你現在好多了，我得走了。就像我說的，我現在很難溜出來，因爲整個夜之屋都因城裡有個仿人鴉而緊張兮兮。」

她快速走過他身邊，他伸手抓住她的手腕。史蒂薇・蕾縮手。利乏音立即放下手，退後一步。他們盯著對方看。

「我得走了。」她又說一次。

「妳會再回來嗎？」

「我非得回來不可！我承諾過！」她朝他大吼。他覺得彷彿她在摑他巴掌。

「我免除妳的承諾！」他吼回去，氣這麼一個小女子竟搞得他心煩意亂。

她的眼睛閃爍著令人起疑的亮光，說：「這不是我對你許下的承諾，所以你無法免除它。」然後，她疾步從他身邊走過去，並別開頭，不讓他見到她的臉。

「別因爲必須回來而回來。妳自己想回來才回來。」他對著她的背影喊道。

史蒂薇．蕾沒停步，也沒回頭看他。她就這樣離開了。

利乇音久久佇立在原地，直到她車子的聲音遠去，才終於移動。仿人鴉沮喪地大喊一聲，開始奔跑，然後縱身投向夜空，巨翅拍打著冷風，往上飛，不斷往上飛，想找可以承載他、背負他的暖流，將他帶到任何地方去——任何地方。

只要離開！帶我離開這裡！

仿人鴉突然轉向東方，飛往背離史蒂薇．蕾車子前去的方向——遠離陶沙市，遠離打從她進入他的生命就跟著來到的迷惘和困惑。然後，他關閉心靈，甩開一切思緒，只留下天空帶給他的熟悉的喜悅，繼續飛。

19 史塔克

「好啦，我聽到了，愛芙羅黛蒂，妳要我牢記那首詩。」史塔克透過直升機的耳機告訴她，好希望知道怎麼關掉這玩意兒。他不想聽她劈里啪啦說個不停，他不想跟愛芙羅黛蒂或任何人說話。他只想專心一遍又一遍地思考讓他和柔依登上島嶼的策略。史塔克望向窗外，試圖穿透濃霧和黝暗，瞥見斯凱島。根據杜安夏和幾乎整個最高委員會的說法，只要到達那裡，未來五天內，他必死無疑。

「不是**詩**，白癡，是**預言**。我才不會叫人背詩呢。隱喻、比喻、引喻、象徵，什麼鬼東西之類的。光想，我連頭髮都痛起來了。我不是說預言比較不討厭，只是，不幸，它真的很重要。而且史蒂薇．蕾說得沒錯，它的確像是詩寫成的地圖。」

「我同意愛芙羅黛蒂和史蒂薇．蕾的看法。」達瑞司說：「之前克拉米夏的預言詩就曾給過柔依指引，這首也可能發揮同樣效果。」

史塔克將目光從窗外拉回來。「我知道。」他看了看達瑞司，再望著愛芙羅黛蒂，最後將視線落在柔依毫無生氣的軀體。他們用皮帶把她綁在一張小擔架上，擱在三人中間。「她已經在水上找到卡羅納，接下來必須以火淨化他，而風將對她低聲訴說靈已知道的事。如果她追隨眞實，她就能得著自由。我已經記住了。我不在乎這是詩或預言，只要有一絲機會幫得上柔依，我一定帶去給她。」

駕駛的聲音透過耳機傳來。「我現在要降落了。記住，我只能把你們載來，接下來全靠你們自己。但你們要明白，沒有史迦赫的允許，只要踏上這座島嶼，你們就必死無疑。」

「你們這些混蛋說過幾十次了。」史塔克嘟囔著，不理會駕駛回頭瞪他一眼。

直升機降落，達瑞司幫史塔克解開柔依身上的皮帶。史塔克跳到地上，達瑞司和愛芙羅黛蒂小心翼翼地將柔依遞給他。一旦將她抱在懷裡，他轉身護住她，努力不讓巨大螺旋槳刮起的寒風吹襲她。等達瑞司和愛芙羅黛蒂也跳下來，三人立即跑遠些，因爲他們落地不到一分鐘，直升機已迅速起飛離開。「膽小鬼。」史塔克說。

「他們只是聽從自己的直覺。」達瑞司說，左右張望，彷彿預期濃霧裡會冒出什麼鬼怪。

「不誇張，這地方還眞的超級陰森。」愛芙羅黛蒂說，緊靠著達瑞司。他用手臂挽住她的手。

史塔克蹙眉看他們。「你們還好吧？別告訴我你們眞的被那些沒用的吸血鬼嚇到了。」

達瑞司上下打量他，跟愛芙羅黛蒂交換了個眼神後說：「難道你沒感覺到？」

「我感覺到溼冷。我感覺到憤怒，氣自己幫不了柔依。我還感覺到苦惱，因爲離天亮只剩一個小時，而要趕到那間能庇護我的小屋，就得回頭再走三十分鐘。你們感覺到的，是這些嗎？」

「不是。」愛芙羅黛蒂替達瑞司回答，戰士也同時搖了搖頭。「達瑞司和我感覺到的，是想要逃跑的強烈欲望。而且我眞的是指奔跑。現在就跑。」

「我的直覺告訴我，我應該帶愛芙羅黛蒂離開，遠遠避開這座島嶼，永遠不再回來。」達瑞司說。

「難道你一點也沒這種感覺？」愛芙羅黛蒂問史塔克：「你不會想立即帶柔依離開？」

「不會。」

「我想，這是好徵兆，」達瑞司說：「代表這島嶼本身發出的警告跳過了你。」

「要不就是你頭腦太簡單，收不到訊號。」愛芙羅黛蒂說。

「好令人振奮的想法呀，我們往前走吧。我沒時間浪費在你們毛骨悚然的感覺上。」史塔克說，抱著柔依，踏上連接蘇格蘭本島岬角和斯凱島之間的狹長橋梁。在深重夜色和濃霧的籠罩下，他幾乎看不見橋上點燃的火炬。「你們兩個要來嗎？還是你們要像女孩子那樣尖叫逃離？」

「我們跟你一起去。」達瑞司邁步趕上他。

「就是嘛。還有，我說我想逃跑，可沒說要尖叫。我又不是那種會尖叫的人。」愛芙羅黛蒂說。

兩人的語氣聽起來很勇敢，但還沒走到橋中央，史塔克就聽見愛芙羅黛蒂跟達瑞司竊竊私語。他轉頭看他們。即使火炬的光線昏暗，他仍看得出戰士和女先知臉色慘白。史塔克停下腳步，說：「你們不必跟我去。所有人，包括桑納托絲，都說史迦赫不會讓你們踏上島嶼。就算她們說錯了，你們進去也幫不了什麼忙。我終究得獨自想辦法去找柔依。」

「你去另一個世界時，我們確實無法陪著你。」達瑞司說。

「所以我們才要留在這裡替你把守，這點你是辦不到的。柔依回來後——」愛芙羅黛蒂指著柔依的身體——「發現達瑞司和我丟下你一個人，一定對我很不爽。你知道她那種重視朋友情義的心態。成鬼不肯讓整個蠢蛋幫來，我和達瑞司就得擔起責任。所以，就像你說的，別再浪費時間了。」她指著前方的一片黑暗。「走吧。管它橋下黑浪洶湧，管它這座橋明明隨時會斷，我們會掉進水裡，被海怪拖到恐怖的黑浪底下，把我們的腦袋吸乾抹淨，反正我不去想就是了。」

「這地方眞的讓妳有這種感覺？」史塔克試圖掩藏忍俊不住的笑容，但顯然不成功。

「對，呆混瓜。」

史塔克望向達瑞司，達瑞司只是點頭附和，因爲他決定不開口，只管咬緊牙關，憂心地不斷瞄著下方「恐怖的黑浪」。

「哈，」史塔克乾脆不再遮掩，咧嘴對愛芙羅黛蒂笑著說：「在我看來，這不過是浪和橋，居然把你們嚇成這樣。」

「走吧。」愛芙羅黛蒂說：「免得我忘了你抱著柔依，把你一把推下橋，然後和達瑞司往回跑，不管有沒有尖叫。」

史塔克的笑容只維持幾步路。不是因爲他告訴自己不准笑，而是因爲他兩臂上抱著柔依。**我不該跟愛芙羅黛蒂鬧的。我必須專心，想想我該跟他們說什麼。拜託，喔，妮克絲，拜託，讓我說對話，讓我說的話可以使我順利登上這座島嶼。**史塔克一臉嚴肅、堅決，帶領他們過橋，最後駐足在一道宏偉的拱門前。門牆是用白色石塊打造的，美得詭異。在火炬映照下，石塊閃現銀色的紋理。史塔克心想，一定是稀有的大理石，所以拱門才會亮得如此迷人。

「喔，天哪，我簡直沒辦法看著它。」愛芙羅黛蒂說，別過頭，目光從拱門移開。「我平常最愛亮晶晶的東西啊。」

「這不只是一道拱門，更像是魔咒。」達瑞司的聲音因緊張而變得沙啞。「目的是要把我們驅離。」

「驅離？」愛芙羅黛蒂瞄一眼拱門，打了個寒噤，又立即把視線移開。「應該說是『嚇跑』吧。」

「連這道門也沒影響到你？」達瑞司問史塔克。

史塔克聳聳肩。「這道拱門令人驚歎，顯然造價不菲，但我不覺得它哪裡怪。」他走近石牆，端詳拱門。「沒有門鈴或通話機什麼的嗎？我們要怎麼叫人？我該直接喊叫嗎？」

「**哈．蓋爾．阿激伏**？」有男子的聲音傳來，但不見人影，彷彿是拱門本身在講話。史塔克困惑地望向黑暗。「不懂？那我改說英語吧。」那聲音繼續說：「我來，是因爲你們不請自來。」

「我得見史迦赫，事情攸關生死。」史塔克說。

「史迦赫對你們崽子不感興趣，即使攸關生死。」聲音愈來愈靠近，也愈清晰，濃濃的蘇格蘭腔聽起來更像低吼而非口音。

「崽子是什麼鬼東西啊？」愛芙羅黛蒂壓低聲音問。

「噓。」史塔克要她安靜。他對看不見人的聲音說：「柔依不只是普通的孩子。她是女祭司長，她需要幫助。」

一名男子從陰暗處走出來，穿著土色蘇格蘭裙，但那短裙不像他們早先匆匆行經蘇格蘭高地時看到的那種，沒那麼端莊呆板，而且用比較多布料。這個吸血鬼沒穿褶邊襯衫，也沒搭上格呢外套，而是露出結實的胸膛和手臂，整個上半身只披了一件鑲有飾釘的皮革背心，前臂套著護臂，腰際那把短劍的劍柄閃閃發亮。除了頭頂正中央的一道短髮，他幾乎剃光了頭。一邊耳朵掛著兩只金環，閃閃發亮。火炬映照下，史塔克注意到他一隻手腕上掛著族長金鐲。相對於他結實、威猛的身軀，他臉上的皺紋很深，短髭斑白，額頭的刺青是半獅半鷲的怪獸，獸爪延伸至兩側顴骨。史塔克第一眼的整體印象是，此人必是英勇的戰士，就算在火裡走一遭，也毫髮無傷，依舊英姿煥發。

「那小女娃不過是個雛鬼，不是女祭司長。」他說。

「柔依跟其他雛鬼不同。」史塔克趕緊說，怕這位彷彿來自古代的戰士隨時會消失，回到過去。「兩天前，她臉上有成鬼的記印，甚至身上許多地方都有刺青，而且她對五元素都具感應力。」

這吸血鬼的藍色眼睛繼續打量史塔克，對柔依、達瑞司和愛芙羅黛蒂瞧都不瞧。「可是，今天我只見到一個不省人事的雛鬼。」

「兩天前，她對抗一個墮落的不死生物，靈魂碎裂，身上的刺青也跟著消失。」

「那她必死無疑。」吸血鬼揮手要他們離開，並開始轉身。

「不！」史塔克大喊，往前邁步。

「止步！」戰士喝道，以驚人的速度轉身，往前一躍，直接落在拱門底下，擋住史塔克的路。「小子，你是傻子還是笨蛋？你未經允許，不得進入史迦赫之島，女人島。聽明白了——若要硬闖，你這回失去的將是你自己的命。」

史塔克離威武的吸血鬼只有幾吋。他絲毫沒有卻步，直視他的眼睛。「我不是傻子，也不是笨蛋。我是柔依的誓約戰士。如果我認爲帶她到這座島嶼是保護她的最好方式，那麼我就有權利帶我的女祭司長來見史迦赫。」

「你搞錯了，戰士。」吸血鬼冷靜地說，但語氣堅定。「史迦赫和她的島嶼與你們的最高委員會和法律無涉。我不是冥界之子，而我的女王也不在義大利。不管你是不是戰士，有沒有帶一個受傷的女祭司長，你無權進入。你在這裡絲毫沒有權利。」

史塔克忽然轉向達瑞司，說：「抱著柔依。」他將他的女祭司長交給達瑞司，然後又面向那吸血鬼。史塔克舉起一隻手，掌心朝外。那吸血鬼好奇地望著他，他用另一隻手的拇指指甲割破自己的手腕。「我不是以冥界之子戰士的身分請求進入島嶼。我已走出最高委員會，她們的規則與我無涉。媽的，我也不是**請求**進入！我是以我血液繼承的權利，要求見史迦赫。我有話要對她說。」

吸血鬼目不轉睛地盯著史塔克的雙眼，鼻孔張開，嗅著空氣。「你叫什麼名字？」

「現在人們叫我史塔克，但我想，你要問的是我被標記之前的名字。那時我姓麥奎利思。」

「在這裡等著，麥奎利思。」語畢，吸血鬼消失在黑夜裡。

史塔克在牛仔褲上擦拭流血的手，從達瑞司手上抱回柔依。「我絕不讓她死去。」他深吸一口氣，閉上眼睛，準備穿過拱門，去追那吸血鬼，期待他人類祖先的血液能保護他。

達瑞司拉住他的手臂，不讓他跨進門。「那吸血鬼是要你在這裡等，他會回來的。」

史塔克停步，目光從達瑞司移到愛芙羅黛蒂臉上。她賞史塔克一個白眼，說：「你知道嗎，你這輩子或許應該學著有耐性一點，還有，『腦袋靈光』一點。老天，就等個兩分鐘會怎樣？那個野蠻人戰士不是叫你在這裡等著，不要走開嗎？他的意思是他會回來。」

史塔克咕噥一聲，後退半步，離開拱門中線，然後倚著拱門外牆，調整一下柔依的重心，希望她可以舒服些。「好，我等，不過我不會等太久。不管他們讓不讓我上這該死的島，接下來註定要發生的事，最好趕快來臨。」

「那個人類說得沒錯，」島嶼的夜色裡傳來女人的聲音，「你應該學著有耐性一點，年輕戰士。」

史塔克挺直身子，再次面向拱門內。「我只有五天的時間救她，不然她會死。我現在沒時間學習耐性。」

女人的笑聲讓史塔克手臂上寒毛直豎。「莽撞、傲慢、無禮。」她說：「他讓我想起幾個世紀前的你啊，修洛斯。」

「沒錯，但我已不再年輕。」是那吸血鬼戰士的聲音。

史塔克拼命忍著，差點沒對他們咆哮，叫他們走出黑暗，面對他。這時，他們彷彿從濃霧中浮現，站在他面前，就在拱門內。那個古代人模樣的吸血鬼就站在那裡，但史塔克幾乎沒看他一眼，因爲他的注意力完全被那女人吸引過去了。

她身材高大，肩膀寬闊，肌肉結實，但仍是女人的體態。帶有魚尾紋的一雙眼睛又大又美，金色摻混著綠色，正好是她脖子上項鍊中央那塊拳頭大小的琥珀的顏色。除了一綹肉桂紅的髮絲，她及腰的長髮是全然的白，但不顯得老。可是，她看起來也不年輕。史塔克忽然發覺，她讓他想起卡羅納，因爲卡羅納一樣看不出年齡，但又像是來自古代。她的記印很不可思議——幾把劍的刺青襯托著她堅毅而美麗的五官，劍柄和刀刃上雕紋繁複。史塔克發現，他瞠目結舌地看著她時，在場沒有人說話。他清了清喉嚨，抱緊柔依，然後對那女人恭敬地鞠躬。「歡喜相聚，史迦赫。」

「我爲什麼應該答應你踏上我的島嶼？」她劈頭就問。

史塔克深吸一口氣，抬起下巴，迎視史迦赫的目光。「我因我的血而有權利。我姓麥奎利思，這代表我屬於妳的氏族。」

「不是她的氏族，小子。是我的氏族。」那吸血鬼說，嘴唇上揚，露出微笑，但那模樣看起來並不親切，反倒嚇人。

史塔克心頭一震，注意力轉移到那戰士身上，愣愣地問：「你？我屬於你的氏族？」

「我記得你像他這麼年輕時腦袋比較靈光。」史迦赫告訴她的戰士。

「沒錯，」吸血鬼哼了一聲，說：「不管年輕與否，我比這小子有腦袋。」

「但我起碼知道，我的人類血緣讓我跟你們兩個及這座島嶼有緊密關係。」史塔克說。

「你乳臭還未乾呢，小子。」戰士譏諷地說：「你比較適合學童的遊戲，而這座島嶼沒有那種玩意兒。」

吸血鬼的話沒觸怒史塔克，反倒喚起他的記憶，彷彿戴米恩的筆記就出現在他眼前。

「所以我才要來島上。」史塔克說：「我不知道當個戰士得怎樣才能救柔依，但我可以告訴你們，她不只是一位女祭司長。在她碎裂之前，她即將轉變成一位前所未見的吸血鬼。」話語從他心裡湧現，他看到史迦赫臉上流露驚訝的神色。這時，彷彿眞相拼湊了起來，他的直覺告訴他，他的想法走對了方向。「柔依將會變成元素之后。我是她的誓約戰士——她的守護人——而她是我的王。我來這裡是爲了學習怎樣保護我的王。這不正是妳畢生致力的事情嗎？訓練戰士保護他們的王？」

「他們不再來找我了。」史迦赫說。

史塔克以爲她聲音裡流露的悲傷是他想像出來的。然而，那名戰士往她靠近一步，彷彿深知她的需求，即便她心裡只感受到一點點難過，他也要把那麼一點點難過拿掉。這時，史塔克確知，他找到答案了。於是，他在心中默默地對女神說：「感謝妳，妮克絲。」

「不，我們沒停止造訪妳，我人就在這裡。」史塔克告訴這位古代的女王：「我是戰士，我身上流著麥奎利思氏族的血。我要求妳幫助，讓我能保護我的王。拜託，史迦赫，讓我進妳的島，教我如何救回我的女王。」

史迦赫只猶豫一下，跟她的戰士交換了個眼神，便舉起手，說：「**斐帖・故・安特・依**

臨．婻．史迦赫，歡迎來到史迦赫之島。你可以上我的島。」

「女王陛下。」達瑞司忽然出聲，大家頓住。這位戰士在拱門前單膝跪下，愛芙羅黛蒂站立在他身後。

「說吧，戰士。」史迦赫說。

「我沒有氏族的血，但我也保護著一個王。因此，我在此也要求進入妳的島。我成爲戰士已有一段時日，但我相信這裡還有很多事情我不懂——當我的這位弟兄在奮鬥，去拯救柔依，請讓我待在他身邊學習。」

「這位是人類女性，並非女祭司長，你怎麼可能對她立戰士誓約？」吸血鬼戰士問。

「不好意思啊，我沒聽清楚你的名字。是薛拉斯嗎？」愛芙羅黛蒂走到達瑞司身邊，一手搭著他的肩。

「是修洛斯。妳耳聾啊？」戰士說，一個個字慢慢道出自己的名字。史塔克很驚訝，聽到愛芙羅黛蒂這麼討人厭的口氣，修洛斯居然嘴角上揚，浮現一絲笑意。

「好，**修洛斯**。」她模仿他的腔調，惟妙惟肖，像得叫人起雞皮疙瘩。「我不是人類。我曾是擁有靈視的雛鬼，後來我不再是雛鬼，但基於我到現在仍不明白的理由，妮克絲決定讓我保有靈視。所以，現在我是女神的女先知。我希望，除了害我緊張和眼睛痛之外，女先知這身分也能讓我老的時候跟你的女王一樣，老得這麼美麗。」愛芙羅黛蒂停了一下，對史迦赫鞠躬致意。史塔克以為，愛芙羅黛蒂這下子罪有應得，女王會出手打死她。但是，史迦赫竟只揚起眉毛。「總之，達瑞司是我的誓約戰士。如果我沒搞錯引喻——希望沒有啦，因為我實在討厭什麼隱喻、象徵的——那麼，我本人自成一格，也是一個王。因此，達瑞司也應該算是你們守護人氏族的一員，不管有沒有血緣關係。」

史塔克覺得他聽見修洛斯嘴裡咕噥道：「好個臭娘們兒。」而史迦赫同時低聲說：「有意思。」

「**斐帖．故．安特．依臨．婻．史迦赫**，女先知和妳的戰士。」史迦赫說。

於是，史塔克抱著柔依，後面跟著達瑞司和愛芙羅黛蒂，一行人穿越大理石拱門，登上女人島。

20 史塔克

修洛斯帶領他們走向一輛黑色Ranger Rover休旅車。車停在轉角，從拱門下壓根兒看不見。史塔克站在車旁，臉上肯定露出了訝異的表情，因爲戰士大笑，說：「不然你以爲會見到高地矮種馬和一輛小馬車啊？」

「我是不知道他怎麼想啦，但我原先確實這麼以爲。」愛芙羅黛蒂說，爬上後座，坐在達瑞司旁邊。「不過，這次我超級高興我猜錯了。」

修洛斯替史塔克打開前面的乘客座，史塔克小心翼翼地抱著柔依坐進去。戰士發動車子後，史塔克才發現史迦赫沒跟他們一起上車。「喂，你的女王呢？」他問。

「在島上遊走，史迦赫不需要車。」

史塔克正思忖著接下來該怎麼問，愛芙羅黛蒂已先開口：「這是什麼意思啊？」

「意思是史迦赫的感應不限於任何元素。她感應的是這個島嶼本身，統轄島上的每個人和所有東西。」

「哇靠！你是說她可以移形換位，像《星艦迷航記》裡描繪的那樣？雖然這片子有夠呆。」愛芙羅黛蒂說。

史塔克開始考慮，怎樣才能搗住她的嘴，又不會惹毛達瑞司。

但老戰士似乎不以爲意，只聳聳肩，說：「對，妳可以這麼說。」

「你知道《星艦迷航記》？」史塔克衝口而出，腦袋根本來不及阻止嘴巴。

戰士再次聳聳肩。「我們有衛星電視。」

「也有網際網路？」愛芙羅黛蒂滿懷希望地問。

「當然。」修洛斯面無表情。

「所以，你們還是跟外界有接觸？」史塔克說。

修洛斯望向他。「對，只要符合女王的目的。」

「我一點也不訝異。她是女王，肯定喜歡購物，所以一定得拉網路。」愛芙羅黛蒂說。

「她是女王，喜歡了解世界發生的事。」戰士的語氣顯示不歡迎他們繼續問下去。

一行人安靜了好一會兒，直到史塔克開始擔憂起東方天際的曙光。他正準備告訴修洛斯，他要是沒進到室內，得到遮蔽，他在日光下會有什麼可怕的下場，這時戰士指著前方狹路的左側說：「那是克魯夫——聖樹林。城堡就在過去的海岸邊。」

彷彿著了迷，史塔克望著左方一株株外形醜陋的樹幹。這些樹看似細瘦，其實恐怕不然，因爲它們擎出了一大片綠。他瞥見樹林裡有層層苔蘚和暗影，還有一堆堆大理石塊，在林子裡猶如閃爍的斑點。拱門想必是這種石塊砌的。樹林最前方，有兩棵樹交纏在一起，醒目如指引旅人的路標。它們交織的枝椏上，綁著一條條色彩豔麗的布條，跟遍體節瘤的枝幹形成對比。史塔克愈看愈覺得奇怪。

「我沒見過樹長這個樣子，爲什麼上面綁了那麼多布條？」他問。

修洛斯踩下煞車，停在路中央。「它們一棵是山楂，一棵是花楸，兩棵長在一起，變成一棵吊夢樹。」

史塔克見他沒往下說，失望地看他一眼，問：「吊夢樹？」

「你還眞沒知識，小夥子。吊夢樹就是夢想之樹。每個綁上去的結，也就是每片布條，都代表一個希望。有時是父母替崽子祈求平安，有時是爲了懷念已去到來世的朋友，不過多數是愛人祈求兩人能長相廝守，幸福美滿一輩子。這些樹是好人兒種的，他們將祝福從他們的世界傳遞到我們的世界，用來滋養樹根。」

「好人兒？」史塔克愈聽愈迷糊。

「就是靈精——你們所說的精靈。難道你不曉得『締結良緣』這個說法的由來？」

「眞浪漫。」愛芙羅黛蒂語氣裡難得完全沒有譏諷的味道。

「對，女人，只要是眞正的浪漫，必定來自蘇格蘭。」戰士說，將休旅車換檔啓動，慢慢駛離懸滿希望的樹。

史塔克心裡想著要在樹上替柔依繫上希望，沒注意到他們已經抵達城堡。修洛斯停車時，他抬頭，滿眼只見到亮晃晃的光映照著岩石和水面。城堡距離馬路大約兩百碼，座落於一條小徑的終點。這條小徑其實是一道隆起的石橋，架在沼澤地上。猶如連接本土的那座橋梁，小徑也是靠火炬照亮，只是這裡的火炬多了三倍，照得小徑和雄偉的城堡牆面透亮。與火炬相間豎立著的，是一根根木樁，每根粗如手臂，頂端都插著一顆頭顱——包覆著皮革，嘴巴扭曲，沒有眼睛，陰森恐怖，乍看之下似乎在動。定睛一看，史塔克才發現，乾癟的頭顱上有一縷縷長髮迎著冷風幽幽飄動，猶如鬼魅。

「噁。」愛芙羅黛蒂在後座悄聲說。

「偉大獵首者。」達瑞司壓低聲音驚嘆。

「對，正是史迦赫。」修洛斯說，嘴角上揚，露出笑容，呼應他語氣裡的驕傲。

史塔克沒說話，他的視線從可怖的城堡入口往上移。史迦赫的堡壘高踞在懸崖邊緣，俯瞰巨洋。史塔克只能見到城堡面向陸地的這一面，但他可以想見，對外界而言，陡峭的另一面宣示著，這是史迦赫不容接近的領地。城堡由灰岩打造而成，點綴著遍布島嶼的閃亮白色大理石。厚重的雙扇木門前方是氣勢宏偉的拱道，拱道前就是狹窄石橋般的小徑。

史塔克一下車，就聽見一個聲音，吸引他的目光更往上漂移。一面旗幟在城堡最頂端的小塔樓上飄揚，四周圍繞著一圈火炬。旗幟迎著寒風拍動，但史塔克仍清楚看到，旗幟上的圖案是一頭威猛的黑牛，壯碩的身軀上繪了一位女神──或女王──的圖像。

城堡大門開啓，成群戰士湧出，有男有女，通過石橋，跑向他們。史塔克本能地往後退，達瑞司則往前跨步，站在他身邊，擺出防衛姿態。「他們不是來找麻煩。」修洛斯說，用長滿繭的手比了個手勢，要他們冷靜。「是來對你們的女王致敬。」

每個戰士，不論男女，穿著打扮都跟修洛斯相同。他們行動迅速，排成兩列，中間抬著一張皮革擔架。

「小夥子，一旦我們之中有人倒下，這是對他致敬的傳統。守護人氏族有責任將他送回家，送到提爾·納·諾格，我們的青年家園。」修洛斯說：「我們絕不會丟下自己的人。」

史塔克遲疑著，迎視老戰士堅定的眼神，說：「我放不了手。」

「喔，沒問題。」修洛斯輕聲說，點頭表示諒解。「你不必放手。你走在擔架最前面帶隊，族人會跟在後面。」

史塔克站在原地，一動也不動。修洛斯走向他，伸出雙手。但史塔克無法放手，將柔依交出。接著，他看見修洛斯手腕上閃閃發亮的族長手鐲，內心彷彿被觸動。他驚訝地察覺，他信任修洛斯。於是他將柔依交給老戰士，知道他不是交出她，而是跟戰士共同擁有她。

修洛斯轉身，小心地將柔依放在擔架上。分立兩側的十二名戰士恭敬地鞠躬。原本站在首位的高大黑髮女戰士對史塔克說：「戰士，我的位置現在交給你。」

女戰士移步到一旁，史塔克本能地走到擔架前方，抓住老舊的把手。於是，修洛斯走在前面，史塔克和其他戰士跟在後面，抬著柔依，如同抬著殞落的女王，進入史迦赫的城堡。

城堡的內部出人意料，尤其在見識過外面陰森可怖的「裝飾」之後。史塔克以為，它起碼會是戰士的城堡——簡樸而陽剛，基本上是斯巴達式的，介於地牢與男生更衣室之間。結果他大錯特錯，城堡裡頭的美，令人歎為觀止。白色光滑的大理石地板閃爍著銀色紋理，石牆掛著色彩繽紛的織錦，上面的圖案包括優美的島嶼風景及悠然漫步的長毛牛隻，但也包括血腥卻美麗的戰場景象。當他們一行人通過門廳，穿越一條長廊，來到寬廣的石階前，修洛斯揮手，要隊伍停步。

「無法做出決定的人無法當王者守護人。現在，小夥子，你必須做決定。你是要帶你的女王上樓，休息一下，做個準備，還是要馬上展開你的追尋之旅？」

史塔克毫不遲疑。「我沒時間休息。打從柔依接受我的誓約，我就在為這一天做準備。我決定立刻展開追尋之旅。」

修洛斯微微點頭。「好，那我們就前往命運戰士廳。」他轉身繼續沿著走廊前進。史塔克和其他人抬著柔依，緊跟在他的身後。

讓史塔克惱怒的是，愛芙羅黛蒂竟然加快腳步，走到他旁邊，跟老戰士說：「修洛斯，你剛剛說史塔克得展開追尋之旅，這到底是什麼意思？」

修洛斯沒回頭看她，直接說：「我說話沒結巴，女人。我剛剛說，他的任務是一趟追尋之旅，就這麼簡單。」

愛芙羅黛蒂哼了一聲。

「閉嘴。」史塔克壓低聲音對她說。

愛芙羅黛蒂照例不把他當一回事。「對，我懂，我只是不確定這話的意思。」

修洛斯走到一道拱門前停下腳步。史塔克覺得，這巨大的門板恐怕得動用一支軍隊才推得開。沒想到修洛斯只是以溫柔、低沉的聲音說：「我的王，妳的守護人請求進入。」兩片門板便自己開啓，發出戀人的輕聲嘆息。修洛斯領著他們進入。這是史塔克所曾見過，最令他驚嘆的房間。

偌大房間的正中央是一座三階壇台，上面有一張白色大理石寶座，史迦赫就坐在那裡。寶座從上到下雕刻著繁複的繩結，每個結似乎都在訴說一則故事，或描繪一個場景。但這時史迦赫後方的彩繪玻璃窗已透進曙光，史塔克在侵入的光線前方戛然止步，整支隊伍跟著停住，眾戰士紛紛露出疑惑的眼神。史塔克瞇眼看著光線，試圖保持清醒，不因陽光而陷入昏沉狀態。愛芙羅黛蒂一個箭步走上前，匆匆對史迦赫鞠個躬，便告訴修洛斯：「史塔克是紅吸血鬼，跟大家不一樣。一旦被陽光直接照射，他會被燒死。」

「遮住窗子。」修洛斯下令。眾戰士隨即遵照指示，捲開一面紅色絲絨掛毯。

史塔克的眼睛立刻適應籠罩而下的黑暗，在眾戰士點燃牆上的火炬和地板上的樹狀燭台之前，他已清楚看見修洛斯跨上壇台，站在寶座左側，威武而沉著。史塔克確知，在這個世界，甚至下一個世界，沒有任何東西可以通過修洛斯那一關去傷害他的女王。瞬間，史塔克非常忌妒。**我也要像他這樣！我要柔依回來，然後我會確保她不再受到任何傷害！**史迦赫抬起手，輕輕撫過誓約戰士的前臂，爲時短暫但親暱。女王沒抬頭看修洛斯，但史塔克抬頭看了他。修洛斯低頭凝視他的女王，那臉上的表情，史塔克一看就明白。**他不是一個可以取代的守護人，而是她獨一無二的守護人，深愛著她。**

「上前來，將年輕的女王放在我面前。」史迦赫說，招手要他們上前。

隊伍往前移動，輕輕將柔依的擔架放在女王腳前的大理石地板上。

「除了不能忍受陽光，你還有什麼地方跟眾人不同？」史迦赫問。這時，最後一盞火炬點燃，明火將整個房間浸潤在柔黃的光線下，眾戰士退到房間的陰暗角落。

史塔克面向女王和她的守護人，迅速扼要地回答。「我通常整個白天睡覺。只要太陽仍掛在天空，我就不完全清醒和安全。我比一般吸血鬼嗜血。沒有受到邀請，我不能進入私人屋裡。應該還有更多差異，但我成爲紅吸血鬼的時間還不夠久，目前只知道這些。」

「聽說你死而復活，這是眞的嗎？」女王問。

「對。」史塔克簡單回答，希望她不要在這個話題上提更多問題。

「有趣……」史迦赫喃喃地說。

「你的女王靈魂碎裂時是白天嗎？所以你才沒能保護她？」修洛斯問。

這問題彷彿一把利箭，射穿史塔克的心。但他冷靜地看著修洛斯，說出眞相。「不，不是白天。我沒能保護她，不是因爲這個原因，而是因爲我犯了錯。」

「我相信最高委員會及貴校的成鬼都解釋過，對一個女祭司長來說，靈魂碎裂就形同判了死刑，而通常她的誓約戰士亦然。你爲何相信來這裡可以改變這種必然性？」史迦赫說。

「因爲，如我之前所言，柔依不只是一位女祭司長。她與眾不同。另外，也因爲我不只是要當她的誓約戰士，我還要當她的守護人。」

「所以，你願意爲她而死。」

修洛斯這句話並不是問句，但史塔克還是點頭回答：「對，我願意爲她死。」

「可是，他知道如果他死了，他就沒機會幫她的靈魂回到肉體。」愛芙羅黛蒂說，和達瑞司走上前，站在史塔克身邊。「以前別的戰士試過，但沒人成功。」

「所以，他要利用公牛和戰士的古老之道，活著找到進入另一個世界的門。」達瑞司說。

修洛斯冷笑一聲，說：「你不可能靠著神話或傳言進入另一個世界。」

「這座城堡的上方就飄揚著一面黑牛的旗幟。」史塔克說。

「你說的那頭牛是一個古老的象徵，跟我的島嶼一樣，早被世人遺忘。」史迦赫說。

史塔克反駁道：「**我們**記得妳的島嶼。」

「陶沙市的夜之屋也沒忘記公牛。」愛芙羅黛蒂說：「昨晚，兩頭都在那裡現身了。」

眾人陷入沉默，史迦赫面露震驚，而她的誓約戰士則繃著臉，彷彿隨時準備戰鬥。

「把話說清楚。」修洛斯說。

愛芙羅黛蒂難得如此正經，話中幾乎不帶譏諷的語氣，交代起事情始末，談到桑納托絲如何跟大家提到公牛的事，史蒂薇．蕾如何找錯公牛幫忙，戴米恩等人如何忙著研究古籍，結果發現史塔克跟守護人氏族和史迦赫之島血脈相連。

「那頭白牛所說的預言，再一次逐字逐句說給我聽。」史迦赫說。

「戰士必須檢視自己的血，才能找到進入女人島的橋。接著，他必須打敗自己，才得以進入競技場。在承認那個之前，必須先承認這個，他才能與女祭司會合。之後，她要不要回來，是她而非他的決定。」史塔克複誦一遍。

史迦赫抬頭看她的戰士。「公牛給了他進入另一個世界的管道。」

修洛斯點點頭。「對，但那只是管道，其餘的就要靠他自己。」

「那就告訴我，」史塔克再也控制不住內心的焦躁，「我到底要怎麼做才能進入那該死的另一個世界？」

「戰士不可能活著進入另一個世界。」史迦赫說：「只有女祭司長有這種能力，但真正能進入那國度的女祭司長並不多。」

「這點我知道。」史塔克咬著牙說：「但是，如妳所言，公牛會讓我進入。」

「不，」修洛斯糾正他，「牠們是給你管道，但不是讓你進入。以戰士的身分，你永遠無法進入。」

「但我就是戰士啊！那我怎麼進入？『打敗自己』又是什麼意思？」

「這就得提到那個古老的信仰了。很久以前，男性吸血鬼不只具有戰士的能力，可以服侍女神或眾神祇。」史迦赫說。

「我們有些人還是巫人。」修洛斯說。

「好，所以我也得是個巫人，對不對？」史塔克問，一頭霧水。

「我認識的戰士當中，只有一位也成為巫人。」史迦赫說，把手搭在修洛斯的前臂上，藉以說明她的意思。

「你們兩個都是！」愛芙羅黛蒂興奮地說：「那就告訴史塔克怎麼做呀！他要怎樣才能既是戰士，又成為巫人？」

老戰士揚起眉毛，嘴角露出一抹挖苦的微笑。「喔，這簡單。他裡面的戰士必須死去，才能生出巫人。」

「太好啦，反正我都得死。」史塔克說。

「對，看來是這樣。」修洛斯說。

史塔克在心裡幾乎可以聽到柔依說了一聲：「**啊，要命！**」

21 史蒂薇・蕾

史蒂薇・蕾知道回到學校後一定得面對一堆鳥事，可是她沒料到蕾諾比亞會親自在停車場等她。

「聽著，我只是需要一點私人空間，而且就像妳見到的，我人好好的——」

「晚間新聞說，論壇大廈的公寓遭歹徒闖入，四人遭殺害。他們的喉嚨被撕開，流了不少血。警方之所以沒登門造訪，指控我們，是因爲幾位目擊者都信誓旦旦，說幹這件事的是一票人類青少年，紅眼睛的青少年。」

史蒂薇・蕾嚥下喉底苦澀的膽汁。「是我留在火車站的紅雛鬼幹的。他們有辦法攪亂目擊者的記憶，但他們還沒蛻變，仍無法掩蓋所有的事情。」

蕾諾比亞點頭表示贊成。「所以他們沒辦法讓目擊者忘記他們閃閃發亮的紅眼睛。」

史蒂薇・蕾下了車，走向校舍。「龍老師沒出去找他們吧？」

「沒有，我讓他忙著教雛鬼防身術，以防仿人鴉再次來襲。」

「蕾諾比亞，我眞的認爲公園裡那個仿人鴉是特例。我打賭現在他已經遠遠地離開陶沙市了。」

蕾諾比亞揮了揮手，不理會她的看法。「一個仿人鴉就夠多了。不管他是單獨一個或成群結隊，龍老師都會找到他，消滅他。不過，除非卡羅納和奈菲瑞特指使他們，否則我想我們毋須擔心他們會攻擊學校。我現在比較掛心的，是那些紅雛鬼惡棍。」

「我也是。」史蒂薇·蕾急於改變話題。「新聞說，受害者的血流了不少，而不是全部流失？」

蕾諾比亞點點頭。「沒錯，他們的喉嚨是被撕開——不是被割或被咬，不像妳或我吸食人血時會留下的那種痕跡。」

「他們不是要吸血，他們是在鬧著玩。他們喜歡驚嚇人類，覺得這樣很有趣。」

「違背妮克絲之道，令人憎惡。」蕾諾比亞說得又急又快，聲音充滿憤怒。「被我們吸血的人應該只會感受到彼此的快樂才對，所以女神才讓我們有能力跟人類分享這種強烈的感受。我們不會凌虐他們，折磨他們。相反地，我們感激他們，以他們爲伴侶。最高委員會甚至會放逐濫用法力，欺壓人類的吸血鬼。」

「妳還沒把那些紅雛鬼的事情告訴最高委員會吧？」

「沒跟妳商量之前，我不會這麼做。妳是他們的女祭司長。但妳必須了解，他們的行徑已經不容我們其他人忽視了。」

「我知道，但我仍想自己處置他們。」

「但不可以再單獨去面對，這次不行。」蕾諾比亞說。

「妳說得對。今天他們做出這種事，讓我清楚看見他們有多危險。」

「要我叫龍老師來一起商量嗎？」

「不。我不會單獨去，但我打算先對他們下最後通牒——不乖就滾蛋。如果我帶外人一起去，我就沒辦法給他們機會揚棄黑暗，跟隨我。」說到這裡，史蒂薇·蕾陡然意識到自己在說什麼，霎時頓住，彷彿跑步時撞上一堵牆。「喔天哪，是黑暗！在見到公牛之前我並不知道，但現在我明白了。蕾諾比亞，當我們死了，當我們從死中復活，當我們滿心邪惡和嗜血的欲望，那就是黑暗的一個面相。這表示，紅雛鬼的現象不是什麼新生的事物。這件事肯定跟公牛信仰一樣古老。發生在我和其他孩子身上的事，全都是奈菲瑞特在背後搞鬼。」她迎視馬術老師的目光，在她的眼睛裡看到自己感受到的恐懼。「奈菲瑞特與黑暗爲伍，這件事現在已經毋庸置疑。」

「恐怕長久以來這件事早就毋庸置疑了。」蕾諾比亞說。

「可是，奈菲瑞特怎麼會知道黑暗？好幾個世紀以來，吸血鬼只崇拜妮克絲啊。」

「就算人們不再膜拜，也不代表神祇已不復存在。善與惡的力量永恆共舞，不管人們流行什麼，信仰如何遷變。」

「可是，妮克絲是**唯一**的女神啊。」

「妮克絲是**我們的**女神。妳不可能眞的以爲，世界這麼複雜，神卻只有一個吧？」

史蒂薇．蕾嘆一口氣。「妳說得有理，我只能同意。但我希望，邪惡只有一種。」

「這樣一來，良善也只有一種。記住，善與惡之間必須處於平衡狀態，永遠。」兩人靜靜地走了一會兒，蕾諾比亞才又說：「妳打算帶著妳的紅雛鬼一起去對付那些惡棍？」

「對。」

「什麼時候？」

「愈快愈好。」

「再三個多小時天就要亮了。」蕾諾比亞說。

「我只是去問他們一個簡單的是非題——要或不要——花不了太多時間的。」

「如果他們不願改邪歸正呢？」

「如果他們不願意，我就不允許他們再把火車站的坑道當作自己的窩，躲在那裡。而且我會把他們驅散，讓他們無法成群結夥。我仍然不相信，一旦分散，他們還能壞到什麼地步。」史蒂薇．蕾遲疑了一下，接著說：「我不想殺他們。我總覺得，如果我那麼做，我也將屈服於邪惡。而我不想再讓黑暗碰我，絕不。」這時，利乏音展開翅膀，完全康復，威猛有力的影像從她心頭閃過。

蕾諾比亞點點頭。「我了解。史蒂薇．蕾，妳的話我無法苟同，但我了解。不過，妳的想法自有其優點。如果妳把他們逐出他們的大本營，逼他們做鳥獸散，他們就必須擔心自己的存亡問題，沒時間去『玩』人類。」

「好，那我們分頭行動，把話傳出去，叫所有的紅雛鬼到停車場的悍馬車那裡和我會合——叫他們馬上動身。我現在就去宿舍找人。」

「那我去體育館和餐廳。其實，我來這裡等妳的途中，見到克拉米夏走進餐廳。我先去那裡找她，她永遠都知道其他人在哪裡。」

史蒂薇．蕾點點頭，蕾諾比亞小跑步離開，留下她獨自一人前往宿舍。一個人的時候，她就能思考。此刻，她應該想想待會兒怎麼跟妮可和她那夥雛鬼凶手說，但她無法把利乏音的影像趕出心頭。

開車離他而去，是她這輩子做過最困難的一件事。既然如此，她為何這麼做？

「因爲他身體復原了。」她出聲自言自語，隨即閉上嘴巴，心虛地四處張望。還好，四下無人。不過，她還是把大嘴巴閉得緊緊，雖然思緒繼續馳騁。好，利乏音康復了，所以呢？難不成她眞以爲他會永遠傷重難癒？**不！我不要他受傷！**這念頭來得既急切又坦白。但重點不在於他康復了，而是在於黑暗治癒了他，讓他看起來……

史蒂薇．蕾中斷思緒，因爲她不願往那個方向想下去。就算只是對自己默認，她也不想承認，當利乏音站在她面前，在月光下，那種雄壯威武的模樣多麼令她動心。

她緊張地以手指捲繞她的一綹金色鬈髮。畢竟他們烙印了，他在她眼中本來就很特別。可是，愛芙羅黛蒂跟她烙印時，也沒像利乏音現在這樣給她那種感覺啊。

「嗯，我又不是同性戀！」她嘟囔著，然後隨即閉上嘴巴，因爲即使她不想，那個念頭仍又偷偷爬上心頭。史蒂薇．蕾**喜歡**利乏音的模樣。他強壯、俊美。而且，有那麼片刻，她瞥見了這頭野獸內在的美。他不是怪物。他好看極了，而且他是她的。

她趕緊打住這念頭。不，這都是那頭黑牛害的！一定是的。在黑牛完全現身之前，牠已對史蒂薇．蕾提出要求：**我可以趕走黑暗，但如果我那麼做，妳就欠光亮一份債——那邊那頭生物，就是妳要我拯救的那個傢伙，妳和他內在的人性將永遠綁在一起**。當下，她毫不猶豫地回答：**好！我付你這個代價**。於是，那頭該死的公牛迅即以什麼鬼亮光照射她，對她的內心動了什麼手腳。

然而，眞的是這樣嗎？史蒂薇．蕾邊回想，邊一遍又一遍地以手指捲繞著一綹鬈髮。不是——在黑牛出現**之前**，她和利乏音之間就起了變化。當利乏音挺身爲她對抗黑暗，承擔她的債，忍受她引來的痛苦，事情就已經發生了。

那時，利乏音說，她屬於他。

今天，她終於了解，他說得沒錯，而這份體認比黑暗本身更令她害怕。

「好，大家都到了嗎？」

眾人點頭，站在她身邊的達拉斯說：「對，所有人都到了。」

「論壇大廈裡的人是那些壞傢伙殺害的，對不對？」克拉米夏問。

「對，」史蒂薇．蕾說：「我想，是他們幹的。」

「眞糟，」克拉米夏說：「糟透了。」

「妳不能讓他們這樣殺人。」達拉斯說：「他們甚至不是遊民呢。」

史蒂薇．蕾長長嘆一口氣。「達拉斯，要我告訴你們多少次？不管對方是不是遊民，殺害**任何人**都是不對的。」

「對不起，」達拉斯說：「我知道妳說得對，可是有時**之前**的事情會攪亂我的腦袋，然後我就忘了。」

之前……這個詞在他們之間迴盪。史蒂薇．蕾很清楚達拉斯的意思：在愛芙羅黛蒂自我犧牲，拯救她的人性之前；在他們有能力選擇良善，摒棄邪惡之前。史蒂薇．蕾也記得**之前**，但隨著日子一天天過去，她離那段黑暗的過去愈遠，就愈容易把它拋諸腦後。她打量著達拉斯，心想他——以及其他還沒經歷蛻變的孩子——情況是否跟她不一樣，因為達拉斯似乎常常會說溜嘴。

「史蒂薇．蕾？妳還好嗎？」達拉斯問，顯然被她盯得很不自在。

「喔，沒事，我只是在想事情。好，聽著：我要回火車站底下的坑道去，回**我們的**坑道去，再給那些傢伙一次改過自新的機會。他們如果願意，就可以留下來，週一跟我們一起回學校上課；如果不願意，就必須自尋出路，因為我們要拿回坑道，而我們不歡迎他們。」

克拉米夏咧嘴笑了。「我們要回坑道去住！」

「對。」史蒂薇．蕾說。從眾人的喜悅和歡呼，她知道，她做了正確的決定。「我還沒跟蕾諾比亞談這件事，但我想，我們每天坐車往返火車站和夜之屋應該不成問題。我們必須住在地底下，而雖然我喜歡學校這裡，但它感覺起來不再像是家了。坑道才是我們的家。」

「我贊成，小姐。」達拉斯說：「不過我們必須現在把話說清楚。妳不能再獨自去面對那些小鬼，我要跟妳一起去。」

「我也要去。」克拉米夏說：「我不在乎妳餵別人什麼樣的故事，但我知道，妳上回差點在屋頂上被燒死，是那些傢伙害的。」

「對，這事我們談過。」肌肉男強尼說：「我們不會再讓我們的女祭司長獨自面對這種鳥事。」

「不管她用土元素踹人的本領有多厲害。」達拉斯說。

「我不會再單獨去了，所以我才把大家找來。**我們**要拿回我們的坑道，如果那些混帳需要人教訓，那**我們**就教訓他們。」史蒂薇．蕾說：「好，強尼，你來開這輛悍馬。」她把鑰匙丟了過去，強尼對她露出大大的笑容，伸手在半空中接住鑰匙。「你載安蟻、夏儂康普頓、蒙太亞、艾略特、蘇菲、潔若蒂和維納斯，我和達拉斯、克拉米夏開柔那輛金龜車。你跟著我——我們先到火車站底層的停車場。」

「聽起來很棒。不過，要怎麼確定我們能找到那些紅小鬼？妳知道，那些坑道，呃，簡直跟蟻丘一樣複雜。」綽號安蟻的孩子說，大家聽了忍不住咯咯笑。

「我也想過這一點。」克拉米夏提高聲音說：「我有個點子，可以說嗎？」

「嘿，這就是我召集大家的原因之一呀，我需要你們大家幫忙。」史蒂薇．蕾說。

「好，嗯，我是這麼想的：那些小鬼上回想害死妳，對吧？」

史蒂薇．蕾明白沒必要再隱瞞她的雛鬼了，於是點點頭說：「對。」

「那麼，我想，他們上一次沒能得逞，一定會想再試第二次，對吧？」

「很有可能。」

「如果他們察覺妳又回到坑道裡，他們會怎麼做？」

「他們會來找我。」史蒂薇．蕾說。

「那就利用土的力量讓他們知道妳又到那裡去了。妳辦得到吧？」

史蒂薇．蕾驚訝地直眨眼。「我從沒想過這麼做，但我想我辦得到。」

「妳眞是天才啊，克拉米夏！」達拉斯說。

「絕對是！」史蒂薇．蕾說：「好，你們等我一下，我去試試。」她快速離開停車場，跑到旁邊的空地。那兒有兩棵老橡樹、一張鐵製長椅、一座小噴泉，噴泉四周圍繞著一圈被冰雪覆蓋住的三色菫花床。在眾雛鬼的注視下，她面向北方，跪在比較大的那棵樹前方，低下頭，集中念力。「土，降臨我。」她低聲說。霎時，她膝蓋四周的泥土變得溫熱，陣陣野花和長草的芬芳飄來。史蒂薇．蕾將雙手貼在她熱愛的大地上，陶醉在她和土元素的連結裡，覺得自己被大自然的力量充滿，渾身發熱。「對！我知道你來了，我可以感覺到我在你的裡面，而你也在我的裡面。請幫我一個忙，把我們融合爲一的這種神奇感覺灌入火車站下方的主坑道，讓我彷彿置身在那裡，讓那感覺變得眞實，凡待在你裡面的人都察覺到。」史蒂薇．蕾閉上眼睛，想像一股發亮的綠色能量離開她的身體，穿越大地，灌入以前她那個房間外面的主坑道。然後，她說：「謝謝你，土，感謝你當我的元素。你現在可以走了。」

她回到眾雛鬼身邊時，他們全都睜大眼睛望著她。

「怎麼啦？」她問。

「太神奇了。」達拉斯說，聲音裡充滿敬畏。

「就是啊，妳渾身變綠，閃閃發光。」克拉米夏說：「我從未見過這種景象。」

「太酷了。」強尼說，其他雛鬼紛紛點頭附和。

史蒂薇．蕾微笑看著他們，感覺自己像個眞正的女祭司長。「嗯，我相信我辦到了。」

「妳相信？」達拉斯說。

「是的。」她說。當她和他眼神交會，她覺得自己內心抖了一下。她在心裡把自己搖醒，重新集中注意力。「呃，好，我們走吧。」

眾人分頭走向兩部車子，達拉斯把手臂搭在史蒂薇・蕾的肩頭。她任憑他將她拉近。

「我以妳為榮，小姐。」他說。

「謝謝。」她摟住他的腰，將手插進他褲子後面的口袋。

「我很高興妳這次帶我們一起去。」他說。

「是該這樣做了。」她說：「況且，我們在一起時力量比分散時大。」

走到金龜車旁，他停步，把她整個人摟入懷裡，將嘴巴貼在她的唇上，喃喃地說：「沒錯，小姐，**我們**在一起時力量比較大。」接著，他吻她，吻得如此強烈，如此想要占有她，讓史蒂薇・蕾吃了一驚。她還來不及細想，已本能地回吻他——他結實、熟悉、**正常**的身體帶給她一種火熱的感覺，她喜歡。

「拜託你們去找個房間，好嗎？」克拉米夏說，爬進金龜車狹窄的後座。

史蒂薇・蕾咯咯笑。她心頭忽然浮現一個想法：**面對現實吧——那個男人妳連吻都沒辦法吻**。她覺得有點暈眩，感覺很奇怪。

達拉斯不捨地放手讓她脫離懷抱，走到金龜車乘客座那一側。當兩人的目光在車頂上交會，他輕聲說：「找房間這主意聽起來不錯。」

史蒂薇・蕾覺得臉頰發燙，嘴巴又不自禁地迸出銀鈴般的笑聲。等她和達拉斯鑽入車裡，坐在後座的克拉米夏嘟噥著說：「我聽見有人說找房間是好主意。達拉斯，我告訴你，你們兩個最好別滿腦子想著齷齪事，把心思放在那些喜歡撕開別人喉嚨的傢伙身上吧。」

「我是說房間，不是說齷齪事。」達拉斯轉頭對克拉米夏露出得意的笑容。

「而我可以一心多用，所以沒問題。」史蒂薇．蕾補上一句，再次咯咯笑。

「隨便啦。我們走吧。我有種奇怪的感覺。」克拉米夏說。

史蒂薇．蕾把車子駛出停車場時，心情立刻嚴肅起來，從後照鏡望著克拉米夏。「奇怪的感覺？妳又寫詩了？我是說除了妳已經給我看的那些。」

「沒有，而且我指的不是那些壞傢伙。」

史蒂薇．蕾對著後照鏡裡的克拉米夏皺起眉頭。

「那妳指的是什麼？」達拉斯問。

克拉米夏凝視史蒂薇．蕾久久，才終於說：「沒什麼，我只是有點瞎擔心而已。你們兩個只顧著親熱，不把心思放在正事上，可不能讓我放心。」

「我有把心思放在正事上。」史蒂薇．蕾別開頭，專心看著馬路。

「就是說嘛。記住啊，我的小姐是女祭司長，可以一次同時處理很多事。」

克拉米夏哼了一聲。

駛往火車站的車程很短，三人不再說話。後座的克拉米夏成爲史蒂薇・蕾心思的焦點。**她知道利乏音的事**。這念頭在史蒂薇・蕾心裡低語，但她立刻將它打消。克拉米夏不知道利乏音的事。她只知道還有另一個男孩子。沒人知道利乏音。

除了坑道裡那些紅雛鬼。

她內心一陣驚惶。萬一妮可或其中哪個小鬼講出利乏音的事，讓她的雛鬼知道了，那該怎麼辦？史蒂薇・蕾可以想見那畫面。妮可一定會露出可憎、殘酷的表情，而她的雛鬼會萬分震驚、害怕。他們一定不相信她竟然會和——

想到這裡，史蒂薇・蕾心頭一震，差點大聲地倒抽一口氣。她知道該怎麼辦了。**她的雛鬼一定不相信她會和仿人鴉烙印，絕不可能**。所以，她只須矢口否認就行了，反正又沒證據。沒錯，她的血聞起來很怪，但她已經解釋過了。黑暗吸了她的血，她的味道當然聞起來不對勁。克拉米夏已相信這種說法，蕾諾比亞也是。其他人也會相信的。她是女祭司長，他們當然會相信她，而不會去相信那群已經變壞，而且想殺害她的小鬼。

可是，萬一今晚他們眞的有人決定選擇良善，跟他們這群人待在一起呢？

那他們就得閉嘴，否則不許留下來。當史蒂薇・蕾把車子停在火車站停車場，她心裡浮現這個殘酷的念頭。她下了車，把她的雛鬼叫到身邊。

「好，我們這就進去。別低估他們。」史蒂薇．蕾說。達拉斯和強尼不約而同地分別走到她的右邊和左邊，其他孩子則緊緊跟在他們三人後面。他們推開那道看似牢固，其實不然的鐵柵門，輕易就進入舊火車站的地下室。

地下室裡的景況，看起來跟他們住在這裡時差不多，陰暗、寒冷如昔，也許只差垃圾稍微多了一些。他們走到後面角落通往底下坑道的入口。那下面更暗。

「妳看得見嗎？」達拉斯問史蒂薇．蕾。

「當然。待會兒找到火柴之類的，我就把牆上的煤油燈點燃。」

「我有打火機。」克拉米夏說，手伸進大包包裡找。

「克拉米夏，別告訴我妳有抽菸。」史蒂薇．蕾接過她手中的打火機。

「沒有，我沒抽菸。抽菸很蠢欸。但我相信有備無患。有時候打火機很有用，比如現在這種時候。」

史蒂薇．蕾蹲低身子，正要爬下鐵梯，達拉斯卻抓住她的手臂，阻止她。「我先下去，因爲他們想殺的人不是**我**。」

「你又知道了？」史蒂薇．蕾反駁，但還是讓他先爬下梯子，而強尼則跟在她後面。

「等等。」她要他們在鐵梯下等著，然後她走進漆黑中，來到用鐵路道釘掛在弧形牆面上的第一個老式煤油燈前。她點燃提燈，轉身對她的男孩微笑。「這樣好多了，對吧？」

「幹得好，小姐！」達拉斯笑著說，但隨即猶疑起來，歪著頭說：「你們聽見了嗎？」

史蒂薇・蕾看強尼一眼，他一邊幫克拉米夏爬下梯子，一邊搖頭。

「聽見什麼，達拉斯？」史蒂薇・蕾問。

達拉斯將手貼在坑道粗糙的水泥牆面上。「**那個！**」他聽起來像是被催眠了。

「達拉斯，你這樣說沒人聽得懂啦。」克拉米夏說。

他轉頭看著大家。「我不確定，可是我覺得我聽見了電流流動的嗡嗡聲。」

「眞詭異。」克拉米夏說。

「嗯，你一向很擅長電呀什麼的這類男生的玩意兒。」史蒂薇・蕾說。

「對，可是從沒像這樣過。眞的，下面這裡的電線是我接的，而我現在可以**聽見**電流流經電線的聲音。」

「或許你可以感應電力。你之前不知道，可能是因爲那時你一直待在下面這裡，聽習慣了，沒有察覺。」史蒂薇・蕾說。

「可是，電力不是來自女神呀，怎麼可能有這樣一種感應力？」克拉米夏說，對達拉斯投以狐疑的眼光。

「為什麼不是來自妮克絲？」史蒂薇・蕾說：「說真的，我見過比雛鬼擁有電流感應力還稀奇的事，呃，比方說，白牛竟然是黑暗的化身。」

「妳說得有道理。」克拉米夏說。

「所以，我真的可能擁有感應力？」達拉斯一臉驚愕。

「當然可能，大男孩。」史蒂薇・蕾告訴他。

「如果你真的擁有這種感應力，那就讓它派上用場吧。」強尼邊說，邊幫夏儂康普頓和維納斯爬下鐵梯。

「派上用場？譬如說呢？」達拉斯問。

「嗯，從那種嗡嗡聲之類的，你可以得知那些骯髒的紅雛鬼最近有沒有在這裡使用電器嗎？」克拉米夏說。

「我來看看。」達拉斯面向牆壁，雙手貼住水泥牆面，緊閉雙眼。才幾秒鐘，他便忽地睜開眼睛，驚愕地倒抽一口氣，然後直直盯著史蒂薇・蕾，說：「對，他們一直在使用電器。事實上，這一刻就正在使用。他們在廚房裡。」

「好，我們就到那裡去。」史蒂薇・蕾說。

22 史蒂薇・蕾

「好，這眞的惹毛我了。」史蒂薇・蕾將另一只空的「胡椒博士」飲料瓶子踢開。

「他們眞是又髒又懶。」克拉米夏說。

「喔我的天哪，如果他們把我搞髒，我眞的要翻臉。」維納斯說。

「把**妳**搞髒？小姐，妳見到他們把我的房間搞成什麼樣子嗎？」克拉米夏咆哮道。

「我眞的認爲我們應該專心一點。」達拉斯說。他一直將一隻手貼在水泥牆壁上。離廚房愈近，他就愈不安。

「達拉斯說得沒錯。」史蒂薇・蕾說：「首先我們必須先將他們趕走，然後再來擔心怎麼把這裡恢復原貌。」

「精品家具店『一號碼頭』和『穀倉陶瓷店』應該還有愛芙羅黛蒂的金卡資料。」克拉米夏告訴維納斯。

維納斯鬆了一大口氣。「嗯，那麼，這一團亂就有得救了。」

「維納斯，妳自己已經變得一團亂了。要收拾妳，需要的恐怕不只是金卡。」前方坑道的陰暗處冒出譏諷的聲音。「看看妳——乖巧無趣。我以前還以爲妳有潛力變得很酷呢。」

維納斯、史蒂薇．蕾及其他雛鬼戛然停步。「我乖巧無趣？」維納斯的笑聲跟妮可的聲音一樣尖酸。「看來妳所謂很酷就是撕開人類的喉嚨。拜託，那可一點都不迷人。」

「嘿，沒試過之前別急著發表意見。」妮可說，掀開廚房入口的掛毯。

她站在門口，廚房裡的提燈映照出她的身影。她看起來更消瘦了——而且比之前史蒂薇．蕾記得的模樣凶悍。絲塔兒和柯帝斯站在她身後不遠處，更後面則聚集了十幾個紅眼睛的雛鬼，惡狠狠地對著他們齜牙咧嘴。

史蒂薇．蕾往前跨一步，妮可那雙惡毒的紅眼睛立刻從維納斯身上瞥向史蒂薇．蕾。

「噢，妳是想回來再玩玩嗎？」妮可說。

「妮可，我不是要跟妳玩。而且妳也不許再『玩』——」她在半空中比劃出引號——「這裡的人了。」

「妳沒資格告訴我們該怎麼做！」妮可大吼。她身後的絲塔兒和柯帝斯咧出牙齒，發出更像咆哮而非發笑的聲音。廚房裡的紅雛鬼騷動起來。

就在這時，史蒂薇．蕾看見了。它就懸浮在那群惡棍雛鬼上方的天花板，像蠕動的黑浪聚在那裡，像純粹由黑暗產生的鬼魅。

黑暗……

史蒂薇・蕾嚥下喉頭恐懼的膽汁，強迫自己把目光放在妮可身上。她知道該怎麼做，她必須現在就結束這一切，免得黑暗更進一步控制他們。

於是，她沒回應妮可，而是深吸一口氣，說：「土，降臨我！」當她感覺到腳下的地面和四周的弧形牆面開始溫熱起來，她將注意力轉回妮可身上。

「像以前一樣，妳又搞錯了。妮可，我不是要告訴你們該怎麼做。」史蒂薇・蕾冷靜地說。她從妮可睜大的雙眼得知，自己可能又跟剛才在夜之屋時那樣，渾身發出綠光。她舉起雙手，汲取更多土元素的豐沛能量。「我是要給你們一個選擇的機會。然後，你們自己必須承擔選擇的後果，就跟我們所有人一樣。」

「妳何不選擇帶著妳這批膽小鬼滾回夜之屋，去陪那群自稱吸血鬼的軟骨頭王八蛋廢物？」妮可說。

「妳明知我不是膽小鬼。」達拉斯說著走到史蒂薇・蕾身邊。

「我也不是。」強尼在達拉斯身後嘟噥道。

「妮可，我向來不怎麼喜歡妳。我一直認爲妳有帶頭使壞癖。現在我更加確定了。」克拉米夏說，往前站在史蒂薇．蕾的另一邊。「還有，我不喜歡妳用這種口氣跟我們的女祭司長說話。」

「克拉米夏，我才不鳥妳喜不喜歡。還有，她不是我的女祭司長！」妮可大聲咆哮，嘴巴噴出口水。

「眞噁心。」維納斯說：「妳眞該重新考慮一下，不要再當這種邪惡的雛鬼了。妳這樣把自己搞得很醜欸，各方面都醜。」

「權力永遠不醜。我有權力。」妮可說。

史蒂薇．蕾不必抬頭，就知道從廚房天花板滲出的黑暗愈來愈濃厚了。

「夠了。你們顯然沒辦法和善點，那就這麼辦吧。現在，做出選擇——你們每個人都必須做出自己的選擇。」史蒂薇．蕾邊說邊望向妮可的身後，注視每一雙發出紅光的眼睛，心存一絲絲希望，企盼起碼能觸動其中一個雛鬼。「你們可以擁抱光亮。這麼做代表你們選擇了良善和女神之道，就可以留下來，跟我們在一起。我們週一會開始回夜之屋上課，但仍住在**我們**的坑道，因爲我們在這裡被土圍繞，覺得自在些。或者，你們可以繼續選擇黑暗——」史蒂薇．蕾發現自己直呼這個名稱時，妮可驚訝得猛然顫動一下——「對，我非常清楚黑暗。而且我可以告訴你們，跟它廝混，絕對大錯特錯。但如果你們選擇它，就得離開這裡，單獨離開，永遠不能回來。」

「妳不能逼我們這麼做！」柯帝斯從妮可身後喊道。

「我能。」史蒂薇．蕾舉起雙手，捏成兩顆灼灼發光的拳頭。「而且不只我能這麼做。蕾諾比亞將會把你們的事告訴最高委員會，然後全世界的每一家夜之屋都將擯棄你們。」

「喂，妮可，就像維納斯說的，妳看起來有點狼狽哦。妳覺得如何呀？」克拉米夏忽然開口說話，然後揚起眉毛，對妮可身後的那群雛鬼說：「你們有多少人一直咳嗽，感覺很難受？你們好一陣子身邊沒有成鬼陪伴了，對吧？」

「喔我的天哪，我怎會忘了這件事？」史蒂薇．蕾對克拉米夏說，然後將注意力轉回廚房裡那群雛鬼，越過妮可，直接問他們：「好，你們有多少人想死？想再死一次？」

「看來紅雛鬼其實跟其他雛鬼沒有兩樣。」達拉斯說。

「沒錯，身邊有成鬼，你可能會死。」強尼說。

「但如果沒有成鬼相陪，你就必死無疑。」克拉米夏緊接著說，帶著一絲得意的語氣。

「不過，這點你們都知道，因爲你們已經死過一次。還想再死一次嗎？」

「所以，你們必須做出抉擇。」史蒂薇．蕾說，依舊高舉著發亮的拳頭。

「我們絕不會選擇妳當我們的女祭司長！」妮可對史蒂薇．蕾咆哮。「還有，如果你們知道她的眞面目，也不會選擇她當你們的女祭司長。」她露出《愛麗絲夢遊仙境》裡那隻咧嘴貓的表情，說出史蒂薇．蕾最怕人聽到的話。「我打賭她一定沒告訴你們，她救了一隻仿人鴉，對吧？」

「妳撒謊。」史蒂薇．蕾說，直直盯著妮可的紅眼睛。

「妳怎麼知道陶沙市有一個仿人鴉？」達拉斯問。

妮可哼了一聲。「因爲他到過這裡，還滿身是你們這位寶貝女祭司長的氣味，因爲**她救了他的命**。她上回會被我們困在屋頂，全是因爲他。她上去是爲救他，**再次**救他。」

「胡說八道！」達拉斯大吼一聲，將手掌貼緊水泥牆，史蒂薇．蕾感覺到自己的毛髮因靜電突然湧現而豎立起來。

「哇，妳還眞的騙過了他們。」妮可嘲諷地說。

「夠了，我受夠了。」史蒂薇．蕾說：「做選擇吧。現在。光亮或黑暗，選哪一個？」

「我們已經做出選擇了。」妮可一直藏在寬鬆衣服裡的手伸出來，拿著一把短管手槍，瞄準史蒂薇．蕾的額頭正中央。

史蒂薇．蕾霎時膽戰心驚，接著聽見拉撞針的聲音，她驚恐地將視線從妮可的槍移開，看見絲塔兒和柯帝斯手上各拿一把槍，分別瞄準達拉斯和克拉米夏。

這可把史蒂薇・蕾惹毛了。接下來，事情急轉直下——

「土，保護他們！」史蒂薇・蕾大喊，張開雙臂，放開拳頭，想像土的力量如蝶蛹包覆他們，四周的空氣發出苔蘚綠的柔光。就在這道防護屏障成形時，史蒂薇・蕾看見攀附在天花板的黏稠的黑暗抖了一下，隨即消散得無影無蹤。

達拉斯喊道：「啊，不行，你不能拿那東西指著我！」他閉上眼睛，集中念力，雙手緊貼牆壁。隨著爆裂聲響起，柯帝斯哀號一聲，扔掉手槍。同時，妮可尖叫，聲音凶殘原始，像是發狂的野獸在號叫，而非出自一個雛鬼。接著，她扣下扳機。

槍聲震耳欲聾，一聲聲在坑道裡迴盪，史蒂薇・蕾已無法分辨哪些是眞正的槍響，哪些是回聲、煙霧和感覺。

當子彈從土元素的屏障彈射回去，史蒂薇・蕾沒有聽見慘叫聲，但她看見絲塔兒倒下，然後鮮血從她的太陽穴湧出，綻放成可怖的紅花。另外兩個紅眼雛鬼也癱倒在地。彷彿地獄之門開啓，廚房陷入混亂，沒受傷的雛鬼互相推擠踐踏，爭先恐後地擠向廚房角落，爬上那條通往上方火車站主建築的狹窄通道。

妮可動也不動，仍握著沒有子彈的手槍，眼神發狂，繼續猛扣扳機。史蒂薇・蕾大喊：「別射了，夠了！」內在已與土元素合而爲一的史蒂薇・蕾，此時本能地將發光的雙手移到胸前，輕輕擊掌。一聲撕裂聲傳來，廚房遠端的弧面牆壁張開一個大缺口。「你們必須離開，永遠不得回來。」彷彿復仇女神，她把土元素的力量擲向妮可、柯帝斯和其他仍站在他們身邊的雛鬼，一道能量的波浪掃進廚房，把他們捲起，投入剛裂開的新坑洞。妮可怒聲咒罵，但史蒂薇．蕾只是平靜地揮揮手。聲音因元素盈滿而威嚴洪亮，她說：「把他們帶走，關閉洞口。如果他們不走，把他們活活埋了。」

史蒂薇．蕾瞥見的最後一幕，是妮可扯開嗓門，叫柯帝斯跑快一點。

接著，洞口封閉，一切歸於平靜。

「來吧。」史蒂薇．蕾說。不讓自己有時間想到眼前是怎樣的場景，她舉步邁入廚房，直接走向那些重創、淌血的軀體。受害者共有五人。其中三人，包括絲塔兒，是被妮可彈射回去的子彈擊中，另外兩人則是受到同伴踐踏。「他們都死了。」史蒂薇．蕾心想，她的語氣竟如此平靜，眞是奇怪。

「這些人，強尼、艾略特、蒙太亞和我會處理。」達拉斯說，伸手捏了捏她的肩膀。

「我得跟你們出去。」史蒂薇．蕾告訴他：「我要打開大地，掩埋他們。我不能把他們埋在這裡，我不想把他們留在我們要過日子的地方。」

「當然，就依妳的想法。」達拉斯說，輕輕地撫摸她的臉。

「來，把他們放進睡袋。」克拉米夏在滿目瘡痍的廚房裡穿行，走到儲藏室，拿出一個睡袋。

「謝謝妳，克拉米夏。」史蒂薇．蕾接過睡袋，細心地一一打開。廚房門口一陣騷動聲，吸引了她的注意力。她看見維納斯、蘇菲和夏儂康普頓站在那裡，臉色慘白。蘇菲發出細微的啜泣聲，但沒有落淚。「去悍馬車那裡。」史蒂薇．蕾告訴她們：「在車上等我們。我們待會兒就回學校，今天不在這裡過夜，好嗎？」

三個女孩點點頭，然後手牽著手走向坑道彼端。

「他們大概需要做心理諮商。」克拉米夏說。

史蒂薇．蕾看著手上還拿著睡袋的她。「妳不需要？」

「不需要。我在聖約翰醫院的急診室當過義工，什麼場面都見過。」

史蒂薇．蕾眞希望自己也「什麼場面都見過」。他們把五個死去的雛鬼裝進袋子，拉上拉鍊時，她緊抿著嘴，試著什麼都不想，然後跟在背起沉重屍體的男孩後面，爬上火車站主建築。等走到外頭，大家默默地讓她帶領他們來到鐵軌旁一處陰暗的廢棄空地。史蒂薇．蕾雙膝跪地，兩手貼在地上。「請開啓，讓這些孩子回歸你的懷抱。」大地顫抖，就像動物的肌膚輕輕抽搐，接著地面裂開一道狹窄的深溝。「把他們放進去吧。」她說。幾個男孩安靜、嚴肅地遵照她的指示行事。當最後一具屍體從眼前消失，史蒂薇．蕾說：「妮克絲，我知道這些孩子做了不好的決定，但我不認爲這全是他們的錯。他們是我的雛鬼，身爲他們的女祭司長，我請求妳彰顯慈悲，讓他們終能體會在人間不曾經歷的平安。」她輕輕揮手，低聲說：「請闔上，覆蓋他們。」就跟站在她身邊的雛鬼一樣，土元素也依令行事。

史蒂薇．蕾起身後，覺得自己老了一百歲。達拉斯想再碰觸她，但她轉身往火車站走回去，並說：「達拉斯，你可不可以和強尼巡視一下周遭，確定那些逃出來的孩子明白自己不受歡迎，不該再回到這裡？我會在廚房，巡視完之後到那裡跟我碰頭，好嗎？」

「我們會處理的，小姐。」達拉斯說，然後和強尼小跑步離開。

「你們其他人可以去悍馬車那裡等。」她說。大家默默無聲，步下階梯，往地下室那一層的停車場走去。

史蒂薇．蕾慢慢地穿過火車站，爬下血跡斑斑的廚房。克拉米夏仍在那裡。她找到一盒大垃圾袋，正在收拾碎石瓦礫，嘴裡念念有詞。史蒂薇．蕾不發一語，拿起另一個袋子，跟著她一起撿拾。大部分殘破物品都裝進袋子後，史蒂薇．蕾說：「好，妳現在可以先離開，我要召喚土來清除血跡。」

克拉米夏看著地面硬邦邦的泥土，說：「根本滲不進土裡啊。」

「對，我知道，我會解決的。」

克拉米夏直視她的眼睛。「喂，妳是我們的女祭司長，但妳得明白，不是所有的事情妳都能解決。」

「我想，一個好的女祭司長會想要解決所有的事情。」她說。

「我想，一個好的女祭司長不會為了她無法掌控的事情而苛責自己。」

「克拉米夏，妳會成為一個好的女祭司長。」

克拉米夏哼了一聲，說：「我已經有工作了，別想把更多鳥事丟到我頭上。光是那些詩，我就快應付不來了。」

史蒂薇．蕾露出微笑，但覺得自己臉部僵硬。「妳知道，這全由妮克絲決定。」

「好，那我得和妮克絲好好談一談。待會兒外頭見。」克拉米夏沿著坑道往外走，口中依然嘀嘀咕咕，留下史蒂薇．蕾一人。

「土，請再次降臨我。」她說，退到廚房入口。一感覺到溫熱從腳下上升，通過她的身體，史蒂薇．蕾便伸出雙手，掌心朝染血的地板。「就像所有其他活物，血最終也回歸於你。請吸乾地上的血，這些不應該非死不可的孩子的血。」廚房地板頓時彷彿變成了一片巨大的泥土海綿，史蒂薇．蕾看著它吸收深紅色的血漬。當一切痕跡都消失時，史蒂薇．蕾發覺自己雙膝在顫抖。她重重地跌坐在才清理乾淨的地板上，開始哭泣。

達拉斯找到她時，她低著頭，臉埋入掌心，哭出心中的愧疚和哀傷。她沒聽見他走進廚房。她只感覺到他在她身邊坐下，雙手摟住她，把她拉到他的大腿上，撫順她的頭髮，抱緊她，輕輕地搖晃，彷彿她是個年紀很小，很小，很小的小女孩。

哭泣轉爲啜泣，啜泣終於停止，史蒂薇．蕾用袖子擦臉，把頭倚在他的肩膀上。「大家都在外面等著，我們得走了。」她說，儘管覺得自己很難移動。

「不用，我們可以慢慢來。我已經讓他們全都坐悍馬車先走了。我告訴他們，我們兩個會開柔的金龜車隨後跟上。」

「連克拉米夏也一起走了？」

「對，連她也走了，但對於必須坐在強尼的腿上，她抱怨個不停。」

史蒂薇．蕾很驚訝自己笑得出來。「我打賭，他沒埋怨半句。」

「沒有。我想，他們兩個互有好感。」

「你這麼覺得？」她頭往後仰，好看著他的眼睛。

他對她微笑。「對，我好像愈來愈看得出誰喜歡誰。」

「喔，眞的嗎？比方誰？」

「比方妳和我啊，小姐。」達拉斯低頭吻她。

一開始僅是溫柔的輕吻，但史蒂薇·蕾不願只是這樣。她無法解釋這到底是怎麼回事，只覺得自己像一把火炬，熊熊火焰失控似地燃燒著。也許是因爲剛才太接近死亡，她需要被撫摸、被愛，好覺得自己還活著。也許打從利乏音第一次開口跟她說話以來，無力感一直在她心裡沸騰，這時終於溢出來——而達拉斯就是那個被燙到的人。不管怎樣，史蒂薇·蕾像著了火，她需要達拉斯把火撲熄。

她拉扯他的衣服，嘴巴貼著他的雙唇，喃喃地說：「脫掉……」他呻吟一聲，將衣服從頭上拉出，而史蒂薇·蕾也同時脫下T恤，踢掉靴子，解開皮帶。她感覺到他的眼睛正盯著自己，抬頭迎視他疑惑的目光。「我想跟你做，達拉斯。」她急切地說：「現在。」

「妳確定？」

她點頭。「確定，就是現在。」

「好，現在。」他說，伸手撫摸她。

當兩人赤裸的肌膚相互接觸，史蒂薇·蕾覺得自己就要爆開了。**這**正是她需要的。她的肌膚異常敏感，達拉斯碰觸到哪裡，哪裡就像被燙到，但那種感覺很好，非常好，因爲史蒂薇·蕾需要被撫摸。她必須被撫摸，被愛，被占有，一遍又一遍，好抹去一切，抹去妮可，抹去死去的雛鬼，抹去對柔依的擔憂，抹去利乏音。利乏音總是有份，他總是在那裡。

達拉斯的撫觸可以將他趕走。史蒂薇．蕾知道，她仍跟利乏音烙印——她不可能忘記——但在當下，達拉斯汗溼的肌膚是如此滑膩、溫熱，如此人性和真實，利乏音似乎變得很遙遠，彷彿他正逐漸地遠離……正在放手，讓她走……

「妳要的話，可以咬我。」達拉斯在她耳邊吐出溫熱的氣息。「真的，沒關係，我要妳咬我。」

他在她上面，調整重心，把頸窩湊近她的嘴。她親吻他的肌膚，用舌頭品嘗他，感受那裡的脈搏和古老的脈動。史蒂薇．蕾伸出手，用指甲取代舌尖，輕輕拂掠他的頸部，找到穿刺、吸吮的最佳落點。達拉斯呻吟著，期待事情發生。她將會帶給他歡愉，同時從他身上獲取滿足。配偶就是這樣——事情本來就是這樣。很簡單，而且感覺起來會很美妙。

如果我吸吮了達拉斯，我和利乏音的烙印就會解除。這念頭讓史蒂薇．蕾猶豫。她頓住，銳利的指甲抵著達拉斯的脖子。**不，不會，女祭司長可以同時擁有配偶和伴侶**，她告訴自己。

然而，這是謊言——至少對史蒂薇．蕾來說是謊言。在內心最深處，她知道，她和利乏音的烙印獨一無二，無法適用一般吸血鬼與伴侶之間的規則。那烙印太強烈——強烈到令人難以置信。或許正是因爲如此罕見的強度，她才無法跟任何其他男孩建立關係。

如果我吸吮了達拉斯，我和利乏音的烙印就會解除。

在她心裡，這是冷酷、確定的事實。

然後，她答應償付的債怎麼辦？一旦解除烙印，她仍可以跟利乏音的人性綁在一起嗎？

這個疑問沒有得到解答，因爲就在那一刻，彷彿受到她心思的召喚，利乏音在他們背後吶喊：「別對我們做出這種事，史蒂薇．蕾！」

23 利乏音

利乏音感覺到她的憤怒，不確定自己能否知悉她爲何憤怒，她是不是在生他的氣。於是，他特意把心思集中在史蒂薇．蕾身上，更強烈地感受兩人透過血的連結。怒氣益發凶猛地湧來，令他吃驚，雖然他也察覺她在強自克制。

不，她的怒火不是針對他。是別的人激怒了她——有個什麼人成爲她憤怒的對象。他替那可憐的傻子難過。如果他是個低劣的生物，或許會譏諷地哈哈大笑，祝那倒楣的傢伙一切安好。

現在，該將史蒂薇．蕾趕出心頭了。

利乏音繼續向東飛，以虎虎生風的翅膀享受黑夜，陶醉在自由之中。

現在，他不需要她了。他已完全復原，強壯有力。他又是原來的他了。

利乏音不需要血紅者，她只是他獲救的工具。她見到他身體復原的反應，只證明他們之間的連結必須切斷。

但他漸飛漸慢。這樣的念頭，竟讓他覺得好沉重。他降落在一個長滿老紅橡的平緩小丘上。佇立在丘頂，他望向來時路，思忖著……

她為什麼甩開我，拒絕我？

他讓她害怕嗎？似乎不可能。當他在公園進入守護圈，她已見到他復原。當他與黑暗對峙，他就已完全康復。

為了她，他對抗黑暗！

利乏音不經意地伸手撫摸翅膀的根部。他察覺那裡的肌膚是滑順的，絲毫沒有傷疤。憤怒的黑暗在他身上留下的傷，已被史蒂薇．蕾徹底療癒。

然後，她就甩頭離去，彷彿忽然發現他是怪物，不是人。

但我本來就不是人啊！利乏音在心裡吶喊。**她本來就知道我是什麼！為什麼在經歷這一切之後拒絕我**？

她的行徑讓他迷惘。當她命在旦夕，驚恐不安，她呼喚他——**當她害怕到無法思考，史蒂薇．蕾呼喚的人是他**。

他回應了她的呼喚，去找她，救了她。

我還宣稱她屬於我。

然而，她哭著跑開。對，他看見她的淚水，但他不知道自己做了什麼事害她掉淚。

他沮喪地吼叫一聲，雙手揮向天空，彷彿要甩掉心裡的她。月光熠耀，映照他的手掌。利乏音靜止不動，舉著雙手，看著它們，彷彿這是他第一次看見自己的手。他有一雙人類的手，她曾經握過。他甚至用這雙手抱過她，雖然那只是短暫的片刻，爲了逃離屋頂，以免慘遭火焚。他的膚色其實跟她相近，或許顏色比她深，但也只稍微深一點。他的手臂很強壯……很結實……

天哪，他是怎麼啦？他的手臂看起來如何根本不重要。她永遠不可能是他的。他怎能奢想呢？這完全超乎想像——超乎他最瘋狂的夢想。

出其不意地，黑暗的話語在他心頭迴盪：**你跟你父親一樣，選擇捍衛一個永遠不會滿足你們渴求的生命。**

「父親爲妮克絲而戰，」利乏音對著黑夜說：「而她拒絕了他。現在，我也爲一個拒絕我的女人而戰。」

利乏音縱身投向天空，拍動翅膀，不斷拍動。他想飛到月亮那裡——那弦月所象徵的女神，害父親心碎，從而引發一連串事件，乃至於創造了他。如果他可以摸到月亮，或許女神會給他一個合理的解釋——好讓他的心獲得撫慰。**因為黑暗說得沒錯，我最渴求的，史蒂**

薇．蕾永遠無法給我。

我最渴求的是愛……

利乏音無法大聲說出這個字，就算只是想到，就足以灼傷他。他孕育於暴力，混合了情欲、恐懼和怨恨。尤其是怨恨，永遠怨恨。

他的翅膀摩挲著夜空，往上飛翔。

對他來說，愛是不可能的。他不該想得到愛——連想都不該想。

但他想。自從史蒂薇．蕾撫觸他的生命，利乏音就開始想到愛。

她讓他看見仁慈，而他從來不認識仁慈。

她對他是如此溫柔，包紮他的傷，照料他的身體。那晚，她從染血、嚴寒的暗夜將他救出來之前，從沒有人關心過他。慈悲……他把慈悲帶入他的生命。

認識她之前，他也從不知道什麼是歡笑。

凝視著月亮，迎風撲翅，他想起她沒完沒了的叨叨絮絮，以及她歡快、閃耀的眼睛，即便他不知道自己做了什麼事讓她覺得好笑。而有時，他甚至必須強自克制，才不至於突然笑出來。

史蒂薇．蕾讓他笑。

她似乎從不在意他是不死生物厲害無比的兒子。她把他使喚來使喚去，彷彿他不過是她生命中的任何人——任何一個正常的凡人，能愛，能笑，能感受。

然而，他眞的能感受呀！因爲史蒂薇．蕾讓他有了感覺。

難道這一開始就在她的盤算中？她放他離開修道院時，說他自己必須選擇。她所說的就是這個意思嗎——他可以選擇一個有歡笑，有慈悲，甚至有愛的人生？

這樣一來，他父親怎麼辦？萬一利乏音選擇了新的人生，而卡羅納返回這個世界呢？

或許等事情眞的發生了，再來擔心吧。如果眞的發生。

在自己察覺之前，他不知何時已放慢速度。他觸摸不到月亮。這是不可能的，一如他這樣一個生物是不可能被愛的。接著，利乏音發現他已不再向東飛，而是繞了一個圈，往回飛。他正在返回陶沙市的路上。

他試圖什麼都不想。他試圖放空心思。他只想感受翅膀底下的黑夜，讓那沁涼甜美的風摩挲他的身軀。

但史蒂薇．蕾再次侵入。

她的哀傷碰觸到他。利乏音知道她在哭。他感覺得到，彷彿她在他體內哭泣。

他愈飛愈快。她爲何而哭？難道又是因爲他？

利乏音毫不遲疑地飛過吉爾克瑞思博物館，因爲她不在那兒。他可以感覺到她在往南更遠的地方。

他的翅膀拍動夜晚的空氣，史蒂薇·蕾的哀傷忽然變了調，轉變成另一種情緒。起初，他感到困惑。緊接著，當他明白那是什麼，他的血液開始沸騰。

情欲！史蒂薇·蕾在某人的懷裡！

利乏音一時忘了自己是跨越兩個世界的生物，非人非獸。他忘了自己是強暴的產物，注定只認識黑暗和暴力，效忠滿心怨恨的父親。利乏音什麼都沒想，他只能**感覺**。如果史蒂薇·蕾把自己給了別人，他就會永遠失去她。

而如果他永遠失去她，他就會回到黑暗、孤寂、沒有歡笑的地方。

利乏音受不了這樣。

他沒有召喚父親的血來引領他去找史蒂薇·蕾。相反地，他從內心深處呼喚一個影像，一個不該在血泊和痛苦中死去的，甜美的切羅基族少女。他曾夢見她是他的母親。此刻，他在心裡保守著她，聽從直覺，跟隨自己的心。

利乏音的心引領他到火車站。

一見到這地方，他就反胃。不只因爲他想起史蒂薇·蕾差點在屋頂上死去，更因爲他感覺得到她就在裡面，在地底下，在某人的懷裡。

利乏音一把將鐵柵門扯掉，毫不猶豫地穿過地下室，循著他和她之間的連結進入熟悉的坑道。他的呼吸變粗重、急促，血液沸騰，燃起憤怒和絕望。

當他終於找到她，那發情的男孩趴在她身上，渾然忘記外面的世界。真是個蠢蛋。利乏音應該把他抓起來，狠狠地砸向牆壁，一遍又一遍，直到他遍體鱗傷，渾身是血，不再構成威脅。利乏音裡面的仿人鴉想這麼做。

但他裡面的那個人類想哭泣。

他淹沒在他既不懂也無法控制的情緒裡，發現自己楞在那裡，望著他們，心裡翻騰著震驚和怨恨，以及欲望和絕望。接著，當史蒂薇．蕾準備吸吮男孩的血，利乏音明確知道兩件事：第一，她這麼做會打破他們之間的烙印。第二，他不要他們的烙印被解除。

他不自覺地吶喊：「別對我們做出這種事，史蒂薇．蕾！」

那男孩的反應比史蒂薇．蕾快。他跳起來，將她赤裸的身體推到他背後。

「滾開，你這個怪胎！」那男孩擋在利乏音和史蒂薇．蕾之間。

見到這個雛鬼遮擋住她，保護**他的**史蒂薇．蕾，不讓**他**碰到她，利乏音心裡湧現占有欲的憤怒。「滾開，小子！這裡不需要你！」利乏音蹲低身子，慢慢地朝他移動。

「搞什麼——？」史蒂薇．蕾搖著頭，彷彿試圖搖醒自己，同時從地板上抓起達拉斯的衣服，匆匆套在自己身上。

「待在我背後，史蒂薇．蕾，我不會讓他傷害妳。」

男孩往後退，逼得史蒂薇．蕾跟著移動。利乏音慢慢逼近，看見她睜大眼睛，探頭往前看。終於，她看見他。

「不！」她大叫：「不，你不應該在這裡！」

她的話刺傷他。「可是我已經來了！」他的憤怒已達到沸點。男孩繼續往後退，利乏音踏進廚房。這時，有個影子閃動，引起他注意。他抬頭，看見黑暗蠕動著，形成一團墨黑，攀附在天花板上。

利乏音硬生生將注意力轉回史蒂薇．蕾和雛鬼身上。此刻他沒有工夫理會黑暗，甚至沒能想到白牛可能回來索取他償還未竟的債。

「後退！」男孩喊道。真不可思議，這小子竟然對利乏音做出驅鳥的手勢，彷彿他是一隻惱人的鳥，飛進別人的住家。

「你滾開，嘶～～～！我來找屬於我的人，你擋住我的路！」利乏音痛恨自己發出野獸的嘶鳴聲，但他克制不住。那該死的小子逼得他快失去耐性了。

「利乏音，你走，我沒事。達拉斯不會傷害我。」

「走？丟下妳？」利乏音衝口而出：「我怎麼辦得到？」

「你不該來這裡的！」史蒂薇．蕾嘶喊，急得快要哭出來。

「我怎能不來？妳怎會以爲我會不知道妳在做什麼？」

「快走！」

「妳是說走開？就像妳從我身邊走開？不，我不會那樣做。史蒂薇．蕾，我**選擇**不那樣做。」

男孩退到了牆邊，來回轉頭，看看利乏音，又看看史蒂薇．蕾，同時伸手摸索身後牆壁凹洞裡露出的電線。「你們彼此認識，你們眞的認識！」男孩說。

「我們**當然**認識～～，笨蛋！」利乏音再度嘶鳴。他眞恨自己駕馭不住聲音裡的野獸。

「怎麼會？」雛鬼對史蒂薇．蕾吼道。

「達拉斯，我可以解釋。」

「很好！」利乏音大吼，彷彿她在對他說話，而非對那雛鬼。「我要妳好好解釋今天發生的事。」

「利乏音，」她從達拉斯背後探頭看他，搖搖頭，似乎沮喪無比。「現在時機不對。」

「你們兩個認識。」

利乏音比史蒂薇．蕾先注意到那男孩的語氣變了，變得強硬、冷酷、惡毒。他們頭頂上的黑暗震顫著，彷彿正興奮地期待著。

「對，好，我們是認識，但我可以解釋。瞧，他——」

「妳一直跟他在一起。」

史蒂薇．蕾皺起眉頭，「一直？不，他受傷時我才發現他的，我不知道——」

「一直以來我待妳如同女王，當妳是**真正的**女祭司長。」他再次打斷史蒂薇．蕾的話。

史蒂薇．蕾一臉震驚和難過。「我**是**眞正的女祭司長。但就像我正想告訴你的，我是在利乏音身受重傷時發現他，我不能眼睜睜看著他死去。」

趁著男孩的注意力完全放在史蒂薇．蕾身上，利乏音往前移動。

他們頭頂上方的那團黑暗愈來愈濃密。

「妳在守護圈裡差點被他害死！」

「在守護圈裡，是他救了我！」史蒂薇．蕾大聲頂回去。「如果沒有他，那頭白牛早把我吸乾了。」

她的話對那男孩一點也沒有作用。「妳一直隱瞞**這東西**。妳一直對大家說謊！」

「唉，要命，達拉斯，那是因爲我不知道還能怎麼辦！」

「妳對我說謊，妳這個婊子！」

「不准你這樣對我說話！」史蒂薇．蕾賞他一巴掌，狠狠地。

達拉斯踉蹌後退半步。「他到底對妳做了什麼事？」

「你是說，除了兩度救我之外，他還做了什麼事嗎？他什麼都沒做！」她吼道。

「他徹底毀了妳的腦袋了！」達拉斯叫嚷著。天花板上的黑暗往下流注，彷彿忽然找到壩堤上的弱點，往達拉斯身上流竄，覆蓋他的頭和肩膀，纏繞他的腰。那噁心的景象太眼熟了，利乏音想起惡毒的蛇。但黑暗沒割傷達拉斯，而達拉斯似乎一點也沒察覺，閃閃發亮的黑暗正逐漸包覆他全身。

「我的腦袋我自己作主。他什麼事都沒做。」史蒂薇．蕾睜大眼睛，似乎現在才注意到黑暗。她後退一步，彷彿不想被碰觸他的東西給沾到。「達拉斯，聽我說，理智點，用腦袋想，你知道我的，事情不是表面上看起來那樣子。」

利乏音看見達拉斯在變，因爲她往後退，也因爲黑暗籠罩了他。盛怒的雛鬼嘶喊著：「他讓妳變成婊子和騙子了！妳才需要理智點，小姐！」達拉斯舉起手，彷彿要打史蒂薇．蕾。

利乏音毫不猶豫，一躍而起，揮拳打退那男孩，換自己站在她面前。

「別傷害他！」史蒂薇．蕾抓住利乏音的手臂，阻止他再一次攻擊男孩。「他只是氣瘋了，不是眞的要傷害我。」

利乏音任她拉住，轉頭告訴她：「我想，妳低估了這男孩。」

「她的確低估了我。」達拉斯咬牙切齒地說。

利乏音忽然全身劇痛。他不知道怎麼回事，只知道那種痛劇烈無比，白熱而明亮。他全身抽搐，痛得拱起背，眼前一片模糊灰暗。但他仍看見達拉斯手裡握著一截從牆上突出的電線，雙眼發出紅光，灼亮無比。

「利乏音！」史蒂薇．蕾大喊。

她開始走向他，但接著利乏音看見她往後退，轉頭奔向達拉斯。

「住手！放他走！」她對男孩說，拉扯他的手臂。

他血紅的眼睛緊盯著她。「我要把他烤焦。然後，不管他做了什麼事，他對妳的控制就會消失，妳和我就可以在一起。只要妳仍是我的女孩，我不會告訴任何人這裡發生的事。」

利乏音覺得自己魂不附體，卻仍清楚地注意到，男孩身上再也看不到黑暗，它已滲入他裡面，占領了他，增強了這雛鬼的力量。利乏音明確地感覺到，達拉斯要殺了他。

「土，降臨我，我需要你。」

在閃爍不定的意識狀態中，他聽見史蒂薇．蕾召喚土。她彷彿一盞燭光，努力在強風中靠近他。利乏音費盡力氣，把視線聚焦在她身上。當兩人四目相接，她的話語傳入他耳裡，忽然變得清晰、有力、堅定。

「保護利乏音，免受達拉斯傷害，因爲他屬於我。」

她朝利乏音比出一個手勢，彷彿將什麼東西擲向他。一團綠光擊中他，撞得他往後摔去，也解除了達拉斯灌入他身體的不知什麼東西。他大口喘氣，躺在地上，縮成一團，汲取土元素熟悉、溫柔的撫觸。

達拉斯轉向史蒂薇．蕾。「妳剛剛說這東西屬於妳。」那雛鬼的聲音像死亡一樣陰沉。利乏音貼在地上，對著土敞開受到痛擊的軀體，祈願土的力量進入他，療癒他，好讓他得以靠近史蒂薇．蕾。

「對，他屬於我。這很難解釋。我知道你很生氣，但利乏音的確屬於我。」她的目光從達拉斯身上移開，再次凝視著利乏音的眼睛。「我想，我也屬於他，即使這聽來很詭異。」

「不是詭異，是噁心。」

利乏音還沒能夠站起來，便看到達拉斯伸出手指，指著史蒂薇．蕾，接著出現震耳欲聾的爆裂聲，史蒂薇・蕾忽然置身在一圈綠光的中央。她蹙起眉頭，緩緩地搖晃著頭。「你想電擊我？你眞的想傷害我，達拉斯？」

「因爲妳選擇那東西，不選擇我。」他對她咆哮。

「我只是做我認爲對的事！」

「妳知道嗎，如果那是對的事，那我一點也不想跟它有牽扯！我要相反的東西！」話才說完，達拉斯大吼一聲，丟下一直握在手上的電線，雙膝跪地，身體蜷縮起來，臉朝下。

「達拉斯？你還好嗎？」史蒂薇・蕾猶豫了一下，朝他靠近。

「離他遠一點。」利乏音說，聲音沙啞，掙扎著站起來。

史蒂薇・蕾頓住，沒繼續接近達拉斯，而是跑到利乏音身邊，將他的手掛在自己肩膀上，攙扶著他。「你還好嗎？你看起來像被烤過。」

「烤過？」即使發生這一切，她還是逗得他想笑。「什麼意思？」

「這個啊。」史蒂薇・蕾摸他胸前的一根羽毛。他驚訝地發現它看起來像是燒焦了。

「尾端的地方焦焦脆脆的。」

「妳摸那東西！妳搞不好還跟他幹過那種事！可惡，我很高興他阻止了我們辦那檔事。我絕不當怪胎的窩囊下手！」

「達拉斯，你這樣說眞是太——」史蒂薇·蕾說，但一看到達拉斯，便頓住。

「對，沒錯，我不再是個愚蠢的雛鬼了。」他說。

鞭子圖案的全新紅色刺青醒目地鑲飾著達拉斯的臉龐。利乏音覺得，那鞭子像極了黑暗用來纏住他和史蒂薇·蕾的卷鬚。達拉斯的眼睛發出更亮的紅光，身體似乎也變大了，充盈著新獲得的力量。

「喔我的天哪，」史蒂薇·蕾驚呼：「你蛻變了！」

「以極其不同的方式蛻變。」

「達拉斯，你得聽我說。記得黑暗嗎？我剛剛看見它要抓你。拜託，冷靜地想一下，別讓它影響你。」

「**它影響我**？妳站在那東西的旁邊，還敢說這種話？啊，不！我永遠不會再聽妳的謊言，我也會讓其他人不再相信妳！」他輕蔑的口吻充滿憤怒和怨恨。

他站起來，伸手要去抓他剛才用來導電的電線。史蒂薇·蕾迅速移動，拉著利乏音，退出廚房。一跨出廚房，她立刻舉起手，深吸一口氣，說：「土，替我把這裡封了。」

「不！」達拉斯大喊。

利乏音才瞥見他抓起電線指著他們，就聽到秋風吹過枝椏的颯颯聲響，接著泥土在他們面前如暴雨般落下，封閉了廚房的入口，也遮擋住黑暗的狂怒。

「你可以走路嗎？」史蒂薇．蕾問。

「可以，我沒傷得那麼重，至少不會再傷得像之前那樣了。妳的土保證了這一點。」他低頭看她。她站在他的臂膀環抱下，嬌小，但自豪、威武。

「好，我們得離開這裡。」史蒂薇．蕾退出他的臂膀，疾步沿坑道往前走。「廚房有另一道出口，他很快就會脫困，我們得趕在他出來之前離開。」

「妳爲什麼不乾脆把另一個出口也封了？」他問，跟在她後面。

她投向他的眼神顯然不很高興。「什麼，然後殺了他？不，他沒那麼壞。利乏音，他只是瘋了，受到黑暗的控制，而且發現我和你的事。」

我和你……

利乏音想好好咀嚼把他們兩人連結起來的話語，但他不能，現在沒時間做這種事。利乏音搖搖頭。「不對，史蒂薇．蕾，不只黑暗影響他，達拉斯也決定擁抱它。」

他以爲她會跟他爭辯，卻見到她的肩膀垮下。她沒轉頭看他，只說：「對，我聽見他說的話了。」

他們靜靜地爬上梯子，穿越地下室，一個聲音從敞開的鐵柵門外傳來。他正在想，那聲音好熟悉，就聽見史蒂薇．蕾倒抽一口氣，說：「他開走了金龜車！」她飛奔出去，利乏音緊跟在後。他們出來時，剛好看見藍色小車駛出停車場。

「唉，眞爛。」史蒂薇．蕾說。

利乏音望向東方地平線，天色已開始由黑轉灰，即將破曉。「妳得回坑道去。」

「不行。如果我沒在天亮前回去，蕾諾比亞他們會馬上衝到這裡來。」

「我會離開，」他說：「回吉爾克瑞思博物館去。妳可以在坑道裡休息，而妳的朋友也會找到妳，到時妳就安全了。」

「萬一達拉斯先一步回到夜之屋呢？他會把我們的事告訴他們。」

利乏音只躊躇了一下。「那麼，就做妳必須做的事。妳知道我人在哪裡。」他轉身準備離開。

「帶我走。」

她的話讓他楞住。他沒轉頭看她。「快天亮了。」

「你痊癒了，不是嗎？」

「對。」

「你夠強壯，能帶著我飛嗎？」

「能。」

「那就帶我回吉爾克瑞思博物館。我敢說，那棟老房子一定有地下室。」

「那妳的朋友——其他紅雛鬼呢？」他問。

「我會打電話給克拉米夏，告訴她達拉斯發瘋了，我很安全，但不在坑道裡，等明天我再解釋一切。」

「他們如果發現我，一定會認爲妳選擇我，沒選擇他們。」

「我選擇的，是在必須處理達拉斯釀造的風暴之前，爭取一點時間來思考。」接著，她以更輕柔的聲音補充說：「除非你不想讓我跟你一起去。你大可現在就走，離開這裡，這樣就不必面對即將來臨的混亂局面。」

「我是不是妳的伴侶？」利乏音來不及阻止自己，衝口而出。

「是，你是我的伴侶。」

直到吁出長長一口氣，他才知道自己屏住了呼吸。利乏音對她張開雙臂。「那麼，妳應該跟我走。今天我要看著妳安穩休息。」

「謝謝你。」她說。接著，利乏音的女祭司長步入他的懷裡。他緊緊抱著她，揚起有力的翅膀，飛向高空。

* * *

史蒂薇·蕾說得沒錯，舊宅邸果然有地下室，石牆，泥土夯實的地板，但出奇地乾爽和舒適。史蒂薇·蕾鬆了一口氣，靠著牆盤腿坐下，然後掏出手機。利乏音站在那裡，不確定自己該做什麼，傻傻地看著她撥電話給那個叫克拉米夏的雛鬼，開始倉促而簡略地解釋爲什麼她無法回學校：**達拉斯發瘋了……一定是電流讓他失去理智……在回夜之屋途中竟把我踹出柔的車子……不，我沒事……也許明晚回去……**

利乏音覺得自己像個闖入者，決定走開，讓她安靜地跟她的雛鬼講話。他返回頂樓，在壁櫥敞開的門外踱步。他累了。雖然已經痊癒，但趕著在日出前帶史蒂薇·蕾回來，耗盡了他的體力。他應該躲進壁櫥，趁著白天休息。反正史蒂薇·蕾在日落之前不會離開地下室。

史蒂薇·蕾**不能**離開地下室。

她白天可能受傷。事實上，在日出和日落之間的這段時間，所有紅雛鬼都很脆弱。所以，達拉斯在天黑之前不可能危害到她。但萬一有人類闖進來呢？

利乏音慢慢地收拾毯子和他囤積的食糧，帶到地下室。他走下樓梯時，天色已經大亮。她打完電話了，蜷縮在角落。他替史蒂薇·蕾蓋上毯子時，她只稍微動了一下。然後，他舒服地蜷縮在她旁邊。沒近到會碰到她，但也沒遠到她醒來時無法第一眼就見到他。他讓自己安頓在她和門口之間。這樣，如果有人闖入，一定得先經過他，才能碰觸到她。

利乏音睡著之前想到的最後一件事，是他終於了解父親恆常的憤怒和不忿。如果今天史蒂薇．蕾眞的拒絕他，甩開他，他的世界就永遠會因爲失去她而蒙上陰影。了解這一點，比起極可能必須再度面對黑暗，更讓他害怕。

我不要活在沒有她的世界。這些感覺他幾乎無法理解，卻已讓他耗盡心神。仿人鴉終於沉沉睡著。

24 史塔克

「我知道，進入另一個世界我可能會死。但我不要活在沒有她的世界。」史塔克忍著不大聲吼叫，但掩不住語氣裡滿滿的沮喪。「所以，請直接告訴我，我到底該怎麼做才能去柔依那裡，然後我會自己去面對一切挑戰。」

「你爲什麼想要柔依回來？」史迦赫問他。

史塔克伸手捋過自己的頭髮。伴隨日光而來的疲憊感籠罩著他，耗損了他的神經，混亂了他的思緒。他睏倦的心只想得出一個答案，於是他衝口而出：「因爲我愛她。」

女王對他的告白似乎毫無反應，若有所思地端詳著他。「我感覺到你被黑暗碰觸過。」

「對。」史塔克不了解她說這句話的意思，但還是點點頭。「可是，當我選擇跟柔依在一起，我就選擇了光亮。」

「對，不過，如果選擇光亮意味著你會失去至愛，你還會選擇光亮嗎？」修洛斯問。

「等等。史塔克去另一個世界的目的就是爲了保護柔依，好讓她能夠將靈魂復原，回到她的軀體，對吧？」愛芙羅黛蒂說。

「對，如果她的靈魂復原，她就可以選擇回來。」修洛斯回答。

「那我不懂你的問題。如果柔回來，他就不會失去她呀。」愛芙羅黛蒂說。

「我的守護人是要指出，當柔依從另一個世界回來，她會變得不一樣。」史迦赫說：「萬一這種改變導致她離開史塔克呢？」

「我是她的誓約戰士，**這點**絕不會改變，也就是說，我會留在她身邊。」史塔克說。

「對，小夥子，你會繼續當她的戰士，但或許當不成她的愛人。」修洛斯說。

史塔克覺得有一把刀插入他的內臟，但他仍毫不猶豫地說：「無論如何，我願意死，好帶她回來。」

「有時，我們最深的各種情緒，只能靠我們最核心的自我是怎樣一種人來區別。」女王說：「情欲和慈悲、寬大和執迷、愛和恨，這些情緒經常彼此糾結。你說你愛你的女王，願意為她死；但萬一她不再愛你，你的世界會變成什麼顏色？」

黑暗。這個字眼立刻浮現在史塔克的腦海，但他知道他不該說出口。

幸好，愛芙羅黛蒂的大嘴巴拯救了他。

「如果柔不想跟他在一起，像男生和女生那樣在一起，史塔克就慘了。這不用想也知道。不過，這不表示他就會投向『黑暗之境』——我知道你們知道這是什麼意思，因爲你們看《星艦迷航記》，況且物以類聚，呆瓜自然懂呆瓜的用語。無論如何，一旦出現柔依甩掉史塔克這種劇情，史塔克會怎麼做，應該是史塔克、柔依和妮克絲之間的事情，對吧？說眞格的，女神知道我不是**故意**說話惡毒，不過妳只是個女王，又不是女神，有些事情不是妳能掌控的。」

史塔克屛住呼吸，等著史迦赫使用《星艦迷航記》或《星際大戰》裡的什麼玩意兒，將愛芙羅黛蒂轟得粉身碎骨。不料，女王大笑，忽然間竟像個女孩子。

「年輕的女先知，我很高興我**不是**女神。我能控制世界的這個小角落，就已經夠了。」

「既然這樣，妳爲什麼這麼在乎到時候史塔克會怎樣？」愛芙羅黛蒂問女王，而達瑞司對她使了個眼色——史塔克覺得，那個眼色是在說「別再說了」。

史迦赫和她的守護人互看一眼，史塔克看到老戰士微微點頭，彷彿兩人達成某種共識。

史迦赫女王說：「在這個世界，光亮與黑暗之間的平衡很可能因爲單一的行爲而改變。雖然史塔克只是一個戰士，他的行爲卻可能影響很多戰士。」

「而這個世界不需要多一個厲害的戰士來替黑暗效命。」

「這我知道，我絕不會再替黑暗效命。」史塔克難過地說：「我看著柔依的靈魂因爲單一的行爲而碎裂，所以我明白那個道理。」

「那麼，請謹愼地衡量你的行爲，無論在另一個世界或這個世界。」女王告訴他。「並且，請好好思考另一件事——年輕、天眞的人相信愛是宇宙間最強大的力量，但對我們這些……這麼說吧，比較**實際**的人來說，一個人的意志，只要正直、堅定，可以比一群浪漫的人有力量。」

「我會記住的，我保證。」史塔克幾乎是不自覺地說。如果史迦赫要他發誓，說他願意砍斷手臂，她才肯展開行動，送他去另一個世界，他也會照做。

史迦赫彷彿可以讀出他的心思，難過地搖搖頭，說：「很好，你就展開你的追尋之旅吧。」說著她舉起手，下令道：「升起席歐奈基。」

咻的一聲之後，傳來喀啦喀啦的聲響，女王的壇台前方，柔依所在的位置再過去一點，地板打開，一塊鐵鏽色的石板從地下升起，一直升到腰部的高度。石板長寬恰可容一個成鬼躺下，布滿繁複的繩結圖案，兩側的地面各有兩道溝槽，彎曲如弓，一端比另一端寬，狹窄的那一端收攏成尖角。史塔克仔細觀察後，乍然明白兩件事——

那兩道溝槽像是巨大的獸角。

石板的顏色並非鐵鏽色。它原本是白色大理石，上面的鐵鏽色澤其實是染血的痕跡。

「這是席歐奈基，靈之座，古代獻祭和膜拜之所。」史迦赫說：「它歷史悠久，非我們記憶所及。長久以來，它就是通往黑暗和光亮的管道——通往白牛和黑牛，而那就是守護人力量的根基。」

「獻祭和膜拜。」愛芙羅黛蒂移步靠近石板。「妳說的是什麼樣的獻祭？」

「喔，這要視追尋之旅而定了，不是嗎？」修洛斯說。

「這不算是回答。」愛芙羅黛蒂說。

「當然是，小姑娘。」守護人對她露出陰鬱的微笑。「而且妳是明知故問，不管妳願不願意承認。」

「沒問題，我可以獻祭。」史塔克說，虛弱地舉手撫拭額頭。「告訴我，我得拿什麼，或拿誰當祭品——」他瞥了愛芙羅黛蒂一眼，不在乎是否會惹毛達瑞司——「我就照辦。」

「小夥子，獻祭的主角是你。」修洛斯說。

「我認爲，趁他白天最虛弱的時候進行更好，這樣他的靈應該更容易脫離肉體。」史迦赫對她的守護人說，彷彿史塔克不在場。

「對，妳說得有理。多數戰士在離開肉體時都會掙扎抗拒，在虛弱狀態下進行應該會比較容易。」修洛斯表示贊同。

「那麼，我應該怎麼做？去找個處女或什麼的嗎？」這次他沒望向愛芙羅黛蒂，因爲她顯然不符合這個條件。

「戰士，你就是祭品。別人的血辦不到。這是你的追尋之旅，從頭到尾都是。現在，你仍願意進行嗎，史塔克？」史迦赫說。

「願意。」史塔克毫不遲疑。

「那就躺在席歐奈基上吧，年輕的麥奎利思守護人。你的族長將會引出你的血，帶你到生死交界的地方。石板會收取你的獻祭。白牛已表明，你的靈將被接納，前往另一個世界的大門。至於能否進去，就看你自己了。願女神悲憫你的靈魂。」女王說。

「好，很好，我們開始吧。」但史塔克沒直接走向席歐奈基，而是跪在柔依身邊。不理會眾人正注視著他，他捧著柔依的臉蛋，輕輕吻她，在她唇邊低聲說：「我要去找妳了。這次我不會讓妳失望。」然後，他起身，肩膀往後挺，走向那塊大石板。

修洛斯已經從女王身邊走到石板的頭頂位置。他堅定地看著史塔克，從腰際那只老舊的皮革鞘囊拔出一把銳利駭人的匕首。

「等等，等等。」眾人不敢置信地看著愛芙羅黛蒂低頭在一只特大的袋子裡翻尋。這個皮革大袋子，可是她遠迢迢從威尼斯一路背來的。

史塔克眞的受夠她了。「愛芙羅黛蒂，現在不是時候。」

「噢，拜託，終於……我就知道我不會忘了氣味這麼濃，體積又這麼大的東西。」她拿出一個裝滿樹枝和針葉的小袋子，然後打個響指，示意一名站在牆邊的戰士過去。她那神情威嚴如女王，雅不是史塔克願意承認的。那名魁梧的戰士簡直是用跑的，趕緊過去接過她手中這袋枝葉。然後，她說：「我相信這一定是可怕的流血儀式。在你們開始進行之前，得有人在史塔克身邊燃燒這些東西，就像焚香那樣。」

「搞什麼啊？」史塔克對著愛芙羅黛蒂搖頭，納悶（不是第一次）這女的是否眞的精神有問題。

她賞他一個白眼，說：「紅鳥阿嬤告訴史蒂薇．蕾，史蒂薇．蕾告訴我，在靈的世界中，燃燒雪松是一種很重要、很強大的切羅基族魔法。」

「雪松？」史塔克說。

「對，吸入它的煙氣，帶著煙氣去另一個世界。還有，拜託，閉上嘴巴，準備獻血吧。」愛芙羅黛蒂說，然後將注意力轉向史迦赫。「我想，妳可以說紅鳥阿嬤是一個巫人。她很有智慧，很懂得大地具有靈魂之類的事。她說，雪松可以幫助史塔克。」

接過袋子的那名戰士望著女王。她聳聳肩，點頭說：「反正無害。」

等火盆備妥，起了火，添了針葉，愛芙羅黛蒂微笑著對修洛斯微微鞠躬，說：「好，現在可以開始了。」

史塔克很想對討厭鬼愛芙羅黛蒂吼叫，但他忍住。現在他必須專注。他會依照囑咐，吸入雪松煙氣，因爲紅鳥阿嬤懂得這些東西，而重點是他得找到柔依，保護她。史塔克再次用手抹額頭，希望能抹掉白晝在他腦袋裡撒下的疲憊煙霧。

「別抗拒。你要脫離肉體時，一定會覺得不舒服。對戰士來說，這畢竟不是一件自然的事情。」修洛斯用手上的匕首指著大石板的表面，說：「袒露你的胸膛，躺下。」

史塔克脫掉運動衫和底下的T恤，躺在石板上。

「我看到你已被標記。」修洛斯指著史塔克胸膛左側那個斷箭圖案的粉紅色燙疤。

「對，爲了柔依而被標記的。」

「好，那麼，你再次爲她被標記就很順理成章了。」

史塔克做好心理準備，直挺挺地躺在染血的石板上。石板應該是冷的、死的，但他的肌膚一碰到大理石表面，石板裡的溫熱就開始在他身體底下聚積，像跳動的脈搏，有節奏地發散出來。

「對，沒錯，你感覺到了。」這位古代守護人說。

「它是熱的。」史塔克說，抬眼看他。

「對我們守護人來說，它是活的。你信任我嗎，小夥子？」

史塔克眨著眼睛，很驚訝修洛斯會這麼問，但他毫不猶豫地回答：「信任。」

「我要帶你到死亡之前的地方。你必須相信我會帶你到那裡。」

「我相信你。」史塔克的確相信。不知怎地，這位戰士能引發他內心深處的共鳴，信任他似乎是再自然不過的事。

「對你、我來說，這都不好受。但這是必要的過程。肉體必須放開，才能讓靈自由地離去。要達到這個目的，非得承受痛苦和流血不可。你準備好了嗎？」

史塔克點點頭，雙手貼緊石板溫熱的肌膚，深吸一口氣，吸入雪松的氣味。

「等等！你在割他之前，先跟他說一些有助益的話吧，別讓他的靈魂在另一個世界像個白癡那樣亂掙扎。你是巫人，所以對他做點巫人會做的事吧。」愛芙羅黛蒂說。

修洛斯看著愛芙羅黛蒂，然後望向他的女王。史塔克看不見史迦赫，但無論他們兩人之間交換了什麼眼神，這使得她的守護人在將視線移回愛芙羅黛蒂身上時，揚起嘴角，露出一絲絲的微笑。

「好，我的小女王，我要告訴妳的朋友：若靈魂想真正知道什麼是良善，我是指無私的純然良善，那麼，我們人性中最卑劣的成分就必須順服我們對愛、和平及和諧的渴求。臣服是一種強大的力量。」

「這種話對我來說太詩意了，但史塔克喜歡讀書，或許他懂你在說什麼。」

「愛芙羅黛蒂，可以幫我一個忙嗎？」史塔克問。

「或許。」

「閉·嘴。」然後，他看著修洛斯，說：「謝謝你的教誨，我會記住的。」

修洛斯迎視史塔克的目光。「小夥子，你必須自己撐住，我沒辦法控制你的身體。如果你承受不住，你就不能通過那道大門。若是這樣，最好趁現在就打住。」

「我不會動的。」史塔克說。

「席歐奈基的心跳會引領你到另一個世界。至於回到這個世界，你必須自己找路。」

史塔克點點頭，張著雙手，貼住大理石，想吸收它的溫熱，來溫暖忽然發冷的身體。

修洛斯舉起匕首，迅速揮向史塔克。速度之快，只見守護人的手像個影子，一閃而過。一開始，從腰際往上劃到胸肋骨右側的痛，只彷彿皮膚出現一道熱熱的感覺。

第二刀幾乎跟第一刀一模一樣，只差左肋這一刀劃出了一條滴血的紅線。

接著，痛楚才眞正開始。灼熱貫穿他，他的血像火山熔岩從身體兩側湧出，淌在石板上。修洛斯細心地揮舞銳利的匕首，不斷往返從史塔克身體的一側劃到另一側，直到史塔克的血匯聚在石板邊緣，彷彿巨人眼角的紅色淚滴。巨大血滴在石板邊緣微微晃動，宛如在遲疑著，然後終於溢出、滑落，沿著繁複的繩結雕紋往下流，注入獸角形狀的溝槽。

史塔克不曾這麼痛過。

他之前死的時候不曾這樣。

他從死中復活，只想到飢渴和暴力時，不曾這樣。

就連他爲了柔依，差點被自己的箭射殺時，也不曾這樣。

老守護人讓他感受到的痛苦，不只是肉體上的。這種痛燒燙他的身體，但也炙傷他的靈魂。這種痛會流動，而且綿延無盡，像躲不掉的浪濤，一波波拍擊他，淹沒他。

史塔克本能地開始抗拒。他知道他不能動，但還是掙扎著想牢牢保住自己的意識。**如果我放開，我就死了**。

「信任我，小夥子，放手。」

修洛斯就在他上方，一次又一次地俯身割他的身體。但史塔克覺得守護人的聲音像遙遠的錨，幾乎看不見。

「信任我……」

史塔克已經做了抉擇。他現在只須貫徹到底。

「我信任你。」他聽見自己喃喃地說。世界變灰，接著變紅，然後變黑。史塔克只意識到痛的灼熱和血的流動。兩種感覺交纏會合，他忽然離開了肉體，沉入石板裡，沿著旁邊的雕紋滴落，沖進獸角。

一切只剩痛苦和黑暗，史塔克努力壓抑自己的驚恐。奇怪的是，才一會兒工夫，他不再驚慌，只覺得麻木，彷彿已接受事實，而且竟然安心許多。仔細想想，其實黑暗也沒那麼糟。起碼痛苦消失了。事實上，痛苦似乎已成爲遙遠的記憶……

「你他媽的別放棄，白癡！柔依需要你！」

愛芙羅黛蒂的聲音？天哪，連他脫離肉體了，她都還能打擾他。

脫離肉體了。他辦到了！然而，興奮隨即被困惑取代。

他人在肉體之外。

什麼都看不到。什麼都感覺不到。什麼都聽不到。只有絕對的漆黑。

史塔克不知自己身在何處。他的靈撲動著，像一隻受困的鳥，拍打著空無。

修洛斯是怎麼跟他說的？他的教誨是什麼？

……**臣服是一種強大的力量**。

史塔克不再抗拒，讓靈安靜下來。漆黑中閃過一抹記憶。那是屬於他靈魂的記憶，隨同他的血注入像獸角的溝槽。

獸角。

史塔克專注在腦海裡這個唯一的具體意象上，想像自己抓住那兩根角。

接著，那生物從絕對的漆黑中冒出來。他的黑，跟之前吞噬史塔克的黑不一樣。那是新月夜空的黑，宛如黑夜裡深邃靜止的水，以及泰半遺忘的午夜夢境。

我接受你的血祭，戰士。面對我，往前衝，如果你敢。

我敢！史塔克大吼，接受他的挑戰。

牛隻衝向他。史塔克沒有拔腿奔逃，也沒有跳開，反而純然出於本能，與公牛正面相迎。他吶喊出他的怒氣、憤懣和恐懼，衝向公牛。那生物低下碩大的頭顱，彷彿準備用角頂史塔克。

不！史塔克躍向公牛，做夢一般，一出手竟抓住牛角。公牛隨即頭往上甩，史塔克翻過牛身。當他一直拋飛，他覺得自己像是從無比高聳的峭壁往下跳。而在他身後，在靈魂闃如的漆黑中，他聽見公牛的聲音迴盪著一句話：**幹得好，守護人……**

接著，四周爆出亮光，他跌在堅硬的地面上。史塔克緩緩起身，心裡納悶著，他明明只是個靈體，沒有肉身，怎麼依然有肉身的形體和感覺。

他環顧四周。前方有一個林子，跟史迦赫城堡附近那個一模一樣。樹林前方甚至也有一棵吊夢樹，上面掛著數不清的祈願布條。這時，那些布條忽然變了，變成不同的顏色、長度，像聖誕樹上的箔紙，閃閃發亮。

另一個世界——這一定就是通往妮克絲國度的入口，否則不可能如此奇妙。

在邁步往前走之前，史塔克回頭瞥了一眼，心想妮克絲的國度不可能這麼容易進去，那頭黑牛一定會再現身，而且這次一定會眞的用牛角戳死他。

結果，背後仍只有漆黑的空無。但他發現，他剛剛墜落的地方是一小塊半圓形的紅土，彷彿奧克拉荷馬州的土壤，而那塊地的中央有一把閃閃發亮的利劍，劍身一半插在土裡。史塔克用兩隻手握住劍柄，才拔出那把劍。然後他無意識地將原本光潔無瑕的劍身貼在牛仔褲上擦拭。這時，他才察覺，跟席歐奈基一樣，這塊地染過血。

他快速擦拭劍身，因爲想到上面曾沾有血跡而感到不悅。然後，他將注意力轉向前方。那是他必須去的地方，他的理智、情感和靈清楚知道。

「柔依，我來了，我來找妳了。」他說，邁開步伐，卻撞上一道堅硬如磚牆的隱形屏障。「怎麼回事？」他嘟囔著，往後退，抬頭看，發現眼前竟出現一道石砌拱門。

拱門忽然爆出冰冷的白光，史塔克毛骨悚然，腦海中浮現冷凍櫃的門打開，裡頭赫然擺著一具死屍的情景。他眨巴著眼睛，視線往下移，眼前的景象嚇壞了他。

史塔克睜大眼睛，盯著自己。

起初他以爲拱門一定裝了一面鏡子，但鏡子裡並沒有反射出他背後的一片漆黑，而且鏡中那個他正露出熟悉的冷傲笑容。史塔克知道此刻自己絕對沒有在笑。接著，那個鏡中的他開口說話，排除了那是鏡中影像的想法和其他一切合理的解釋。

「對，王八呆瓜，我是你，你就是我。想進來這裡，你就得殺了我。但這是不可能的，因爲我可不喜歡死。相反地，**我**會狠狠地修理你，把**你**殺了。」

史塔克杵在那裡，說不出話，瞪著自己。但他的鏡中影像已撲了過來，揮舞著一把闊劍，跟他手中那把一模一樣，在他手臂上劃出一道血。

「果然跟我想的一樣簡單。」另一個他說，再次撲向史塔克。

25 愛芙羅黛蒂

「對，燈亮著，但肯定沒有人在家。」史塔克的眼睛睜著，但顯然一無所見。愛芙羅黛蒂當著他的眼睛揮了揮手，然後趕緊將手抽開，差點被修洛斯手上的匕首劃到。修洛斯無視於她在旁邊，又一刀往史塔克已經血肉模糊的胸脅劃下去。

「他已經看起來像塊漢堡肉了，你非得繼續割不可嗎？」愛芙羅黛蒂問守護人。她和史塔克互相看不順眼，但這不表示她喜歡眼睜睜看著他被千刀萬剮。

修洛斯似乎沒聽見她說話，只專注於躺在眼前的男孩。

「他們兩人在這趟追尋之旅裡結合在一起了。」史迦赫說。她已離開寶座，站在愛芙羅黛蒂身邊。

「但你的守護人意識清醒，活在他自己的身體裡面。」達瑞司說，打量著修洛斯。

「對，他的意識的確在這裡，但也完全融入這個男孩，可以聽見史塔克的心跳，感受他的呼吸。修洛斯清楚知道史塔克有多接近死亡。我的守護人必須確保他處於生死交界。太偏向生界，他的靈魂會返回肉體，他會甦醒；太偏向死界，他的靈魂將永遠回不來。」

「那他怎麼知道何時該住手？」愛芙羅黛蒂問。當修洛斯的匕首再次劃下，她不自禁地畏縮一下。

「等史塔克甦醒，或死亡。不管哪一種情況，都取決於史塔克自己，而非我的守護人。修洛斯現在所做的，是讓史塔克能做出自己的抉擇。」史迦赫對愛芙羅黛蒂說，但雙眼始終注視著修洛斯。「妳也應該這麼做。」

「割他？」愛芙羅黛蒂對女王蹙起眉頭。

女王笑笑，但繼續看著她的守護人。「妳說妳是妮克絲的女先知，不是嗎？」

「我**是**她的女先知。」

「那妳也可以考慮利用自己的天賦，來幫這男孩。」

「如果我曉得怎麼做，我一定幫他。」

「愛芙羅黛蒂，或許妳應該——」達瑞司開口，抓住愛芙羅黛蒂的手臂，想將她從史迦赫身邊拉開，顯然擔心她太打擾女王。

「不，戰士，你毋須把她拉走。跟強勢的女人在一起，你會發現，她的話語經常讓自己惹上麻煩，而你保護不了她。這是她們自己的話語，必須自己承擔後果。」史迦赫這時終於看著愛芙羅黛蒂。「妳能讓自己的話語銳利如刀。利用妳這個能力，尋求自己的答案吧。除非運用自己的天賦，眞正的女先知難得在這個世界獲得指引。然而，能力經過智慧和耐心的調和，一定可以教導妳如何善用天賦。」女王舉起手，優雅地對陰暗角落的一名吸血鬼打個手勢。「帶女先知和她的守護人到他們的房間，讓他們休息，不要打擾他們。」史迦赫不再說話，返回寶座，目光再次專注地投向她的守護人。

愛芙羅黛蒂抿緊嘴唇，不發一語地離開。帶路的這位吸血鬼，身材魁梧，一頭薑黃色頭髮，臉上的刺青是由寶藍色小點構成的繁複漩渦圖案。他們循原路回到那道寬廣的石階，上樓進入一條迴廊，迴廊兩側牆面裝飾著鑲寶石的劍，在火炬照射下，熠熠生輝。然後，他們爬上一道比較小的石階，終於來到一扇木頭拱門前。戰士打開門，讓他們進房。

「如果史塔克有什麼變化，請務必通知我，好嗎？」愛芙羅黛蒂在戰士關上門之前說。

「好的。」戰士說，語氣出奇地溫柔。

門一關上，愛芙羅黛蒂轉身面對達瑞司。「你認爲我的嘴巴會讓我惹上麻煩？」

她的戰士揚起眉毛。「我當然這麼認爲。」

她蹙起眉頭。「好，聽著，我不是在開玩笑。」

「我也不是在開玩笑啊。」

「那你為什麼這麼認為？只因為我說話坦白？」

「不，我的美人兒，是因為妳的話語銳利如刀。刀一旦出鞘，經常會惹麻煩。」

她哼了一聲，坐在偌大的四柱床上。「如果我說話像刀子，你幹麼喜歡我？」

達瑞司在她身邊坐下，牽起她的手。「妳忘了嗎，飛刀是我最愛的武器啊？」

愛芙羅黛蒂看著他的眼睛，忽然覺得好受傷。「說眞的，我是個潑婦，你不該喜歡我。我想，大部分人都不喜歡我。」

「了解妳的人就會喜歡妳，眞正的妳。而我對妳的感覺超越喜歡。愛芙羅黛蒂，我愛妳。我愛妳的堅強、妳的幽默感，以及妳對朋友的眞誠關心。我也愛妳內心原本受傷，現在正開始痊癒的那些部分。」

雖然得用力眨眼才忍住淚水，她繼續凝視著他。「這一切讓我變成可怕的潑婦。」

「妳之所以是妳，正是因為這一切。」他把她的手拉到唇邊，溫柔地吻它，然後說：「這一切也讓妳有能力想出辦法幫史塔克。」

「可是我不知道怎麼做呀！」

「妳用妳的天賦感知柔依不在，還有卡羅納。現在妳不能用同樣的方法來感受史塔克嗎？」

「我所做的只是看他們的靈魂是否仍在肉體裡。而現在我們已經知道史塔克離開了。」

「那，這回妳就不必像之前對他們兩人那樣碰觸他了。」

愛芙羅黛蒂嘆一口氣。「同樣的方法，是嗎？」

「對。」

她抬頭看他，更用力抓住他的手。「你眞的認爲我辦得到？」

「我相信妳只要用心，很少事情辦不到。」

愛芙羅黛蒂點點頭，捏了捏他的手才放開。她脫下黑色細高跟長統皮靴，雙手一推，往後坐到床上，倚著一堆羽絨枕。「我不在時你會保護我嗎？」她問她的戰士。

「當然。」達瑞司說。

他起身站在床邊。愛芙羅黛蒂不禁覺得，這像是修洛斯站在女王寶座旁。於是，她放心地閉上眼睛，叫自己放鬆，然後深吸三口氣，滌清思慮，專注地想著女神。

妮克絲，是我愛芙羅黛蒂，妳的女先知啦。她差點補上一句「起碼別人是這麼稱呼我的」，但她克制住自己。她再深吸一口氣，繼續在心裡默禱：**我在此求妳幫忙。妳知道我不很清楚女先知到底該怎麼做，所以，我想，妳得知我不曉得怎麼運用妳賜予的能力來幫史塔克，應該不會感到訝異——而他偏偏又需要我的幫助。我的意思是，史塔克在這個世界被千**

刀萬剮，在另一個世界又像個無頭蒼蠅那樣掙扎，只能利用一首詩和那老傢伙謎語一般的教誨來救柔。有句話我只告訴妳喔，有時我覺得，史塔克四肢發達，頭髮遠比頭腦好。顯然他需要幫助，而為了柔依，我想幫他。所以，拜託，妮克絲，告訴我怎麼幫他。

把妳自己交給我，女兒。妮克絲的聲音在她心裡響起，像一片輕薄的紗簾微微飄動，透明晶瑩，飄緲夢幻，美到令人難以置信。

好！愛芙羅黛蒂立即回應。她對她的女神敞開心、靈和腦。

忽然，她化成微風，隨著妮克絲纖細如絲的那一縷聲音，往上飄揚，逐漸遠去。

看看我的國度。

愛芙羅黛蒂的靈在妮克絲的另一個世界上空飛翔。那兒美到難以言喻，綠色草葉千變萬化，鮮豔的花卉彷彿隨著音樂搖擺，美麗的湖泊水光粼粼。愛芙羅黛蒂覺得，她好像還瞥見野馬飛奔而去，繽紛多彩的孔雀飛過。而整個國度裡，到處都有靈體忽隱忽現，跳著舞、歡笑、相愛。**「我們死後就是來這裡嗎？」**愛芙羅黛蒂問，驚嘆不已。

有時候。

「什麼有時候？妳是說好人才能來這裡嗎？」愛芙羅黛蒂心一沉，覺得如果這是到這個地方的審核標準，她恐怕永遠來不了了。

女神的笑聲好神奇。**我是妳的女神，女兒，不是妳的裁判。「好」是一種多面向的觀念。比方說，看看其中一個面向吧。**

愛芙羅黛蒂的靈慢慢地飄移，直到懸停在一處令人讚歎的樹林上空。她驚訝地眨著眼睛，仔細打量，發現它活像史迦赫城堡附近的那片林子。她一邊比較兩處樹林，一邊緩緩下沉，穿過樹葉織就的華蓋，降落在覆滿地面的厚厚苔蘚上。

「聽我說，小柔！妳可以辦到的。」

一聽到西斯的聲音，愛芙羅黛蒂旋即轉身，看見西斯和柔依。柔變得好蒼白，近乎透明，不停地繞圈踱步，看起來非常詭異，而西斯站定不動，看著柔依，神情無比哀傷。

「柔依！總算找到妳了！好，聽我說，妳得把自己收拾完整，回到妳的肉體。」

柔依完全不理會她，哇的一聲號啕大哭，繼續踱步。「我辦不到，西斯。事情發生太久了，我無法再讓靈魂復原。我記不得事情，無法集中注意力——我只知道，我活該這樣。」

「噢，鬼扯。柔依！別哭了，聽我說！」

「不，妳不該這樣！」西斯靠近柔依，兩手搭在她的肩膀上，強迫她站定。「妳可以辦到的，小柔。妳必須辦到。如果妳辦到，我們就能在一起。」

「太讚了，我現在就像電影《聖誕夜怪譚》裡那三個代表過去、現在和未來的聖誕鬼

魂，他們根本聽不見我說的半句話！」

那麼，女兒，或許妳改變一下，試著聆聽。

愛芙羅黛蒂忍著不發出沮喪的嘆息，然後遵照女神的建議去做——雖然這讓她覺得自己像個鬼鬼祟祟的偷窺狂，從別人家的臥房窗戶往裡頭偷看。

「你是說真的嗎，西斯？」柔依盯著西斯，剎那間看起來比較像原本的她，而不再是一個靜不下來的古怪鬼魂。「你真的想待在這裡？」她猶豫地對西斯微笑，身體不停地扭動。

他吻她，然後說：「寶貝，妳在哪裡，我就想在哪裡——永遠。」

柔依痛苦地呻吟一聲，掙脫西斯的手。「對不起，對不起。」她說，一邊踱步一邊又開始哭泣。「我就是停不下來，我無法休息。」

「所以妳才必須把妳的靈魂喚回來呀，否則妳無法跟我在一起。小柔，否則妳會變成**什麼**都不是。妳會一直移動，並一點一滴失去自己，直到完全消失。」

「你會死都是我的錯！你不屬於這裡，不該來的。你怎麼可能依然愛我呢？」她將一綹黏膩的頭髮從臉龐撥開，開始繞著西斯轉圈——片刻都停不住——永遠不停歇。

「不是妳的錯！是卡羅納殺了我。事情就這麼簡單。況且，只要我們在一起，不論我們身在何處，是生是死，又有什麼關係呢？」

「你眞的這麼想？」

「我愛妳，柔依。打從第一次見到妳的那天起，我就愛上妳，而且我會永遠愛著妳。我保證。只要妳恢復完整，我們就能永遠在一起。」

「永遠。」柔依喃喃地說：「還有，你眞的原諒我？」

「寶貝，沒有什麼需要原諒的。」

柔依顯然費了很大的勁，才終於讓自己停止走動。「好，爲了你，我試試看。」她張開雙臂，頭往後仰，蒼白的身體開始發光。起初是從體內發出躊躇的、小小的光。接著，她開始呼喚名字，而且——

愛芙羅黛蒂忽然從眼前的異象被拉走，迅速脫離樹林，飛升而去，快得她胃部翻攪、噁心。

「啊！太高，太快了，我會吐。」

一陣溫煦的風吹過，消除暈眩的感覺。她再次移動時，不再覺得作嘔，但心中的疑惑依舊。

「我不明白。柔把自己恢復完整，但還是和西斯留在這裡，沒返回她的肉體？」

在未來的這個版本裡，沒錯，她是留在這裡。

愛芙羅黛蒂遲疑了一下，不情願地問：「可是，她快樂嗎？」

快樂。柔依會滿足地跟西斯永遠待在另一個世界裡。

愛芙羅黛蒂一聽，心裡非常難過、沉重。但她必須往下說：**「這樣的話，或許柔應該留在這裡。我們會懷念她，我會想念她。」**接著，她遲疑了一下，克制住想哭的衝動。**「史塔克絕對會很難受。不過，如果她本該留在這裡，那她就應該留下來。」**

每個人本該如何，會隨著他們的選擇而改變。剛剛那個景象，只是柔依的一種未來。就如同另一個世界裡的其他諸多選擇，柔依的選擇也會牽動人間的未來。如果柔依選擇留下，看看人間的未來會怎樣吧——

愛芙羅黛蒂被吸入一個非常熟悉的場景。她站在上次靈視裡她所在的那片田野中央。跟上次一樣，她置身在一群正在燃燒的人之間，當中包括人類、成鬼和雛鬼。她再度經歷火吻之痛，感受到相同的難言的痛楚。猶如在上次的靈視裡，愛芙羅黛蒂抬頭看見卡羅納站在眾人面前，但這次柔依沒跟他在一起——既沒跟他在一起親熱，也沒說句什麼話摧毀他。相反地，奈菲瑞特出現在這次的場景裡，她闊步走過卡羅納身邊，看著起火燃燒的人。然後，她開始用手指在四周的空氣中編織出複雜的圖案，黑暗隨之在她周遭膨脹、擴大，從她身上往外擴散，沾染田野，熄滅了火，但沒帶走痛苦。

「不，我不想殺了他們！」奈菲瑞特伸出一根指頭，一簇卷鬚纏繞住卡羅納的身體。

「幫我讓他們屬於我。」

卡羅納開始吸納卷鬚。愛芙羅黛蒂專注地看著他，見到黑暗的卷鬚就像海市蜃樓化爲眞實那般，變成具體可見的東西，纏繞著不死生物的身軀。卡羅納喘著氣，愛芙羅黛蒂看不出來他是愉快或痛苦，但他對奈菲瑞特苦笑，展臂接納黑暗，說：「如妳所願，我的女神。」

全身纏繞卷鬚的卡羅納走上前，站在奈菲瑞特面前。接著，墮落的不死生物雙膝跪地，袒露頸項。愛芙羅黛蒂看見奈菲瑞特彎下身，舔卡羅納的頸子，接著惡狠狠地、貪婪地將牙齒戳入，吸吮他的血。黑暗的卷鬚顫抖著，搏動，繁殖……

愛芙羅黛蒂覺得噁心至極，將頭別開，卻見到史蒂薇·蕾進入田野。

史蒂薇·蕾？

她身邊有個漆黑的東西跟著移動。愛芙羅黛蒂這才發現，史蒂薇·蕾站在一個仿人鴉旁邊——就在他身邊，非常親近，彷彿他們**在一起**。

搞什麼鬼啊？

仿人鴉張開翅膀，環住史蒂薇·蕾，猶如將她摟在懷中。史蒂薇·蕾嘆一口氣，貼近那生物，直至完全被他的翅膀包覆。見到這景象，愛芙羅黛蒂驚愕到沒注意那個印第安男生從哪兒冒出來——他就這麼忽然出現，站在仿人鴉前面。

雖然靈視帶來極大的痛苦和驚嚇，愛芙羅黛蒂還是注意到這個男生令人讚歎的外貌。

他幾乎全身赤裸，好看得不得了。一頭濃密長髮編織成辮子，烏黑如渡鴉的羽毛。他個頭高大，肌肉結實，一整個非常俊美。

他無視於仿人鴉，逕自對史蒂薇・蕾伸出手，說：「接納我，他就會離開。」

史蒂薇・蕾走出那生物的懷抱，但沒牽住男生的手。她說：「沒那麼簡單。」

依然跪在奈菲瑞特面前的卡羅納喊道：「利乏音！不准再次背叛我，我兒！」

不死生物的話語驅動仿人鴉。他開始攻擊印第安男生。兩人激烈纏鬥時，史蒂薇・蕾站在一旁，什麼都沒做，只是盯著仿人鴉，傷心地哭泣。愛芙羅黛蒂聽見她哭著說：「別離開我，利乏音。拜託，拜託，拜託別離開我。」

在這一票人身後，遠方的地平線上，愛芙羅黛蒂看見熾烈的亮光浮現，以爲是太陽即將升起。但是，當她對著亮光瞇眼細瞧，才發現那不是朝陽，而是一頭巨大的白牛正要爬過一頭黑牛慘遭屠戮的身軀。她知道，黑牛想要保護現代世界僅存的部分，但失敗了。

愛芙羅黛蒂的靈魂簌簌顫抖，忽然被拉出這個異象。妮克絲以微風環抱她，安撫她。

「**喔，女神，**」她低聲說：「**不，不可以。一個少女做出的抉擇，真的會攪亂光亮與黑暗在整個世界裡的平衡嗎？這怎麼可能？**」

想想妳自己的抉擇吧。妳選擇了良善，從而開啓一條路，產生全新品種的吸血鬼。

「紅雛鬼？可是，在我什麼都沒做之前，他們就已經存在了啊。」

對，但那時他們沒辦法重獲人性，直到妳做出選擇，自我犧牲，才開啓了這一條路。而妳不也只是一個少女嗎？

「噢，糟糕，那柔依必須回來。」

那麼，西斯就必須從另一個世界的國度繼續往前走。唯有如此，柔依的靈魂如果恢復完整，才會選擇返回肉體。

「那我要怎麼做才能促成這件事？」

女兒，妳唯一能做的，是讓他們知道這一回事。選擇權仍在西斯、柔依和史塔克身上。

愛芙羅黛蒂全身搐動，被一股力量往後拉，不斷後退。然後，她喘著氣，忍著痛，眨著眼睛，透過滿眼迷濛的紅色淚水，見到達瑞司正俯身看著她。

「妳回到我身邊了嗎？」

愛芙羅黛蒂坐起來，覺得暈眩，眼睛後方的腦袋抽痛不止。這種痛，她太熟悉了。她抬手將散落在臉上的頭髮拂開，驚訝地看到自己的手竟顫抖得這麼厲害。

「喝下這個，我的美人兒。經過那趟靈魂之旅，妳必須讓自己鎮定下來。」他遞給她一個酒杯，扶著她的手將杯子湊近唇邊。

愛芙羅黛蒂大口灌下紅酒，說：「帶我去找史塔克。」

「可是，妳的眼睛——妳必須休息！」

「如果我現在休息，很可能會讓這整個該死的世界下地獄。我是說眞的變成地獄。」

「那，好，我帶妳去。」

愛芙羅黛蒂渾身虛軟，支撐不住，靠在她的誓約戰士身上，走回命運戰士廳。那兒的狀況沒什麼變化，史迦赫依舊注視著她的守護人細心地慢慢一刀一刀劃傷史塔克的身體。

愛芙羅黛蒂一秒鐘都沒耽擱，直接走向史迦赫。「我必須跟史塔克講話，現在。」

史迦赫看著她，注意到她全身顫抖，兩眼充血。「妳剛剛運用了妳的天賦？」

「對。我有事情必須告訴史塔克，否則就慘了，所有人都慘了，眞的很慘。」

女王點點頭，示意愛芙羅黛蒂跟她一起走向席歐奈基。

「妳只有一點點時間。講話要快，要清楚。如果妳把史塔克留在這裡太久，他就無法循原路折返另一個世界，除非等他從今天這趟旅程的折磨中復原——妳要知道，這得花上好幾個禮拜的時間。」

「我懂了。我只有一次機會。我準備好了。」愛芙羅黛蒂說。

史迦赫碰觸守護人的前臂。這不過是極輕微的撫觸，修洛斯的整個身體卻像泛起漣漪般地顫動。他停住再一次下刀的動作，仍盯著史塔克，以沙啞的聲音說：「**莫・邦恩・麗**？我的女王？」

「喚他回來。女先知有話對他說。」

修洛斯閉上眼睛，彷彿她的話傷了他。再次睜開眼睛時，他低吼道：「好，女人……如妳所願。」他將沒拿匕首的那隻手按住史塔克的額頭。「聽我說，小子，你必須回來。」

26 史塔克

史塔克踉蹌後退，本能地舉起他的闊劍，擋開另一方致命的一擊。這個動作，既出於直覺，也出於偶然。而另一方，既是他，也不是他。

「你爲什麼這麼做？」史塔克吼道。

「我已經告訴過你，你進入這裡的唯一途徑就是殺了我，但我可不打算死。」

兩人繞圈對峙，提防著對方。「你在說什麼鬼話？你明明就是**我**。如果我進得去，你怎麼可能會死？」

「我是部分的你，不怎麼善良的那部分。也可以說，你是部分的我，好的那部分。天殺的，我眞討厭這樣說。別裝傻了，你不可能不知道我。回想一下，你還沒變得娘娘腔，還沒對那個叫人起雞皮疙瘩的婊子立誓之前，我們可是很了解彼此呢。」

史塔克直盯著他，見到那雙眼睛泛出的紅色，以及那張臉凶狠的表情。對方仍掛著笑容，但原來的傲氣已變成殘酷，使他的五官顯得既熟悉又陌生。「你是我壞的一面。」

「壞？這要視你的立場而定吧？從我現在的立場來看，我好得很，一點都不壞。」另一方哈哈大笑，繼續說：「『壞』這個字眼遠不足以形容我的潛力。說我『壞』，未免太寬厚了。我的世界充滿你無法想像的事情。」

史塔克才準備搖頭，否認他聽到的一切，注意力一閃失，另一方已再次展開攻擊，往他的右臂二頭肌劃下深深的一刀。

史塔克舉起闊劍防衛，驚訝地發現他的兩隻手臂只有奇怪的燒灼感，一點兒都不痛。

「沒錯，不會痛，對吧？不急，還不到時候。我這把劍實在他媽的太利了，所以你不覺得痛。不過，瞧，你在流血，好多的血。很快你就會連劍也握不住。到時候，你就完蛋了，我會一勞永逸地除掉你。」另一方繼續說：「或者，我們應該來玩玩。這樣吧，讓我玩個夠，一寸一寸地剝你的皮，剮你的肉，直到你變成一具血淋淋的屍體，倒在我的腳邊。」

史塔克從眼角瞥見，他所感受到的炙熱，源自他身上那兩道傷口汩汩流出的血。另一方說得對，他快不行了。

他必須出擊——必須現在就跟他拼。再猶豫下去，繼續只採取守勢，他會死。

史塔克往前撲，完全憑著本能，揮劍擊向他的鏡中影像，擊向對方防衛上的一切可能破綻，但紅眼睛的他輕易就封住他的每一次攻擊。接著，如同眼鏡蛇，對方猝然反擊，鑽過史塔克的防守，在他的大腿上劃下又深又長的一刀。

「你打不贏我的，我對你的一舉一動瞭若指掌。而且你跟我完全不一樣，什麼狗屎善良已經讓你變得軟弱，所以你才會一開始就無法保護柔依。愛她讓你變脆弱。」

「不！愛柔依是我這輩子做過最棒的事情。」

「是嗎？好，這也將是你這輩子做過的**最後**一件事。這一點——」

史塔克倏地被拉回他的軀體。他睜開眼睛，看見修洛斯俯身看著他，一手拿七首，另一手按住他的額頭。

「不！我得回去！」他喊道，覺得自己的身體像著了火，胸脅痛得難以想像。而痛是一種力量，將腎上腺素灌滿全身。他的第一個直覺是——動！離開！對抗！

「不，小夥子，記住，你不能動。」修洛斯說。

當史塔克強迫自己不動，待在那裡，他的呼吸變得又急又重。

「讓我回去，」他告訴守護人：「我得回去。」

「史塔克，聽我說，」他眼前忽然出現愛芙羅黛蒂的臉，「西斯是關鍵。在看到柔依之前，你必須先找到他。你要告訴西斯，他必須往前走，他在另一個世界裡必須丟下柔依，自己往前走，否則她永遠不會回來這裡。」

「什麼?愛芙羅黛蒂?」

她抓住他的手，把自己的臉湊到他面前。他見到她的眼睛充血，突然憬悟，她一定才出現靈視。

「相信我，去找西斯，叫他離開。如果你沒這麼做，就沒人可以阻止奈菲瑞特和卡羅納，我們就全都完了。」

「如果他要回去，就得馬上走。」修洛斯說。

「送他回去。」史迦赫說。

史塔克的視野邊緣的亮光開始變灰暗，他抗拒著再次被往下拉。

「等等！告訴我，我該怎麼——怎麼對付我自己?」史塔克終於急促地說完這句話。

「喔，這簡單。你裡面的戰士必須死去，才能生出巫人。」

史塔克分辨不出，修洛斯的這句話是此刻他對自己的回答，抑或其實是從自己的記憶浮現。但他沒時間弄清楚。才一眨眼，修洛斯就一手像鉗子般地抓緊他的頭，另一手將刀刃劃過他的眼皮。灼熱、刺目的光一閃，他又一次面對另一個自己，彷彿從未離開過。雖然守護人最後那一刀害他痛得昏頭轉向，史塔克發現，他的心思還來不及掌握狀況，他的身體已快速做出反應，輕易地擋下鏡中影像的攻擊。剛才那一刀，彷彿揭開了攻擊另一方核心的路徑布局。這是史塔克之前從不知道的。而既然他之前不知道，或許另一方也不知道。如果眞是如此，那他就有機會了，儘管只是一個微眇的機會。

「我可以整天跟你耗，但**你**不行。媽的，我居然那麼好對付。」紅眼睛的史塔克狂妄地大笑。

不待他笑完，史塔克往前撲，循著痛苦和需求所揭示的攻擊路徑，劃傷鏡中影像的手臂外緣。

「可惡！你還眞的讓我見血了。沒想到你會有這麼一手！」

「喔，沒什麼，這就是你的問題所在。你太過狂妄了。」史塔克看見他的鏡中影像閃過一絲猶豫。他心中若有所悟，趕忙抓住這條思路，自然得一如舉劍防衛，從而看見攻擊路徑在對方身上的分布。「不對，不是你太狂妄。是我，是我太狂妄。」

鏡中影像的防守架式開始猶豫不決。這時，史塔克完全明白了，於是節節進逼：「我也太自私了，所以才會害死我的導師。我自私到不讓任何人在任何事上贏過我。」

「不！」紅眼史塔克吶喊：「那不是你──是我。」

看到破綻，史塔克再次攻擊，一劍刺中另一方的胸脅。「你錯了，你知道的。你是我壞的一面，但你仍是我。身爲戰士的我不願意承認，但我裡面的巫人開始明白了。」史塔克一邊說，一邊不斷地進攻，一招又一招地擊向他的鏡中影像。「我們狂妄，我們自私，有時我們還很惡毒。我們脾氣壞透了，一旦被惹毛，就懷恨在心。」

另一方心裡的什麼東西彷彿被史塔克的話觸動，隨即以驚人的速度反擊，使出勢不可當的技巧和力道。**喔，女神，不，別讓我的嘴巴壞了事**。就在史塔克幾乎招架不住時，他驀然發現，自己的反應太過理性，太容易預測。他打敗自己的唯一可能方法，就是出其不意，讓另一方無從預料。**我必須給他一個破綻，讓他有機會殺我**。

當另一方劍如雨下，一招招進逼過來，史塔克知道機會來了。他佯裝疏忽了左側的防守，另一方果然收束不住攻勢，直取他的缺口，縱身撲向前來，轉瞬間反而暴露自己的弱點。史塔克清楚看見可以攻擊的路徑、對方破綻的分布。他以連自己都吃驚的凶猛力道，將劍柄狠狠地往另一方的頭顱砸下去。

史塔克的鏡中影像雙膝跪地，大口喘氣，幾乎握不住闊劍。「現在，殺了我，進入另一個世界，去找那女孩吧。」

「不。現在我要接納你，因爲不管我多聰明，或可以變得多好，你將永遠在我裡面。」

紅眼與褐眼再次相望。另一方丟下劍，以迅雷不及掩耳的速度，縱身撲向史塔克手上的闊劍——讓劍刃深深刺進自己的胸膛，直至劍柄。在這血淋淋、赤裸裸的親密時刻，史塔克與另一方貼得是如此近，他吸入了另一方最後吐出的一絲甜蜜氣息。

史塔克覺得五臟六腑糾結成一團。他自己！他殺了他自己！他驚駭地直搖頭，呼喊道：「不！我——」他大聲否認，紅眼史塔克卻露出會心的微笑，染血的嘴唇蠕動著，喃喃地說：「我們會再見面的，戰士，比你想像的快。」

史塔克放下另一方，讓他仍跪在地上，同時從他胸膛抽出劍。

時間靜止，妮克絲國度的神聖亮光聚焦在劍上，整支血淋淋的美麗劍身閃閃發光，亮得史塔克目眩，猶如修洛斯最後那一刀令他視野灼傷。瞬間，奇蹟似地，古代守護人出現在他身邊，陪同他及另一方，三名戰士一起凝視著那把劍。

修洛斯開口說話，但眼睛仍盯著劍柄。「對，小夥子，這是你的守護人雙刃大劍，在溼熱的血中鑄造，只用於捍衛榮譽，由決意保衛王者的男子執持。王者便是**邦恩．麗**，亦即女王。大劍的刃口鍛鍊得如此銳利，砍殺無痛，而執劍的守護人也必擊殺褻瀆我們偉大血統的人，毫不寬容，無所畏懼，絕不徇私。」

史塔克出神地轉動大劍，鑲飾寶石的劍柄輝映著光芒。史迦赫的守護人繼續說：「五顆水晶，四顆落在四個角，第五顆與心形石一起鑲在正中央。如果執劍的守護人是被選中的戰士，重榮譽勝於生命，大劍將恆常搏動，與執劍人的心跳相偕。」修洛斯打住話語，終於抬起頭來。「你就是那個戰士嗎，小夥子？你會是真正的守護人嗎？」

「我想成爲眞正的守護人。」史塔克說，心裡默默祈願，盼望大劍的脈搏與他一致。

「那麼，你行事必須永遠以榮譽爲重，將你所擊敗的人送往更好的地方。如果你可以像個守護人而非男孩那樣來做事……如果你來自眞正的血、魂和靈，那麼，孩子，你就會發現，你最後的恐懼將讓你輕易接受並執行這永恆的責任。

「但你要知道，此去沒有回頭路，因爲這是守護人的律法和命運。沒有忿懣、惡意、偏見和仇恨，不保證可以得到愛、幸福或利益，唯一的報酬是對榮譽的堅定信念。在我們身後，什麼都沒有。」在修洛斯的眼中，史塔克看見永恆的順從。「你願意永遠承擔這個責任嗎？現在，你已經知道守護人的眞相，做抉擇吧，孩子。」

修洛斯的影像消失，時間再次開始流動。另一方仍跪在他面前，抬頭看著他，流露出認命與恐懼的眼神。

榮耀地死去。當史塔克心中浮現這句話，大劍的劍柄在他手中發熱，怦怦搏動，應和著他的心跳。他收掌握緊劍柄，沉醉在與劍合一的感覺中。

接著，劍身的重量擁有自己的生命能量，帶給史塔克一種既可怕又美好的力量和認知。心中沒有任何念頭和情緒，他揮劍，畫出一道弦月的弧線，進行致命一擊。劍身狠狠地砍進另一方，利落地從頭顱劈到胯下。一聲大大的嘆息傳來，另一方的軀體消失。

這時，史塔克才察覺自己有多殘忍，心頭一驚，扔下大劍，跪倒在地。

「天哪！我怎麼可能既做出這種事，又擁有榮耀呢？」

史塔克跪在地上，心中迷惘，呼吸困難。他低頭看自己的身體，以爲會見到綻開的傷口和血，很多很多自己的血。

然而，他錯了，他身上毫髮無傷。他唯一看到的血，是早已滲入腳下泥土裡的血。而唯一留下的傷，是他剛剛幹下那件事的記憶。

他的手彷彿有自己的意志，自行重新抓住大劍的劍柄。他想起剛才自己使出的致命一擊，手顫抖著。但他仍緊緊抓著劍柄，感覺它的溫熱和應和著他心跳的搏動。

「我是守護人。」他喃喃地說。隨著這句話說出口，他眞正接納了自己，也終於眞正明白，重點不在於消滅他壞的那一面，從來就不是；重點在於控制它。這就是眞正的守護人所做的事：他不否定殘酷，而是憑藉著榮譽來行使殘酷。

史塔克低下頭，將頭靠在守護人的大劍上。

「柔依，我的王者，我的**邦恩．麗**，我的女王——我選擇完全接受，並遵循榮譽之道。唯有如此，我才能成爲妳需要我成爲的戰士。我在此立誓。」

史塔克的誓詞還懸浮在四周的空氣中，阻擋他進入另一個世界的那道拱門突然消失，守護人的大劍也不見蹤影，只留下史塔克一個人，手無寸鐵，跪在女神的聖樹林前，面對奇妙、美麗的吊夢樹。

史塔克費力地站起來，本能地走向林子，心中只想著要找她——他的女王，他的柔依。

但是，更靠近樹林時，史塔克放慢腳步，最後停住。

不，他一開始就錯了。又是這樣。

他要找的人不是柔依，而是西斯。儘管愛芙羅黛蒂惹人厭，他很清楚她的靈視是眞的。要命，愛芙羅黛蒂到底是怎麼說的？好像說西斯必須往前走，柔依才能回來。史塔克思忖著她的話。要他承認這一點，實在很痛苦，但他明白愛芙羅黛蒂的話確實有道理。柔依從小就跟西斯在一起，如今目睹他死去，傷心欲絕，才會靈魂碎裂。如果她的靈魂可以復原，跟西斯一起留在這裡……

史塔克環顧四周，一如他剛才手持大劍時那樣，他眞的**看見**了。

妮克絲的國度不可思議。他可以感覺到這地方寬廣無垠，知道妮克絲的國度遠比眼前這片林子遼闊。但是，說眞的，光這片樹林就夠令人讚歎了——蓊鬱翠綠，安詳親切，他覺得他的靈可以在此獲得庇護。他歷盡千辛萬苦才來到這裡，了解自己身為柔依守護人的責任是什麼，也明白自己的任務尚未達成，但他好想走進林子裡，深呼吸，在祥和靜謐中休息。倘若身邊有柔依，只要有片刻的永恆待在這裡，他就再滿足不過了。

所以，沒錯，只要有西斯在身邊，柔依一定會想留在這裡。史塔克抬手揉搓自己的臉，思忖著。他眞不想承認——承認這一點讓他心碎——但柔依的確愛西斯，或許更甚於愛他。

史塔克在心裡搖頭。她對西斯的愛不重要！柔依必須回到人間——連愛芙羅黛蒂的靈視都這麼說。而且，如果沒有西斯的牽絆，他或許可以說服她跟他回去。她就是那種女孩——關心朋友更甚於關心自己。

這正是西斯必須離開她的原因。史塔克這麼做，眞的不是爲了讓她離開西斯。所以，他必須找到西斯，說服他放棄他唯一愛過的女孩。永遠放棄。

幹。

不可能。

可是，要他擊敗自己，接受這件事所代表的一切意義，一開始不也同樣不可能嗎？

所以，該死，好好想一想！像個守護人那樣思考，別像個蠢小子那樣莽撞行動和反應。

他可以找到柔依的，他之前就找到過她。只要找到柔依，就能找到西斯。

史塔克望向吊夢樹。這裡的吊夢樹比斯凱島那一棵大。繫在巨大枝椏華蓋上的布條，隨著溫煦的風輕輕搖曳，色彩和長度不斷變化。

吊夢樹的意義在於夢想、希望和愛。

嗯，他真的愛柔依。

史塔克閉上眼睛，專注地想著柔依——想著他有多愛她，多想念她。

時間流逝……過了幾分鐘，或許幾小時。什麼都沒有，連個鬼影子都沒有。沒一絲跟她的下落有關的線索。他完全感覺不到她。

你不能放棄。像個守護人那樣思考。

所以，愛不能引導他找到柔依。那什麼可以辦到？什麼比愛有力量？

史塔克驚訝地眨著眼睛。他早就有答案了。他被賦予守護人頭銜，獲贈那把神祕大劍時，已接受那答案。

「對守護人來說，榮譽比愛有力量。」史塔克大聲說。

他話才說完，就見到吊夢樹上出現一條細細的金色絲帶。它閃爍著金屬的冷光，讓史塔克想起修洛斯帶在手腕上的金手鐲。絲帶鬆開，脫離吊夢樹，飄入樹林裡。史塔克毫不猶豫，聽從自己的直覺，跟隨醒覺的榮譽感，大步追上去。

27 西斯

柔依的狀況愈來愈糟。這太不公平了。難道她這些日子吃的苦頭還不夠多？現在她遇到這種事，靈魂碎裂，正悄悄地在離開他，離開所有一切。一開始是一點一滴地流失，最近事態嚴重，她似乎是一大片一大片地剝離。他們愈深入樹林，躲開可能正在追蹤他們的卡羅納，柔依的變化就愈快。而他什麼都做不了。她根本不聽他說。他無法和她講道理。她甚至無法靜止不動。眞的是一刻都無法靜止。

他看得見她在前方。但是，就算他沿著流水淙淙的小溪，在覆滿苔蘚的溪岸跑步追趕，也仍然趕不上她。她在他前方遊蕩，有時對著空氣喃喃自語，有時輕聲哭泣，但始終躁動不安，總是在移動。

他彷彿是眼睜睜地看著她蒸發。

西斯得做點什麼事。他明白，她這樣子是因爲靈魂不完整。這不難理解。他曾試圖跟她談這件事，試圖要她把碎片叫回來，然後回她的肉體去。另一個世界的事情他眞的不懂，但他在這裡待得愈久，就自然地愈**曉得**一些事情。或許這是因爲他已經死了。

老天，想到自己死了，感覺起來眞詭異。不是那種嚇人、古怪的詭異，因爲他壓根兒不覺得自己死了。他覺得自己仍然像自己，只不過置身在另一個地方。西斯搔了搔頭，可惡，眞想不通這是怎麼回事。然而，不難想通的是，小柔並**沒有**死，所以她眞的不該留在這裡。

他嘆一口氣。有時他覺得自己也不該留在這裡。不是這裡不好。好吧，沒錯，小柔狀況很糟，而且他們不能離開樹林，以免卡羅納或什麼鬼東西逮住他們，甚至再一次殺死他——如果有這種可能。但，撇開這些不談，這裡是挺不錯的。

不過，也只是不錯而已。

感覺上彷彿他的靈在尋找什麼別的東西——某種他在這裡找不著的東西。

「你太早死了。這就是原因所在。」西斯嚇一跳。柔依就站在他面前，不停地搖晃，重心從一腳換到另一腳，一雙哀傷的眼睛看著他。

「小柔，寶貝，妳這樣冒出來很嚇人欸。」他努力擠出笑聲。「好像妳才是鬼魂，我不是。」

「對不起……對不起……」她咕噥著，又開始繞著他走動。「她們告訴我，你在這裡不快樂，因爲你死得太早。」

西斯站在原地，但隨著她改變方向。「『她們』是誰？」

柔依隨手指向樹林裡。「那些看起來像我的人。」

西斯走上前，陪著她走動。「寶貝，妳忘了我們談過她們嗎？她們是妳的片段啊，所以妳才會覺得這麼糟。下次她們跟妳說話，我要妳叫她們回到妳裡面。這樣情況就會好很多。」

她看著他，眼睛睜大但茫然無神。「不，我辦不到。」

「爲什麼辦不到，寶貝？」

柔依哭出來。「我辦不到，西斯。事情發生太久了，我無法再讓靈魂復原。我記不得事情，無法集中注意力——我只知道，我活該這樣。」

「不，妳不該這樣！」西斯靠近柔依，雙手搭在她的肩膀上，強迫她起碼安靜一下子，聽他說話。這時，一條金色絲帶從他眼角飄過，瞬間轉移了他的注意力。

才這麼一瞬間，柔依又焦躁不安起來。她哭得很淒慘，說；「我得走了！西斯，我得不停地走動，我似乎只能這樣。」他還來不及阻止，她就從他身邊飄走——幾乎是飄走。她蒼白的身軀彷彿一根羽毛，被一陣強風帶走，飄忽不定地迅速飄向樹林深處。

「喔，不，我不吃這一套。」他尾隨柔依追上去。他必須讓她聽他說，他必須幫她。但他隨即猶豫起來，慢慢地停下腳步。問題是，他不知道怎麼幫她。「我不知道怎麼辦呀！」他吶喊，握拳捶打旁邊一棵布滿苔蘚的樹幹。「我不知道怎麼辦呀！」西斯再次捶樹，不理會手痛。「我．他媽的．不．知道．怎麼辦．呀！」他一字一下地往樹幹上捶，直到指關節裂開，血的氣味溢出，飄浮在四周。

就在這時，一大片陰影遮蔽了陽光。他順手在苔蘚上擦拭疼痛的手，然後抬起頭。

黑暗。翅膀。遮蔽女神的亮光。

西斯心跳如雷鳴，蹲低身子，掄起流血的拳頭，擺開防衛姿勢，但等不到有人來襲。突然來襲的是一種認知，彷彿喃喃低語的思緒，從上方的陰影淌下，沿著血的氣味滲入他的血管。**她會留在這裡，跟你在一起，永永遠遠。但她必須恢復完整。**

西斯驚愕地眨眼。「什麼？是誰？」

用你的腦袋想，沒用的凡人！

「是嗎？好。」西斯說，瞇眼看著上方懸浮的暗影。是卡羅納嗎？西斯無法看仔細。

你必須叫她把靈魂的片段喚回來，恢復完整，然後她才能在這裡休息，在聖樹林裡，跟你在一起。

「這點我知道，我只是不知道怎麼讓她這麼做。如果你聽懂我在說什麼的話。」

答案就在你和她的連結裡。

「我和她的連結？可是，我不知道——」西斯突然發現，他的確知道如何運用他們之間的連結。他只須讓小柔聽他說就成了。這一點，他以前一向辦得到。即使他很渾帳，酗酒，功課一團糟，搞得她想甩掉他，他還是有辦法讓兩人復合——讓兩人在一起。

西斯咧嘴笑了。就這樣！他馬上忘了長翅膀的黑暗，動身去追柔依，而女神的亮光再次毫無阻攔地照進林子裡。他和柔依的連結是關鍵。不管發生什麼事，他們兩人只要在一起，就會沒事。這種連結至今依舊存在。所以，即便他死了，小柔仍來找他。現在，他只須讓小柔聽他說。一旦小柔明白他們可以在一起，而且他樂於待在這裡，她就會讓自己恢復完整。然後，不管他們必須面對什麼，他們就一起面對——永遠地。嗯，這應該不難。他的小柔可眞的很有兩把刷子。

帶著新的決心，西斯興奮地往前跑。突然有人低聲喊他——「西斯！」害他戛然停住。

「什麼鬼啊？」

「這邊！」

他轉身，看見金色絲帶卡在一棵花楸樹的枝椏間，有個人從樹後走出來。他驚訝得直眨眼。「史塔克？你怎麼——」

「噓！別讓柔依知道我在這裡。」

西斯走到樹旁。「你來這裡做什麼？」但他沒給史塔克時間回答。「啊，糟糕！你也死了？這下子小柔一定無法承受！」

「小聲一點。沒有，我沒死。我是來這裡保護柔依，好讓她回到她的軀體，重返她該去的地方。」史塔克停頓一下，然後才說：「你知道自己死了，對吧？」

「老兄，不會吧？我死了？」西斯譏諷地說：「感謝你來這裡提醒我。沒有你我還眞不知道怎麼辦呢。」

「好，我換個問題：你知道柔依的靈魂碎裂了嗎？」

西斯還沒回答，兩人就看見柔依走過來，史塔克趕緊跳回樹幹後方，躲在樹影裡。西斯迅速上前攔住她，擋住她的視線。

「你沒來找我。你總是會來找我的。」她努力待在一個定點，身體不斷地前後搖晃。

「我這就要去找妳了，小柔。妳知道我永遠不會離開妳，只是妳現在比我快太多了。」

「所以，你不是要拋下我？」

西斯撫摸她的臉頰，氣她看起來這麼虛弱，這麼惶恐，一點也不像柔依。「不，我不會離開妳。妳繼續走在我前頭，我隨後跟上。」她猶豫著，顯然又要繞著他打轉。這樣一來，她勢必會走近史塔克躲藏的地方。西斯趕緊說：「嘿，或許妳快速移動會舒服一些。所以，妳不妨開始跑，或用飄的，然後再回來這裡。如果妳這樣可以的話，我就在這邊逗留一會兒。我需要休息一下。」

「對不起……對不起……我忘了你需要休息……我忘了……」

她開始飄走，西斯在她身後喊道：「別跑太遠喔！別忘了繞回來這裡喔！」

「我不會忘記……我不可能忘記你。」她說，頭也不回，消失在陰影中。

史塔克從樹後走出來，聲音因震驚而沙啞。「啊，比我想像的糟。」

西斯難過地點點頭。「對，我知道。靈魂碎裂眞的把她搞慘了。她無法靜下來，所以無法思考，而這一點眞的、眞的很糟糕。」

史塔克仍凝望著柔依的方向，說：「最高委員會說過，她會變成庫伊尼克希，不死不活，處在靈的國度，但沒有靈魂。她現在已經變成這個樣子，情況還會繼續惡化。她將永遠不得休息，永遠。」

「那麼，我們必須讓她的靈魂恢復完整。我想，這點我或許辦得到。老兄，我不是要傷你的心，但這件事你幫不了忙。如果你眞想幫忙，就離開這裡，去痛扁害我們困在樹林裡的鬼東西。就這樣，那個東西交給你，柔依交給我。」

西斯轉身要走開，去追柔依，但史塔克的話讓他停下腳步。「對，你可以告訴她，你會留在這裡陪她，讓她的靈魂復原。但這樣一來，你會毀了真實世界裡柔依關愛的每個人。」

西斯轉身面向史塔克。「你這樣說很不漂亮喔。老兄，放她走吧。我知道你愛她，但說真的，你跟她認識才不過一段時間，而我跟她在一起好幾年了。我知道你很想念她，但她跟我在這裡很好——她會很快樂。」

「這件事與愛情無關。重點是我們必須這麼做。我以守護人的身分跟你保證，我說的是實話。如果柔依沒回到她的軀體，她所知道的——你所知道的——這個世界就會毀滅。」

「守護人是什麼意義？」

史塔克深吸一口氣。「榮譽。」

史塔克的語氣讓西斯不得不以新的眼光看他。這傢伙變了，看起來更高大、更成熟，不像原來那個臭屁的他。而且他看起來很哀傷，非常哀傷。

「你說的都是實話。」

史塔克點點頭。「愛芙羅黛蒂出現靈視，看見你向柔依承諾，你會留在這裡陪她，從而幫她把靈魂恢復完整。這樣，她就不會變成庫伊尼克希。她又會是原來的她，會永遠跟你留在這裡。但這樣一來，就沒人可以阻止奈菲瑞特和卡羅納。」

「到時候他們就會控制全世界。」西斯替史塔克把話說完。

「沒錯，到時候他們就會控制全世界。」史塔克說。

西斯看著史塔克的眼睛。「我必須離開柔依。」

「我不會讓她孤單的。」史塔克告訴他。「我是她的戰士，她的守護人。我向你發誓，我永遠會好好地保護她。」

西斯點點頭，別開臉，試圖控制情緒。他好想奔跑——去找小柔，確定她會跟他在一起，不管在這裡或其他地方，兩人永遠在一起。但當他把視線轉回到史塔克身上，他立刻明白：如果柔依的朋友被毀滅，她一定會很痛苦。這種痛苦將壓過她對他的愛，壓過她對任何人的愛。所以，如果他**真的**愛她，他就必須離開她。

西斯難過得想吐。他很高興自己的聲音聽起來平靜、正常。「我離開以後，你要怎麼讓她把自己復原？」

「你不能告訴她，你會留在這裡，等她復原後，你再離開嗎？」

西斯哼了一聲，說：「老兄，我不想苛責你，畢竟你沒死，所以你對靈界的事情跟白癡一樣無知。但如果我對小柔撒謊，是絕不可能幫她把靈魂復原的。我的意思是，拜託，這樣不合理呀。」

「好，好，我想你說得沒錯。」史塔克伸手捋過自己的頭髮。「那我就不知道該怎麼做了。不過，我會想出辦法的，我非做到不可。如果你能像個男人那樣離開她，我就能像個男人那樣想出辦法救她。」

「好。不過，記住──小柔不喜歡男生救她，她喜歡自己照顧自己。多數時候，你只須站在她身後挺她就行了，讓她自己去處理。」

史塔克嚴肅地點點頭。「我會記住的。」

「好，那麼，我們去找她吧。」

兩人開始走向樹林裡他們最後瞥見柔依身影的地方。

「你跟她道別時，我會躲開。我不會讓她看見我，直到你離開。」史塔克說。

西斯不信任自己的聲音，所以他只是點點頭。

「你剛才提到，有個鬼東西把你們困在這裡。再說清楚一點。」

西斯清清喉嚨，說：「一開始我以為是卡羅納，但今天發生一件怪事，讓我覺得或許不是他。我的意思是，外面那個東西似乎想幫我想辦法救柔依。」

「但要你留在這裡，對嗎？」

「對，好像整個重點就在這裡。」

「所以，卡羅納是要告訴你，怎樣才能讓柔依永遠不會離開另一個世界，永遠不會回到她的軀體。」史塔克說：「這正是他的眞正目的。」

「而今天他差點利用我達成他的目的。渾帳東西，難不成殺了我還不夠！」西斯看著史塔克，說：「所以，你才會來這裡？我的意思是，我知道你必須來告訴我，我得離開這裡，繼續前進，但基本上你是來這裡對付卡羅納，好讓柔依可以跟你回家。」

「對，看來這愈來愈像是我此行的目的。」

西斯哼了一聲，說：「老兄，那就祝你好運，順利打敗不死生物。」

「我一直在思考這件事。我想，我眞正需要做的，是撐一段時間，讓他無法靠近柔。這樣，柔就有機會復原，離開這裡，返回軀體。到時候，卡羅納就傷害不了她——起碼一時傷害不了她。」

「不行。很抱歉打亂你的計畫，但如果是這樣，小柔根本就不需要你保護。」

史塔克不解地看著他。

「事情是這樣的——小柔在樹林裡很安全。」西斯指著四周的樹木。「壞東西進不了這裡。這地方很特殊，彷彿下面那個世界裡一切神奇的東西都來自上面這片樹林。這裡可以說是『超級地球』，一個完全和平靜謐的地方。你感覺不到這裡很特別嗎？」

「沒錯，我感覺到了。超級地球這種說法很棒。」史塔克說：「而且我也感覺到它的祥和寧靜，打從一開始就感覺到了，所以我才想到她會跟你待在這裡。」

「對，她會想待在這裡，所以她才需要你。只要她安全地留在這裡，她就不會回眞實世界去。所以，再說一次，祝你順利保護小柔，打敗卡羅納。那渾帳東西殺了我，希望你表現得比我好。如果可以，替我狠狠地扁他，也替小柔出口氣。」

「我會的。對了，西斯，有件事我想讓你知道。」史塔克說：「我無法像你這麼勇敢。換作我，我一定離不開她。」

西斯瞥他一眼，聳聳肩，說：「喔，這麼說吧，我比你更愛她。」

「不管怎樣，你做了應該做的事，光榮的事。」史塔克說。

「你知道嗎，從我現在的角度來看，光榮一點意義都沒有。對我和小柔來說，愛才有意義。一直都是如此，未來也一樣。」

他們沉默地往前走，沉浸在各自的思緒裡。西斯的話不斷在史塔克的腦海裡迴盪，一遍又一遍：「**對我和小柔來說，愛才有意義。一直都是如此，未來也一樣。**」接著，他驚訝地發現，他懂了——眞正懂了。雖然這不會讓他即將要做的事情變得容易些，卻讓事情變得比較能承受。

* * *

他們在樹林裡的一塊小空地找到她。她正繞著一棵常青樹打轉。這棵樹高大莊嚴，散發出濃濃的氣味。但在花楸、山楂和苔蘚遍布的地方，冒出這麼一棵樹，感覺很突兀。他們彎下身子，悄悄靠近，始終小心地躲在一叢叢灌木後面。然後史塔克點點頭，指著一個覆滿苔蘚，約莫成人大小的石堆。那裡更靠近柔依，但又不會被看見。西斯跟著史塔克躲到那裡，深吸一口氣，嗅了嗅氣味。「眞怪，」西斯壓低聲音說：「這裡怎麼會冒出一棵雪松？」

「雪松？那是雪松？」史塔克問。

「是啊，小柔的老家和我家之間就有一棵大雪松，長得跟這棵幾乎一模一樣，氣味也一樣。」

「柔依的阿嬤說，我來這裡時，他們必須在我身體旁邊燃燒雪松。愛芙羅黛蒂帶了一大袋雪松的枝葉來。我離開肉體之前，他們把雪松枝葉點燃了。」他看著西斯。「這棵樹是好徵兆，代表我們的方向正確。」

西斯迎視史塔克的目光，半晌才說：「希望是。但你要知道，對我來說，這不會讓事情變得容易些。」

「我知道。」

「你知道？我即將離開我唯一愛過的女孩，把她交給你，即使我知道她非常需要我。」

「西斯，你要我說什麼？說我希望可以不必這樣？我確實這麼希望。說我希望你沒死，柔依的靈魂沒碎裂，而最讓我煩心的事是忌妒你和那個混蛋艾瑞克？我確實這麼希望。」

「你不必忌妒艾瑞克，小柔絕不可能跟占有欲強烈的混蛋在一起太久。別因爲那種傢伙感到心煩。」

「如果我帶她回到人間，她完完整整地回到她的軀體，我絕不會再因爲任何其他男孩而心煩。」史塔克說。

「不是**如果**。」西斯嚴肅地說。史塔克不解地皺起眉頭。西斯嘆一口氣，解釋道：「是**當**你帶她回去。除非你確定自己辦得到，否則我不會離開她。」

史塔克點點頭。「好，你說得對。**當**我帶她回去。我確定我在做對的事——**我們**在做對的事。只不過，我知道，不管怎麼做，最後都會害柔依難過。」

「對，我知道。可是，」西斯朝柔依的方向揚了揚下巴，「不會比她現在的狀況糟。」

他低下頭，靜默片刻，然後伸手拍打自己的兩側肩膀，彷彿在拍打美式足球制服的墊肩。他搖晃一下身子，吁出長長一口氣，然後抬起頭，最後一次看著史塔克的眼睛。「你得告訴她，我不要她替我難過，哭得一把鼻涕一把眼淚。記得替我提醒她，她那樣子眞難看。」

很嗯。」

「我會的。」

「喔，對了，你最好養成習慣，隨身攜帶面紙。不是我誇張，小柔涕泗橫流的模樣眞的

「好，我會的。」

西斯對史塔克伸出手。「替我好好照顧她。」

史塔克抓住西斯的前臂。「戰士對戰士，我跟你發誓。」

「很好。下次見到你，我會看看你有沒有遵守誓言。」

西斯放開史塔克的手，再次深吸一口氣，走出藏身處，努力不去想即將發生的事。

相反地，他看著柔依，回想變成鬼影子似的這副模樣之前的她，回想他從小就愛上的女孩。他彷彿看見四年級時她自己剪的，狗啃的瀏海。他臉上浮出微笑，想起她在國中時男孩子氣的模樣，膝蓋經常連續好幾個月瘀青結痂。後來，她升上高中之前的那個夏天，他和家人出門渡假一個月，離開時她還是手長腳長，一副彆彆扭扭的樣子，回來時竟發現她變成一個青春洋溢的女神，他的年輕女神。

「嗨，小柔。」他走上前，跟上她的步伐，陪著她一起繞圈子。

「西斯！我才在想你跑去哪裡了。我，呃，在這裡停下來，等你趕上來。我好想你。」

「妳跑得好快，小柔。我已經盡快趕上來了。」他挽著她的手臂，覺得她的肌膚冷得嚇人。「妳好嗎，寶貝？」

「我不知道。我覺得有點怪，頭暈暈的，但也重重的。你知道我怎麼了嗎，西斯？」

「我知道，寶貝。」他停下腳步，但手繼續勾著她，強迫她停下來。「妳的靈魂碎裂了，小柔。我們是在另一個世界，記得嗎？」

她大大的黑眼睛看著他，霎時彷彿仍是原來的柔依。「對，我現在記得了。我告訴你，這實在有夠扯，像一大坨狗便便！」

他淚水盈眶，覺得她的身影也在朦朧淚水中浮動。但他用力眨眼，擠出笑容。「妳說得沒錯。不過，我知道怎麼解決。」

「你知道？太棒了。可是，呃，可以我一邊走動，你一邊解決嗎？我就是沒辦法站著不動。」

西斯沒放手，反而將手牢牢地搭在她的肩膀上，強迫她站在原地，看著他的眼睛。

「妳必須把妳靈魂的片段都找回來，湊齊，然後回到妳在眞實世界的肉體裡。爲了妳的朋友，爲了史塔克，爲了妳的阿嬤，妳必須這麼做。小柔，爲了我，妳也必須這麼做。」

柔依的身體扭動著，但他看得出她努力保持靜止不動。

「不，西斯，沒有你，我不要。我不要回到沒有你的眞實世界。」

「我知道，寶貝。」他溫柔地說：「可是，有時候妳必須做妳不想做的事。就像現在的我——我不想離開妳，但我必須往前走了。」

她睜大眼睛，伸手蓋住他搭在她肩膀上的手。「你不能離開我，西斯！如果你離開，我會死。」

「不，寶貝，正好相反，妳必須恢復完整，而且妳要活下去。」

「不，不，不！你不能離開我。」柔依開始哭泣。「沒有你，我沒辦法待在這裡！」

「小柔，這正是我想叫妳看清楚的一點。如果我不在這裡，妳就得返回妳所屬的地方，不要再像現在這樣，像個可憐的鬼魂。」

「好，不。不！我會恢復完整，但你留下來，留在這裡陪我。你會發現，一切都會沒事的。我保證，西斯。」

他早料到她會這麼說，已準備好怎麼回答。但這並不能減輕他的心痛。「小柔，問題不只在妳，也在我該怎麼做才對。現在，該是我動身前往另一個國度的時候了。」

「什麼意思？西斯，我不明白。」她啜泣著說。

「寶貝，我知道妳不明白，我也不是很懂，但我感覺得到我該這麼做。」他說的是實話。在這當下，該說的話自己冒出來。一旦說出口，西斯內心充滿祥和寧靜，心痛得到撫慰。同時，他清楚知道，他真的在做對的事情。「我的確死得太早了。小柔，我想要我的生命，我想要我的機會。」

「對─對不起，西斯，都是我的錯，但我無法把你的生命還給你。」

「沒人有辦法，小柔。但我可以再擁有一次活著的機會。只是，如果我留在這裡陪妳，我就無法辦到。如果我留在這裡，我就永遠無法再活一次，妳也不行。」

柔依已經停止哭泣，但淚水仍繼續湧出，淌滿臉頰，從臉上滑落，彷彿她站在夏日的雨中。「我辦不到。沒有你，我無法過下去。」

西斯輕輕地搖晃她，並對她擠出笑容。「可以，妳可以。如果我辦得到，妳也辦得到。因爲，小柔，妳知道，妳比我聰明，比我堅強。妳從來就比我棒。」

「不，西斯。」柔依低聲回應。

「我要妳記住一件事，小柔。這很重要。等妳恢復完整，妳就會更明白。我要離開這裡，去追尋再一次活著的機會，而妳將成爲著名的偉大吸血鬼女祭司長。這代表妳將會活上好幾百萬年。**我會再來找妳**，即便這要花上一百年的時間。我向妳保證，柔依·紅鳥，我們又會在一起的。」西斯將她抱進懷裡，親吻她，試圖透過撫觸讓她了解，他對她的愛永不止息。當他終於強迫自己放開她，他覺得，她那雙迷惘、震驚的眼睛流露出了解的眼神。「我會永遠愛著妳，小柔。」

然後，西斯轉身走開，離開他的眞愛。他前方的空氣敞開，宛如簾幕。於是，他從一個國度踏入另一個國度，完全消失了。

柔依心碎了，搖搖晃晃地回到雪松樹下，安靜如屍體，任憑淚水撲簌簌滑下臉頰，繼續繞圈子。

28 卡羅納

卡羅納不知道他在妮克絲的國度裡待多久了。

當奈菲瑞特所駕馭的黑暗，硬生生將他從他的軀體抽離，他是如此震驚，以至於他回到女神的國度時，除了敬畏和恐懼，一開始他什麼感覺都沒有。

他沒有忘記這裡的美——另一個世界的純然不可思議，以及它向他展現的神奇。那是唯有他才感受得到的神奇。只是，如今已不復當初他仍屬於這個國度的時候。

他曾是光亮的一支武力，保護妮克絲免受黑暗侵擾，而黑暗總是不斷使出各種魔法，運用各種力量，試圖左右世界的平衡，讓滋養它的邪惡、痛苦、自私和絕望占上風。

就這樣，在無數個世紀裡，卡羅納保護著他的女神，對抗一切，除了他自己。

諷刺的是，黑暗藉以誘使他墮落的力量就是愛。

更諷刺的是，在他墮落之後，光亮也利用愛來囚禁他。

有那麼片刻，他納悶著，愛還能對他做出什麼更殘酷的事?他也納悶，自己還有沒有能力去愛？

他不愛奈菲瑞特。他只是利用她來逃出地底的囚牢，而她也利用他來遂行她的目的。

那麼，他愛柔依嗎？

他不想成爲她毀滅的罪魁禍首。但罪惡感不是愛，懊悔也不是。而且這兩種情緒的力量都不夠強大，不足以讓他願意犧牲自己肉體的自由，來拯救她。

穿行在女神的國度，墮落的不死生物甩開所有關於愛的疑問和愛對他的傷害，只專注於眼前的任務。第一步，他必須找到柔依。第二步，他必須確定柔依不會重返人間。這樣，他才能兌現他對奈菲瑞特立下的誓言，取回自己的肉體。

要找到柔依並不難。只要將念力集中在她身上，他的靈就會隨著黑暗的律動，直接前往她所在的地方，找到她，找到她靈魂的碎片。

他殺害的那個人類男孩也在那裡，跟她在一起——應該說，跟那男孩在一起的，是在這一次人生裡最是柔依的那一部分她。

見到他照顧她，安慰她，感覺好怪。接著，那男孩竟憑著直覺，帶領她來到女神的聖樹林。這片土地是純粹由妮克絲的本質所構成的，只要光亮與黑暗在這個世界維持平衡，任何邪惡都進不去。

卡羅納清楚記得這片樹林。他第一次察覺自己深愛著妮克絲，就是在這林子裡。在那一段可怕的日子裡，他還沒有選擇從她身邊墮落之前，唯有來到這個林子，他才能找到一絲絲的平靜。

他嘗試再度進入，尾隨柔依和西斯，終結奈菲瑞特的陰謀加諸他身上的負擔。但卡羅納無法突破聖樹林的屏障。幾番嘗試，只讓他變得虛弱，喘不過氣來，徒然想起他還被囚禁在地底時的那種感覺。

只不過，這一次大地的寧靜和神奇是拒絕他，而非囚禁他。

如今，他已成爲黑暗的一個角色，陷溺太深，妮克絲的聖樹林拒絕接納他。

卡羅納不自禁地期待著，妮克絲隨時會在他面前現身，指責他擅闖，然後再次將他逐出她的國度。但女神沒有出現。看來奈菲瑞特說對了。如果妮克絲是將他的身體**和**靈魂一併驅逐，冥神俄瑞波斯一定已經遵照女神的吩咐，來阻攔他，用他身爲神聖伴侶的一切力量，將他的靈逐出另一個世界。

所以，卡羅納仍擁有**自由**，擁有這該死的選擇權利，得以返回另一個世界，看他最嚮往的地方一眼，卻不得親近。

憤怒於他，最是熟悉和安全，此刻在不死生物的內心沸騰。

他窺視著柔依和那個男孩。不消多久，他就發現，只須迫使他們留在樹林裡，他就能達成目的，完成任務。

柔依正一點一滴流失，即將變成躁動不安的庫伊尼克希。一旦如此，她就永遠不能返回她的肉體了。

想到柔依會變成不死不活的東西，永遠不得安息，卡羅納有一種奇怪的痛苦的感覺。

再次有**感覺**！難道他永遠擺脫不了感覺？不，一定有辦法的。或許奈菲瑞特說得沒錯。或許只要擺脫柔依，他就能輕易擺脫感覺。然後，他就可以卸除她所引發的罪惡感、欲望和失落。

但是，這樣的想法才萌現，卡羅納便知道，如果他讓她留在這裡，變成陰靈，變成她自己的魅影，他將不可能擺脫她。他會永永遠遠被這件事糾纏。

於是，卡羅納重新思量。他從樹林外頭，看著西斯陪在柔依身邊，試圖安慰她，不知道她已不可能得到安慰。

他真的愛她，而她也愛他。卡羅納驚訝地發現，自己既不憤怒也不忌妒。這只不過是個事實。如果柔依的世界沒有發生天翻地覆的變化，她很可能會跟著這個人類男孩，度過天真、平凡，但幸福的一生。

忽然，卡羅納心思洞明，知道他該怎麼擺脫柔依，實現他對奈菲瑞特立下的誓言了。

只要能跟那男孩待在這裡，柔依就會很滿足。而她的滿足就足以消弭他間接造成她死亡的愧疚感。她將會留在這裡，留在妮克絲的樹林裡，陪伴著她的青梅竹馬，而卡羅納就可以返回人間，不再受她羈絆。**只要她留在這裡，問題就一了百了了**——卡羅納如是推想。**她再也不會知道人間的煩憂和痛苦**。這似乎是個令人滿意的解決方案。

柔依兩度在不同的人生裡，讓他想起他失去的女神，並眞的讓他有所感覺。柔依是唯一這樣一個人。卡羅納不願去思考，一旦失去她，會是怎樣一種情境。

他轉而將心思集中在男孩身上。西斯是關鍵。柔依的靈魂之所以碎裂，就是因爲他死了，而她內心的愧疚讓她無法再完整。**愚蠢的人類！難道他不知道，唯有他可以減輕她的罪惡感，讓她的靈魂得以療癒嗎**？

不，他當然不知道。他只是一個男孩，而且不是一個有見識的男孩。必須有人指點，他才會明白。

但那男孩在樹林裡，而卡羅納進不去。所以，卡羅納只能在樹林外面盤旋、觀察。當那男孩的憤怒沸騰，噴濺出血，他找到了機會，利用那一絲原始的情緒對他低語，指引他，帶他走上那個方向。

卡羅納心滿意足地退到樹林邊緣等待。那男孩將會幫助柔依修補她的靈魂，而只要她藉由他恢復完整，她將離不開他。所以，現在只是時間問題，她在人間失去靈魂的肉體遲早會毀壞——不，不是遲早，而是很快。

然後，他就可以返回他自己的肉體，而他對奈菲瑞特立下的誓言也得以兌現。**然後**，卡羅納陰鬱地在心裡說，**我絕不會再讓特西思基利控制我**。

沉湎於自己的推想和詭計，不死生物沾沾自喜，竟沒有發現史塔克進入了樹林。因此，他也沒有目睹柔依的世界再次天翻地覆。

史塔克

史塔克看著西斯穿越簾幕，從這個國度跨入另一個國度。霎時，他動彈不得，連走向柔依也辦不到。

他沒有胡說，西斯是比他勇敢。史塔克低頭悄聲說：「妮克絲，請與他同在，帶領他在這一次人生裡再次找到柔依。」他嘴角上揚，補上一句：「即便日後這會帶給我大麻煩。」

接著，史塔克抬起下巴，抹拭淚眼，離開藏身的石堆，靜靜地疾步走向柔依。

她的模樣看起來非常嚇人。當她繞著圈子走，奇怪的風似乎在她身邊低語，並揚起她糾結的頭髮，而她的步伐彷彿應和著鬼魅般的風。在她看到史塔克之前，她抬手將幾綹頭髮從臉上撥開。他突然發現，她的手和胳臂近乎透明。

她眞的快要消失了。

「柔依，嗨，是我。」

他的聲音彷彿電擊，柔依的身體抽搐一下。她迅速轉身，看著他。「西斯！」

「不，是我，史塔克。西斯的事，我很難過。」他衝口而出，覺得自己好蠢，但不知道還能說些什麼。

「他走了。」她茫然地望著西斯消失之前站立的地方，然後又開始繞圈，悲痛的目光移向史塔克的臉。

他知道這次她終於認出他了，因爲她搖搖晃晃地停下腳步，雙臂環抱自己，彷彿要保護自己。「史塔克！」她拼命地搖頭，一次又一次，說：「不，你不能也這樣！」

他知道她一定以爲他也死了，立刻走上前，將她僵硬、冰冷的身軀擁入懷裡，緊緊抱住。「我沒死。」他謹愼地、緩緩地說，凝視著她的臉。「妳聽見了嗎，柔依？我在這裡，但我的肉體沒事。它在眞實世界裡，就在妳的身體旁邊。我們兩人都沒死。」

有那麼片刻，她似乎露出了笑容，而且她眞的投入他的懷抱，讓他摟著。

「我好想妳。」他喃喃地說。

她抽身退開，仔細端詳他的臉。「你是我的戰士。」

「對，我是妳的戰士，我永遠是妳的戰士。」

她輕輕嘆一口氣，又開始繞圈踱步。「現在已經沒有永遠了。」

他跟著她踱步，不曉得怎麼面對這個陌生的、幽魂一般的柔依。他想起西斯跟她說話時就像是平常說話的樣子。於是，他無視於她令人困惑的話語，也不理會她不停地走動，逕自牽起她的手，彷彿兩人只是攜手在林間漫步。「這裡很酷。」

「這裡應該是很平靜。」

「我想也是。」

「不，對我來說不是。我永遠不可能平靜了，我失去了那一部分的我。」

他捏了捏她的手。「所以我才會來這裡。我會保護妳，讓妳可以把靈魂的碎片找回來，恢復完整，然後我們一起回家。」

她連看都沒看他。「我不能。你自己回去吧，我必須留在這裡等西斯。」

「柔依，西斯不會回來這裡了，他去了另一個人生。他會重新誕生，回到眞實世界。」

「他不可能在那裡，因爲他死了。」

「好，我也不怎麼懂另一個世界的事情，但就我所知，西斯離開這裡才能重生，展開他的另一個人生。柔，這樣他才有機會再見到妳。」

柔依停住，茫然地望著他，搖搖頭，然後又繼續繞圈踱步。

史塔克緊抿著嘴唇，免得說出令自己心碎的實情——由於她深愛西斯，她曾試圖讓自己恢復完整，但她不會爲他這麼做。她對他的愛沒那麼深。

史塔克在心裡搖了搖頭。重點不在於愛。這點他已經知道。修洛斯曾質問他，即使會失去柔依，他是否仍願意爲她犧牲性命。**「我會留在她身邊」**——史塔克是這麼回答修洛斯的，而修洛斯說：**「對，小夥子，你會繼續當她的戰士，但或許當不成她的愛人。」**

或許當不成她的愛人。

史塔克望著柔依，眞正清楚地看見了她。她已經徹底崩潰，不成人形。刺青消失了，靈魂撕碎了，她失去了自己。但史塔克仍看得見她內在的良善和堅強，也仍爲她所吸引。她不再是以前的她，喪失了原來的可能性——但，即便破碎，她仍是他的王者，他的**邦恩·麗**，他的女王。

你要知道，此去沒有回頭路，因為這是守護人的律法和命運。沒有忿懣、惡意、偏見和

仇恨，不保證可以得到愛、幸福或利益，唯一的報酬是對榮譽的堅定信念。

無論如何，史塔克是柔依的守護人。將他和她連結起來的，是比愛強大的力量：榮譽。

「柔依，妳必須回去，不是爲了妳和西斯，更不是爲了妳和我。妳必須回去，是因爲這樣做才對，這才是光榮的表現。」

「我不能。剩下的我太少了。」

「不會太少，因爲有人幫妳，妳的守護人在這裡。」史塔克想起來了，他把她的手拉到唇邊，親吻它，然後微笑看著她，說：「愛芙羅黛蒂要我替妳記牢一首詩，就是克拉米夏寫下的那首詩。她和史蒂薇．蕾認爲，這首詩就像一張地圖，妳可以依照它的指示，恢復完整。」

「愛芙羅黛蒂……克拉米夏……史蒂薇．蕾……」柔依遲疑地低聲說道，彷彿在重新認識這些名字。「她們是我的朋友。」

「對，她們是妳的朋友，」史塔克再次捏了捏她的手。見她似乎都聽得懂他的話，他繼續說：「所以，我現在把這首詩念給妳聽——」

一把雙刃劍

一刃摧毀
一刃解放
我是你的難解之結
你將解放我，還是摧毀我？
追隨真實，你就能夠：
在水上找到我
以火淨化我
永不再被土囚禁
風將對你低語
靈已知道的事：
即使粉身碎骨
凡事仍有可能
若你相信
我倆就得自由

史塔克背誦完時，柔依已靜止了好一會兒，凝視著他的眼睛。她說：「這首詩毫無意義。」然後，她又開始走動。但這次她緊緊抓著他的手，拉著他一起走。

「有，有意義，談的是妳和卡羅納的事。妳能不能離開這裡，跟他有關。」史塔克停頓一下才接著說：「妳記得你們兩個之間有連結，對吧？」

「再也沒有了。」她很快地說：「當他扭斷西斯的脖子，他就打破了這個連結。」

我當然希望是這樣，史塔克心想，但他說：「對，不過，這首詩有些部分已經成眞。妳依照妳心中所認爲的卡羅納的眞相，在水上找到了他。接著，詩中說：**以火淨化我**。妳認爲這代表什麼意思？」

「我不知道！」柔依對他吼道。儘管她顯然在生氣，史塔克卻很高興見到她那張原本茫然、毫無生氣的臉一下子活過來。「卡羅納不在這裡，這裡也沒有火，我什麼都不知道！」

史塔克繼續握著她的手，等她冷靜下來，才告訴她：「卡羅納在這裡，他追妳到這裡。他只是進不來這座樹林。」接著，彷彿有些話不是來自他的理智，而是來自他的心，他不假思索地說：「而火幫我來到這裡——起碼我感覺起來像被火紋身。」

柔依望著他，以不帶任何情緒的口吻說出下面這句話，從而改變了他的命運——「那麼，看來這首詩談的是你和卡羅納的事，而不是我和他。」

她的話語像鐵絲網，沉沉地罩住史塔克。「什麼意思？卡羅納和我？」

「你跟我去威尼斯，比我早認清卡羅納的眞實面目，知道他是無可救藥的惡魔。然後，火帶你來這裡。你如果仔細想一想，說不定會發現詩中其他部分也都在說你的事。」

「雙刃劍……」史塔克輕輕說出這三個字。大劍是雙刃劍，而那把劍既摧毀了他，也解放了他。當他跟隨柔依去威尼斯，他的確已經知道卡羅納會帶來傷害的眞相……修洛斯的刀給予他火炙的痛苦，帶他來到這裡，而這個地方讓他想起土，儘管這是在另一個世界。柔依被困在這裡，亟待釋放。現在，他必須依循他的靈對榮譽的認識，終結這整件事。「喔，該死！」他看著又不斷在他身邊走動的柔依，拼圖散落的碎片已歸定位。「妳說得沒錯，這首詩談的是我。」

「很好，那它已告訴你怎樣可以獲得自由。」柔依說。

「不，柔，它告訴我怎樣可以讓我們兩個得著自由——」他說：「卡羅納和我兩人。」

她困惑、煩亂的眼睛盯著他的臉，然後迅速別開視線。「讓卡羅納自由？我不懂。」

「我懂。」他嚴肅地說，想起他那致命的一擊解放了另一個他。「要獲得自由，有很多不同的方式。」他拉住她的手，讓她放慢速度，好看著他。「而我相信妳，柔依。即使妳靈魂碎裂，我的誓言依舊有效。我會保護妳，而只要我記得榮譽，永遠不再讓妳失望，我相信任何事都有可能。身爲妳的守護人，最重要的就是榮譽。」

他拉起她的手親吻，然後開始走。但這次他沒讓她帶著他繞圈子，而是拉著她直直走向樹林邊緣。

「不，不，我們不能到那邊去。」柔依說。

「柔，那邊正是我們必須去的地方。不會有事的，我信任妳。」史塔克繼續前進。前方綠葉之間偌大的明亮石塊標示出樹林的邊緣。

「信任我？不，這跟信不信任無關。史塔克，我們不能離開樹林，永遠都不能。外頭有壞東西，**他**就在那裡。」柔依用力拉他的手，試圖改變他行進的方向。

「柔依，我得很快告訴妳一些事。我知道妳現在很難集中注意力，但妳真的必須聽我說。」史塔克幾乎是拖著柔依走，但他堅持不懈地拉著她前進，走向樹林的邊界。「我不再只是妳的戰士，我是妳的守護人。對我**和**妳來說，這代表很大的變化。最大的改變，是現在，主要是榮譽把我跟妳連結在一起，而不只是愛。我永遠不會再讓妳失望。至於妳會有什麼改變，我無法告訴妳。」樹林的邊緣就在他們前方閃閃發亮。史塔克停下腳步，一時衝動，聽從直覺，單膝跪在他靈魂碎裂的女王面前。「可是，我百分之百相信妳一定辦得到。柔依，妳是我的王者、**莫**．**邦恩**．**麗**、我的女王，一定要振作起來，恢復完整，否則我們兩人都無法離開這裡。」

「史塔克，你嚇壞我了。」

他起身，親吻她的雙手，然後親吻她的額頭，說：「柔，妳看著，因爲我這才要開始。」他對她露出他那熟悉、冷傲的笑容。「不管會發生什麼事，至少我來到這裡了。我們如果回得去，就可以告訴那群臭屁的最高委員會成員，『早就告訴過你們了！』」語畢，他撥開兩棵花楸之間的樹葉，跨過樹林邊緣的岩石。

柔依待在樹林界線內，但她撥開枝葉，看著史塔克離去。這時，她仍不斷前後搖晃，樹葉隨之沙沙作響，彷彿一群竊竊私語的觀眾。

「史塔克，回來！」

「我不能，柔。我有事要辦。」

「什麼？我不懂！」

「我要痛扁那個不死生物，爲了妳，爲了我，也爲了西斯。」

「可是你辦不到呀！你無法打敗卡羅納的。」

「或許妳說得對，柔，我辦不到。可是，**妳辦得到**。」史塔克張開手臂，對著妮克絲的天空大喊：「來啊，卡羅納！我知道你在這裡，來找我啊！如果你要確保柔依回不去，只有這個辦法，因爲只要我活著，我拼了命也一定要救她！」

史塔克上方的天空搖曳晃動，像是泛起漣漪，湛藍開始轉灰。黑暗的卷鬚像有毒火焰冒出的濃煙，持續擴散、凝聚，開始成形。最先出現的是他的翅膀——巨大、漆黑，伸展開來，遮蔽了女神的金黃色亮光。接著，卡羅納的身體現形——比史塔克印象中的模樣還要龐大、強壯、可怖。

卡羅納懸浮在史塔克的上方，露出微笑。「是你呀，小子。既然你犧牲自己，追隨她來這裡，我的任務也就完成了。你的死比我所能施展的一切手段，更能將她困在這裡。」

「錯了，混蛋，我沒死。我還活著，而且我打算維持這種狀態。柔依也是。」

卡羅納瞇起眼睛。「柔依不會離開另一個世界。」

「呵，我在這裡就是要證明你又錯了。」

「史塔克！快回來！」柔依站在樹林邊緣內側吶喊。

卡羅納的目光移到她身上。「如果你讓那個人類男孩依照我的意思去做，她會好過一些。」他的聲音聽起來很難過，近乎傷心。

「這就是你的問題，卡羅納，你有神祇情結。喔，不，也許我應該說，你的毛病叫作女神情結。瞧，就算你是不死生物，你也無法作主，掌控一切。事實上，就你的情況來說，你這種心態只是讓你錯了好長一段時間，眞的好長的一段時間。」

慢慢地，卡羅納將視線從柔依身上移向史塔克。不死生物的琥珀色眼眸因憤怒而變得冷酷。「你錯了，男孩。」

「我不再是男孩了。」史塔克的語氣跟卡羅納一樣冰冷。

「對我來說，你永遠是個男孩，無足輕重，脆弱渺小，生命有限。」

「這話讓你連續第三次犯錯。人會死不代表脆弱。下來，讓我證明給你看。」

「非常好，小子，你的死會造成柔依的痛苦，而那是你的錯，不是我的。」

「當然嘍，你搞出一堆狗屁倒灶的事，哪需要負責？」

果然如史塔克所料，他這番奚落激得卡羅納怒火中燒。他對史塔克咆哮道：「你膽敢數落我！」

不死生物伸出一隻手，從他四周蠕動的黑暗中拉出一支長矛。這支矛漆黑如無月的夜空，矛頭是鐵物，閃閃發亮，極爲駭人。然後，卡羅納從天而降。

但是，他沒有降落在史塔克面前，而是揮翅朝下橫掃，繞著史塔克在地上切割出一個完美的圓形。在史塔克的腳底下，大地震動，崩裂，下陷，彷彿底下的地獄開了大門，史塔克往下墜……往下墜……

下墜之勢停止，他狠狠地撞上底部，震得他胸口縮緊，喘不過氣來，視野變模糊。當他掙扎著站起來，他聽見四周迴盪著嘲弄的笑聲。

「憑你一個渺小、脆弱的小子，居然想跟我玩。這一點都不好玩。」卡羅納說。

狂妄。他比我以前還要狂妄。

想到自己從前的德性，想到他擊敗了自己，史塔克的胸口鬆弛開來，他又能夠呼吸了，視野也恢復清晰了。這時，一道刺眼的亮光穿破他和卡羅納之間的黑暗，守護人的雙刃大劍赫然出現在眼前，劍身插入他腳邊的泥土。

史塔克抓住劍柄，立刻感覺到溫熱和他自己的心跳。大劍——**他的**大劍——低聲吟唱，應和著他怦怦湧動的血。

他看著卡羅納，在不死生物的琥珀色眼眸裡看到驚訝的神情。

「我說了，我不再是男孩。」毫不遲疑地，史塔克邁步向前，兩手握劍，看清卡羅納身上顯露的攻擊路徑分布，對準中心點出擊。

29 柔依

當卡羅納出現在史塔克的上方，我嚇壞了。一看到他，最後那天最後一刻發生的一切立刻如潮水般湧回我的記憶——那一刻，我的世界在死亡、絕望和愧疚中爆炸了。他完整現形後，那雙琥珀色眼睛凝視著我，我楞住，因爲我在他眼裡看到哀傷，想起我曾經注視著他的眼睛，以爲自己在裡面瞥見了人性、體貼，甚至愛。

我錯了，錯得離譜。

西斯會死，就是因爲我錯得如此離譜。

接著，卡羅納把目光從我身上移回史塔克，因爲我的戰士不斷出言挑釁他。

不！喔，女神啊！求妳叫他閉嘴，求妳叫他快跑回我身邊。

但史塔克似乎很喜歡奚落卡羅納。他不閉嘴，也不跑。卡羅納從天空抽出一支長矛時，我滿心驚慌。接著，他的翅膀在地上割出一個大洞，他和史塔克都跌入漆黑的地洞中，不見了。

這時，我驚覺，史塔克也會因我而死。

「不！」無聲的吶喊從我內心深處迸出。在我裡面，一切感覺起來是如此地空虛、絕望、不安。我必須跑，必須不停移動，必須逃離此時此地要發生的事。

我承受不了。剩下的我太少，無法面對。

但如果我不面對，史塔克就會死。

「不！」這一次，這一聲不再是魅影似的無聲吶喊。這是我真真實實的聲音——**我的聲音**，而不是從我嘴裡不斷冒出來的，失魂落魄的喃喃自語。

「史塔克．不．能．死。」我一邊咀嚼著每一個字，仔細聆聽，體會它們的形象和熟悉感，一邊步出樹林，走向地上那個黑洞，我的戰士消失的地方。

來到洞邊，我低頭看，看到史塔克和卡羅納在地洞的正中央對峙。史塔克雙手握著一把閃閃發光的劍，對抗卡羅納的黑色長矛。

這時我才驚覺，這不只是一個地洞，而是一個競技場。卡羅納創造出了一個競技場，四周環抱的高牆堅不可摧，牆面滑溜，無法攀爬。

卡羅納把史塔克困住了。現在，就算史塔克肯聽我的話，也跑不掉了。他不可能打贏，而卡羅納絕不可能滿足於教訓史塔克一頓，即便是重重的教訓。卡羅納打算殺了史塔克。

見到史塔克面對卡羅納，那種躁動不安的痲木感又開始籠罩我。我不能不走動，但我強迫自己留在可以看見他們兩個的地方，沿著競技場的周邊走。接著，不可思議地，史塔克對墮落的不死生物發動攻擊。

卡羅納發出冷笑，長矛輕輕一揮，撥開史塔克的劍，同時以令人目盲的速度，極盡凶猛、輕蔑地用那隻空著的手摑史塔克的臉。史塔克往前衝的力道，害他從不死生物身邊擦過，仆倒在地上。他用雙手摀住耳朵，彷彿想要減輕腦袋裡的痛。

「守護人的大劍——有意思。所以你以爲你是他們的一分子？」卡羅納說。史塔克已站穩腳步，轉身再次面向卡羅納，雙手握劍。

血從史塔克的耳朵、鼻子和嘴唇流出，形成一道道細細的猩紅絲線，滑落到下巴和脖子。「我不是**以為**我是守護人，我**是**守護人。」

「不可能。小子，我知道你的背景，見過你擁抱黑暗。把你的過去告訴那些守護人吧，看他們還要不要你。」

「唯一能決定我是不是守護人的人，是我的女王，而她了解我，知道**我的背景**。」

我看見史塔克再次往前撲，卡羅納輕蔑地冷笑一聲，以長矛拂開史塔克的劍。這一次，他用握緊的拳頭擊向史塔克。我的戰士被打得仰躺在地上，鼻梁斷了，顴骨血跡斑斑。

我屏住呼吸，無助地等著看卡羅納接下來的攻勢。我知道，那將是致命的一擊。

但是，當史塔克痛苦地掙扎著站起來，不死生物什麼也沒做，只大笑說道：「柔依不是女王，她沒那麼厲害。她只是一個軟弱的小女孩，因著一個人類男孩的死，靈魂碎裂了。」

「你錯了。柔依不是軟弱，她是關心！至於那個人類男孩，這正是我來這裡的原因之一。你殺了他，我得來討你欠下的這條生命的債。」

「笨蛋！只有柔依能討這個債！」

卡羅納的話彷彿他手上的長矛，刺穿籠罩我的愧疚的濃霧。自從目睹他扭斷西斯的脖子，我就陷溺在愧疚裡。但現在，濃霧被劃破，一切變得清晰。

我或許不認爲自己是女王——有時候我甚至覺得自己什麼都不是——但史塔克相信我，西斯相信我，史蒂薇·蕾相信我，連愛芙羅黛蒂也相信我。

而且，史蒂薇·蕾一定會說，卡羅納錯得像男人的大胸脯，光看就知道不對勁。

關心別人不會讓我軟弱。那是我的選擇，因爲我是一個懂得關心的人。

我已因愛而粉碎一次。現在，看著卡羅納玩弄我的戰士、我的守護人，我選擇讓榮譽療癒我。

而這一點，終於促成我做決定。

我轉身背對競技場，迅速走到女神的樹林邊緣。煩躁不安的感覺企圖拉著我繼續往前走，但我知道它哪裡都不會帶我去。我努力不理會它，強迫自己站定不動。然後，我張開兩臂，先將心念集中在最後一個跟我說話的那個靈。

「布莉德！我需要我的力氣回來！」

紅髮女孩在我面前現身。她看起來像個女神，熾熱，高大，渾身我欠缺的力量和信心。

「不對，」我大聲糾正自己，「那本是我的力量和信心。我只是暫時遺失了。」

「準備好收回它們了嗎？」她說，熟悉的眼睛凝視著我。

「準備好了。」

「也該是時候了。」她走上前來，兩臂張開，緊緊地抱住我，既有力又親密。我也張開手臂環抱她。就在我接納她的那一瞬間，她融入我的肌膚，消失了。力量——純粹的力量，如同一股熱氣湧上來，充滿我的裡面。

「第一個回來了。」我低聲告訴自己：「小姐，動作快點。」

我再次張開手臂。現在，我的腳穩穩地站立在大地上。想移動、尋找、逃跑的欲望，淹過我，流經我，像春雨一樣無害。

「我需要我的歡樂回來！」

九歲的我不是從空無中現形，而是從樹林裡蹦蹦跳跳跑出來。她咯咯笑，撲進我的懷抱。我接住她，她高興地喊道：「萬歲！」隨即融入我的靈魂裡。

我哈哈大笑，又一次張開手臂。現在有了歡樂和力氣，我終於有能力接納最後一個遺失的靈魂片段——同情心。

「埃雅，我也需要妳回來。」我朝樹林裡喊道。

切羅基族少女優雅地從一排樹之間走出來。「**阿黛拉**——好姊妹，我很高興聽見妳呼喚我的名字。」

「是啊。我要老實地說，我很高興我有妳這一部分。我接納妳，埃雅，完全接納。妳願意回來嗎？」

「我一直都在這裡，就等妳開口。」

我和她朝對方走近，兩人在半途交會擁抱。我緊緊抱住她，將她帶回我裡面，同時也把我自己帶回來。

「現在，讓我們瞧瞧誰是軟弱的小女孩。」我說，跑回競技場。

我走到地洞邊緣往下望。史塔克又跪倒在地上了。看到他這模樣，我的心揪緊。我的守護人看起來好慘。他的嘴唇腫脹，好幾個地方裂開；鼻梁被打歪，不停滲出血。他的左肩脫臼，手臂無力地癱垂著。那把美麗的雙刃劍丟在地上，在他搆不著的地方。我看得出他一隻腳的骨頭和一邊膝蓋骨都打碎了。但他仍不放棄地在卡羅納腳邊掙扎，試圖靠近他的大劍。

卡羅納舉起長矛，彷彿在掂它的重量，並打量著史塔克。「你成了個遍體鱗傷的守護人，而她是個靈魂碎裂的女孩。看來，你們兩個現在更登對了。」他說。

這句話眞的、眞的惹毛了我。

「看來你不曉得我有多厭煩你的鬼話，卡羅納。」我說。

他們兩人同時倏地抬起頭。我繼續看著卡羅納，但感覺得到史塔克正咧著嘴笑。

「回樹林裡去，柔依。」卡羅納說：「妳留在那裡比較好。」

「你知道我最討厭什麼嗎？我最討厭男生告訴我該做什麼，不該做什麼。」

「沒錯，我的女王，西斯就是這麼說的。」現在，史塔克的聲音也帶著笑。我情不自禁，轉頭看他。

我看著他那雙狼狽不堪的眼睛，看到他眼神裡以我爲榮的那份驕傲，忍不住淚水盈眶。

「我的戰士……」我喃喃地對他說。

這短暫的片刻是我小小的一個失誤，卻已儘夠卡羅納採取行動。我聽見他說：「妳應該選擇回樹林裡去的。」我看見史塔克睜大眼睛，趕緊將視線移回到不死生物，只見卡羅納迅速轉身，舉高右臂，往後拉，模樣像極了古代的戰神。緊接著他擲出長矛，那種力道和速度，我知道我沒辦法——

「不！」我大叫：「降臨我，風！」我一躍跳入競技場，相信風元素會承載我，緩和我墜落的力道。但是，當我感覺到氣流接住我，已經太遲了。

卡羅納的長矛射中史塔克的胸膛中央，刺穿他的身軀，矛柄上的倒鉤嵌住他的胸肋骨，以駭人的力道將他往後拋擲，釘在競技場遠端的牆壁上。

我的雙腳才落地，便奔向史塔克。當我跑到他面前，他看著我的眼睛。他還活著！

「別死！你不能死！我治得好你。我一定會有辦法治好你的。」

難以置信地，他竟露出笑容。「這就對了。我的女王絕不會再讓任何事情擊垮她。去討妳的債吧，然後我們回家。」

史塔克閉上眼睛，皮開肉綻的嘴唇掛著微笑。我看到他的身體抽搐一下，插在胸口那支長矛的四周冒出一圈血沫，忽然他就不再動了，也不再發出任何聲音。我的戰士死了。

這次，當我轉身面對那個剛剛殺死我的摯愛的生物，我沒有屈服於恐懼和痛苦。這次，我把靈緊緊留在身上，而不是拋擲出去。從靈，我汲取清醒認知的力量，讓直覺引導我，而不是被愧疚和絕望所左右。

卡羅納搖搖頭，說：「我眞希望結局會不一樣。如果妳聽我的話，接受我，情況就會不一樣。」

「眞高興聽到你和我看法一致，因爲這一次結局是會**不一樣**。」說完，我撿起史塔克的劍，然後走向他。這把劍比我想像的重，但它依舊保有史塔克掌心的溫暖，而就是由於這份溫暖，我才有力量舉起它。

卡羅納的笑容非常和善，幾乎帶著一份體貼。「我不會跟妳打，算是我送妳的禮物吧。」他展開巨翅，說：「再會，柔依，我會懷念妳，時常想著妳。」

「風，別放他走。」我將元素擲向他。他完全張開的翅膀，很容易就被風攫住。一道強風將他釘在牆壁上，那樣子詭異地呼應著史塔克最後的姿勢。

我走近他，毫不猶豫地把大劍刺進他的胸膛。

「這一刀是爲了史塔克。我知道這殺不死你，但刺你一刀的感覺眞好。」我說：「而且我知道史塔克會欣賞我這一刀。」

卡羅納的眼睛閃爍著駭人的凶狠眼神。「妳不可能永遠把我釘在這裡。等妳最後放了我，我一定要妳付出代價。」

「瞧，果然就像史塔克說的——你錯了。再一次大錯特錯。另一個世界的規則不一樣，所以，如果我想留下來，變成一個發瘋的復仇女孩，搞不好我眞的可以把你永遠釘在這裡。不過，我實在沒興趣再一次變成那樣子。況且，我想回家。所以，聽著，你殺害我的伴侶西斯·郝運所欠下的生命的債，我要你現在還給我。怎麼還呢？簡單，你把史塔克還給我。然後他和我會一起回家去。至於你要去哪裡，我不在乎。」

「妳瘋了，我沒辦法讓死人復活。」

「就目前這個狀況來說，我認爲你辦得到。史塔克的軀體還留在眞實世界裡，跟我的身體放在一起，安然無恙。我們現在是在另一個世界，在這裡只有靈。而你是不死生物，這代表你一整個就是靈。所以，你得把你不死的靈拿一些出來和我的守護人分享，帶他回到我身邊。現在就做，因爲你欠我一條命。懂了嗎？我來討債了，而現在正是你還債的時候。」

「妳沒有權力要我這麼做。」卡羅納說。

她是沒有權力，但我有。

不知從哪裡傳來的話語，落在競技場裡。我立刻認出那是妮克絲的聲音，滿心期待地環顧四周，希望能見到她。不過，最先看到她的是卡羅納。他盯著我的背後，臉上的表情驟變。我怔了一下，才認出他那是什麼表情。他曾經用充滿情欲和占有欲的眼神看著我，他甚至說那是愛。但他錯了。他並不愛我。卡羅納愛的是妮克絲。

我循著他的目光轉身看到女神就站在史塔克的身邊。她的一隻手溫柔地按著他的頭。

「妮克絲！」不死生物聲音沙啞，但聽起來出奇地年輕。「我的女神！」

妮克絲的視線從史塔克的身軀移開，但她沒看著卡羅納，而是看著我。她微笑，我心裡的一切充滿喜樂。

「歡喜相聚，柔依。」

我咧嘴笑開來，微微鞠躬，說：「歡喜相聚，妮克絲。」

「妳表現得很好，女兒。妳再次讓我以妳爲傲。」

「我耽擱太久了，」我說：「對不起。」

她的目光好慈祥，始終不變。「就像一向以來的妳，就像我許多堅強的女兒，妳應該原諒妳自己。妳不需要求我原諒。」

「那我呢？」卡羅納嘶啞著聲音說：「妳會原諒我嗎？」

女神看著他，眼神悲傷，但唇邊的表情陰鬱，說出的話語冰冷而嚴厲。「除非你值得原諒，否則不要開口求我原諒。」妮克絲舉起按住史塔克頭部的手，對著卡羅納輕輕彈指。插進他胸膛的大劍消失，將他壓制在牆上的強風減弱，他從牆上掉下來。「你必須償還欠我女兒的債，然後回到人間，承受在那兒等著你的後果。聽清楚了，我的墮落戰士，你的靈和你的身軀都禁止進入我的國度。」妮克絲沒再多看卡羅納一眼，轉身背對他，俯身輕吻史塔克染血的嘴唇。接著，她四周的空氣泛起漣漪，閃爍著，她慢慢消失。

當卡羅納站起來，我迅速往後退，舉起雙手，準備隨時再將風元素擲向他。當他的眼睛看著我，我看見他靜靜地流著淚。

「我會依照她的吩咐做。除了有一次，那麼唯一一次，我總是聽從她的命令。」他說。我跟著他走向史塔克。「我要將你最後一絲甜美的生命氣息還給你。有了它，你將再次活著。而為了被我奪走的人類性命，你將接受我的一小份不朽。」他說完，我震驚萬分地看著卡羅納俯身，重複妮克絲的舉動，親吻史塔克。

史塔克的身體抽搐一下，倒抽一口氣，吸入長長的一口氣。

在我來得及出手阻止之前，卡羅納已一隻手壓住史塔克的肩膀，另一隻手拔出插在他胸膛的長矛。史塔克痛苦地哀叫一聲，整個人癱倒。

「你這個混蛋！」我奔向史塔克，扶起他的頭，擱在我的大腿上。他用力呼吸，張口喘氣，但確實正在呼吸。我抬頭看著卡羅納，說：「難怪她不原諒你。你殘忍冷酷，而且大錯特錯。」

「等妳回到人間，最好離我遠一點，因為到時候妳不在妮克絲的國度裡，她可不會隨時冒出來救妳。」他說。

「我會離你遠遠的，愈遠愈好。」

卡羅納展開翅膀，但在他振翅騰空之前，黑暗黏稠銳利的卷鬚已從競技場的陰暗處及他腳底下的漆黑泥土冒出來。當卷鬚纏繞他的身體，切割他的肌膚，他瞪大眼睛盯著我。卷鬚一寸一寸地切割他，包覆他，直到他只剩下一團蠕動的黑暗、血，以及一對琥珀色的眼睛。接著，卷鬚伸向他那雙眼睛，竄了進去。卷鬚從他裡面拉扯出一樣極其明亮的東西時，我驚恐地大叫。那光線亮得令人目眩，我只得閉上眼睛。當我再次睜開眼睛，卡羅納和競技場已經消失，史塔克和我置身在樹林裡。

30 柔依

「柔依！怎麼了？發生了什麼事？」史塔克掙扎著，想移動他重創的身軀。

「噓，沒事，一切都沒事。卡羅納走了，我們安全了。」

他的目光迎視我的眼睛，緊繃的身體瞬間鬆弛，癱軟在我懷裡，頭枕在我膝上，說：「妳又是妳了，不再破碎了。」

「我又是我了。」我撫摸他的臉頰，碰觸他臉上少數沒有皮開肉綻、淌血瘀青的地方。「這次，看來破碎的人是你。」

「不，柔，只要妳健康完好，我就沒事。」他咳嗽，血從胸膛的傷口湧出。他閉上眼睛，整張臉痛苦扭曲。

喔，女神啊！他傷得好重！我努力以鎮定的口吻說：「好，很好，不過你看起來不像沒事。所以，這樣吧，我們這就回我們的身體去。它們正等著我們呢，好嗎？」

他再次痛得發顫，呼吸急促，但睜開眼睛看著我。「妳該回去了。我先休息一下，隨後跟上。」

我內心一陣恐慌。「喔，不，我絕不會把你丟下。告訴我，你怎樣才能回去。」

他眨著眼睛，撕裂瘀青的嘴唇上揚，露出一絲冷傲的笑容。「我一點兒也不知道要怎麼回去。」

「你不知道？史塔克，別開玩笑了。」

「我沒開玩笑。我眞的不知道。」

「那你是怎麼來這裡的？」

他再次揚起嘴角。「藉由肉體的痛。」

我哼了一聲。「那麼，要把你送回去應該不難，因爲你這會兒夠痛了。」

「對。不過，在那邊有個古代守護人負責把我留在生死交界，我不曉得怎樣才能讓他知道，該叫醒我了。那妳呢，妳要怎麼回去？」

我連想都不用想，答案就像呼吸一樣自然。「我只須跟著我的靈，就能回到身體，回到我所屬的地方。」

「那妳就這樣做。」他得停頓一下，因爲另一波疼痛席捲他。「我休息過後，就照妳的方式回去。」

「不，你不像我，對靈沒有感應力。你沒辦法像我那樣做。」

「眞高興妳仍保有元素感應力。我一直在想，妳的刺青都到哪裡去了。」

「什麼？」我翻轉手掌，掌心果然沒有深藍色的花紋。接著，我低頭瞥向我的胸口。粉紅色的長條傷疤還在，但也看不見刺青。「它們都消失了？連我臉上也沒有刺青嗎？」

「只剩下弦月輪廓。」他說，又痛得擠眼皺眉。顯然已疲憊不堪，他閉上眼睛。「去吧，跟隨妳的靈回家。等我沒那麼累，我會想辦法回去的。別擔心，我不會離開妳的。」

「喔，不，絕不。我不許又有一個傢伙含含糊糊地跟我說聲『我會再見到妳的』，然後就不見蹤影。我再也不吃這一套，絕不。」

他睜開眼睛。「那麼，我的女王，妳告訴我該怎麼做，我一定照辦。」

我不理會他叫我「女王」。我的意思是，我之前是有聽到他這麼叫我，也聽到他當著卡羅納的面這麼稱呼我。但我稍微遲疑了一下，想不起來這是在不死生物重擊他的腦袋之前或之後。我把注意力放在「我一定照辦」這部分。所以，他會依照我的吩咐去做……但我到底該叫他做什麼呢？

我低頭看著他。他眞的很狼狽——比上次替我承受那一箭，胸口灼傷，差點再次死掉時，都還要慘。

但那次他基本上是靠自己復原的。他非靠自己不可，因爲那時我也很慘。

我深吸一口氣，想起在修道院的醫護室門外，我想讓史塔克吸我的血，好快些痊癒時，達瑞司跟我講的那一大篇道理。那時，他說，戰士由於和他的女祭司長之間有強烈連結，除了可以感知她的情緒，還可以藉由她的血攝取她的能量。看著史塔克瘀青的臉龐，我知道，他當然可以感受我的情緒。

但是，現在史塔克所需要的，是痊癒的能量——返回軀體的能量。這次，他不可能靠自己痊癒了。感謝女神，這次我沒那麼慘。

「喂，」我說：「我知道我要你怎麼做了。」

他的眼睛眨呀眨地睜開，那痛苦的眼神看得我心裡難過。「說吧。只要我做得到，我一定照辦。」

我微笑看著他。「我要你咬我。」

他一臉驚訝，但隨即露出冷傲的笑容，儘管笑會讓他很痛。「**現在**？在我身體這麼虛弱的時候，妳要我做這種事？眞是太讚了。」

「別想歪了。」我告訴他：「就是因爲你的身體這麼虛弱，我才要你這麼做。」

「等我身體好起來，我會叫妳改變想法的。」

我搖搖頭，賞他一個白眼。「如果你現在身強體壯，我會扁你一頓。」我盡可能輕柔地把他的上半身放在地上。他忍著不出聲呻吟。「對不起！弄痛你了。」然後，我在他身邊躺下，慢慢地把他拉進懷裡——我好想抱緊他，彷彿這樣我就可以吸收一些他的痛楚。

「沒事。」他喘著氣說：「妳只須幫我用好的那半邊躺著。」

好的那半邊？我不確定我該大笑或大哭，但我還是幫他側臥著，用肩膀沒有碎裂的那半邊，好讓我們兩個能面對面躺著。我小心翼翼地貼近他，心想或許我該劃開手臂，好讓他毋須動得太厲害，就能輕易地吸吮我的血。

「不，」他的手抽搐著，試圖伸向我，「不是那樣。柔，妳靠過來，別擔心我會痛。」他頓住，補上一句：「除非妳不能，因爲我的血。我的血會讓妳想要嗎？」

「血？」我驀然明白他在說什麼，驚訝地眨著眼睛。「我根本沒注意到。」見到他苦笑的表情，我繼續說：「我的意思是，我**注意**到你全身是血，但我沒聞到血的味道。」我納悶著，用指尖摸他唇上的血。「你的血並沒有讓我產生吸血的渴望。」

「我們在這裡只是靈。一定是因爲這個緣故。」他說。

「這樣的話，這行得通嗎？你吸我的血有用嗎？」

他看著我的眼睛。「有用的，柔。我們之間不只是肉體的關係，我們以靈連結。」

「好，那就好，希望如此。」我說，忽然緊張起來。除了史塔克，唯一另一個我願意讓他吸血的男生是西斯——我的西斯。我趕緊轉移思緒，不去想他，也不拿史塔克和他比較。但我無法不想到即將發生的事：讓男生吸血，確實有情欲的一面，會讓人覺得很舒服，非常舒服。我們本來就會這樣，是正常、自然的，沒有什麼不對。只是，我的胃還是揪緊。

「嗨，放輕鬆，把脖子伸過來。」

我睜大眼睛，看著史塔克慘不忍睹的臉龐和身體。

「對，我知道妳很緊張。但我現在這麼慘，妳根本不需要緊張。」他的表情忽然改變，說：「或者，妳不是緊張？妳改變心意了？」

「不，」我趕緊說：「我沒改變心意。我不會改變對你的心意，史塔克，永遠不會。」

我盡可能小心地靠近他，身體往上挪，把頭窩湊近他的嘴巴。接著，我撥開頭髮，貼過去，整個人繃緊，等他一口咬下。但他令我吃了一驚。我感覺到的不是他的牙齒，而是他溫暖的唇。他輕吻我的頸部。「放輕鬆，我的女王。」

他的吐息讓我全身顫抖。我有多久沒被碰觸過了？在人間，那一定只是幾天的工夫。但在另一個世界這裡，感覺上我已經好幾個世紀沒被碰觸過。沒人碰觸得到。

史塔克再次吻我，他的舌頭碰觸我的頸項，呻吟著。我想，這聲呻吟不是因爲痛。然後，他不再遲疑，牙齒戳入我的肌膚。一陣刺痛傳來，但他的嘴唇一含住那小小的傷口，疼痛隨即被愉悅取代。那愉悅是如此強烈，我也跟著呻吟。

我想用雙手摟住他，用身體緊緊纏住他，但我保持靜止不動，盡可能不害他更疼痛。

他的嘴太快放開了。他開口說話時，聲音已變得有力多了。「妳知道我什麼時候第一次知道我屬於妳嗎？」他在我的頸部吐出的溫暖氣息，再次讓我簌簌顫抖。

「什麼時候？」我有點喘不過氣來。

「在我蛻變之前，在夜之屋的醫護室裡，妳面對我的時候。還記得嗎？」

「我記得。」我當然記得——那時我全身赤裸，站在他和達瑞司之間，威脅要用元素力量痛扁他。

我可以感覺到他貼著我肌膚的嘴唇上揚。「妳那時看起來眞像個戰士女王，充滿女神的憤怒。我想，就在那時，我知道我將永遠屬於妳，因爲妳穿越一切黑暗，找到了我，觸動了我。」

「史塔克，」我低聲喚他，淹沒在我對他的感受裡。「這次是你找到我。謝謝你，謝謝你來找我。」

他發出一個聲音，嘴巴再次含住我的脖子。這次，他咬得更用力，眞正吸吮我的血。

很快地，愉悅再次取代刺痛。我閉上眼睛，沉醉在貫穿全身的美好溫熱裡。我情不自禁地撫摸他，一隻手滑到他的腰際，緊摟著他，感受他背部的結實肌肉。我要他更靠近。我要更多的他。但他鬆開嘴巴，竟撐起上半身，凝視著我，呼吸沉重，眼眸因激情而暗沉。「現在，柔依，除了妳的血，妳願意給我別的東西嗎？妳願意接受我成為妳的守護人嗎？」

我望著他。在他眼裡，我看到我不曾在他身上見過的人。那個在威尼斯因為滿心忌妒和憤怒，轉身離我而去的男孩消失了。取而代之的是一個男人——不只是吸血鬼，也不只是戰士，就算遍體鱗傷地躺在我懷裡，我仍感受得到他的力量：堅實、可靠、高貴。

「守護人？」我驚嘆道，撫摸他的臉。「所以，你蛻變成一名守護人？」

他繼續凝視著我。「對，如果妳接受我。沒有女王的接納，守護人成不了守護人。」

「可是，我不是女王。」

他瘀青腫脹的嘴唇掩不住冷傲的笑容。「妳是**我的**女王。任何敢說不是的人全都滾一邊去吧。」

我對他微笑，說：「我已經接受你的戰士誓約。」

他的冷傲表情立刻褪去。「不一樣，柔。這不只這樣，可能會在我們之間造成變化。」

我再次撫摸他的臉。我不是很明白他在要求什麼，但我知道他要的更多，而我現在無論說什麼或做什麼，都將影響我們往後的人生。**女神啊，讓我說對話**。我默默地祈求。

「詹姆士·史塔克，從現在起，我接受你成爲我的守護人，也接受伴隨而來的一切。」

他轉頭親吻我的掌心。「那麼，我將以我的榮譽和性命服侍妳。柔依萬歲，我的王，**莫·邦恩·麗**，我的女王。」

他的誓言像有形有體的東西，震動我整個人。史塔克說得沒錯，這種感覺跟他立誓成爲我的戰士時不一樣。這次，他彷彿將他的一部分給了我，而我知道，沒有我，他永遠無法眞的完整。這麼重的責任嚇到了我，但也給了我力量。我扳住他的頭，要他把嘴巴湊近我的脖子。「再多吸一點，史塔克。讓我療癒你。」

他呻吟一聲，嘴巴湊上來，咬得很深。

這時，奇妙的事發生了。首先，風元素的獨特力量湧入我裡面，接著從我身上流向史塔克。他顫抖著，我知道這是因爲風帶來迴旋的能量，讓他渾身充滿強烈的愉悅。同時，熟悉的甜美刺痛掃過我的額頭和顴骨，我閉上眼睛，腦海中閃現戴米恩開心歡呼的影像。我驚訝地倒抽一口氣。不必問，不必攬鏡，我知道我的第一個刺青回來了。

緊跟著風，火來了。它溫熱了我，並向史塔克延展，充盈他，給他力量，讓他能抬起手臂，把我抱得更緊，吸吮得更深。刺麻灼熱的感覺在我背部往下竄，我看到簫妮開懷大笑，搖著屁股，擺出勝利手勢。我知道我的第二個刺青回來了。

接著，水沖刷我們，沐浴我們，充盈我們，帶著我們繞行由我起頭的守護圈。我緊閉雙眼，陶醉在我和史塔克共同經歷的每個神奇的時刻。當我的第三個刺青再次環繞我的腰，我興奮得發抖，而依琳大笑歡呼：「萬歲！柔要回來了！」

當土來臨，史塔克和我恍若融入了樹林裡。我們清楚感受到土的豐饒喜悅，以及蘊藏在樹根、大地和苔蘚裡的力量。史塔克更用力貼緊我，並調整位置，趴到我上面。他的手臂緊緊抱住我，我知道他的傷不再疼痛了，因爲我感覺得到他的感覺。我也感受得到他的喜悅、歡愉和驚奇。當女神的觸摸灼燒我的掌心，我的第四個刺青回來了。奇怪的是，當土元素充盈我，我沒有看到史蒂薇．蕾的影像，只感覺到她和一種遙遠的欣喜，彷彿她遠在我所能觸及的地方。

最後，靈元素滋滋響，貫穿我們。霎時，我不只感覺到史塔克的感覺——我們彷彿已融合爲一。不是在肉體上，而是在靈魂裡。我們的靈魂一起燃燒，發出的燦爛光芒遠比任何肉體的激情明亮。就在這時，我的最後一個刺青回來了。

史塔克倒抽一口氣，將嘴唇抽離，把臉埋入我的頸窩。他全身顫抖，呼吸急促，彷彿剛衝刺完一場馬拉松。他伸出舌頭，舔了舔他在我脖子上咬出的傷口。我知道他正在癒合它。

我抬手撫摸他的頭髮，驚訝地發現他身上的汗水和血漬都消失了。

他再次撐起上半身，努力緩和呼吸，俯視著我。

天啊，他好美！片刻前他皮開肉綻，體無完膚，幾乎無法動彈，而現在他渾身洋溢著能量，健康、強壯。

「我從未經歷過這麼神奇的事。」他說。接著，他睜大眼睛。「妳的刺青！」他虔敬地撫摸我的臉。我轉頭，讓他撫摸再次布滿我的肩和背的繁複記印。接著，我舉起手，讓他的手貼住我的手掌——貼住我掌心的深藍色符號。

「它們都回來了。」我說：「五元素把它們帶回來了。」

史塔克驚奇地搖搖頭。「我感覺到了。我不知道發生了什麼事，但我跟妳一起感覺到了。」他再次將我擁入懷裡。「我跟著妳感受到一切，我的女王。」

親吻他之前，我告訴他：「現在，我是你的一部分了，我的守護人。」

史塔克吻我，吻了我很久。然後，他只是緊摟著我，溫柔地撫摸我，彷彿是要說服自己，我不會從他的懷裡蒸發消失。這時，我想起西斯，開始哭泣。史塔克繼續摟著我，告訴我西斯如何做出選擇，決定往前走，告訴我西斯有多勇敢。

然而，其實史塔克不需告訴我這些，因爲我知道西斯有多勇敢，一如我知道我之所以再次接納他，正是因爲他的勇敢。因爲他的勇敢，也因爲他的愛。他對我的愛，始終是因爲他的愛。

等哭過，哀悼過，回憶過，我抹去淚水，讓史塔克扶我站起來。

「你現在準備回家了嗎？」我問他。

「噢，準備好了。回家，聽起來好棒。可是，呃，柔，我要怎麼回去？」

我咧嘴對他微笑。「靠著信任我。」

「啊，那麼，這鐵是輕鬆不過的一小趟路了，對吧？」

「你到底是從哪裡學來的滿口愛爾蘭腔？」

「愛爾蘭腔！妳耳聾嗎，女人？」他粗聲粗氣地對我低吼，我對他蹙起眉頭。接著，史塔克的笑聲盈滿整座樹林。他抱住我，說：「是蘇格蘭，柔，不是愛爾蘭。很快妳就會知道我是打哪兒學來的。」

31 史蒂薇・蕾

太陽西沉，史蒂薇・蕾睜開眼睛。剎那間，她異常困惑。四周一片漆黑，但她不覺得暈頭轉向——漆黑很棒。她感覺得到周遭有土圍繞，呵護著她，屏障著她——土也很棒。身邊過去一點有動靜，她轉過頭去。敏銳的夜視能力讓她得以分辨漆黑中不同層次的漆黑。她先看到一隻巨翅浮現，接著是身體。

利乏音。

所有的記憶都回來了：紅雛鬼、達拉斯，以及利乏音。還是利乏音。

「你陪我待在底下這裡？」

他睜開眼睛。她發現自己也驚愕地睜大眼睛，因爲他眼中原本鮮紅的顏色已沉澱下來，變成鐵鏽色，看起來更接近琥珀而非紅色。

「對。因爲太陽在天空時，妳很脆弱。」

她覺得他的聲音聽起來很緊張，似乎帶著歉意，所以她咧嘴對他微笑。「謝謝，雖然你看著我睡覺未免有點像窺探狂。」

「我沒有看著妳睡覺！」

他否認的速度好快，反倒顯得他是在說謊。她張開嘴巴，準備告訴他，沒關係的，他不需要隨時守著她，不過他人眞好，這樣顧慮她的安全，尤其在她經歷過這麼艱辛的一天之後——就在這時，她的手機響了，發出「有留言」的提醒訊號。

「它一直在叫，叫了好幾次。」利乏音告訴她。

「要命，每回我睡成那個樣子，就什麼都聽不見。」她嘆一口氣，不情願地拾起她丟在旁邊的iPhone。「我想，我最好還是面對該死的現實吧。」史蒂薇．蕾打開螢幕，發現電池快沒電了，又嘆一口氣。她按下螢幕，查看「未接來電」。「啊，糟糕，有六通沒接。一通是蕾諾比亞打的，另外五通是愛芙羅黛蒂。」她的心臟怦怦跳，按下蕾諾比亞的留言，打開擴音器，瞥利乏音一眼，說：「乾脆你也一起聽，看發生什麼事。或許他們會提到你。」

但蕾諾比亞的聲音很正常，一點也沒有那種「天哪，妳跟仿人鴉在一起，我非把妳抓回來不可」的語氣。相反地，她聽起來很自然：「**史蒂薇．蕾，妳醒來後打電話給我。克拉米夏說她不曉得妳在哪裡，只知道妳很安全，達拉斯跑掉了。一接到妳的電話，我會立刻去接妳。**」接著，蕾諾比亞遲疑了一下，壓低聲音說：「**她還跟我講了其他紅雛鬼的事。我已經**

祈求妮克絲保守他們的靈。祝福滿滿，史蒂薇．蕾。」

她對利乏音微笑，說：「她人很好喔。」

「達拉斯還沒去找她。」

「還沒，」她說，笑容消失，「肯定還沒有。」她將注意力放回手機。「愛芙羅黛蒂打了五通，但只有一通有留言。希望不是什麼嚇人的壞消息。」她按下播放鍵。愛芙羅黛蒂的聲音聽起來很微弱，很遙遠，但還是潑婦的口吻。

「**喔，拜託，接起他媽的電話啦！還是妳還躺在棺材裡？天哪！時差真討厭。總之，聽好了：柔還是像個廢物，史塔克還在被千刀萬剮，繼續在另一個世界找她。這算是好消息。至於壞消息，在我最新的靈視裡，妳成了主角，另外還有一個印第安大帥哥，以及仿人鴉大壞蛋利乏音。我們得談一談，因為我對這事有一種感覺，也就是說情況不妙啦。所以，快點回我電。就算我在睡覺，也會爬起來接。**」

「眞是大消息，這位小姐掛電話時連再見都不說。」史蒂薇．蕾嘲諷地說。但「**仿人鴉大壞蛋利乏音**」這幾個字仍懸浮在空氣中，她不想繼續待在同一個房間。她把手機塞進口袋，開始爬上樓梯。她不必回頭看，就知道他會跟上來。她就是知道。

夜晚沁涼，但不冷，溫度大約介於結冰和融雪之間。史蒂薇．蕾替吉爾克瑞思博物館周圍那些可憐的人家感到難過，卻也很高興看到許多地方的電力都恢復了。不過，她也有一種「受到監視」的詭異感覺。她在大宅邸的前廊停下腳步，遲疑著。

「附近不會有人。他們正忙著恢復供電，不可能來這裡，尤其是晚上。」

史蒂薇．蕾鬆了一口氣，點點頭，走下前廊，漫無目標地往前走，來到安靜、寂寥地座落在院子中央的噴泉旁。

「妳的人會知道我的事。」利乏音說。

「有些人已經知道了。」史蒂薇．蕾彎下腰，伸手碰觸噴泉邊緣，碰斷了原本懸在那兒的一根冰柱，冰柱掉進下方的水池裡。

「妳打算怎麼做？」利乏音站在她身邊。兩人低頭看著黝黑的噴泉水池，彷彿可以從裡面找到答案。

終於，史蒂薇．蕾說：「我想，問題應該是，你打算怎麼做？」

「妳要我怎麼做？」

「利乏音，你不能用另一個問題來回答我的問題。」

他哼了一聲。「是妳先這樣的。」

「利乏音，夠了。直接告訴我，你打算怎麼處理，呃，**我們**的事。」

她凝視著他已經改變顏色的眼睛，眞希望他的表情更容易解讀。他沉默大半晌，遲遲不作聲，史蒂薇・蕾以爲他不打算回答了，心裡倍感沮喪。特別是她知道自己必須回夜之屋，趁達拉斯搞砸一切之前，先進行損害控制。

「我要跟妳在一起。」他終於回答。

他的話，簡單，坦誠，一口氣說出來，她一開始沒聽懂。起初，她只是不解地看著他，無法完全掌握他的意思。接著，她聽見了，明白他的意思了，心裡不自禁地一陣喜悅。

「那樣會很慘。」她說：「但我也想要你跟我在一起。」

「他們會想辦法殺我，這點妳一定知道。」

「我不會讓他們這麼做！」史蒂薇・蕾伸出手，拉住他的手。然後，緩緩地，非常緩慢地，他的手指跟她的手指交纏，將她稍微拉近他身邊。「我不會讓他們這麼做。」她又說一遍，但沒轉頭看他。她只是繼續拉著他的手，靜靜地抓住這片刻的共處時光，努力不想太多，不質問任何事情。她俯視著噴泉水池底漆黑、靜止的水。原本遮蔽月亮的雲朵飄散，池底映照出他們的倒影。她心想，**這個男生是一頭野獸，我這個女孩卻跟他裡面的人性綁在一起了**。但她說：「我跟你分不開了，利乏音。」

他毫不遲疑地說：「我也跟妳分不開了，史蒂薇・蕾。」

這時，池水泛起漣漪，彷彿妮克絲朝水面吐了一口氣，他們兩人的倒影改變了。在倒影中，史蒂薇・蕾和一位高大、健壯的美洲原住民男孩手牽著手。他一頭濃密的長髮，烏黑如同渡鴉的羽毛，編成長長的辮子。他袒露胸膛，整個人感覺起來比奧克拉荷馬州盛夏裡的柏油路面還火熱。

史蒂薇・蕾一動也不動，怕一動倒影就會起變化。但她忍不住泛起笑容，輕聲說：「哇，你眞的好好看。」

倒影裡的男孩不斷地眨著眼睛，彷彿不確定自己是否看得清楚。接著，他發出利乏音的聲音，說：「對，但我沒有翅膀。」

史蒂薇・蕾的心臟怦怦跳，胃揪緊。她想說些什麼深刻、睿智的話，或至少是有點浪漫的話，但她聽見自己說：「沒錯，眞的欸，可是你高大英挺，而且那些很酷的羽毛都編成髮辮了。」

倒影裡的男孩舉起沒跟她交握的那隻手，摸了摸自己的頭髮。「如果跟翅膀相比，這好像不算什麼。」他這麼說，但對史蒂薇・蕾露出微笑。

「嗯，對，可是我敢說這樣比較容易穿衣服。」

他哈哈大笑。然後，他帶著驚奇的表情，伸手摸自己的臉。「柔軟。」利乏音說：「人類的臉好柔軟。」

「是啊，的確是。」史蒂薇．蕾說，陶醉在他們的倒影中。

利乏音繼續看著兩人的倒影，不捨得移開目光，但他緩緩地將手從自己的臉上伸到她的臉上。他的手輕輕地、溫柔地碰觸她的肌膚，撫摸她的臉頰，然後用指尖拂過她的雙唇。她先是微笑，接著忍不住尷尬地咯咯笑。「你實在太好看了！」

利乏音在水中的人類倒影也綻開笑容。「妳也很好看。」他的聲音是如此輕柔，她幾乎聽不見。

她的心臟跳得有如小鹿亂撞，問道：「你這麼覺得？真的？」

「真的，我只是一直沒法子告訴妳。我從來沒法子讓妳知道我真正的感覺。」

「但你現在告訴我了。」她說。

「我知道。我第一次感覺到——」

利乏音的話語戛然止住，水中的男孩倒影晃動著，然後消失。黑暗緊接著從靜止的水面浮上來，露出渡鴉的翅膀，接著浮現不死生物強壯的身軀。

「父親！」

利乏音不需說出他的名字，史蒂薇．蕾在那一瞬間已知道橫阻在他和利乏音之間的東西是什麼。她將手從他的掌心抽回來，他稍微抗拒了一下才放開她。接著，他轉身面對她，一隻黝黑的翅膀往前伸展，遮擋住她的視線，不讓她看見他們在噴泉池底的倒影。

「他返回他的身體了，我可以感覺到。」

史蒂薇・蕾不信任自己能說出適當的話，只點點頭。

「可是，他不在這裡。他離我很遠。一定還在義大利。」利乏音急速地說。史蒂薇・蕾退後一步，依然說不出話。「我感覺到他不一樣了，有些事情變了。」接著，他彷彿回過神來，看著史蒂薇・蕾的眼睛，說：「史蒂薇・蕾？我們該怎麼——」

史蒂薇・蕾倒抽一口氣，打斷他的話。土元素在她身邊盤旋，飛舞著，讓她感受到回家的喜悅。陶沙市的冬季景致閃閃發光，開始變化，彷彿物換星移，四周突然出現令人讚歎的樹木，蓊鬱的樹葉熠熠生輝，地面是一片濃密厚軟的苔蘚。然後，影像匯聚，柔依在那裡，在史塔克的懷中，歡笑著，完好如初。

「柔依！」史蒂薇・蕾大喊，但影像消失了，只留下喜悅的感覺，以及一個明確的認知：她最要好的朋友復原了，而且絕對活得好好地。她喜孜孜地笑著走向利乏音，張開雙手抱住他。「柔依活著！」

他的手臂緊緊摟著她，但僅持續了一剎那，兩人旋即想起現實，同時往後退開。

「我父親回來了。」

「柔依也是。」

「這代表我們不能在一起。」他說。

史蒂薇·蕾覺得反胃、難過，搖搖頭，說：「不，利乏音，除非你讓這種事情發生，否則我們依舊可以在一起。」

「看看我！」他大吼：「我不是倒影裡的那個男孩。我是野獸，不能跟妳在一起。」

「你的心不是這麼說的！」她吼回去。

他的肩膀垮下來，別開頭。「可是，史蒂薇·蕾，我的心從來無關緊要。」

她往前靠近他，他僵硬地轉向她。兩人四目交會，她看見他眼睛裡的猩紅色再次灼灼發光，心裡好絕望。「對我而言，你的心很重要。這樣吧，等你確定你的心對你自己也同樣重要，你再來找我。這應該不難，只要聽從你的心就行了。」她毫不猶豫地張開手臂摟住他，將他緊緊抱著。利乏音沒有伸手回抱她，但史蒂薇·蕾不予理會，在他耳邊低聲說：「我會想念你的。」然後，她轉身離開。

當她沿著吉爾克瑞思大道往前走，夜風飄來利乏音的低語：**我也會想念妳……**

柔依

「眞的好美。」我說，抬頭看著那棵樹和垂吊在樹上的無數布條。「再說一次，這叫什麼樹？」

「吊夢樹。」史塔克說。

「乍聽之下讓人聯想到吊人樹。這麼酷的樹，這名字好像不怎麼浪漫。」

「是啊，一開始我也這麼覺得，但後來就慢慢喜歡上這個名字了。」

「哇！看那個，金光閃閃欸。」我指著忽然冒出來的一條細長金絲帶。跟其他布條不同，這條金絲帶沒有綁在枝椏上。這時，它往下飄，最後飄浮在我們的頭頂上。

史塔克伸手一把抓住它，拿到我面前，讓我摸摸它那鮮亮、柔軟的質地。「我就是跟著它才找到妳的。」他說。

「眞的？它看起來像一條金線。」

「是啊，它也讓我聯想到黃金。」

「而你跟著它才找到我？」

「對。」

「好，那我們就來看看它能否第二次發揮同樣的功效。」我說。

「只管告訴我怎麼做，我聽妳的使喚。」史塔克的眼睛閃爍著逗趣的神采，對我鞠躬。

「別鬧了，我是說眞的。」

「噢，柔，妳不明白嗎？我沒有不當眞啊。我是完全信任妳，知道妳一定會帶我回去。我相信妳，**莫・邦恩・麗**。」

「我不在的這段時間，你倒學會了一些奇怪的話。」

他咧嘴對我笑。「等著看吧，妳什麼都還沒聽到呢。」

「你知道嗎，帥哥，我已經受夠了等待？」我將金絲帶的一端纏在他的手腕上，另一端緊緊抓在我的手裡。「閉上眼睛。」我說。他什麼都沒問，照著我的吩咐做。我踮起腳尖吻他。「待會兒見，守護人。」

接著，我轉身，背對吊夢樹、聖樹林，以及妮克絲國度裡的一切魔法和神祕，面對敞開的漆黑——彷彿永恆綿延、無邊無際的漆黑。我張開手臂，說：「靈，降臨我。」五元素的最後一個，也就是我最親近的那個，立刻充盈我，讓我業已療癒的靈魂輕輕躍動，伴隨著歡樂、同情心、力氣，以及——希望。「現在，請帶我回家！」我一說完，便飛奔向前，無所畏懼地跳進黑暗裡。

我原本以爲感覺起來會像是從懸崖往下跳，但我錯了。感覺起來要緩和、輕柔多了，比較像從摩天高樓的頂樓搭電梯下來。當我覺得自己已經著陸，我**知道**我回來了。

我沒有立刻睜開眼睛，想先全神貫注地品嘗返回人間的每一個感覺。我覺得我躺在又硬又冷的東西上。我深吸一口氣，很驚訝地聞到雪松的氣味——那味道，就像斷箭市我媽家前面那條街轉角的那棵雪松。起初，我只聽見喃喃低語的聲音，但我才吸幾口氣，就聽見愛芙羅黛蒂大吼大叫：「喔，見鬼唷！拜託，睜開妳的眼睛！我知道妳在那裡！」

於是，我睜開眼睛。「老天，妳是住在拖車屋裡嗎？非得這樣大聲不可嗎？」

「拖車屋？聽好了，妳不該說髒話的。對我來說，拖車屋絕對是髒話。」愛芙羅黛蒂說。接著，她露出微笑，然後大笑，狠狠地抱住我，抱得緊得要命——我確信，事後她一定會否認自己有過這種舉動。「妳眞的回來了？妳該沒有，呃，腦袋壞掉或怎樣吧？」

「我是回來了！」我大笑。「但是，我的腦袋沒有比我離開時壞。」

達瑞司從她的背後跨出來，眼睛閃爍著淚光。他握拳放在心臟位置，對我鞠躬。「歡迎回來，女祭司長。」

「謝謝你，達瑞司。」我對他微笑，向他伸出手，讓他扶我站起來。我忽然覺得天旋地轉，房間在搖晃，而且我的雙腿居然像果凍，抖個不停，所以我得一直抓著達瑞司。

「她需要食物和飲水。」有個聲音說，一副君臨天下的口吻。

「這就去拿，陛下。」有個聲音立刻回應。

我眨了眨眼睛，終於不再覺得暈眩，也能夠看清楚了。「哇，寶座！不是開玩笑吧？」

坐在大理石寶座上的那個美麗的女人對我微笑，說：「歡迎回來，年輕的女王。」

「年輕的女王？」我邊笑，邊重複她的話。但我的視線梭巡過四周後，我的笑聲停歇，寶座、漂亮的房間，以及有關女王的疑問，全都消失得無影無蹤。

史塔克在那裡，躺在一塊巨石上。有個吸血鬼戰士站在他的頭頂，手握著剃刀一般銳利的匕首，懸停在史塔克的胸膛上方。他的胸膛已經血淋淋，布滿刀割的傷口。

「不！住手！」我大喊，推開達瑞司，衝向那個吸血鬼。

女王不知是怎麼移動的，忽然已經站在戰士和我之間，擋住我的路。她舉起一隻手，搭在我的肩膀上，輕聲問我一個問題：「史塔克是怎麼告訴妳的？」

我在心裡甩頭，試圖搖醒自己，想看清楚我的戰士——我的守護人——渾身血淋淋的，究竟是處在怎樣的情境裡。

我的守護人……

我看著女王，說：「他就是這樣才去到另一個世界。那個戰士，他是在幫史塔克。」

「他是我的守護人。」女王糾正我。「他是在幫史塔克。不過，他的追尋之旅已經完成了。現在，身爲史塔克的女王，妳有責任把他帶回來。」

我張嘴想問她怎麼做，但我還沒出聲就閉上嘴巴。我不需要問她。我自己知道。而帶我的守護人回來是我的責任。

女王一定在我眼裡看見了我的心思，因爲她對我微微點個頭，便讓到一旁。

我走向被她稱爲她的守護人的那個男人，看見他結實的胸膛汗水涔涔。他整個人專注在史塔克身上，似乎沒看見也沒聽見屋裡的其他人。就在他舉起匕首，準備再劃下一刀時，火炬映照得他手腕上那只金鐲子閃閃發光。我立刻明白，那條引導史塔克找到我的金絲帶來自哪裡，不由得對女王的守護人生出親切感。我輕輕碰觸他的手腕，說：「守護人，你可以停止了，他該回來了。」

他的手立刻停住，全身顫抖。當他注視著我，我看見他藍色眼睛裡的瞳孔整個渙散。

「你可以停止了。」我再次溫柔地告訴他。「謝謝你幫史塔克來找我。」

他眨了眨眼睛，眼神轉清晰，以嘶啞的聲音說：「是，女人……如妳所願。」我差點笑出來，因爲我認出這就是史塔克所模仿的蘇格蘭口音。他踉蹌後退，我知道女王已經扶住他。我聽見她喃喃地跟他說了些什麼。我曉得屋子裡還有其他戰士，也感覺得到愛芙羅黛蒂和達瑞司正盯著我看，但我沒有理會他們。

對我來說，整個屋子裡只有史塔克。他是唯一重要的人。

我走向那塊石板，以及躺在石板上血泊中的史塔克。這一次，血的芳香迎面撲來，觸動了我。甜美的、暈眩的氣味，令我垂涎，但我必須克制。現在不是時候，我不能被史塔克的血迷惑，也不能被在我心裡流連的嗜血欲望左右。

我舉起手。「水，降臨我。」當水元素的柔軟溼潤包圍我，我在史塔克血淋淋的身體上方揮舞著手。「洗淨他。」元素遵照我的吩咐，溫柔地灑在他身上。我看著它洗淨他胸膛的血，血水傾瀉在石板上，沿著繁複的繩結雕紋往下流淌，注入石板兩側地板上的溝槽。**牛角**，我終於看清它們的模樣。**它們讓我想起巨大的牛角**。

怪的是，當血全部沖洗乾淨，溝槽跟地板的其他地方不一樣，並不是白的。相反地，它們閃爍著美麗、神祕的黑，讓我想起夜空。

但我沒有時間驚歎我感受到的神奇。我立刻把注意力放在史塔克身上。他的身體已經洗淨，傷口不再流血，但仍皮開肉綻，一片赤紅。接著，當我看明白眼前的景象，不禁驚愕地深深吸一口氣。史塔克胸膛兩側的刀痕形成箭的形狀，各自具備了箭羽及三角形的尖銳箭鏃。兩邊的箭互相對稱，圍住他心臟上方被斷箭灼傷留下的疤痕。

我伸出手，放在那傷疤上。這是他爲了救我留下的疤痕，而那是他第一次救我。這時，我才驚覺，我手上仍抓著金絲帶。我輕輕地拉起史塔克的手腕，把金絲帶纏繞上去。一綁上他的手腕，絲帶變硬、扭轉、閉合，看起來就像老守護人手腕上那只手鐲。只不過，史塔克的絲帶鐲子扭轉凹陷的紋路呈現三支箭——其中一支是斷箭。

「謝謝妳，女神。」我低聲說：「爲這一切，我感謝妳。」

我再度把手放回史塔克的心臟位置，俯下身子，嘴唇湊近他的嘴，輕輕地告訴他：「守護人，回你女王的身邊來，現在一切都結束了。」然後，我吻他。

他的眼皮眨呀眨地，睜開，我聽見妮克絲銀鈴般的笑聲盈滿我的心，她的話語在我腦海中迴盪：

不，女兒，還沒結束，才正要開始……

焚誓 / 菲莉絲.卡司特（P. C. Cast）, 克麗絲婷.卡司特（Kristin Cast）著；
郭寶蓮譯.
-- 初版. -- 臺北市 : 大塊文化, 2011.12
面； 公分. -- (R;43 夜之屋; 7)
譯自 : Burned : the house of night, book 7
ISBN 978-986-213-306-4 (平裝)

874.57 100023763

L O C U S

LOCUS

LOCUS

LOCUS